# 주인공의 구원자가 될 운명입니다

# 주인공의 구원자가 될 운명입니다 IV

은소로 장편소설

초판 1쇄 찍은 날 | 2024년 3월 25일
초판 1쇄 펴낸 날 | 2024년 4월　1일

지은이 | 은소로
발행인 | 이진수
펴낸이 | 황현수

펴낸곳 | 주식회사 카카오엔터테인먼트
등록번호 | 제2015-000037호
등록일자 | 2010년 8월 16일
주소 | 경기도 성남시 분당구 판교역로 221 6(일부)층

제작·감수 | KW북스
E-mail | paperbook@kwbooks.co.kr

ⓒ 은소로, 2019

ISBN 979-11-385-0877-3 04810
　　　979-11-385-0873-5 (set)

# THE HERO'S SAVIOR

IV

## 주인공의
## 구원자가 될
## 운명입니다

은소로 장편소설

Yeondam

# CONTENTS

7

# 저주받은 땅(2)

"응?"

당황스러운 음성과 함께, 에이든의 등 쪽 옷자락이 덜컥 붙들렸다.

"애가 왜 하늘에서 떨어지지?"

황당하다는 듯한 남자의 목소리에 이어 다른 남자의 퉁명스러운 목소리가 들려왔다.

"위에 뭔 일 났나 보네. 빨리 올라가야겠어, 루드빅 경."

"이 애들은 어떻게 하지요?"

"그냥 손 놔. 아래로 배달시킬 테니까."

"알겠습니다, 소백작."

대답과 동시에 남자가 손을 놓았다. 다시 추락하기 시작한 에이든은 놀라 눈을 치떴다. 기절했는지 눈을 감은 소피아의 얼굴이 코앞에 있었다. 소녀의 갈색 머리카락이 바람에 제멋대로 나부꼈다.

"으……!"

비명을 지르려는 찰나, 떨어지는 속도가 느려졌다. 그리고 얼마 지나지 않아 새하얀 날개가 시야에 가득 들어찼다. 검게 물든 신관복을 입은 남자가 그들을 안고 아래로 날아 내려가고 있었다.

"어…… 우리가 벌써 죽었나요?"

에이든은 펄럭이는 날개를 멍하니 올려다보다가 물었다. 남자가 부드럽게 웃었다.

"아닙니다, 어린 형제님."

금세 땅에 발이 닿았다. 남자가 에이든으로부터 정신을 잃은 소피아를 받아 안았다. 신성력의 은은한 빛이 퍼져 나갔다. 그사이 주위를 돌아보던 에이든은 눈부시게 아름다운 백금발의 여자 곁에 앉아 있는 여동생을 발견했다.

"오빠!"

에이미가 벌떡 일어나더니 울면서 달려왔다. 에이든은 여동생을 마주 안으며 생각했다. 아무래도 엘께서 기도에 응답해 천사들을 보내 주신 모양이라고.

아리아드네는 꼭 닮은 빨간 머리 남매를 보며 중얼거렸다.

"아이들이 탈출 시도를 한 걸까?"

[아마 그렇지 않겠습니까. 갑자기 성에서 떨어질 만한 이유는 그것뿐이겠지요.]

그녀는 기괴한 하늘에 떠 있는 기괴한 성을 올려다보았다. 뭉클거리는 검은 구름에 휘감긴 성은 떨어지는 물줄기를 촉수처럼 늘어뜨린 채 허공에 떠 있었다.

저 성을 불러들인 건 베로니카였다. 그녀가 검은 잔을 받은 자의 피로 간단한 마법진을 그리고 중앙에 군주의 이름을 썼다. 나머지 일행은 뤼르가 펼친 피난의 성역 속에 숨어서 그 광경을 지켜보았다. 완성된 마법진이 빛나며 하늘로 군주의 이름을 쏘아 올리니 허공을 일그러뜨리며 먹구름이 나타났다.

성내에 있던 검은 잔을 받은 자들은 베로니카를 보자마자 무언가 일이 잘못되었음을 알아차렸다. 하지만 적이 달랑 한 명뿐인 것으로 보이자 그들은 달아나는 대신 제압을 시도했다. 성을 휘감고 있던 먹구름이 늘어지며 땅까지 닿는 경사로가 만들어졌다. 그 길로 마물에 올라탄 흑기사들이 몰려 내려왔다.

베로니카는 철마에 올라타 달아나는 시늉을 했다. 흑기사들이 그녀를 쫓아 멀어지자, 벼락을 탄 악셀 발렌타인이 상공으로 날아올랐다. 그는 그대로 성에 대고 융합 기술을 썼다. 에리히가 파괴 광선이라 이름을 붙인 그 기술 말이다.

성 한쪽의 탑이 빛줄기 한 방에 반파되며 불이 붙으니 성내는 아수라장이 되었다. 비행형 마물들이 쏟아져 나오고, 흑마법사들은 성벽에 올라서서 흑마법을 쏘아 댔다.

악셀은 계속해서 융합 기술을 사용하려는 듯한 시늉을 했다. 작은 태양을 후광처럼 달고 있는 그를 향해 온갖 공격이 쏟아졌다. 그는 곡예비행으로 공격을 피하며 날아서 접근하는 마물을 검으로 베어 떨궜다.

지상에서는 베로니카가 말머리를 돌려 흑기사들을 상대로 마상전을 펼치기 시작했다. 흑기사라 불리는 자들보다 더 검은 기사가 창처럼 길어진 검을 쥐고 마물들 사이를 관통했다. 그들은 그녀의 발을 묶을 수 없었다.

고작 두 명의 정령 기사가 보이는 무위에 성의 주의가 온통 쏠린 틈을 타서, 에리히를 등 뒤에 태운 루드빅이 조용히 날아올라 성 뒤편으로 접근했다. 그들이 마법으로 아이들을 수색해서 아래로 빼돌릴 것이다. 빼돌려진 아이들은 아래에서 뤼르가 받아 상태를 살필 예정 이었다.

그동안 아리아드네는 조그맣게 영토를 펼쳐 놓고 기다렸다. 그녀의 역할은 마무리였으므로.

기다리는 동안 파이가 채널의 상태를 전해 주었다.

[잠들지 않는 심판이 당신의 정령술에 호쾌함이 부족하다며 자신을 부르길 권합니다.]

[만년설 왕관이 잠들지 않는 심판을 추방하길 원합니다.]

[잠든 심판이 잠들지 않는 심판을 추방하길 원합니다.]

[굶주리는 용이 중계하기 힘들다며 뒤로 걷는 물의 차단을 조금만 더 빨리 풀어 주길 요청합니다.]

[하얀 동생이 굶주리는 용을 위로합니다.]

[채널 내의 대정령들이 당신이 펼칠 정령술에 대해 이야기하고 있습니다.]

[창백한 푸름이 당신의 활약을 기대하고 있습니다.]

[신록의 그릇이 당신을 걱정하고 있습니다.]

[악마들의 묘지가 당신의 정신 상태를 의심하고 있습니다.]

[축축한 지옥이 당신을 무모하고 건방지다고 평합니다.]

[만년설 왕관이 악마들의 묘지와 축축한 지옥을 추방하길 원합니다.]

[검은 누님의 제안 : 우호도가 낮은 대정령들의 전언 금지하기. 대가 : 정령석 500개.]

[창백한 푸름이 검은 누님의 제안에 동의합니다. 대가 추가 : 정령

석 500개.]

[거인의 레이스가 검은 누님의 제안에 동의합니다. 대가 추가 : 정령석 500개.]

[신록의 그릇이 검은 누님의 제안에 동의합니다. 대가 추가 : 정령석 500개.]

[만년설 왕관이 검은 누님의 제안에 동의합니다. 대가 추가 : 정령석 1,000개.]

[굶주리는 용이 뒤로 걷는 물을 대신해서 검은 누님의 제안에 동의합니다. 대가 추가 : 정령석 1,000개.]

[축축한 지옥이 이 채널 대정령들은 죄다 팔불출 노인네 같다며 빈정거립니다.]

[요정의 미로가 저 대정령은 우리 정령사가 정령력 다루는 솜씨를 못 느껴봐서 저런다며 안쓰러워합니다.]

[하늘을 담은 거울이 요정의 미로의 전언에 동의합니다.]

[악마들의 묘지가 채널 분위기가 좀 신기하긴 하다며 축축한 지옥의 전언에 동의합니다.]

[채널 내의 대정령들 사이에 분란의 조짐이 느껴집니다.]

[……아리아, 검은 누님의 제안이 꽤 유용해 보입니다. 이런 분란을 방지할 수 있을 것 같아서요. 받아들이시는 게 어떻겠습니까?]

'채널 관리하기에 편하면 그렇게 해.'

[감사합니다. 제안을 수락하겠습니다.]

[정령석 12,197개를 획득했습니다.]

'응? 제안 보상 합하면 4,000개 아니었어? 왜 그렇게 많아?'

[번역을 생략한 전언 중 추가 보상과 관련된 전언들이 있습니다.]

[추가 정령석 100개 이상, 499개 이하인 전언 : 13건]

[추가 정령석 99개 이하인 전언 : 38건]

[전체 번역을 원하십니까?]

'……아냐, 됐어.'

그녀의 채널은 여전히 시끌시끌했다. 파이가 있어서 여러모로 다행이었다.

아리아드네는 루드빅과 에리히가 아이들을 전부 구해 나올 때까지는 할 일이 없었다. 그녀는 시끄러운 채널 대신 전황을 살폈다.

베로니카는 흑기사들을 상대로 버티는 것을 넘어서서 벌써 여럿을 베어 넘겼다. 악셀은 이제 치고 빠지며 성벽 위의 흑마법사를 하나씩 죽이고 있었다. 공격이 주춤하는 듯싶으면 어둠 살해자를 꺼내 들며 이목을 집중시켰다.

결국 이대로는 안 되겠다 싶었는지 성에서 지원이 나왔다. 비행형 마물을 탄 한 무리의 흑기사들이 쏟아져 나와 일부는 상공의 악셀에게로, 일부는 아래의 베로니카에게로 향했다.

지금까지 싸우던 자들보다 기량이 뛰어난 자들인 듯, 베로니카가 일순 수세에 몰렸다. 포위당한 베로니카는 치명상이 되지 않을 공격은 그냥 몸으로 받아 내며 분전했다. 철마의 가호가 휘감긴 그녀의 몸은 검이나 마물의 이빨에 닿을 때마다 날카로운 금속음을 냈다.

'그래도 저런 식이면 다칠 텐데.'

아리아드네는 베로니카를 도와야 하나 고민했다. 정령사가 있는 게 드러나면 공격이 집중될 터라 그녀는 되도록 마지막까지 나서지 않기로 한 터였다.

'악셀은 괜찮을까?'

다행히 악셀은 속성 덕에 어지간한 정령수보다 훨씬 **빠른** 벼락을 이용해 포위되는 것을 피한 상태였다. 그는 아래에서 수세에 몰린 베로니카를 흘깃 보더니 팔을 늘어뜨렸다.

그의 손끝에서 툭 떨어진 접화가 이름 그대로 접화를 일으키며 흑기사들의 후미를 헤집은 뒤 주인에게로 돌아갔다. 숨통이 트인 베로니카가 자신과 힘겨루기를 하고 있던 흑기사를 베어 넘기며 다시 우위를 찾았다.

'악셀이 니카를 도와주네……?'

아리아드네는 놀라 입을 벌렸다. 그가 발전 중인 건 알고 있었지만, 싸우는 와중에 동료의 상황을 살피고 도울 정도까지 되었을 줄은 몰랐다. 그녀는 약간 감격했다.

그 순간 그녀가 손안에 쥐고 있던 외날개 조각상의 날개 끝이 뚝 부러졌다. 이 작은 나무 인형은 아리아드네가 미궁 밖에서 대기 중인 용병단과 소통할 때 주로 쓰는, 오염 지역 내에서 작동하는 통신 아이템이었다.

나머지 반쪽은 루드빅과 에리히가 가지고 있었다. 부리가 부서지면 위기, 꼬리가 부서지면 변수 발생, 날개가 부서지면 상황 종료인 것으로 미리 정해 두었다.

'벌써 끝났어? 오염 지역이라 마법을 쓰기 힘들 텐데……'

아리아드네는 고개를 들고 하늘을 살폈다. 은발의 마법사와 금발의 기사가 물로 만들어진 용을 타고 아래로 하강하고 있었다. 그들의 뒤로 한 무리의 아이들이 둥둥 떠서 함께 내려왔다. 아이들의 주위에서 검은 앵무새가 선회하고 있었다.

'아, 이카로스 덕분이겠구나.'

정령석을 연료로 삼는 저 새라면 마력이 오염된 공간에서도 마법을 쓰기가 쉬울 것이다.

아리아드네는 아이들을 눈대중으로 세었다. 에이미의 이야기를 듣고 추론한 수보다 많았다. 다른 곳에서 데려온 아이들도 있는 모양이었다.

'어쨌든 저 정도면 다 구한 거 맞겠네.'

아이들 중 몇몇이 다쳤는지 허공에서 피가 빗방울처럼 후두둑 떨어졌다.

뤼르가 아리아드네를 돌아보았다. 그녀가 고개를 끄덕이자 수호성인은 바로 날개를 펴고 날아올랐다. 아리아드네는 그들이 무사히 조우하는 것을 지켜보며 내심 안도의 한숨을 내쉬었다.

"저어……."

옆에서 조심스러운 부름이 들려왔다. 돌아보니 조금 전까지 기절해 있었던 갈색 머리 소녀가 에이든, 에이미 남매와 함께 그녀 옆으로 다가와 있었다.

"무슨 일이니?"

아리아드네가 묻자 소녀가 마른침을 삼키며 빠르게 말했다.

"제 이름은 소피아예요. 구해 주셔서 감사합니다! 그런데…… 지금 바로 도망쳐야 할 것 같아서요."

"도망치자고? 왜?"

"지, 지금 나와서 싸우고 있는 놈들보다 더 나쁘고 무서운 놈들이 성안에 엄청 많아요. 특히 가면 쓴 놈들…… 그것들은 정말 위험해요. 그러니까 그놈들이 나오기 전에 도망쳐야 해요……."

아리아드네는 조금 놀랐다.

"어떻게 알았어?"

"네?"

"가면 쓴 자들에 대한 거."

소피아라는 소녀가 말하는 가면 쓴 놈들은 검은 잔을 받은 자들 중에서도 수뇌급으로, 받아들인 오염수의 농도가 짙어 외모까지 인간의 형상에서 벗어나 버린 것들이었다.

소피아는 초조한 듯 먹구름 성을 힐끔거리며 대답했다.

"다른 자들이 그 자들을 두려워하는 걸 봤거든요……. 그것들은 괴물이에요. 더 무서운 괴물들을 불러낼 수 있는 괴물이요. 은인분들은 강하지만 수가 너무 적어요. 그러니까 빨리, 빨리 도망쳐야 해요! 지금이 기회예요!"

영리하고 판단이 빠른 아이구나. 아리아드네는 그렇게 생각하며 빙긋 웃었다.

"괜찮아. 그것들이 나설 틈은 없을 테니까."

[대정령, 악마들의 묘지의 현재 상태를 분석 중입니다.]

[분석 완료. 대정령, 악마들의 묘지 : 호기심 50%, 불신 20%, 기대감 20%, 그 외 감정 통합 10%.]

[우호도는 낮으나 호의적인 감정이 50% 이상이며, 이미 협력을 약속했으므로 상황은 안정적입니다.]

아리아드네는 불안해하는 아이들을 다독였다.

"내 뒤에 있으렴."

소피아는 무어라 더 할 말이 많은 얼굴이었지만 아리아드네가 고개를 돌리자 입을 다물었다.

에리히와 루드빅, 뤼르가 다른 아이들을 데리고 그녀가 있는 곳으로 다가오는 게 보였다. 그녀를 향해 루드빅이 손짓했다. 저 성에 이제 남은 아이들이 없다는 뜻이었다.

아이들을 대강 치료한 뤼르가 크게 날갯짓하며 그녀를 향해 날아왔다. 수호성인이 펼친 날개 그림자가 그녀 위로 드리워졌다. 준비가 끝났다.

악마들의 묘지가 처음 접속했을 때부터 아리아드네는 저주받은 땅에서 이 대정령의 힘을 빌리기로 결심했다. 지금이 바로 그 때다.

[악마들의 묘지를 제외한 모든 대정령에게 여유 용량 확보를 위한 접속 종료를 요청합니다.]

[요청에 따르지 않는 대정령들은 강제로 채널에서 퇴장시키겠습니다.]

가장 강한 대정령도, 가장 거대한 영토를 가진 대정령도 아니지만 악마들의 묘지는 가장 파괴적인 과정을 거쳐 형성된 영토를 가지고 있기에.

[……준비 완료.]

그녀가 구현하는 것으로는 그 위력을 온전히 재현할 수 없다. 하지만 대정령을 직접 강림시키면 거의 완벽하게, 현존하는 어떤 마법보다도 강력한 파괴력을 발휘할 수 있다.

[대정령, 악마들의 묘지를 소환하시겠습니까?]

아리아드네는 눈을 내리깔았다. 이미 경험이 있다 보니, 크게 긴장되지는 않았다.

영혼의 수문을 열었다. 노도 같은 기운이 그녀의 영혼을 관통했다. 속에서부터 울컥 치밀어 오르는 핏물을 삼키며 아리아드네는 그녀의 몸에 흘러들어 온 위대한 존재를 외부에 풀어놓았다.

그녀로부터 잿빛과 검은빛, 황톳빛 같은 죽은 빛깔들이 뭉클뭉클 흘러나와 솟구쳤다. 그 빛들은 새카맣고 거대한 남자의 형상을 이루었다.

재와 모래와 바위로 이루어진 몸이었다. 몸의 곳곳에 검게 탄 뼈가 언뜻언뜻 보였다. 먼지구름이 일어 그 몸 위를 가운처럼 덮었다. 먼지구름이 덮지 않은 상체는 둥글게 뚫려 있었는데, 구멍 중앙에 주먹만 한 금속 구체가 심장처럼 떠 있었다. 천천히 일어서는 그것의 등에서 불타는 나뭇가지가 날개처럼 돋아났다.

완전히 일어선 그것이 눈을 떴다. 불티로 이루어진 속눈썹 사이에는 눈동자 대신 검게 탄 해골이 박혀 있었다. 생기가 느껴지지 않는 메마름이 그것으로부터 은은히 퍼져 나왔다. 주위의 모든 것이 당장 죽어 나자빠져도 이상하지 않을 분위기였다.

그것은 대정령이라기보다는 지상에 현신한 불의 악마처럼 보였다.

"아, 아……."

"엄마아……."

공포에 질린 아이들이 억눌린 비명을 내지르며 울음을 터뜨렸다. 루드빅과 뤼르는 놀란 아이들이 흩어지지 않도록 붙잡아야 했다. 소피아는 새하얗게 질려 주저앉았고, 에이든은 에이미를 감싸며 몸을 웅크렸다. 에리히가 창백한 낯으로 신음을 흘렸다.

"소문은 들었지만, 직접 보니까 훨씬 더 무시무시하네……."

아리아드네는 옷깃을 부여잡은 채 악마들의 묘지를 올려다보았다. 오싹하고 숨이 막혔다. 거인의 레이스를 보며 경이로운 아름다움에 벅차올랐던 것과는 확연히 다른 느낌이었다.

끝없는 시체의 산을 마주했을 때 들 법한 공포와 전율.

'······악마들의 묘지에 깃든 대정령이니까, 당연한 일이겠지.'

그녀는 이 대정령의 영토에 대해 떠올리며 두려움을 억눌렀다.

먼 옛날, 대륙 남부에 번성한 대도시가 있었다. 그 도시를 이룩한 민족은 경사가 있을 때마다 같은 사람을 잡아먹는 관습이 있었다. 다른 민족들은 그 식인종들을 악마 혹은 악귀라 부르며 증오하고 두려워했다.

그러던 어느 날, 악마들의 도시에 별이 떨어졌다.

그 추락은 어마어마한 폭발을 일으켰다. 태양보다 눈부신 빛이 터져 나왔고 대도시는 하루아침에 불살라졌다. 빛과 먼지구름이 잦아든 곳에는 거대한 구덩이와 잿더미만이 남았다. 생존자는 없었다.

사람들은 신이 악마들을 벌하기 위해 그 도시에 운석을 떨어뜨렸다고 믿었다. 도시가 있던 곳에 남은 크레이터는 자연히 악마들의 묘지라 불리게 되었다.

운석이 떨어졌을 때, 그 땅에 원래 살던 정령들도 대부분 소멸했다. 그곳을 지배하던 대정령마저도. 단 하나의 정령만이 죽어 가는 다른 정령들의 힘과 운석으로부터 생겨난 힘을 집어삼키고 살아남았다. 그 정령은 수십만에 달하는 죽음이 새겨진 땅에서 자아를 확립하고 새로운 대정령이 되었다.

악마들의 묘지. 많은 세월이 흘렀음에도 오늘날까지 그 영토에는 풀 한 포기 나지 않는다. 그 죽은 땅의 주인이 지금 아리아드네의 눈앞에 있었다.

대정령이 그녀를 굽어보았다. 아리아드네는 소름 끼치는 해골 눈동자를 피하지 않고 마주했다. 그녀가 겁에 질리거나 힘을 감당하지 못했으면 채널이 흔들리며 대정령의 형상이 흐트러졌을 것이다. 하지만 그런 일은 일어나지 않았다.

사실 섬뜩해서 그렇지 악마들의 묘지의 정령력 규모 자체는 거인의 레이스보다 작았다. 게다가 그녀의 곁에서 날개를 드리우고 있는 뤼르가 신성력을 퍼부어 주는 덕에 속이 뒤집히는 느낌도 덜했다. 피를 토하거나 코피를 흘리지도 않고 있으니까.

아리아드네가 담담히 올려다보자 그것이 이를 드러내며 웃었다. 쇳덩이 이빨들 사이로 불꽃이 숨결처럼 흘러나왔다. 대정령은 바위가 으깨지는 듯한 소리를 냈다. 파이가 번역해 주지 않아도, 아리아드네는 악마들의 묘지가 지금 낄낄거리며 웃고 있다는 것을 알 수 있었다.

그것이 먹구름이 있는 쪽으로 홱 돌아섰다. 대정령의 발아래에서부터 잿빛 대지가 물감이 번지듯 퍼져 나갔다. 먹구름 바로 아래에 한눈에 다 담기지 않을 정도로 커다란 크레이터가 형성되었다. 대정령의 영토였다.

악셀과 베로니카는 악마들의 묘지가 모습을 드러내는 순간 전속력으로 아리아드네 쪽으로 빠진 상태였다. 영토 내에는 검은 잔을 받은 자들만이 남아 대정령이 흩뿌리는 위압감에 경악하고 있었다.

그자들은 허겁지겁 성 쪽으로 달아났다. 성은 영토 내에서 빠져나가려는 듯 뒤로 물러나기 시작했다.

악마들의 묘지가 장난스럽게 손을 움직였다. 돌을 던지는 것 같은 자세로. 그러자 대정령의 텅 빈 가슴팍 중앙에 떠 있던 구체가 맹렬하게 회전하며 빛났다. 그리고 구체와 똑같은 운석이 하늘 저편, 영토 끄트머리에서 모습을 드러냈다.

별의 파편은 불과 연기로 치장하고 눈부신 궤적을 베일처럼 나부끼며 오염된 하늘을 가로질렀다. 영토를 빠져나가지 못한 먹구름은 성 전체를 감싸는 방어막을 펼쳤다. 그것을 본 악마들의 묘지가 다시금 바윗돌이 가루가 되는 것 같은 소리를 냈다. 비웃음이었다.

먼 옛날 인육으로 축제를 벌이던 자들의 도시 위에 떨어졌던 천벌이 인간이길 포기한 자들의 성을 꿰뚫으며 지상에 떨어졌다. 방어막은 쇠망치 앞의 유리잔처럼 깨어졌다.

성이 휘황찬란하게 폭발했다. 낙진이 치솟아 성의 이름처럼 먹구름이 되어 하늘을 가렸다. 눈 뜨고 볼 수 없을 만큼 강렬한 빛이 터져 나오고, 뒤이어 하늘이 무너지는 듯한 굉음이 들리며 땅이 반죽처럼 흔들렸다.

세상이 그대로 멸망하는 게 아닐까 싶은 폭발이었다. 그러나 그 여파는 정확히 악마들의 묘지가 선 곳까지만 미쳤다. 아리아드네나 다른 사람들이 있는 곳은 평온했다. 대정령이 영토를 제가 있는 곳까지만 구현하여 여파를 막은 덕분이었다.

악마들의 묘지는 작품을 감상하는 예술가처럼 턱을 괴고 폭발이 남긴 크레이터를 들여다보았다. 아리아드네는 채널에 몰입하면서 악마들의 묘지가 느끼는 감각을 공유받았다.

추락한 성의 흔적이 운석공 곳곳에 흩뿌려져 있었다. 생명의 기척은 없다. 악마들의 묘지가 탄생했을 때처럼, 운석이 떨어진 곳에 생존자는 아무도 없었다.

오로지 아이템 하나만이 부서지지 않고 그 파국의 현장에 멀쩡히 남아 있었다. 아리아드네가 찾던 물건이었다.

그녀는 대정령의 감각을 통해 그 아이템의 위치를 확인했다. 악마들의 묘지는 재에 파묻혀 널브러진 그것을 흥미롭다는 듯 쳐다보았다.

아리아드네가 대정령이 여파를 가라앉힌 영토 내로 발을 내디뎠다. 곁에 있던 뤼르가 반사적으로 그녀의 허리를 감싸며 제 쪽으로 당겼다.

"성녀님!"

"다 끝났어요, 뤼르."

아리아드네는 그의 손을 토닥이며 떼어 내고는 잿더미 속으로 걸어 들어갔다. 그러면서 위를 올려다보았다. 그녀를 굽어보고 있던 악마들의 묘지가 또 돌 부서지는 소리를 내며 웃더니 손을 내밀었다.

거대한 손가락이 아리아드네의 등을 쓰다듬듯이 툭 밀고는 연기처럼 사라졌다. 누가 봐도 호의적인 동작이었으나, 어마어마한 힘의 차이에 아리아드네의 약한 몸뚱이가 떠밀려 넘어질 듯 휘청거렸다.

"······!"

다행히 넘어지려는 순간 부드러운 모래가 저절로 솟구쳐 그녀를 받치더니 도로 세워 주었다. 악마들의 묘지가 아직 구현되어 있는 자신의 영토를 움직인 것이다.

"······감사합니다."

덕분에 넘어지진 않았지만, 전신이 모래투성이가 되는 건 막을 수 없었다. 아리아드네는 한숨을 내쉬며 모래를 대강 털어냈다.

[대정령들이 다시 접속했습니다.]

[신록의 그릇의 정령력을 사용합니다.]

[악마들의 묘지가 선물을 보냅니다.]

[정령석 1,983개를 획득했습니다.]

[악마들의 묘지의 우호도가 급격히 상승했습니다. 해당 대정령을 우호적인 대정령으로 분류합니다.]

[악마들의 묘지가 다른 대정령들에게 으스대고 있습니다.]

[많은 대정령들이 어이없어합니다.]

모래를 털어 내는 그녀 주위로 싱그러운 초록빛이 둥글게 퍼져 나갔다. 지켜보던 사람들은 그제야 숨을 쉴 수 있었다.

혼이 다 빠져나간 듯한 아이들 사이에서 소피아만이 양손을 모으고 사랑에 빠진 듯한 얼굴로 아리아드네의 뒷모습을 바라보았다.

악셀과 루드빅은 재빨리 아리아드네 곁으로 달려오더니 동시에 그녀를 부축하려 했다.

"……!"

붉은 눈이 서로 마주쳤다. 악셀은 의아한 눈으로 그를 쳐다보았고, 루드빅은 눈살을 찌푸리더니 얼른 아리아드네에게로 시선을 돌렸다.

"공작님, 괜찮으십니까? 피곤하실 텐데 제게 기대세요."

그가 은근히 악셀을 밀어내며 아리아드네를 제 쪽으로 당겼다. 악셀은 밀려나는 대신 힘을 주어 버티며 루드빅을 노려보았다.

"손 조심하라고 했다, 루드빅 블레이르."

"너야말로 조심하지? 불 조절도 못 하는 놈이 힘 조절은 되냐?"

나직한 으르렁거림이 오갔다. 얼결에 양쪽 팔을 붙들린 꼴이 된 아리아드네가 황당하다는 듯 그들을 돌아보았다.

"둘이 뭐 해?"

"저는……."

"이 녀석이……."

악셀과 루드빅이 동시에 변명하려는 듯 입을 열었다. 아리아드네는 고개를 내저었다.

"됐으니까 일단 놔 봐."

악셀이 미적거리며 그녀의 팔을 놓았다. 루드빅 역시 눈치를 보며 떨어졌다. 그녀가 그들을 내버려 두고 걸음을 옮기자, 커다란 남자 둘이 그녀의 뒤를 졸졸 따라왔다. 아리아드네는 뒤를 흘깃 보고는 당황했다.

'악셀이야 원래 저랬다지만, 루드빅은 갑자기 왜 이러지?'

[……]

파이가 한숨을 내쉬더니 조그맣게 덧붙였다.

[아리아가 나쁩니다.]

'내가 뭔가 실수했어?'

[아니요.]

'그럼 왜?'

[아무튼, 아리아가 나빠요.]

아리아드네는 눈썹을 모았다. 눈을 굴리던 그녀가 조심스럽게 물었다.

'내가 루드빅한테 자꾸 후방 지원이나 보조 역할을 맡겨서 그런 걸까?'

[예?]

'루드빅은 더 화려하게 활약하고 싶을 테니까……. 전면에 나서게 해 달라고 말할 틈을 노리는 거 아니야?'

파이는 한참 말이 없다가 가까스로 대답했다.

[……네, 그럴지도 모르겠네요. 아니, 분명히 그럴 것 같습니다. 그에게 좀 더 활약할 기회를 주는 게 좋겠습니다, 아리아.]

'응, 고민해 봐야겠네. 저격이 유용하긴 하지만, 아무래도 루드빅의 주력은 검술이니까.'

토벌대의 정령 기사들 중에서 가장 융통성이 있고 잡기에 뛰어난 게 루드빅이다 보니 그를 자꾸 후방으로 돌리거나 별도 임무를 주게 된다. 하지만 기사란 원래 앞서서 싸우는 직종이다. 적성에 맞지 않는 역할로 인해 불만이 쌓였을지도 모른다.

'다음에 한번 제대로 얘기를 해 봐야겠어.'

아리아드네는 내심 반성하며 성의 파편 사이로 걸어갔다. 찾던 아이템은 재에 반쯤 파묻혀 있었다. 맨손으로 만졌다간 오염되는 물건이다. 가호를 둘러 오염을 막을 수 있는 정령 기사가 필요했다.

"악세……."

습관적으로 악셀을 부르려던 아리아드네가 말끝을 흐렸다. 돌아보니 뒤에 있는 사람이 하나가 아니라 둘이라서 애매했다. 두 쌍의 붉은 눈이 기대하는 빛을 띠고 그녀를 응시했다. 뭐든 시켜 달라는 듯이.

아리아드네는 한 명을 지목하는 것을 포기했다.

"아무나 이거 좀 꺼내 줄래? 오염될 수 있으니까 가호 두르고 꺼내야……."

그녀가 입을 여는 순간 이미 움직이기 시작한 루드빅이 푸르스름한 가호를 두른 손으로 재에 파묻혀 있던 아이템을 들어 올렸다.

눈썰미가 좋은 그는 아리아드네의 시선과 행동을 보고 그녀가 무슨 명령을 내릴지 이미 예상했기에 빠르게 움직일 수 있었다. 아리아드네의 말을 듣고서야 움직인 악셀은 그보다 늦을 수밖에 없었다. 악셀의 눈썹이 꿈틀거렸다. 루드빅은 싱긋 웃으며 제가 들어 올린 것을 가리켰다.

"공작님, 이걸 말씀하신 것 맞습니까?"

"응, 맞아. 고마워."

"별말씀을. 그런데 이게 뭡니까? 불길하게 생겼군요."

그것은 새카맣고 커다란 잔이었다. 대충 깎아 만든 것처럼 거칠고 별다른 장식도 없었지만, 표면의 검은빛이 기묘하게 일렁거려 불길한 느낌이 들었다. 아리아드네는 돌아서서 일행들이 있는 곳으로 걸음을 옮기며 대답했다.

"검은 잔의 원본이야."

"예?"

"'검은 잔을 받은 자들'이라고 부르잖아. 인간을 마계의 족속으로 만들어주는 검은 잔 말이야."

"……!"

"그자들이 받는 건 대부분 모사품이지만, 이건 마왕이 직접 만든 원본이거든. 오래 들고 있으면 정신이 이상해지니까 조심해야 해."

루드빅이 섬뜩하다는 듯 인상을 찌푸리고 검은 잔을 최대한 멀찍이 들었다.

"이런 걸 어디에 쓰시려는 겁니까?"

"그게 있어야 대미궁의 진짜 입구를 찾을 수 있어. 마계의 족속들이 드나들 때 쓰는, 비교적 안전한 길을."

"아하, 열쇠 같은 거로군요."

"열쇠라기보다는 나침반에 가까워."

"내가 좀 살펴봐도 돼?"

어느새 다가온 에리히가 대화를 다 들었는지 초롱초롱한 눈으로 끼어들었다. 아리아드네는 그럴 줄 알았다는 듯 별로 놀라지도 않고 그의 허리에 매달린 가죽 주머니를 가리켰다.

"오라버니 인벤토리에 정령석 가루로 마법진 새긴 상자 있죠? 그거 꺼내서 이거 담아 가요."

"아, 그 오염 방지 마법진 떡칠된 거. 안이 비어 있길래 이걸 왜 넣어 놨나 했는데 저거 때문이었구나."

에리히가 신이 나서 상자를 꺼내 열었다. 아리아드네는 루드빅이 조심스럽게 그 안에 검은 잔을 담는 것을 지켜보았다. 문득 그녀의 동공이 확장되었다.

"……어?"

"아리아? 어디 아프십니까?"

줄곧 그녀를 보고 있던 악셀이 바로 반응했다. 아리아드네는 멍한 얼굴로 손을 내저었다.

"아냐, 그런 게 아니라……."

전신이 저릿해서 말이 잘 나오지 않았다. 혀끝이 마비되는 듯한 기분이었다. 무릎이 힘없이 푹 꺾이는 것을 악셀이 다급히 받아 안았다.

"아리아!"

무언가를 감지했는지 아이들 근처에 있던 뤼르가 날개를 펴고 날아오는 것이 보였다. 아리아드네는 단단한 악셀의 팔뚝을 붙잡고 심호흡을 했다.

'이건…….'

발작이나 피로 때문이 아니었다. 채널에 일어난 이변이 그녀의 몸에까지 영향을 미치고 있었다.

채널에 엄청난 것이 접속했다. 그녀로서도 감당하기 어려운 존재가. 경악으로 떨리는 파이의 음성이 들려왔다.

[대정령, '하늘'이…… 당신의 채널에 처음으로 접속했습니다.]

하늘.

그 이름에 아리아드네는 비로소 자신의 상태를 이해했다.

엘리시움에서 가장 광활한 영토를 가진 대정령. 어둠 살해자와 빛 살해자를 비롯해 극소수의 강대한 대정령을 휘하에 두고 있으며, 인간이 인식하기엔 너무나 아득하여 가끔 실존하지 않는 관념으로만 치부되기도 하는 존재.

태초부터 존재한 가장 오래된 정령 중 하나이자, 이 세계에서 '하늘'이라 불리는 모든 공간을 자신의 영토로 거느린 대정령.

인간의 채널에 접속한 역사가 없는 그 대정령이 지금, 그녀의 채널에 접속했다.

감당할 수가 없었다. 아리아드네는 입을 틀어막고 헛구역질을 했다. 산에 깔린 것처럼 무겁고 온몸이 찢길 듯 당겨졌다. 통증에 둔하지 않았다면 아마 비명을 질렀을 것이다.

[아리아, 괜찮습니까?]

[차, 차단이 불가능합니다. 무언가 전언을 보내고 있는데…… 번역이, 번역이 쉽지 않군요. 잠시만 기다려 주십시오.]

파이가 초조하게 말했다. 아리아드네는 대답하지 못했다. 어지러웠다.

"대정령 강림도 끝났는데, 어째서……!"

뤼르가 급히 신성력을 끌어 올렸다. 악셀은 제 망토를 찢다시피 벗어 바닥에 내던지고는 그 위에 아리아드네를 조심스레 눕혔다.

그녀는 몸을 늘어트리는 게 아니라 태아처럼 웅크렸다. 식은땀이 순식간에 전신을 적셨다. 덜덜 떨리는 그녀의 위로 뤼르가 다짜고짜 퍼부은 신성력이 희미하게 어렸다.

아리아, 성녀님, 공작님, 아가씨…… 등의 외침이 아련하게 들려왔
다. 귀에 이명이 울려 제대로 알아들을 수가 없었다. 그 와중에 선명
하게 파이의 음성이 들려왔다.

[됐습니다. 번역하겠습니다!]

파이가 가쁘게 말을 이었다.

[하늘이 별이 떨어지는 것을 보고 당신을 찾아왔다고 합니다.]

[하늘이 접속이 정말 될 줄은 몰랐다며 당신에게 미안해합니다.]

[하늘이 당신에게 선물을 보냅니다.]

[하늘의 정령석을 획득했습니다. 채널 내에서 보관 불가능한 용량
의 정령석입니다. 즉시 방출하겠습니다.]

[하늘이 당신이 자신을 감당할 수 있게 되길 기다리겠다고 전합
니다.]

[대정령, 하늘이 접속을 종료했습니다.]

마지막 보고와 함께 전신을 짓눌러 숨조차 쉬기 어렵게 만들던 무
게감이 훅 사라졌다.

그제야 주변의 소란이 들렸다.

"뭘 하고 있는 건가? 숨을 못 쉬시잖나!"

"제기랄, 얘가 갑자기 왜 이래?"

"아가씨…… 아가씨……."

아리아드네는 힘겹게 눈을 깜박였다. 움켜쥐고 있던 손안에 단단한
것이 생겨나 있었다. 그녀는 흐릿한 눈으로 손을 펼쳐 그것을 보았다.
투명한 보석이었다. 유리창에 어리는 화상처럼 보석 안에 파랗고 맑
은 하늘이 어른어른 비쳤다.

'하늘의 정령석……?'

그 생각을 마지막으로, 그녀는 정신을 잃었다.

눈을 뜨자 환상 도서관 안이었다. 아리아드네는 파이의 무릎을 베고 누워 있었다. 그녀의 머리칼을 가만히 쓸어 넘기던 파이가 연하게 웃었다.

"일어나셨습니까, 아리아?"

"응……. 내가 얼마나 기절해 있었어?"

"막 아침 해가 떴습니다."

"거의 하루 종일 잔 거네."

아리아드네는 한숨을 쉬며 몸을 일으켰다.

"별일 없었어? 채널 상태는 어때?"

파이는 완전히 일어나려는 그녀를 부드럽게 제지하더니 제 품에 기대앉게 했다. 그녀를 뒤에서 안은 그가 그녀의 귓가에 속삭였다.

"괜찮습니다. 채널도 잘 유지되고 있고요. 아, 보고드릴 것이 하나 있습니다."

"윽, 잠깐만, 파이."

아리아드네는 몸을 움츠리며 그에게서 벗어나려 했다. 그러나 파이는 팔에 힘을 주며 그녀를 놓지 않았다. 그녀는 잠깐 힘을 주다가 금방 포기했다. 그녀의 힘으로 파이의 팔을 밀어내는 건 무리였으니까. 아리아드네는 대신 푸념을 했다.

"파이, 귀에 대고 말하지 말랬잖아. 간지럽단 말이야."

"깜박 잊었습니다. 죄송합니다."

파이가 말끔한 얼굴로 사과했다. 한 번 본 책도 절대 잊지 않는 그가 깜박 잊었다는 말을, 아리아드네는 그다지 의심하지 않았다.

"일단 이거 좀 놔줄래?"

"싫습니다."

"……왜?"

"당신을 잃을 뻔했으니까요."

파이가 눈꼬리를 늘어뜨렸다.

"안고 있게 해 주세요, 아리아. 파이는 당신의 체온을 느껴야 안심이 될 것 같습니다. 무서웠어요……."

습기 어린 눈, 어리광을 피우는 듯한 말투. 아리아드네의 마음이 약해졌다. 그녀는 고개를 젖혀 그를 올려다보며 뺨을 가만히 쓰다듬었다.

"그렇게 놀랐어?"

'네, 그래서 그 빌어먹을 대정령을 죽여 버리고 당신을 여기에 가두고 싶어졌습니다. 할 수만 있다면 정말 그랬을 겁니다.'

그러면 당신은 계속 안전할 거고, 당신 주위를 맴도는 다른 인간들과 가까워지지도 못하겠지요.

'그럴 수만 있다면…….'

파이는 진짜 대답을 속으로 삼키며 처연한 표정을 만들어 냈다.

"네, 정말 놀랐습니다. 아리아는 괜찮습니까?"

"지금은 괜찮은데. 가뿐해."

"환상 도서관 안이라서 그런 겁니다. 일어나시면 꽤 피로할 거예요."

파이가 안타까운 듯 그녀의 이마를 쓸었다. 그가 나직이 중얼거렸다.

"계속 여기 계시면 안 아프실 텐데."

"그러게. 하지만 그럴 순 없으니까."

아리아드네는 가볍게 그의 말을 넘기고는 되물었다.

"보고하려던 건 뭐야?"

"……이번 일로 아리아의 채널 규모가 많이 늘어났습니다."

"응?"

"하늘이 접속하면서 영혼이 붕괴할 위기에 처하자, 아리아가 무의식적으로 채널을 확장한 것 같습니다."

파이가 근처에 쌓여 있던 종이 뭉치를 뒤지더니 보고서 한 장을 꺼내 내밀었다. 그것을 받아 본 아리아드네는 깜짝 놀랐다.

"이게 뭐야. 거의 1.5배가 됐잖아?"

"앞으로는 무리하지 않아도 웬만한 대정령은 쉽사리 강림시키실 수 있을 듯합니다."

"세상에…… 기연이었네. 하늘에게 감사하다고 전해야겠어."

"그 망할 대정령에게 감사할 필요는 없습니다. 당신은 살아남기 위해 급격하고 반강제적인 확장을 한 겁니다. 영혼에도 신체에도 무리가 많이 갔어요. 안정될 때까지 한동안은 조심하셔야 합니다. 아리아는 정신이 없어서 잘 몰랐겠지만, 그 대정령 때문에 정말 죽을 뻔했단 말입니다."

파이가 울컥하며 대꾸했다. 아리아드네는 빙그레 웃었다.

"고의가 아니었다잖아. 사과도 했고, 덕분에 큰 이득도 봤고."

그녀는 약간 들뜬 어조로 손가락을 꼽으며 말을 이었다.

"이 정도면…… 창백한 푸름이나 거인의 레이스급은 힘들어도, 그 아래 규모의 대정령들은 무난히 불러들일 수 있겠는데. 대미궁 공략이 쉬워지겠어."

꼼지락거리며 강림시킬 만한 대정령들을 셈하고 있는 그녀에게 파이가 속삭였다.

"아리아는 정말 대미궁 공략에만 집중하는군요."

"당연하잖아. 공략에 실패하면 나만 죽는 것도 아니고 다 죽는데."

아리아드네는 쉽게 대답하고는 전에 파이가 정리해 두었던 대정령 목록을 찾아 종이 더미를 뒤적거렸다.

파이는 그녀가 얼마 전 채널을 잠깐 덮어 두었을 때를 떠올렸다. 대정령들이야 아리아드네가 잠든 거겠거니 하고 말았지만 파이는 알고 있었다. 그녀는 잠든 게 아니라 악셀 발렌타인을 만나러 갔을 것이다.

'그와 뭘 하시려고 파이의 눈까지 가리셨습니까? 환각 저주에 걸렸을 때 본 것 중에 파이에게 숨기신 내용이 있지요? 그것 때문에 그에게 신경이 쓰이십니까? 무엇을 보셨습니까?'

파이는 이 질문들을 그녀에게 꺼내지 않았다. 오히려 아무것도 알아차리지 못했다는 듯이 행동했다. 아리아드네가 대미궁 공략이라는 목표 외의 것에 관심을 기울이는 게 두려워서.

'대미궁을 닫고 나면 뭘 하실 겁니까?'

그래서 이 질문도 던질 수 없었다.

파이는 아리아드네의 미래를 상상해 보았다. 소설의 엔딩을 바꾼 이후의 미래.

그녀는 책 속의 등장인물이 아니니 그녀의 인생은 책을 덮는다고 끝나지 않는다. 그녀의 삶은 대미궁을 닫은 이후에도 이어질 것이다. 아리아드네는 언젠가 누군가를 선택하여 곁에 둘 것이다. 그리고 그는 그녀의 선택 범위에도 들지 못할 것이다.

'그때, 아리아의 선택을 축하해 줄 수 있을까?'

파이는 아리아드네가 악셀에게 가진 부채감, 죄책감, 책임감, 연민, 애정, 호감을 모두 알고 있었다. 악셀 발렌타인이 아리아드네에게 얼마나 집착하고 있으며, 그가 그녀를 어떻게 바라보고 있는지도 알고 있다.

이대로라면 아마도 그녀는 악셀 발렌타인을 선택할 거고, 선택받은 그는 환희에 차서 아리아드네를 얽어매고 절대로 놓지 않겠지.

채널을 덮어 놓았던 아리아드네가 악셀 발렌타인과 함께 무엇을 했을지 상상해 보았다. 속이 뒤틀리는 기분이 들었다. 파이는 이를 악물었다.

'파이가 이 소설의 주인공이었다면, 당신은 그자가 아니라 파이에게 집중했을까요?'

그럴 수 없다는 것을 안다. 도서관에 갇혀 책을 보는 것 외엔 아무것도 할 수 없는 존재는 절대 주인공이 될 수 없다. 그런 재미없는 이야기는 아무도 쓰지 않을 테니까.

'차라리 진짜 정령이었다면 이런 욕망을 느끼지 않을 텐데.'

파이는 여전히 자신이 무엇인지 모른다. 아리아드네가 보았다는 환각을 떠올려 본다. 관 속의 신. 자신을 닮았다는 여자.

정말 자신은 신일까?

만약 자신이 기억을 잃고 불완전해진 엘리시움의 신이라면. 언젠가 전지전능한 신의 모습을 되찾을 수 있다면.

'그렇다면 그 권능으로 아리아를 가질 수 있을지도……'

파이는 아리아드네의 허리를 안은 제 손에 과한 힘이 들어가고 있는 것을 깨달았다. 다행히 통각이 둔하고 소환 가능한 대정령 목록을 살피느라 정신이 없는 아리아드네는 알아채지 못한 듯했다.

그는 손에서 힘을 빼고 흘러내린 아리아드네의 머리카락에 입술을 묻었다. 그녀가 알아채지 못하도록, 깊고 진득하게.

아리아드네는 환상 도서관에서 나와 눈을 떴다. 눈을 뜨자마자 어지러웠다. 몸을 일으키니 사지가 무겁고 피로하기까지 했다. 파이가 후유증이 있을 거라며 한동안 조심하라고 한 이유를 알 것 같았다.

몸을 일으킨 뒤 가장 먼저 보인 것은 졸고 있는 수호성인이었다. 아마 그녀의 상태가 불안정해서 줄곧 붙어 있었던 모양이었다.

'밤새 지켜본 걸까?'

그녀는 제 침대에 기대앉아 날개를 담요처럼 덮고 있는 뤼르를 미안한 눈으로 바라보았다.

'깨우지 말자.'

아리아드네는 이불을 그의 위에 살짝 덮어 주고, 조심조심 막사를 빠져나왔다.

바깥은 소란스러웠다.

"수프 빨리 끓여! 그렇다고 겁화 꺼내서 태워 먹진 말고!"

루드빅이 정신없이 프라이팬을 놀리며 소리를 질렀다. 그의 말에 악셀이 급히 냄비로 다가가는 게 보였다.

마물을 불사르던 불이 냄비의 아래를 달구고, 마물의 머리를 터뜨려야 할 것 같은 손이 국자를 쥐고 냄비를 저었다. 사납던 눈동자는 신중하게 냄비 속을 들여다보고 있었다. 그 안에 있는 건 그도 그녀도 아닌 다른 사람을 위한 음식이었다.

'악셀이 정말 달라졌네.'

국자를 쥐고 집중하는 그가 귀여워서 아리아드네는 웃음을 참으며 다른 쪽으로 고개를 돌렸다. 베로니카는 아이들에게 음식을 나눠 주고 있었고, 에리히는 초췌해진 얼굴로 소리를 지르고 있었다.

"넌 왜 울어? 뭐? 쟤가 빵 뺏었어? 야! 먹을 거 충분하니까 싸우지 말고 기다리라고 했지! 넌 또 왜 수프를 다 질질 흘리고 있냐! 갈아입을 옷 없으니까 흘리지 마! 뭐? 누가 이불에 오줌 쌌다고? 아오, 미치겠네!"

에리히가 질러대는 고함만 들어도 사태가 짐작되었다. 6명의 성인 토벌대원을 위해 준비된 캠프와 보급품으로 수십 명의 아이들을 돌보기엔 무리였다. 아리아드네는 막사 입구에 선 채 목뒤를 잡았다.

'얼른 애들을 안전한 곳으로 보내야겠네.'

막사 근처에서 기웃대고 있던 소피아가 아리아드네를 보자마자 후다닥 달려왔다.

"정령사님! 일어나셨네요! 걱정했어요!"

"안녕, 소피아."

아리아드네가 웃으면서 인사하자 소녀의 얼굴이 터질 듯이 붉어졌다.

"제 이, 이름을 아세요?"

"어제 알려 줬잖니."

"아…… 그걸 기억하세요……? 와…… 영광이에요! 너무 좋아, 어떡해…….."

소피아는 가슴께에 양손을 모으고 새빨개진 얼굴로 발을 동동 구르더니 정신을 차리려는 듯 고개를 획획 내저었다. 소녀가 주저주저

하며 그녀를 올려다보았다.

"저어, 정령사님, 한 가지만 여쭤봐도 될까요?"

"여러 가지도 괜찮아."

아리아드네가 부드럽게 답하자 용기가 났는지 소피아가 입을 열었다.

"여기는 저주받은 땅이고, 은인분들은 대미궁을 토벌하러 가시는 길이었다고 들었어요. 그, 그러면 이제 저희를 어떻게 하실 건가요?"

"음…… 혹시 돌아갈 곳이 있니?"

조심스러운 물음에 소피아의 얼굴이 어두워졌다.

"우리 마을 아이들은 돌아갈 곳이 없어요. 어른들이 다 죽었으니까요……. 다른 곳에서 온 애들도 마찬가지예요."

역시 그랬구나.

아리아드네의 낯빛도 어두워졌다. 소피아가 눈치를 보며 급히 말했다.

"보, 보급품만 조금 나눠 주시면 저희끼리 나갈 수 있어요! 여기서 나가기만 하면 어떻게든……."

"아니, 그건 무리야. 여긴 저주받은 땅이고, 마물이 아주 많거든."

"아……."

"걱정하지 말렴. 책임질 생각도 없이 너흴 구한 건 아니니까."

아리아드네는 소녀의 머리를 쓰다듬어 주고 도로 막사로 들어갔다. 뤼르는 여전히 잠들어 있었다. 그녀는 간이침대에 걸터앉아 편지지와 인장을 꺼냈다.

'일단 저주받은 땅 바깥까지 데려다주고, 거기부터는 새벽 용병단을 불러 엘디어로 애들을 데려가라고 해야겠어.'

용병단에게 보낼 편지를 빠르게 쓴 뒤, 다음으로는 비서 이자벨에게 보낼 편지를 쓰기 시작했다.

'아이들 수가 많으니 고아원을 하나 세워야겠어. 연계된 학교도……. 그래, 이참에 장학 재단을 하나 만들자. 다른 부모 잃은 아이들도 돌볼 수 있도록……. 그냥 고아가 아니라 엘디어 장학생으로 삼는 거야. 그럼 장학 재단을 맡을 사람이 필요한데…….'

아리아드네는 문득 뤼르의 잠든 얼굴을 들여다보았다. 그의 온화하고 단정한 얼굴에는 걷어 낼 수 없는 그늘이 드리워져 있었다.

사도들의 신앙 실험으로 고향과 어린 동생들을 모두 잃어버린 신관. 검은 잔을 받은 자들의 신앙 실험 때문에 고향과 가족을 잃은 아이들.

에이미의 사연을 듣고 분노로 날개를 떨던 그의 모습이 떠올랐다.

'……뤼르가 계속 살아갈 목적으로 장학 재단은 어떨까.'

그녀의 수호성인이 되면서 그가 자살할 위험은 사라졌다지만, 아리아드네는 뤼르가 그녀에게 종속된 채 평생을 사는 것을 바라지 않았다.

뤼르에겐 뤼르의 인생이 있어야 한다. 복수가 끝나면 과거가 아니라 미래를 보아야 하고.

'살아남은 아이들의 성장을 지켜보는 건 뤼르에게 여러모로 도움이 될 거야.'

그늘을 걷어내진 못해도 흐리게 만들 수는 있을지도 모른다.

뤼르에게 장학 재단을 맡겨 보자. 물론 싫다면 어쩔 수 없으나, 아마 그러면 자신에겐 그럴 자격이 없다며 쩔쩔맬지언정 거절하진 않을 것이다.

아리아드네는 결심하고 편지를 이어 썼다.

마무리한 편지 봉투를 들고 나가 보니 소란은 그럭저럭 잦아들어 있었다. 그녀를 발견한 에리히가 비척비척 다가왔다.

"야, 해골, 너 괜찮냐? 큰일 나는 줄 알았잖아."

"이제 괜찮아요. 푹 잤잖아요."

"안색은 여전히 나쁜데. 강림 잘 끝내 놓고 왜 쓰러졌던 거야?"

"좋은 일로요."

"뭐? 그게 무슨 헛소리야?"

"그러고 보니 제가 쥐고 있던 정령석은 어떻게 되었어요? 오라버니가 가져가서 조사하셨죠?"

"……어떻게 알았어?"

"뻔하잖아요. 주세요."

아리아드네가 픽 웃자, 에리히가 툴툴거리며 주머니에서 벨벳 천으로 감싼 보석을 꺼내 그녀에게 내밀었다. 기절하기 직전엔 파란 하늘을 비추고 있던 보석이 지금은 비가 오는 흐린 하늘을 비추고 있었다. 시시때때로 비추는 하늘이 달라지는 모양이었다.

"그거 대체 뭐냐? 정령석 같긴 한데, 담겨 있는 힘이 무시무시해."

"하늘의 정령석이에요."

"하, 뭐?"

"하늘이요."

에리히가 검지를 펴더니 하늘을 가리켰다.

"저거?"

"네, 대정령 하늘."

"······그게 실존하는 대정령이었어? 영토지리학에서 만들어 낸 개념 아니고?"

"실존해요. 어제 제 채널에 접속했었거든요."

"하늘이 네 채널에 접속했었다고?"

"네, 그런데 제가 감당하지 못해서 기절했던 거예요. 미안하다고 정령석을 주더라고요."

인류 최초로 삼중 무영창에 성공한 마법사는 경악하다 못해 황당하다는 눈빛으로 아리아드네를 바라보았다.

"너 진짜······ 진짜로, 정령술의 역사를 새로 쓰는구나."

"오라버니한테 그런 말을 들으니 여러모로 기분이 이상한데요. 연구비 모자라요?"

아리아드네는 그의 말을 대충 웃어넘기고는 손안의 정령석을 들여다보았다. 투명한 보석은 그새 다른 하늘을 비추고 있었다. 이번에는 뉘엿뉘엿 노을이 지는 하늘이었다.

'저릿저릿하네.'

담겨 있는 정령력이 손이 떨릴 정도로 짙었다. 그녀는 눈을 감고 정령석에 집중했다.

정령력을 물에 비유하면 채널은 수로, 정령석은 얼음 같은 느낌이었다. 수로에 녹은 채로 두었다가 얼리면서 꺼내고, 꺼낸 뒤에 다시 녹이면 물이 되는, 정해진 양이 있는 얼음 조각. 그런데 하늘의 정령석은 무언가 달랐다.

'빙산의 일각을 쥐고 있는 것 같은 기분이야.'

무한한 무언가와 연결되어 녹여도 녹여도 사라지지 않을 것만 같은 느낌.

'하늘과 연결되어 있어서 이런 걸까? 단순히 용량이 무한한 정령석인 걸까, 아니면 다른 기능이 있는 걸까.'

전례가 없는 일이라 환상 도서관에도 정보가 없을 것이다.

'틈날 때마다 살펴봐야겠어.'

아리아드네는 다시 파란 하늘을 비추고 있는 정령석을 챙겨 넣은 뒤 동료들을 불러 모았다. 걱정스럽게 그녀를 살피는 이들에게 이제 괜찮다고 다독여 준 뒤 무슨 일이 있었는지, 앞으로 어떻게 할 건지 간단히 일러 주었다.

"……그래서 저주받은 땅 바깥까지 아이들을 데려다주고 와야 할 것 같아요."

아리아드네의 채널에 대정령 '하늘'이 접속했었다는 말에 넋이 나가 있던 사람들이 퍼뜩 정신을 차렸다.

"온 길을 되돌아가야 하는 거군요. 다행히 깊숙이 들어오진 않았고, 오면서 마물을 많이 죽였으니 되돌아가는 건 빠를 겁니다."

루드빅이 고개를 주억거렸다. 뤼르가 결연한 표정으로 끼어들었다.

"성녀님께서는 여기 계셔야 합니다. 현재 몸 상태로 많은 사람을 위한 영토를 펼친 채 빠르게 행군하는 건 위험합니다. 적어도 하루 이틀은 이동 없이 최소한의 영토만 유지하고 많이 주무셔야 해요."

"저도 무리할 생각은 없어요, 뤼르. 그래서 아이들을 데려다주고 오는 동안 저는 여기서 기다리면서 체력을 회복하려고요."

"정말 좋은 생각이십니다. 이 기회에 제발 좀 아무것도 하지 마시고 쉬십시오. 신성력은 만능이 아니란 말입니다."

안도한 신관이 잔소리를 했다. 아리아드네는 제가 그렇게 무모하게 굴었나 싶어 조금 반성했다.

"하지만…… 아가씨 혼자 여기 계시는 건, 위험해요."

베로니카가 걱정스럽게 말했다. 에리히가 그녀의 말을 받았다.

"당연히 한 명쯤은 남아서 우리 해골 푹 쉴 수 있게 지켜야지. 나머지는 애들 데려다주고 오고."

"제가 남겠습니다."

루드빅이 냉큼 손을 들었다. 악셀이 눈살을 찌푸렸다.

"내가 남겠다. 그게 가장 안전하지 않나?"

"걸핏하면 요리를 태워 먹는 주제에 공작님을 어떻게 모시겠다고?"

"무슨 일이 생길지 모르는데, 편히 쉬실 수 있도록 가장 강한 사람이 남아야 할 것 아닌가."

두 쌍의 붉은 눈이 서로를 노려보았다.

[아무래도 베로니카 브란테가 남는 게 낫지 않겠습니까?]

파이가 슬쩍 권했다. 아리아드네는 황당한 심정으로 으르렁거리는 기사들을 보다가 한숨을 내쉬며 끼어들었다.

"일단 뤼르하고 에리히 오라버니는 반드시 가야 하고, 루드빅도 아이들 따라가야지."

"예? 저는 왜……."

루드빅이 억울하다는 듯 그녀를 돌아보았다. 아리아드네는 의아하게 대꾸했다.

"아이들 식사를 챙겨 줄 만한 사람이 루드빅뿐이잖아. 악셀은 걸핏하면 태운다며."

"……."

루드빅은 말문이 막혀 입을 뻐끔거리더니 양손으로 머리를 움켜잡았다. 제 꾀에 제가 넘어간 꼴이었다.

아리아드네는 베로니카와 악셀을 번갈아 보았다.

"그래서 둘 중 한 명이 남는 게 나을 것 같은데, 어떻게 할래?"

악셀이 베로니카를 홱 돌아보았다. 그녀는 나른한 표정으로 에리히를 흘깃 보더니 입을 열었다.

"쟤랑 사고뭉치…… 둘이 보내면, 한 번은 싸울 것 같으니까…… 제가 갈게요."

아리아드네는 악셀과 단둘이 남는 게 약간 부담스러워서 내심 베로니카가 남길 바랐다. 그러나 베로니카의 말대로 그녀 없이 악셀이 다른 동료들과 오래 있는 게 불안하기도 했다.

'어쨌든 원작에서 주인공은 에리히 오라버니 배에 칼을 꽂았던 전적이 있으니까. 악셀은 주인공보다 훨씬 착하니까 괜찮겠지만…… 그래도 안전한 게 낫겠지.'

"그래, 그럼 그렇게 하자."

아리아드네는 고개를 끄덕이고 일어났다.

그녀가 에리히와 함께 구체적인 일정을 논의하는 사이, 베로니카가 악셀을 돌아보더니 작게 속삭였다.

"빚졌지?"

"……?"

"나중에 갚아……. 공중전, 연습시켜 줘."

"무슨……."

"계속 망나니처럼 굴었으면…… 아가씨 곁에서, 꺼지라고 했을 텐데. 노력하는 게 보이고…… 아가씨가 널 아끼시니까, 봐주는 거야. 잘 모셔."

어깨를 으쓱인 베로니카는 이쪽을 기웃거리는 아이들에게 향했다.
악셀은 뒤늦게 베로니카의 말뜻을 이해했다.

시간을 끌 이유가 없기에 일행은 바로 짐을 챙겨 출발했다. 아리아
드네는 혹시 몰라 엘릭서와 정령석을 듬뿍 챙겨 주었다.

루드빅이 앞을, 베로니카가 뒤를 맡았다. 그들 사이에서 아이들은
은은히 빛나는 정령등을 하나씩 들고 소풍 가는 것처럼 재잘거리며
걸었다.

정령등의 불빛들이 멀어지고 나자, 좁아진 영토에는 악셀과 아리아
드네만이 남았다.

'이틀 정도……'

저주받은 땅 밖으로 나가서 새벽 용병단이 아이들을 데리러 오길
잠깐 기다린 다음, 여기로 되돌아오기까지. 이틀 정도는 악셀과 단둘
이 있어야 하는 셈이다.

'예전이었다면 신경도 안 썼을 텐데.'

지금은 어딘지 모르게 어색하고 부담스러웠다.

그녀는 슬쩍 뒤를 보았다. 잘생긴 머리통이 물끄러미 그녀를 보고
있었다. 뭔가 생각에 빠진 듯한 얼굴이었다.

"난 좀 쉴게, 악셀."

아리아드네는 막사로 도망치듯 들어왔다. 몸에 피로가 쌓인 것은
사실이라 간이침대에 눕자마자 잠이 쏟아졌다.

기절하듯 잠들었다가 눈을 뜨니 영토 안이 어둑어둑해져 있었다.

자는 사이 열이라도 났는지 전신이 땀에 젖어 찝찝했다. 아리아드네는 제 이마를 짚어 보았다.

'열이 난 건가? 잘 모르겠는데.'

[확실히 열이 있습니다, 아리아. 젖은 옷을 갈아입고, 뭐라도 좀 드신 뒤에 더 쉬시는 게 좋겠습니다.]

파이가 걱정스러운 듯 말했다. 아리아드네는 고개를 끄덕이고 침대에서 일어났다. 아무 생각 없이 벌떡 일어났더니 시야가 핑 돌았다. 그녀는 휘청이다 막사 기둥을 잡고 간신히 넘어지는 꼴을 면했다.

"아리아! 무슨 일입니까?"

막사 밖에서 부산스러운 소리가 들리더니 악셀이 불쑥 머리를 들이밀었다.

'별달리 소리도 안 냈는데 어떻게 알아챈 거지? 정령 기사들 감각은 가끔 무섭다니까.'

아리아드네는 기둥에 기대선 채 손을 내저었다.

"별일 아니야. 괜찮아."

"당신은 스스로 괜찮은지 아닌지 모르는 사람이지 않습니까."

악셀이 인상을 쓰고 하는 말에 그녀는 픽 웃고 말았다.

"옛날에 오라버니도 비슷한 말을 했었는데."

"어릴 때나 지금이나 이 방면으론 발전이 없으시단 뜻이군요."

비딱하게 대꾸한 악셀이 덧붙였다.

"식사를 준비해 두었습니다. 드시고 쉬십시오."

"약초 안 넣었지?"

"같은 실수를 또 할 정도로 멍청하진 않습니다. 이번엔 정말로 맛있을 겁니다."

악셀이 어깨를 펴고 선언했다. 의기양양한 태도와 칭찬을 기대하는 듯한 눈빛이었다. 꼬리가 있었으면 정신없이 흔들렸을 것 같은.

'정령수 꼬리도 정령 기사 감정에 영향을 받을까?'

무심코 검화의 늑대 꼬리를 꺼내 흔드는 악셀을 상상한 아리아드네는 간신히 웃음을 참았다.

'의외로 귀엽다니까.'

예전 같았으면 그의 부드러운 머리칼을 쓰다듬어 줬겠지만, 이제는 그렇게 스스럼없이 그를 건드릴 수가 없었다.

"좋아, 믿어 볼게."

그녀는 웃음기 띤 얼굴로 대답하고는 막사 기둥을 놓고 한 발 내디뎠다. 그리고 무릎에 힘이 풀려 또 휘청거렸다.

[아리아!]

안타깝게 그녀를 부른 목소리는 파이였지만, 휘청이는 그녀를 붙잡은 건 악셀이었다. 아리아드네는 그의 팔에 기댄 채 작게 사과했다.

"미안."

"식사는 가져다드릴 테니 그냥 누워 계시는 게 좋겠습⋯⋯."

걱정스럽게 이어지던 악셀의 말이 뚝 멈췄다. 그는 홱 고개를 틀었다.

"⋯⋯옷부터 갈아입으셔야겠군요."

"응?"

그녀는 제 모습을 훑어보았다. 얇은 셔츠가 땀에 흠뻑 젖어 몸에 달라붙어 있었다. 그 때문에 신체의 굴곡이 고스란히 드러났다.

아리아드네는 반사적으로 그의 가슴팍을 퍽 밀쳐 냈다. 물론 아무 소용 없는 짓이었다. 돌덩이를 후려친 듯한 감각만 느껴질 뿐 그는 미동도 하지 않았다.

"아리아!"

깜짝 놀란 악셀이 그녀의 손목을 움켜쥐고 살펴보더니 안도의 한숨을 내쉬었다.

"절 때리고 싶으시면 이런 위험한 짓 하지 마시고 그냥 스스로 치라고 시키십시오."

"……때리려던 게 아니야."

"압니다, 어쨌든."

투덜거린 악셀이 그녀를 어린애 안듯 번쩍 안아 들어 침대 위에 올려놓고 이불을 둘둘 감아 주었다.

"금방 식사를 가져오겠습니다."

"잠깐만, 악셀."

그대로 나가려는 악셀을 아리아드네가 불러세웠다. 그녀는 미안한 표정으로 말했다.

"목욕부터 하고 싶은데…… 좀 도와줄 수 있어?"

"……예?"

그대로 얼어붙은 악셀이 삐걱거리는 목소리로 반문했다.

그는 저도 모르게 덮어쓴 이불 사이로 얼핏 보이는 그녀의 목덜미에 시선을 주었다. 땀으로 미끈거리고, 젖은 백금발이 엉겨 붙어 있는 희고 가느다란 목. 그의 목울대가 움직였다.

'무슨 뜻이시지? 설마…….'

혼란에 빠지려는 찰나 아리아드네가 입을 열었다.

"따뜻한 물로 씻어야 할 것 같은데, 지금 움직이기가 좀 힘들어서……. 목욕통에 샘물 좀 데워서 가져다줄래?"

"……아, 네."

악셀은 아리아드네와 눈을 마주치지 못하고 다급히 막사를 빠져나왔다. 목욕통을 꺼내 한 손에 들고 샘가로 향하면서 그는 제 얼굴을 몇 번이나 문질렀다.

'방금 나는 대체 무슨 상상을 한 건가.'

수치와 욕망이 뒤섞여 얼굴이 뜨끈뜨끈했다.

악셀은 한숨을 내쉬며 샘물을 마구잡이로 퍼 올리다가 멈칫했다. 제 몸을 씻을 때는 아무렇지도 않았던 맑은 샘물이었다. 그런데 아리아드네가 몸을 담글 거라고 생각하며 들여다보니 너무 더럽게 보였다.

'루드빅 블레이르라면 용오름으로 깨끗한 물을 만들어 드렸겠지.'

문득 든 생각에 화가 치밀었다. 진작 물 속성 정령수를 구해 둘걸. 이를 갈던 악셀은 갑자기 깨달은 낯이 되었다.

'물이 없으면 얼음을 녹이면 되지 않나.'

그는 검화를 꺼내 목욕통에 앉힌 다음, 빙하를 불러내 꼬리지느러미를 목욕통에 담그게 했다. 얼음으로 이루어진 고래의 지느러미가 불꽃에 녹으며 맑은 물이 통 안에 고이기 시작했다.

졸지에 꼬리가 녹아내리는 상황에 처한 빙하가 뱃고동과 닮은 소리로 울며 꿈틀거렸다. 악셀은 인상을 쓰며 빙하의 꼬리를 콱 붙잡았다.

"움직이지 마라."

"뿌우우······."

"어차피 네 꼬리는 내 안에서 쉬면 금방 회복되잖나."

푸른 보석 같은 고래의 눈이 물끄러미 제 계약자를 바라보았다. 목욕통에 앉은 불꽃 늑대 역시 그를 빤히 쳐다보았다. 은근히 비난하는 눈빛이었지만 악셀은 전혀 신경 쓰지 않았다.

흡족한 기분으로 맑은 물을 보던 그는 곧 겁화를 담갔다 빙하를 담 갔다 하며 물의 온도를 따스하게 맞췄다. 마지막으로 피로 회복에 도 움이 되는 약초를 짓이겨 물에 풀었다.

악셀은 붉은빛이 된 목욕물을 들고 아리아드네의 막사로 돌아갔다. 성인 남성이 들어가고도 남을 통에 물이 가득 들어 있었지만 그에게 는 한 팔로도 가뿐한 무게였다.

악셀이 막사 안에 목욕통을 내려놓자 아리아드네가 깜짝 놀라 물 었다.

"샘물 색이 왜 이래?"

"피로 회복에 도움이 되는 약초를 넣었습니다."

"아…… 응…… 그렇구나. 고마워……."

솔직히 핏물인 줄 알았다. 약초 향이 비린내와 비슷해서 더더욱. 아 리아드네는 복잡한 기분으로 감사 인사를 했다.

[수프에 약초 넣지 말라니까 목욕물에 넣다니. 저자는 글렀습니다. 전투 외엔 쓸모가 없어요.]

파이가 냉정하게 평했다.

'나한테 도움 되려고 애쓴 거잖아. 너무 그러지 마.'

[……]

한숨을 삼키는 듯한 소리가 채널에서 들렸다. 아리아드네가 떨떠름 해하는 것을 알아차린 악셀이 그녀의 눈치를 보았다.

"아리아, 혹시 제가 뭔가 실수했습니까?"

"아니야, 괜찮아."

"가르쳐 주십시오. 고치겠습니다."

"정말 괜찮아. 씻고 나갈 테니까 같이 저녁 먹자. 식사했어?"

"아직 안 했습니다."

"그럼 조금만 기다려."

"예. 필요하면 부르십시오."

악셀은 약간 풀이 죽은 채 막사 밖으로 나갔다.

아리아드네는 채널을 수면 상태로 돌린 후 젖은 옷을 벗고 목욕통 안으로 들어갔다. 물 온도는 딱 좋게 따스했다.

'악셀은 용암에 빠져도 멀쩡한 몸이니까 이런 거 온도 맞추기 힘들었을 텐데.'

그가 애썼겠다는 생각이 들자, 핏물 같던 목욕물도 나름 괜찮아 보였다. 그녀는 붉은 수면을 내려다보다가 의미 없이 손으로 헤집어 보았다. 붉은 물이 손바닥에 고였다가 주르륵 흘러 떨어졌다.

'근원.'

라비린토스에서 악셀을 기다리고 있을 근원.

예전에 악셀을 받아들이는 것을 반대하는 파이와 대화하다가 결심했었다. 악셀이 라비린토스에서 제 출생에 대해 알게 되면, 그에게 마왕의 권능과 회귀 능력에 대해 알려 줄 거라고.

'그때는 까마득한 훗날의 일 같았는데.'

어느새 라비린토스가 가까워지고 있었다.

'이젠 악셀이 내 말을 안 믿을 거라고 생각하지는 않아.'

그때엔 악셀이 그녀를 믿고 따르지 않을까 봐 걱정했지만, 지금은 그렇지 않다. 아마 악셀은 그녀가 무슨 헛소리를 하든 일단 들어는 볼 것이다.

'하지만 어떻게 알았느냐고는 물어보겠지.'

그녀가 정령 융합에 관해 캐물었을 때처럼 말이다.

'뭐라고 설명해야 할까.'

지금까지처럼 적당히 둘러대야 하나? 특별한 능력 덕분에 알게 된 거라고.

'회귀 능력이니, 마왕에게 육체를 빼앗기게 되니 마니 하는 그의 인생 전반을 좌우할 이야기를 하면서 그렇게 둘러대는 건······.'

받아들이긴 할 터다. 지금까지 그녀가 그에게 보여 준 것들이 있으니까. 그리고 라비린토스에서 보게 될 것들이 있으니까.

아리아드네는 눈을 내리깔았다. 이름 하나가 떠올랐다.

'레다 피카로.'

그 여자를 믿었다가 배신당한 뒤, 베로니카에게 믿음을 주었을 때 깨달은 것.

'믿지 않으면 배신당하지도 않아. 하지만 믿지 않으면 믿음을 얻을 수도 없지.'

악셀은 이미 그녀를 신뢰하고 있다. 그러나 그가 그녀를 믿는 만큼 그녀가 그를 믿고 있느냐고 묻는다면, 대답은 '아니요'였다.

'내가······ 악셀을 못 믿는구나.'

새삼스러운 깨달음이었다. 그녀는 몰랐지만 악셀은 이미 알아차리고 있는 사실이기도 했다. 아리아드네는 멍하니 수면에 비친 제 얼굴을 내려다보았다.

'악셀이 날 믿고 따르길 바라면서, 나는 그를 못 믿는단 말이지.'

붉은 수면에 비친 얼굴은 붉은 눈동자가 비추는 제 얼굴과 비슷하게 보였다.

'나쁜 사람이네, 아리아드네 엘디어.'

그녀는 물결을 만들어 제 얼굴을 벌주듯 흩뜨렸다.

'네가 악셀에게 그러면 안 되지.'

아리아드네는 좀 더 솔직해지기로 결심했다.

악셀은 지금까지는 제 뛰어난 오감에 불만을 가진 적이 없었다. 바꿔 말하면 지금은 원망스럽다는 뜻이다.

아리아드네가 움직이는 인기척, 첨벙거리는 소리, 옅게 내쉬는 한숨, 물을 튕기는 소리, 머리카락을 쓸어 넘기는 소리, 몸을 닦는 소리가 고스란히 다 들려왔다.

모르고 있었으면 안 들렸을 정도로 작은 소리고, 지금이라도 다른 것에 집중하면 안 들을 수 있겠지만 그런 건 불가능했다. 온 정신이 자연스레 그쪽으로 쏠리는 판에 다른 생각은 무슨.

그는 새카맣게 타 버린 프라이팬과 움켜쥐려다 부숴 버린 달걀을 우울하게 내려다보았다.

또 첨벙, 하는 소리와 함께 부드럽게 문지르는 소리가 들려왔다. 그 소리만으로 막사 안의 풍경이 예상되었다. 연달아 줄줄이 떠오르는 건 그의 입안을 더듬던 그녀의 손길과 허공을 넘어 흉터를 쓰다듬던 흰 손가락.

이제 악셀은 자신이 왜 그녀의 그런 사소한 몸짓들에 집착하고 기억을 되새기는지 안다. 관심도 욕망도 없었을 뿐 그는 결코 순진하지 않았다. 애초에 무법자들의 도시에서 소년 시절을 보냈고, 용병 노릇을 하며 떠돌았던 그다. 보고 들은 것이 많았다.

그래서 더 미칠 것 같았다. 아리아드네를 상대로 감히 저속하고 난잡한 망상을 떠올리는 자신이 용납되질 않아서. 누군가가 그녀를 상대로 이딴 망상을 한다면 산 채로 머리를 으깨 줬을 텐데, 그게 자기 자신이었다.

마침 막사 안에서 젖은 머리카락을 쓸어 넘기는 소리와 물방울이 똑똑 떨어지는 소리가 들렸다. 발갛게 달아올랐을 흰 피부, 가는 목, 여린 어깨, 그 위에 금실로 짠 레이스처럼 달라붙을 아름다운 백금발이 머릿속에 그려졌다.

〈좀 도와줄 수 있어?〉

그런 그녀가 도와 달라고 불러서 막사 안으로 들어가는 상상을 해 본다. 들어가서, 그녀의 시중을 들고, 그리고……

아무래도 제 머리를 으깨야 할 것 같다. 도마에 머리를 처박았다. 연약한 도마가 그대로 박살 났다. 그는 심호흡을 하다가 옆에 있던 물통에 머리를 처박았다. 서늘한 물속에 잠겨 있으니 아리아드네의 소리가 들리지 않았다. 그는 숨을 참으며 스스로에게 욕을 했다.

미친놈. 어떻게 감히 그녀를 상대로 그런 망상을 하나.

그녀는 아리아드네 엘디어다. 엘디어 공작, 성녀이자 영웅, 전무후무한 정령사, 그리고 마스터 아드리안이었던 사람.

마스터에게는 여러 기물이 있지만 기물에게 마스터는 단 한 명이다. 그럼에도 악셀은 자신이 아드리안의 특별하고 유일한 기물이라 생각했었다. 그 시절엔 확실히 그랬다.

하지만 지금의 그는 아리아드네에게 여러 동료 중 하나일 뿐이다. 그 동료가 되는 것조차 정말이지 힘들었다. 버려지지 않을 거라는 확신조차 쉽게 얻을 수가 없었다.

그런데 그 이상을 바란다고? 네가 감히 그녀를 원해?

그는 헛웃음을 흘렸다. 그에겐 그럴 자격이 없었다. 그녀와 그는 그런 사이가 아니므로.

'잠깐, 그런 사이라는 건……'

서로를 욕망해도 되는 사이. 하룻밤 상대, 밤놀이 파트너, 연인, 약혼자, 배우자…….

뒤로 갈수록 매혹적인 상상이었다. 뒤쪽일수록 그녀에게 더 가깝고 특별한 존재가 된다는 점에서.

그녀에게 왔던 수많은 청혼서가 떠올랐다. 그것들을 보며 그녀와 결혼하게 될 미래의 잡놈을 상상할 때마다 찢어 죽이고 싶은 기분이 들었었다.

그는 처음으로 그 자리에 스스로를 대입해 보았다.

결혼.

아리아드네에게 완벽하게 소속될 수 있는 관계. 그녀의 곁에 서고, 그녀의 곁에 눕는 것이 허락되는 관계. 누구보다 그녀에게 가장 가까워지는 방법.

악셀은 마른침을 삼켰다.

어떻게 하면 될까.

'내 몸은 마음에 들어 하시는 것 같으니 일단 그걸로 유혹해 볼까? 그러면서 어떤 남자를 좋아하시는지 알아내서 노력하다 보면…….'

그녀가 좋아할 만한 남자가 되는 건 기본 중의 기본이고, 그 외에도 필요한 것들이 많을 것이다.

'공작의 남편이 되려면 명성과 지위와 부도 제법 있어야 할 테지.'

그는 인생 최초로 부와 권력을 얻는 법에 대해서도 고민해 보았다.

'대미궁을 닫고 얻을 것들로는 부족해. 그녀에게도 다 있는 것일 테니까. 아리아드네에게 모자란 게 뭐지? 우 대륙 귀족 놈들을 털어 볼까? 젠장, 그때 말렉사이어 왕이 자작보다 높은 작위를 주겠다는 걸 그냥 받았어야 했는데.'

정령 기사는 아주 오래 숨을 참을 수 있다. 그래서 그는 제가 숨을 참고 있다는 것도 잊은 채 생각에 빠져들었다.

"악셀?"

어느새 막사에서 나온 아리아드네의 목소리가 들려왔다. 화들짝 놀란 악셀이 물통에서 고개를 들었다.

"아, 아리아. 벌써 다 씻으셨습니까?"

찬물이 그의 머리칼을 타고 턱까지 흘러 뚝뚝 떨어졌다. 아리아드네는 제 머리를 닦던 수건을 들고 발돋움을 했다.

"다 젖었잖아. 대체 뭘 한 거야?"

그녀가 혀를 차며 수건으로 그의 머리를 털어 주었다. 그녀의 머리카락에서 나던 향이 콧속을 찔렀다. 아찔했다. 악셀은 화급히 그녀의 손에서 수건을 빼앗았다.

"제가 하겠습……."

수건을 끌어 내리자 걱정스러운 표정의 아리아드네가 코앞에 보였다. 막 씻고 나와 젖은 머리에 홍조 띤 얼굴의 그녀가.

악셀은 그대로 말을 멈추고 멀거니 그녀를 보다가 손을 뻗었다. 그는 아리아드네가 처음 보는 표정을 지었다.

아니, 본 적 있는 표정이었다.

매혹당한 남자의 얼굴. 초점이 나가 버린 눈동자. 환각 속에서 여명 외에는 아무것도 걸치지 않고 있던 악셀 발렌타인이 지었던 표정.

환각에서 그랬던 것처럼 그의 얼굴이 가까워졌다. 모닥불을 등진 그의 그림자가 그녀의 위를 뒤덮었다. 역광에 어스름하게 그의 윤곽이 드러났다. 그의 목울대가 움직이는 것이 보였다. 두꺼운 목에 툭 튀어나온 울대를 따라 물방울이 흘러 떨어졌다.

그는 눈을 깜박이지 않았다. 등 뒤의 불꽃보다도 붉은 눈이 일렁이며 그녀를 응시했다. 붉은 수면에 비치던 것처럼 그녀의 모습이 그의 눈동자에 비쳤다. 그의 젖은 입술이 느릿하게 벌어졌다. 아리아드네는 습관적으로 그의 입안을 확인했다. 흰 이와 붉은 혀. 기괴하고 역겨운 마왕의 흔적은 보이지 않았다. 대신 지나치게 자극적이었고, 점점 가까워지고 있었다. 그래서 그녀는 눈을 감았다.

하지만 아무런 접촉도 없었다. 분명히 닿을 것 같았는데.

'잠깐만, 닿을 거라고? 뭐가?'

이런 자세에서 이렇게 가까워져서 닿을 게 뭐가 있지?

······입술?

그녀는 스스로 떠올린 생각에 놀라 굳었다. 눈을 뜰 수가 없었다. 가늘게 숨을 내뱉으며 가만히 있자, 곧 거친 손끝이 얼굴에 흘러내린 그녀의 젖은 머리를 조심히 훑어 뒤로 넘겨 주었다.

"······제대로 말리셔야지요. 감기 걸리십니다."

잔뜩 잠겨 쉰 것처럼 들리는 음성이 그로부터 흘러나왔다. 그러곤 머리 위로 수건이 폭신하게 덮이더니 몸이 번쩍 들려서 의자에 사뿐히 앉혀졌다.

아리아드네는 천천히 눈을 떴다. 돌아선 악셀은 타 버린 프라이팬 대신 다른 프라이팬을 꺼내고 있었다. 그녀는 등받이에 기대 늘어지며 이마를 짚었다.

'방금 난 대체 뭘 기대한 거야?'

어쩐지 정말 자연스럽게, 그대로 그가 키스할 줄 알았다.

자괴감이 들었다. 이런 곳에서, 이런 와중에, 이런 관계에서 대체 뭘 망상이란 말인가. 그에게는 그냥 동료 사이라고 해 놓고선. 악셀은 아무 생각도 없었을 텐데.

그가 그녀에게 인정받고 싶어 하고 집착하는 것과 그가 그녀를 좋아하는 건 아주 다른 문제다. 악셀은 '아드리안'이었던 그녀를 따르는 거니까.

'……그나저나 내가 정말 악셀한테 끌리는 걸까? 아니면 그냥 환각 때문에 혼란스러운 걸까?'

어느 쪽인지 알 수가 없었다. 전생에도 현생에도 누굴 좋아해 본 적이 없어서 그게 어떤 건지도 잘 모르겠다.

'애초에 그런 감정을 이렇게 헷갈리기도 해? 헷갈리는 거면 사실 아무 의미 없는 거 아닐까? 반응하게 되는 건 그냥 쟤가 지나치게 잘생겨서 그런 거고……'

아무래도 주인공과 '아리아드네'가 서로 사랑에 빠지는 과정을 보는 바람에 괜히 과하게 그를 의식하게 된 게 아닐까. 아리아드네는 고뇌에 빠졌다. 그러느라 그녀는 악셀이 달걀을 쥐자마자 계속 으스러뜨리고 있다는 걸 알아채지 못했다.

아리아드네의 확신과 달리 그는 그녀가 눈을 감고 있는 동안 미친 듯이 갈등했다.

'아리아드네는 그런 생각을 전혀 하지 않는다. 눈을 감은 것도 그녀라면 별다른 의미가 없었을 터. 명심하자, 악셀 발렌타인.'

착각하지 말자. 오해하지도 말고. 지금까지 아리아드네가 어디 그런 기색을 보인 적이 있었나. 벗고 만져 보라 해도 옷을 도로 입혀 주시는 판에 무슨…….

그는 애꿎은 달걀 아홉 개를 으깬 뒤에야 겨우 오믈렛을 완성해서 내려놓았다.

아리아드네는 달걀 요리를 좋아했다. 위버에서 처음으로 맛있게 먹은 음식이라 추억이 남은 탓이다. 게다가 그녀의 약한 소화 기관에도 부담을 주지 않아 언제든 먹기 편했다.

악셀도 그녀의 이 취향은 확실히 눈치채고 있었다. 루드빅이 아리아드네의 식사에 자주 달걀을 곁들이고, 틈만 나면 다양한 달걀 요리를 연구하고 시도하는 것을 지켜보다 보니 모를 수가 없었다. 그래서 제일 열심히 연습했다.

그는 아리아드네가 오믈렛을 잘라 입에 넣는 것을 바짝 긴장한 채 쳐다보았다. 오물거리던 그녀의 입술이 곧 부드럽게 휘어졌다.

"맛있다, 이거. 잘 만들었네."

그녀는 웃으면서 말하고는 계속해서 포크를 놀렸다. 악셀은 꿈틀거리며 치솟는 입꼬리를 간신히 억눌렀다. 처음으로 그녀가 그의 요리에 만족하고 칭찬했다. 갑자기 세상 모든 것이 희망차게 보였다.

'그래, 오해해서 실수하지 말고 이렇게 차근히 노력하는 거다.'

인내심과 침착함은 성질에 맞지 않지만, 아리아드네가 상대라면 얼마든지 발휘할 수 있었다.

그는 뿌듯한 기분을 감추려 애쓰며 그녀와 함께 식사했다. 그리고 아리아드네는 뿌듯함을 속으로 마음껏 드러내고 있었다.

'파이, 이거 봐. 악셀 이제 진짜 요리 잘해. 대단하지 않아?'

[……장족의 발전이긴 하군요.]

'그렇지? 쟤가 안 해 봐서 그렇지, 싸우는 것 말고도 여러 방면으로 재능이 많을 거야. 주인공이잖아.'

[아, 네에…… 그렇겠지요…….]

'게다가 악셀은 재능만 있는 게 아니라 노력도 하니까. 쟤가 자란 환경이 그래서 그렇지, 은근히 성실하고 착하잖아.'

[착, 네? ……아리아. 지금 먹고 있는 요리 멀쩡한 것 맞습니까?]

대놓고 떨떠름한 대답이 돌아왔으나 들뜬 아리아드네는 신경 쓰지 않았다.

식사를 마친 뒤, 그녀는 바로 막사로 돌아가는 대신 뒷정리를 하는 악셀을 바라보았다.

"도와줄까?"

"됐습니다, 일 늘리지 마십시오."

"……예의상 물은 거였어."

"저한테 예의를 왜 지키십니까?"

악셀이 이해가 안 간다는 듯 되물었다. 아리아드네는 헛웃음을 흘렸다.

"그럼 무례하게 굴라고?"

"거리감을 느끼는 것보단 훨씬 낫습니다."

"예의랑 거리감이 무슨 상관이야."

"당신이 제게 예의를 지키려 하실 때마다 멀게 느껴집니다. 당신은 누구에게나 그러시잖습니까."

"내가 다른 사람과 널 다르게 대했으면 좋겠어?"

"예."

설거지를 끝낸 그릇을 닦아 상자에 차곡차곡 넣으며 그가 덧붙였다.

"저는 당신에게 특별 대우를 받고 싶습니다."

아리아드네는 파이가 악셀에게 내렸던 평을 다시 떠올렸다.

[그에게는 뿌리를 내릴 곳이 필요합니다.]

가족도, 고향도, 태어난 나라도 없는 악셀 발렌타인.

파이와는 다른 형태로 고립된 삶을 살아왔고, 뤼르 이나민과는 다른 의미로 살아갈 목적이 없으며, 에리히 위버와 다른 방식으로 표현이 서툴고, 베로니카 브란테와 다른 방식으로 가족을 잃는 충격을 겪었으며, 같은 붉은 눈인데도 루드빅 블레이르와는 다른 것에 집착하고 있는.

오직 그녀에게 뿌리를 내리고 싶어 하는 악셀 발렌타인.

'내가 뭐라고.'

아리아드네는 물끄러미 그의 뒤통수를 바라보다가 장난치듯 물었다.

"어떤 특별 대우?"

"뭐든지 상관없습니다. 다른 사람들과 다르기만 하다면."

"진심이야? 그러면 특별히 나쁘게 굴어도 상관없어?"

정리를 끝낸 악셀이 돌아서며 비뚜름하게 입꼬리를 올렸다.

"얼마든지 됩니다. 당신이 나빠져 봤자."

"······내가 진짜 성녀로 보여? 난 돈 주고 성녀 칭호를 산 사람이야."

"아, 네. 어디 한번 해 보십시오, 나쁜 짓."

그가 피식피식 비웃으며 말했다. 아리아드네는 눈썹을 모았다. 어쩐지 얄미워서 악셀이 당황하는 꼴이 보고 싶어졌다. 그녀는 충동적으로 말을 내뱉었다.

"그럼, 벗어."

"……!"

"환각 잊게 도와주겠다며? 지금 당장 셔츠 벗어 봐."

"……."

악셀은 눈을 치뜨고 굳은 채 아무 말도 하지 못했다. 아주 확실하게 당황하는 꼴이었다. 그 모습에 만족한 아리아드네는 턱을 괴고 빙긋 웃었다.

"농담이야, 악셀."

"……."

"봐, 진짜 나쁜 짓 하면 어떻게 하려고 그런 말을 함부로……."

그녀의 말이 끝나기도 전에 악셀이 대뜸 단추를 풀기 시작했다. 경악한 아리아드네가 자리에서 벌떡 일어났다.

"뭐 하는 거야!"

"벗으라고 하셨잖습니까?"

"농담이랬잖아!"

"진심이신 걸로 보였는데."

"그냥 장난친 거야! 애초에 넌 벗으란다고 진짜 벗어? 아무렇지도 않게 이런 짓 하면 안 됐지!"

악셀은 허둥지둥 다가오는 그녀를 피하며 셔츠를 빠르게 벗어 던 졌다.

"벗었습니다. 전보다는 익숙해지셨겠지요?"

그가 맨몸으로 돌아보자, 아리아드네의 입이 딱 다물렸다. 잠시 그 녀를 살피던 그가 다시 입꼬리를 비틀었다.

"그런데 아리아, 고작 생각해 내신 나쁜 짓이 이겁니까? 이게 왜 나쁜 짓인지 모르겠군요."

"……."

"이건 당신이 환각 저주에서 벗어나기 위해 필요한 일이고…… 제가
먼저 하겠다고 한 일인데 말입니다."

악셀이 성큼성큼 그녀에게 다가왔다. 아리아드네는 반사적으로 뒤
로 물러나다가 의자에 부딪혀 주저앉았다. 악셀은 멈춰 서지 않았다.
그는 의자 양옆을 손으로 짚어 아리아드네를 가두고 그녀를 내려다
보며 속삭이듯 말했다.

"아리아."

"……."

"이것보다 더한 걸 시키셔도 나쁜 짓이 되려면 한참 멀었습니다."

몹시 낮고 묘하게 나긋한 목소리였다. 아리아드네는 그를 도저히 똑
바로 올려다볼 수가 없었다. 그래서 눈을 내리깔았더니 그의 맨가슴
이 코앞에 보였다. 깊은 가슴골에 옅게 땀이 배어 있었다.

'가을인데……'

체온이 높아서 그런 걸까. 그녀는 저도 모르게 숨을 멈췄다가, 간신
히 입을 열었다.

"……더한 게 뭔데?"

"그걸 제가 말씀드리면 의미가 없지 않습니까? 제게 특별히 나쁘게
구시겠다던 건 당신입니다."

악셀이 좀 더 고개를 숙였다. 그가 그녀의 귓가에 속삭였다.

"그러니 당신이 생각해 내셔야지요, 더 나쁜 짓을."

악셀이 말할 때마다 내뱉는 숨이 귓가를 스쳤다. 파이가 내뱉던 숨
과 비교하면 몹시 뜨거웠다. 이것도 체온 탓일까.

아리아드네는 귀를 가리며 몸을 움츠렸다.

"아, 알았으니까……. 귀에 대고 말하지 마."

"뭘 아셨다는 겁니까?"

"내가 잘못했다는 거. 빨리 옷 입어, 악셀."

그녀가 손사래를 치며 그를 피해 고개를 돌렸다. 악셀이 고개를 갸웃 기울였다.

"예? 당신은 아무것도 잘못하신 게 없습니다."

"아니, 잘못했어. 잘못했으니까, 일단 비켜 봐."

아리아드네는 한숨을 쉬며 그의 얼굴을 밀어냈다. 순순히 밀려나던 그가 무언가 못마땅한 듯 눈살을 찌푸렸다.

"그런데 또 저를 외면하시는군요."

"무슨 소리야. 네가 벗고 있어서 그런 거잖아!"

"제가 왜 벗었는지 잊으셨습니까? 익숙해지셔야지, 되레 피하시면 어떡합니까."

두 번 다시 벗으란 소리 하나 봐라. 아리아드네는 깊이 반성했다.

실랑이하는 사이 어느새 늦은 밤이 되었다. 시간을 확인한 악셀이 갑자기 아리아드네를 안아 올렸다. 여전히 셔츠를 벗고 있었기에 맨몸이 닿았다. 아리아드네는 펄쩍 뛰다 못해 떨어질 뻔했다. 그가 짧게 혀를 찼다.

"가만히 계십시오. 위험합니다."

"뭐, 뭐 해?"

"늦었습니다. 쉬셔야지요."

악셀은 그녀를 들고 막사로 걸음을 옮겼다. 아리아드네는 스스로 걸을 수 있다고 항변하려다 입씨름만 하게 될 것 같아 포기했다.

닿아 있는 가슴팍의 감촉이 쇳덩이처럼 단단했다. 그럼에도 움직일 때 드러나는 근육의 선은 유려하고 유연했다.

'만져 보고 싶다.'

방심하면 넋을 잃고 손을 댈 것만 같았다. 그녀는 차라리 보지 않기로 결심하고 눈을 감았다.

악셀은 그녀를 침대에 앉혀 주더니 침대 아래에 무릎을 꿇었다. 그러고는 그녀의 발을 제 무릎 위에 올려놓고 부츠를 벗기기 시작했다. 눈을 감고 있다가 말릴 타이밍을 놓친 아리아드네는 멀거니 그가 하는 양을 지켜보았다.

악셀은 그녀의 부츠를 양쪽 다 벗기고 따뜻한 물에 적신 수건으로 발을 닦아 주었다. 그러면서 마디마디를 꾹꾹 주무르기까지 한 다음 이불 속에 넣어 주었다.

발을 끝낸 뒤에는 새 물과 새 수건을 가져와 그녀의 양손에 똑같은 행동을 했다. 과하게 힘을 주지 않으려고 집중하느라 그의 이마에 땀이 송골송골했다. 아리아드네는 애쓰는 그를 저지하지 못하고 기다리다가 다 끝난 뒤에야 겨우 물었다.

"악셀, 방금 뭘 한 거야?"

"간단한 마사지입니다. 신관에게 배웠습니다."

"대체 언제 그런 걸 배웠어?"

"당신의 몸 상태에 대해서 알게 된 이후부터 틈틈이 익혔습니다. 마비를 늦추는 데 도움이 된다고 해서……."

뚱하게 대답하던 악셀이 문득 그녀의 눈치를 보았다.

"혹시 화나셨습니까?"

"아니. 왜 내가 화를 낼 거라고 생각해?"

"제가 당신의 통각 문제에 신경을 쓰는 것, 별로 안 좋아하시잖습니까."

아리아드네는 입을 다물었다. 왼손을 베였을 때 그에게 예민하게 반응했던 것이 떠올랐다.

*"좀 나중에, 자세히 얘기해 줄게. 어릴 때 있었던 일."*

그때 그녀는 그렇게 이야기를 미뤘었다.

악셀은 할 일을 끝냈다는 듯 그녀에게서 물러섰다.

"푹 주무십시오. 신관은 당신이 아주 많이 주무셔야 한다고 했습니다."

그가 손짓하자 겁화가 강아지만 한 크기로 툭 튀어나왔다. 그는 그 불꽃 늑대를 막사 중앙의 화로 자리에 앉히며 말했다.

"혹시 모르니 겁화를 화로 대신 여기 두겠습니다. 무슨 일이 생기거나 시키실 일이 있으면 이놈에게 손짓하십시오."

멍하니 있던 아리아드네가 그제야 입을 열었다.

"괜찮으니 겁화는 그냥 데려가. 정령수 꺼내 놓으면 잠도 제대로 못 자잖아."

"필요한 만큼은 충분히 잘 수 있으니, 걱정 마십시오."

악셀은 그대로 막사를 나가려 했다. 아리아드네가 그런 그를 불러 세웠다.

"악셀."

그는 멈칫 섰지만 뒤돌아보지는 않았다. 아리아드네는 그의 등을 바라보았다. 막사 중앙에 앉은 겁화의 일렁이는 빛이 그의 등에 깊은 음영을 조각하듯 드리웠다. 가려지지 않은 맨몸은 솔직해서 그가 긴장한 채 그녀에게 집중하고 있다는 티가 났다. 근육의 미미한 움직임이나 피부의 떨림까지 세세하게 보였다.

문득 악셀이 그녀에게 언제나 맨몸 같다는 생각이 들었다. 그는 그녀를 상대로 언제나 감추거나 꾸미지 않고, 빙빙 돌리지도 않고, 날것 그대로 드러내곤 하니까.

제대로 얘기해 준 것이 별로 없는 자신과 달리.

아리아드네는 천천히 입을 열었다.

"전에 어린 시절 이야기를 해 주겠다고 했었지."

"……."

"별로 좋은 이야기는 아닌데…… 들을래?"

입구에 우두커니 서 있던 악셀이 휙 돌아섰다. 성큼성큼 다가온 그가 침대 아래에 털썩 주저앉았다.

"듣겠습니다."

"좀 길 거야."

"상관없습니다."

"근데 악셀, 옷은 좀 입자. 넌 춥지도 않아?"

"제가 추위를 탈 것 같습니까?"

"보는 내가 추워."

아리아드네는 침대 위에 널려 있던 담요 중 하나를 끌어당겨 그의 머리 위에 덮어씌웠다. 악셀은 짧게 한숨을 내쉬고는 엉성하게 덮인 담요를 정리해 어깨에 둘렀다. 그 바람에 검은 머리카락이 헤집어지며 뻗친 게 보였다.

아리아드네는 누운 채로 몸을 돌려 눈앞에 보이는 그의 머리로 손을 뻗었다. 슬슬 쓰다듬어 뻗친 것을 가다듬자, 그가 침대에 기대며 머리를 낮추었다. 그녀가 쓰다듬기 쉽도록.

그녀는 작게 웃음을 터뜨렸다.

"넌 가끔 개 같아."

"……."

떨떠름한 침묵이 흘렀다. 아리아드네는 급히 말을 수습했다.

"아니, 욕하는 게 아니고. 나쁜 얘기가 아니라, 그러니까, 네가 귀여운 강아지 같다고."

"……전에도 말씀드린 것 같은데 제가 연상입니다, 아리아."

"알아."

아리아드네가 그의 머리를 쓰다듬으며 키득키득 웃었다. 악셀은 그녀에게 귀여운 강아지로 보인다는 게 좋은 건지 나쁜 건지 헷갈렸다. 귀엽다는 건 긍정적이긴 한데, 남자가 아니라 강아지처럼 보인다는 건 문제가 있지 않나?

어쨌든 머리카락에 와 닿는 부드러운 손길은 무척 좋았다. 그는 침대에 느슨하게 머리를 기댄 채 눈을 감았다.

아리아드네는 손을 멈추지 않고 조용히 이야기를 시작했다.

"내 어머니는 정령사셨어. 비록 영토를 제대로 구현하진 못하셨지만, 꽃과 나무는 굉장히 잘 구현하셨지. 특히 나팔꽃을 좋아하셨는데……."

어린 시절 받았던 사랑과 겪었던 고문에 관한 이야기. 누구에게도 스스로 말해 본 적이 없던 이야기였다. 아는 이들은 말하지 않아도 이미 알고 있었고, 모르는 이들에겐 일부러 꺼낼 만한 이야기가 아니었으므로.

등불 대신 겁화의 빛이 은은한 막사 안에서 밤이 깊도록 그녀의 이야기가 이어졌다. 악셸은 내내 아무 말도 하지 않았으나, 그가 그녀의 말에 집중하고 있다는 건 확연했다. 실험에 관련된 이야기를 듣다가 불길이 새어 나와 담요를 태울 뻔했기 때문이다.

"……내 통각에 문제가 생긴 건 아마 그래서일 거야."

이야기를 마무리할 때쯤 아리아드네는 후련함을 느꼈다. 이제는 다 지나간 일이라는 걸 스스로 확인하는 기분이었으므로.

"들어줘서 고마워, 악셸."

그녀의 말에 침대에 기대어 있던 악셸이 뒤를 돌아보았다. 그는 복잡한 눈으로 그녀를 보더니 낮게 말했다.

"기적이었군요."

"뭐가?"

"당신께서 무사히…… 여기에 계신 것 자체가."

그가 손을 뻗었다. 조심스러운 손끝이 턱선을 덧그리다가 뺨을 감쌌다. 아리아드네는 조금 웃고는 그 손에 뺨을 기댔다. 충동적인 물음이 튀어나왔다.

"네 얘기도 해 줄래?"

"예?"

"어릴 때 어떻게 지냈는지."

소설에 이미 열두 살 이전의 악셸 발렌타인의 삶에 대해 서술되어 있었다. 중요한 장면은 회상으로도 몇 번 나왔고, 양아버지를 잃고 홀로 남는 사건의 경우엔 분량도 상당했다. 그래서 아리아드네는 그의 어린 시절에 대해 제법 잘 알고 있었다.

'하지만 딱 거기까지지.'

서술되지 않은 것은 알지 못한다. 종이 위의 활자 몇 개로는 표현할 수 없는 방대한 시간들이 그에게 있었을 것이다. 아리아드네는 '주인공'이 아니라 악셀의 어린 시절이 알고 싶어졌다.

그녀가 빤히 쳐다보자 악셀이 어물거렸다.

"별로 재미있는 이야기가 아닙니다. 우울하고, 기분 나쁜……."

"내 이야기도 그랬는걸."

아리아드네는 미소 지으며 덧붙였다.

"재미있으려고 들으려는 게 아냐. 네 이야기라서 듣고 싶은 거지."

악셀은 잠깐 말을 잊었다. 네 이야기라서 듣고 싶은 거라니, 아리아드네 엘디어는 어쩌면 저렇게 달콤한 말을 달콤한 얼굴로 하는지.

그는 심장이 떨려서 고개를 돌렸다. 그녀를 똑바로 보면서는 도저히 정상적으로 말이 나올 것 같지가 않았다.

"지루하다고 잠들진 마십시오."

"안 그래."

"……전 어릴 때부터 아버지와 둘이 살았습니다. 주변은 허허벌판이었고, 강가에는 제 키보다 큰 갈대밭이 있었지요……."

악셀 발렌타인의 입으로 듣는 그의 과거사는 신선했다. 아리아드네는 완전히 몰입하여 그의 이야기를 들었다.

어린 악셀에게 묘하게 쌀쌀했던 양아버지. 손 닿는 것조차 꺼려 악셀은 제대로 된 포옹도 받지 못했었다. 그러다 점점 그에게 마음을 열고 아버지라 부르는 걸 허락하더니, 진짜 아버지처럼 사랑해 주고, 마침내는 그를 구하려고 죽기까지 했다.

그런 그의 유언.

*"라비린토스로 가라. 그곳에 네 근원이 있다."*

비로소, 악셀이 양아버지의 유언에 목숨을 건 이유가 온전히 이해
되는 듯했다.

'근원……'

어느새 새벽이 희붐했다. 빛이 새어 드는 것을 본 악셀이 화들짝 놀
라 일어섰다.

"충분히 주무셔야 하는데, 이런……"

"이제부터 자면 되지. 괜찮아."

아리아드네는 이불을 고쳐 덮어 주고 막사를 나가려는 악셀을 재
차 불러 세웠다.

"악셀."

"예."

"내가 괴물 같지 않아?"

"예?"

"난 흑마법사가 약물 실험을 위해 계획적으로 태어나게 한 아이잖
아. 일종의 실험동물인걸."

악셀이 험상궂은 얼굴로 그녀를 돌아보았다.

"누가 당신께 그딴 소리를 했습니까?"

"누가 한 게 아니라, 그냥, 그렇지 않냐고. 징그럽게 느껴진다거나……."

"말도 안 되는 소리 마십시오. 당신의 출생이 어찌 되었든 제가 당
신을 그런 식으로 볼 일은 없습니다."

"괴물로 보이진 않는다는 거지?"

"그럴 리가 있겠습니까?"

"······프란츠의 딸이라도, 엄마는 날 진심으로 사랑하셨겠지?"

"당신을 향해 피었던 나팔꽃을 떠올려 보십시오. 의심할 이유가 없습니다."

그가 딱 잘라 말했다. 아리아드네는 희미하게 웃었다.

"고마워."

"당연한 대답이었습니다."

"당연하다, 라······."

그녀는 깊은 눈으로 그를 바라보며 말했다.

"그 대답, 기억해 둬."

"예?"

"잊지 말고. 꼭 기억해 놔야 해."

그녀는 그 말을 마지막으로 돌아누워 눈을 감았다.

악셀은 갸웃거리다가 막사를 나갔다. 영토의 밖, 흐린 하늘 아래로 기이한 그림자가 꿈틀거리며 다가오고 있었다. 먼 곳에 있었음에도 그것은 하늘을 찌를 듯이 거대하여 영토 근처까지 그림자를 드리웠다.

하지만 악셀은 알아차리지 못했다. 자기 팔이나 다리의 움직임에 일일이 놀라지 않는 것처럼, 그는 무의식적으로는 그것의 움직임을 느낄 수 없었다. 평소의 예민한 감각도 그것을 상대로는 그저 잠잠했다.

한 번 눈길이라도 주었으면 새삼 숨 쉬는 것을 의식하게 되듯이 감지할 수 있었겠으나, 악셀은 아무것도 모른 채 제 막사로 들어갔다.

정령수를 구현한 정령 기사는 푹 잠들지 못한다. 가이드 시술 같은 보조 장치가 없어서 완전히 잠들면 정령수가 사라지기 때문이다. 그래서 악셀은 선잠을 잤다. 하루 이틀쯤 잠들지 않아도 문제없는 몸이라 그리 힘들진 않았다.

그렇게 꿈인지 현실인지 분간되지 않는 몽롱한 상태에서 그는 갑자기 이상한 감각을 느꼈다. 무언가와 연결되는 듯한 느낌. 뒤이어 다급하고 분노한 음성이 들려왔다.

[제기랄, 필요 없을 땐 잘만 되더니……. 이번엔 연결된 건가?]

놀란 그가 흠칫 긴장하자, 목소리는 짧게 한숨을 내쉬었다.

[된 것 같군.]

'……?'

[샤이탄이 미친 짓을 벌였다. 근원이 너를 찾아갈 것이다.]

들어 본 적 있는 목소리였다. 악셀은 흐릿한 정신을 더듬어 간신히 그 목소리가 스스로 밝혔던 이름을 떠올렸다.

'디메토르?'

[그놈이 근원에 수작을 부려 놓았다. 하나만 명심해라. 아리아드네가 근원에 삼켜지면 절대로 되돌릴 수 없다. 네가 뭐져도 그녀를 살릴 수 없게 된단 말이다.]

'그게 무슨…….'

[그러니 근원이 그녀를 먹을 것 같으면 빠르게 자살해라. 아리아드네를 영원히 잃고 싶지 않다면 그녀가 먹히기 전에 죽으란 말이다.]

누굴 잃는다고?

악셀은 잠이 확 깨는 것을 느꼈다.

[알겠나? 반드시 그녀가 죽기 전에 자살해야 한다. 그래야 내가 시

간을 되돌릴 수 있다. 네놈이 아무것도 모른 채 모든 일을 망쳐 놓을까 봐 내가 얼마나……]

이어지던 말이 돌연히 끊겼다. 악셀은 지끈거리는 머리를 누르며 자리에서 일어났다. 악몽을 꾼 것처럼 전신이 무거웠다.

'방금 대체 무슨……'

잡스러운 꿈인가? 꿈이라기엔 목소리가 생생했는데.

오오오오.

혼란스러워하던 그의 귀에 불현듯 짐승의 울부짖음 같은 괴성이 먼 곳에서부터 들려왔다. 수백수천의 목소리가 겹쳐진 것 같은 소리였다. 그 소리를 듣는 순간, 악셀은 심장박동이 빨라지는 것을 느꼈다.

'부르고 있다.'

직감이었다.

그는 자리에서 일어나 제 막사 입구의 천을 걷었다. 아리아드네가 구현한 영토에는 상쾌한 아침 하늘이 보였다. 잠든 시간은 기껏해야 두세 시간 정도였던 모양이다. 그 맑은 하늘 너머로 보이는 북쪽 하늘은 불타오르는 핏빛이었다.

오오오오.

다시 기괴한 울부짖음이 사방을 뒤흔들었다.

'나를 부르고 있다.'

악셀은 홀린 듯 걸어 영토의 외곽으로 향했다. 수풀을 헤치고 나뭇가지를 걷어 북쪽을 보았다. 탁한 붉은빛의 하늘 아래로 거인이 걸어오고 있었다. 하늘을 찌를 듯한, 목을 꺾어도 머리가 보이지 않을 만큼 거대한 거인의 실루엣.

그것이 등에 무거운 짐을 진 사람처럼 어깨를 늘어뜨리고 느릿느릿

다가오고 있었다. 축 처진 팔은 비정상적으로 길어 땅에 닿을 지경이었다. 걸음걸이는 비틀거렸으며, 가끔 발작적으로 몸을 떨었다. 그때마다 거인의 전신에서 부스러지는 것처럼 파편이 툭툭 떨어졌다.

파편?

악셀은 눈을 가늘게 뜨고 그것을 좀 더 자세히 보았다. 곧 그는 눈을 부릅떴다.

"……!"

거인의 몸에서 떨어지고 있는 것들은 녹아내리다 만 인간이었다. 흉측하게 일그러지고, 눌어붙고, 신체 일부가 없거나 팔과 다리의 자리가 뒤바뀐, 끔찍하게 비틀린 인간들. 진흙처럼 철퍽 떨어진 그것들이 비척비척 몸을 일으켜 캠프로 다가왔다.

두 다리로 멀쩡히 오는 놈들은 없었다. 비틀거리거나, 기거나, 한쪽이 다리가 아닌 무언가거나, 다리가 여러 개거나. 그것들의 움직임은 몹시 느렸으나, 수가 압도적이었다. 거인을 중심으로 흘러내려 어느새 지평선을 가득 채우고 있었다.

그야말로 인해(人海). 시체 썩는 냄새와 살이 타는 냄새가 코끝을 찔렀다.

그는 천천히 고개를 들었다. 거인처럼 보이는 것은 하나의 개체가 아니라 기괴한 인간들로 이루어진 집합체였다. 여자, 남자, 노인, 아이 가릴 것 없이 다양한 인간들이 찰흙 덩어리처럼 엉겨 붙어 거인의 형상이 되어 있었다.

악셀 발렌타인은 그 천차만별인 인간들에게서 단 한 가지 공통점을 발견했다. 모두 붉은 눈이었다.

[근원이 너를 찾아갈 것이다.]

방금 디메토르로부터 들었던 말이 뇌리에 천둥처럼 울렸다. 발끝부터 정수리까지 오싹해졌다.

악셀은 즉시 돌아서서 아리아드네의 막사로 달렸다. 눌어붙은 인간들이 뭉쳐 만들어진 거인이 그의 등 뒤에서 울부짖었다.

오오오오.

거인에게서 떨어져 나와 살점을 흘리며 걷던 것들이 뒤따라 울었다.

오오오오.

수백수천의 붉은 눈이 형형하게 빛났다. 그를 부르고 있었다. 저 괴물이, 저 군집이, 그의 근원이.

우리에게 오라고. 우리에게 '돌아'오라고.

그는 치솟는 헛구역질과 저것에게로 달려가고 싶은 충동을 참으며 아리아드네의 막사에 뛰어들었다.

"아리아!"

푹 잠들었던 아리아드네는 절박한 부름을 듣고 잠에서 깼다. 악셀이 지금껏 본 적 없는 창백한 얼굴로 그녀를 보고 있었다.

"악셀?"

"이상한 것이, 괴물이……."

그가 횡설수설했다. 그답지 않았다. 아리아드네는 허둥지둥 숄을 걸치고 막사 밖으로 나가 보았다. 탁한 하늘과 거인의 실루엣, 악취를 풍기는 인해. 마주하는 순간 그녀는 그것의 정체를 알았다.

"마, 말도 안 돼. 라비린토스에 있어야 할 게 왜 여기에 있어?"

악셀 발렌타인의 근원.

크레타 제국이 만들어 낸 최악의 괴물이자, 제국이 멸망한 원인이자, 대미궁을 강림시킨 문이자, 악셀을 낳은 것이며 악셀 본인이기도 한 존재.

악셀 발렌타인이 정령수 넷도 모자라서, 강림만 시키려 해도 피를 토하게 되는 대정령을 아예 몸에 담고도 멀쩡할 수 있는 이유. 인간과 직접 계약하지 않는 대정령이 그와 계약한 이유. 그가 인간의 한계를 넘은 육체와 무한에 가까운 잠재력을 가진 이유.

악셀 발렌타인은 근원이 낳은 유일한 인간이자 근원의 일부이기 때문이다.

[맙소사, 저게 대체 왜 여기에……. 모든 공략은 라비린토스를 기준으로 세워 놨었는데…….]

파이가 경악하는 목소리가 들려왔다.

얼어붙었던 아리아드네는 간신히 정신을 차렸다. 근원과의 전투에 대한 준비는 이미 다 되어 있었다. 공략법도 알고 주의 사항도 안다. 거의 모든 경우에 대해 대응책을 준비했다.

원래대로라면 라비린토스에 들어가기 전에 동료들을 모아 브리핑을 하고, 만반의 준비를 한 끝에 근원전에 돌입했을 것이다. 라비린토스가 아닌 이런 허허벌판에서 악셀과 단둘이 근원을 마주하게 될 거라고는 전혀 예상치 못했다.

'애초에 저게 어떻게 라비린토스에서 벗어난 거지? 벗어날 수 있을 리가 없는데?'

어쨌든 라비린토스에 있는 봉인석도, 결계도, 근원이 원래 갇혀 있던 지하의 공동도 여기엔 없다.

'최악은 내가 지금 악셀과 단둘이 있다는 거고.'

악셀과 저 근원은 아주 깊게 연결되어 있다. 그가 쓰는 모든 힘과 능력이 근원을 거쳐 발현된다. 근원이 고통스러워하면 그도 고통스러워한다. 근원이 죽으면 그도 죽는다.

따라서 악셀은 근원과 싸울 때 도움이 되지 않았다. 근원에게 지배당해 자해하지나 않으면 다행이다. 애초에 근원전에서 그의 역할은 물리적 전투가 아니라 근원의 봉인이었다.

'그렇다고 싸움을 피할 수도 없어.'

근원은 인간에게 적대적이지 않다. 인간을 자신들에게 합류시키고 싶어 할 뿐. 그러나 붉은 눈이 아닌 인간은 저것과 접촉하면 그대로 영혼까지 녹아 버린다. 적대하는 것보다 더 나쁜 결과였다.

대미궁 토벌대가 돌아오지 못하는 이유의 삼 분의 일은 검은 잔을 받은 자들 때문이다. 그리고 다른 삼 분의 일은 라비린토스에 있는 저 근원이 원인이었다.

[악셀 발렌타인을 버립시다.]

파이가 냉담하게 말했다.

[그는 근원에게 죽지 않습니다. 그를 미끼로 삼고 동료들이 있는 곳으로 달아나는 게 좋겠습니다.]

'악셀이 근원에 죽지는 않지. 하지만 잘못하면 저것에 잠식되어서 자아를 잃어버려. 저 덩어리의 일부가 되어 버린다고!'

[애초에 원작에선 그가 근원을 지배하게 되면서 회귀 능력을 각성하잖습니까? 알아서 각성할 테니 놔두는 편이 자연스럽지요.]

정말 그럴까. 이렇게까지 그녀가 전개를 비틀어 놓았는데도 그가 원작대로 할 수 있을까?

근원은 부모처럼, 가족처럼, 연인처럼, 친구처럼 그를 유혹할 것이다. 그것은 '인간 덩어리'이기에 인간이 인간과 맺는 모든 관계를 흉내 낼 수 있다. 일반인도 홀리는 판에 근원의 일부이기까지 한 악셀에겐 그 유혹이 훨씬 강렬할 터.

소설 속 주인공은 인간에 대한 신뢰도 애정도 없었기에 근원의 유혹에 영향을 덜 받았다. 로버트 블랙의 배신 이후로 사람에게 아무것도 기대하지 않게 되었으니까. 하지만 악셀은 그녀로 인해 배신도 제대로 겪지 못했고, 사람들과 어울리는 법을 배워 버렸다.

'조건이 너무 달라.'

소설에서는 최악의 순간에 처하더라도 주인공답게 각성하고 멋지게 위기를 극복하지만, 이건 소설이 아니지 않은가. 그런 운을 바랄 순 없다.

'……뭣보다, 이미 늦었어.'

그녀와 같은 판단을 내린 파이가 입을 다물었다.

아리아드네는 지평선을 가득 채운 근원의 파편들을 바라보았다. 붉은 눈들이 그들을 바라본다. 저것들은 이미 그녀를 발견했다. 발견한 이상 끝까지 따라올 것이다. 느리지만 넓고 꾸준하게.

라비린토스에 발을 들였던 모든 토벌대가 근원을 피하는 데 실패했다. 근원에 녹아내리지 않은 삼 분의 일은 대미궁에 들어간 덕에 근원을 피했고, 대신 거기서 죽었다.

"아리아."

악셀이 떨리는 음성으로 그녀를 불렀다.

"저건 평범한 마물이 아닙니다. 저것이 대체 뭔지 아십니까?"

"알아."

"기분이…… 이상합니다. 설마…….."

아리아드네는 그의 의문에 대답해 주지 않았다. 대신 막사로 뛰어들어갔다.

"아리아?"

악셀이 뒤따라 들어오며 당황한 목소리로 그녀를 불렀다.

"옷 갈아입을 거야. 너도 가서 당장 짐 챙겨."

혼란에 빠져 있던 그가 그녀의 명령조에 정신을 차린 듯 빠르게 막사를 나갔다. 아리아드네는 숄을 벗으며 생각했다. 어떻게 해야 하는가.

'생각해. 목표부터 정하는 거야.'

근원을 죽일 순 없다. 근원이 죽었다간 악셀까지 죽는 데다가, 전력상으로도 불가능했다. 그녀는 잠옷을 벗어 내던지며 토벌을 선택지에서 지워 버렸다.

'그럼 도망쳐서 대미궁으로 들어갈까? 아니면 동료들이 돌아오는 쪽으로 가면서 합류할까? 어떻게든 버티면서 동료들이 돌아오길 기다리거나…….'

바지를 꺼내 입는 사이 고민이 끝났다.

'제압. 계획했던 대로 제압을 목표로 하자.'

대미궁은 너무 멀다. 가는 길에 죽을 게 뻔했다. 동료들과 합류하는 것도 위험했다.

헤어진 지 하루가 지났다. 그들은 저주받은 땅 경계 가까이에서 용병단을 부르고 기다리는 중일 터다. 그럼 하루 이상 무작정 버티거나 달아나야 하는데, 근원을 상대로 그러는 건 자살행위였다.

'차라리 제압을 시도하는 편이 나아.'

악셀이 원작처럼 근원을 제압하여 제 지배하에 두는 것이 최선이다. 결론은 파이의 의견과 같았지만, 운에 맡기고 그를 혼자 던져 놓는 것과 그녀가 미리 구상했던 계획을 실행하는 건 완전히 달랐다.

원래 악셀이 없는 토벌대를 기준으로 세운 계획이었고, 그가 합류한 이후에는 원작과 달라진 그를 기준으로 세운 계획이니까. 상황이 많이 다르긴 하지만 어떻게든 임기응변으로 끼워 맞춰 볼 작정이었다.

그녀는 셔츠를 걸치며 근원전의 필수 조건을 떠올렸다.

'첫째, 근원을 가둘 봉인석. 둘째, 근원을 억제할 무력. 셋째, 근원을 몰아넣을 지형. 넷째, 악셀의 정신력.'

마지막은 그렇다 쳐도, 나머지 조건이 다 문제였다.

봉인석은 라비린토스에 있고, 지금 무력은 없는 것이나 마찬가지다. 악셀은 싸울 수 없고 그녀는 직접 전투가 불가능한 정령사이므로. 심지어 저것들은 마물보다 정령에 가까워서 대정령들의 힘도 큰 도움이 되지 않는다.

'근원은 인간 덩어리를 영토로 삼은 대정령 같은 거니까, 재해 구현이나 대정령 소환도 별 의미가 없고…… 망할.'

아리아드네는 벨트를 조이며 욕을 내뱉었다.

'망할 제국. 망할 마계. 망할 마왕.'

그리고 불쌍한 악셀.

'……이렇게 갑작스럽게 근원과 맞닥뜨리게 하고 싶지는 않았는데.'

20여 년 전, 크레타 제국은 비밀리에 실험을 계획했다. 실험의 목적은 '반인 반정령'을 제조하는 것.

지지부진한 성전을 승리로 이끌 강력한 병기를 만들기 위한 실험이었다. 제국은 마계로부터 인류를 구하고 싶어 했으나, 그들이 한 실험은 마계의 오염보다 더 추악했다.

시작은 어느 마법사가 쓴 논문이었다.

- 정령수나 대정령이 아닌 일반 정령들은 기본적으로 자아가 없고, 비슷한 속성끼리 뭉치는 성질이 있다.

정령들은 더 많은 동족이 있는 곳을 향해 움직이며, 이를 쏠림 현상이라 한다.

- 붉은 눈을 가진 인간들은 불의 정령을 끌어들인다.

이 두 가지 사실을 조합하여, 그 마법사는 불의 정령이 뭉쳐진 덩어리가 붉은 눈이라고 가정했다. 그 가정은 정확하게 들어맞았다. 논문은 붉은 눈동자가 미세한 불의 정령들로 가득 차 있으며 그 때문에 붉은색을 띠고, 자연스럽게 불의 정령들을 끌어들이게 된다고 밝혔다.

또한 그 논문을 통해 최초로 붉은 눈이 태어나는 원리가 밝혀졌다. 붉은 눈은 운명이나 우연이 아니라 여러 조건이 맞아떨어진 결과였다. 태양 빛에 있는 미세한 불의 정령들, 친화력이 높은 체질, 체내에 누적된 미세 정령이 자녀에게 유전되는 현상 등이 그런 조건의 일부였다.

'중요한 건 그 원리 자체가 아니라 그것의 활용법이었지.'

원리를 알면 재현할 수도 있다. 붉은 눈의 인간을 인위적으로 만들어 낼 수 있는 토양이 마련된 것이다.

그 토양에서 제국의 누군가가 악마적인 발상을 떠올렸다.

불의 정령이 뭉쳐져 만들어진 게 붉은 눈이다. 그렇다면 붉은 눈의 인간을 뭉쳐서 좀 더 불의 정령에 가까운 인간을 만들 수 있지 않을까? 눈동자뿐만 아니라 몸까지 불의 정령으로 이루어진 인간을. 그렇게 반인 반정령, 더 나아가서 인공 정령을 만들어 무기로 쓸 수 있지 않을까?

성공하면 성전을 승리로 이끌 강력한 병기를 손에 넣게 되는 셈이다. 제국은 적극적으로 그 발상을 지원했다.

붉은 눈을 인위적으로 만들어 내는 실험이 가장 먼저 이루어졌다. 그것에 성공하자, 다음은 붉은 눈들을 '합치는' 실험이 시행되었다.

불의 정령은 더 많은 불의 정령에 이끌린다. 마법으로 만든 강력한 불에 붉은 눈들을 집어넣었다. 불타지 않는 자들은 마법의 불에 반쯤 녹아내리면서도 죽지 않았다. 그 불을 중심으로 그들의 체내에 있던 정령들이 연결되는 현상이 발견되었다.

제국은 실험 결과에 고무되었다. 그들은 붉은 눈들이 엉겨 붙은 불을 시작이자 중심이라는 뜻에서 '근원'이라 명명했다.

이후 본격적인 계획이 실행됐다. 제국은 실험실에서 노예들을 이용해 붉은 눈을 가진 인간을 양산하면서 제국 전체에서 붉은 눈을 가진 인간들을 끌어모았다. 그렇게 모인 붉은 눈들을 모조리 근원에 투입했다.

지하의 거대한 공동이 반쯤 녹은 채로도 죽지 못하는 불타지 않는 자들로 가득 찼다. 그것은 녹아내린 살점으로 이루어진 늪이자, 살아 있는 인간을 이어 붙여 만들어진 괴물이었다.

그 끔찍한 모습을 보면서도 그들은 인류의 승리를 위해서라는 사명감에 차 있었다. 그들은 정령들 중에서 대정령이 태어나듯, 그 인간 덩어리 속에서 반인 반정령에 가까운 무언가가 저절로 만들어지길 기대했다.

하지만 만 단위의 붉은 눈이 근원에 녹아 붙고도 아무 일도 일어나지 않았다. 끝내 더욱 미친 짓이 시도되었다. 그들은 근원의 일부를 분리하여 붉은 눈의 인간 태내에 집어넣었다.

근원이 낳고 인간이 수태한 생명.

그것이 무사히 인간 아기로 태어나고, 근원과 깊게 연결된 것이 확인되자 그들은 축배를 들며 아기의 이름을 붙였다. 어머니가 둘이라는 뜻의 '디메토르(Dimetor)'로. 근원의 자식인 동시에 인간의 자식이라는 의미가 담긴 이름이었다.

아이러니하게도 그 아이는 이름과 달리 태어나자마자 어머니를 잃었다. 실험자들이 그를 낳은 어머니를 근원에 던져 녹여 버렸기 때문이다.

그들은 디메토르를 인간의 자식이라 부르면서도 인간으로 여기지 않아서 유모조차 붙여 주지 않았다. 그는 젖 대신 근원의 일부를 받아먹었고 요람 대신 근원 속에서 잠들었다.

'그 아기가 악셀이었지.'

아리아드네는 역겨움을 삼키며 부츠를 신었다.

디메토르는 정령사도, 정령 기사도, 마법사도 될 수 있는 무한한 잠재력을 가지고 있었다. 아직 아기인데도 신체 능력까지 월등했다. 실험에 참가한 마법사들은 확실히 그가 정령에 가까운 특성을 가졌다고 분석했다. 반인 반정령까진 아니어도 훌륭한 성공작이라고.

죽기 직전까지 상처입히거나 사지를 잘라도 근원에만 던져 넣으면 금세 회복되니, 그야말로 완벽한 병기라는 평과 함께.

분석 결과를 본 제국은 하루빨리 그를 성전의 병기로 쓰고 싶어 했다. 하지만 디메토르는 인간 아기와 똑같이 느리게 성장했다.

그래서 제국은 기지도 못하는 아기의 채널을 강제로 열었다. 숭고한 사명감에 찬 채로.

모든 것이 인류의 승리를 위해서였다.

디메토르의 채널은 근원과 연계되며 열렸다. 수만 명의 영혼이 이어져 만들어진 미친 규모의 채널이었다.

엘리시움을 주시하고 있던 마왕은 그 채널을 놓치지 않았다. 수많은 영혼이 합쳐진 '근원'의 채널은 신에 가까운 존재인 마왕도 감당할 수 있는 규모였다. 게다가 채널을 연 자가 자아조차 확립되지 못한 아기였기에 그 채널을 주도하는 의지는 고통스러워하는 붉은 눈들의 절규였다.

그들은 줄곧 기도하고 있었다. 제발, 아무나, 누구라도 좋으니 우리를 죽여 주기를. 죽여서라도 이 고통을 끝내 주기를.

마왕은 그 강렬한 기원에 응답했다. 그것은 채널에 접속한 뒤 힘을 불어넣어 기원대로 그들을 모조리 죽여 주었다. 붉은 눈들이 죽자 그들이 연결되어 만들어진 채널에 살아남은 영혼은 디메토르뿐이었다.

마왕은 채널을 통해 디메토르에게 자신을 부르길 요구했다. 갓난아기는 채널로 전해지는 압박감이 무서워서 울음을 터뜨렸다. 누군가가 와서 자신을 도와주길 바라면서.

마왕은 그 울음소리를 기원으로 해석하여 소환되었다. 아기의 육체는 마왕 소환을 견딜 수 없었지만, 아기와 연결된 근원은 얼마든지 그 충격을 견뎌 낼 수 있었다.

무사히 강림한 마왕은 디메토르로부터 근원과 채널을 강탈했다. 마왕이 강림하자마자 수도에 대미궁이 구현되었다.

지옥이 열렸다.

제국은 그제야 자신들의 실패를 알아차렸다. 그들은 어떻게든 디메토르의 채널을 닫으려 애썼으나 그 채널은 이미 마왕의 것이 되어 있었다. 마왕은 근원을 늘려서 채널을 더 넓히고 싶어 했다. 그 의도에 따라 근원은 일어나 사람들을 집어삼키기 시작했다.

마왕을 중심으로 생성된 대미궁은 순식간에 커지며 제국 수도를 점령했다. 간신히 도피한 황제는 디메토르를 죽이라고 명령했다. 실험을 주도했던 황실 마법사가 그 명령에 반대했다.

"저것을 죽인다고 해도 근원의 채널이 닫히진 않습니다. 그건 이미 마왕의 소유입니다. 오히려 저것을 반드시 살려야 합니다. 마왕을 불러들인 존재니, 마왕을 돌려보낼 수도 있을 겁니다."

"저것을 성장시켜서 근원을 되찾게 하시지요. 그러면 마왕도 힘을 잃을 겁니다."

황제는 마법사의 의견에 일리가 있다고 판단했다. 그는 그 자리에 있던 이들 중 가장 강한 자인 근위기사단장에게 디메토르를 맡겼다.

"이것이 유일한 희망이다. 데리고 살아남아라. 잘 키워서 근원을 되찾게 만들어야 한다."

"하지만 이것이 마왕을 불러들인 놈이자, 근원에서 태어난 괴물임을 잊지

*마라. 해가 될 것 같으면 미리 처리해야 한다."*

근위기사단장, 안톤 발렌타인은 모든 진실을 들은 뒤 디메토르를 데리고 떠났다.

그는 처음엔 디메토르를 괴물로 여기며 꺼렸으나 제 손으로 키우면서 곧 친자식처럼 사랑하게 되었다.

안톤 발렌타인은 예전에 죽은 아내가 아들을 낳으면 붙여 주자고 했던 이름과 자신의 성을 디메토르에게 물려 주었다. 그렇게 디메토르는 악셀 발렌타인이 되었다.

이것이 악셀과 근원의 관계이자, 그의 출생에 얽힌 진실이었다.

'마왕이 악셀을 그릇으로 점찍은 이유이기도 하지.'

원작의 주인공이 마왕과 대미궁에 대한 책임감과 죄책감을 느끼면서도 인간을 싫어하는 이유이기도 했다.

'근원에 녹아 들어간 붉은 눈들의 절규가 무의식에 어느 정도 남아 있을 테니까……'

아리아드네는 씁쓸한 기분으로 입술을 깨물었다.

황실 마법사의 주장과 달리 악셀이 근원의 지배권을 되찾는다고 마왕이 저절로 사라지진 않는다. 그자는 이미 육체까지 끌고 엘리시움으로 완전히 넘어왔기 때문이다.

단, 근원을 되찾으면 악셀은 근원의 채널을 통해 마왕의 능력 일부를 끌어다 쓸 수 있게 된다. 그게 회귀 능력이었다. 소설 속 주인공이 라비린토스를 방문한 뒤 회귀할 수 있게 되는 건 거기서 근원을 손에 넣게 되기 때문이었다.

소설의 결말을 보면 주인공이 근원을 되찾는 것조차 마왕의 의도였을 것 같긴 하지만.

'근원을 지배하게 되어도 마왕의 권능을 끌어다 쓰지 않으면 괜찮아. 어떻게 되는지 내가 가르쳐 주면 되니까…….'

근원을 마주하고 진실을 알게 된 주인공의 심정에 관한 원작의 서술이 떠올랐다. 그 몇 줄의 문장보다 실제 악셀이 느끼게 될 충격은 더 깊고 아득할 것이다.

'악셀…….'

그녀는 입술을 잘근잘근 깨물었다. 어쨌든 지금 중요한 건 근원 제압이었다. 다른 문제는 근원을 제압한 뒤에 생각해도 늦지 않는다.

'근원 제압에 필요한 것…… 봉인석, 무력, 지형, 악셀.'

조건을 되뇌던 아리아드네는 곧 몇 가지 대체 방안을 떠올렸다.

'다 가정이지만…… 자세한 건 부딪혀 보는 수밖에. 최악의 경우에는 자해를 하자. 뤼르가 눈치채고 이쪽으로 와 줄 거야. 그럼 합류가 빨라지겠지.'

생각은 길었으나 실제로 행동에 걸린 시간은 짧았다. 빠르게 옷을 갈아입은 아리아드네는 꼭 필요한 것만 챙겨 들고 막사에서 뛰쳐나왔다.

막사는 버려도 된다. 어차피 보급품은 환상 도서관에 잔뜩 쌓여 있다.

'파이.'

[예, 아리아. 우선 근원 실험 보고서와 황실 마법사의 연구 일지를 찾아 두었…….]

'하늘이 접속한 뒤로 채널 분위기는 어때? 대정령들 반응 좀 알려 줘.'

[……아무래도 '하늘'처럼 격이 다른 존재가 당신을 주시하고 있으

니, 거동을 조심하고 있습니다.]

'조심한다고?'

[전체적으로 얌전해졌다고 할까요. 날뛰던 것들은 기가 죽었고, 호의적이던 대정령들도 당신을 좀 더 존중하게 된 기색입니다.]

'대정령들한테 하늘이 어떤 의미인지 좀 더 알아봐 줘. 존경하는 건지, 두려워하는 건지. 굶주리는 용이 뒤로 걷는 물에게 소속되는 것처럼, 하늘이 그들의 상위에 있는 것인지도. 그리고 또······.'

그녀는 흘깃 지평선을 보았다. 가장 앞선 근원의 파편이 곧 영토에 닿을 것이다.

'황실 마법사 연구 일지에 봉인석의 구조 나와 있지?'

[네, 제작 과정부터 시행착오까지 모두 기록되어 있습니다.]

'파이, 혹시 그거 따라 할 수 있겠어? 가이드 마법을 흉내 내는 것처럼.'

[······과정이야 흉내 낼 수 있겠지만, 재료가 문제입니다.]

'재료는 이미 있잖아. 역대급으로 좋은 재료들이.'

[네?]

'제국에서 만든 봉인석······ 주재료는 칠색 수정이고 부재료는 흉내쟁이 마물 껍질이었지?'

[네······ 아!]

악셀이 그녀에게 생일 선물로 주었던 순도 높은 칠색 수정. 브로치로 가공했지만, 마법을 잘 받아들이는 원석의 성질은 고스란히 남아 있었다.

'악셀에게 처음으로 받은 선물인데······. 어쩔 수 없지.'

아리아드네는 파이에게 전해지지 않도록 혼자서 작은 한숨과 함께 미련을 갈무리했다.

자잘한 다른 재료는 환상 도서관에 쌓여 있는 보급품 더미에서 구할 수 있다. 봉인석의 본체가 될 칠색 수정 외에 중요한 부재료인 흉내쟁이 마물의 껍질은 복제와 반사 등이 주된 성질이었다. 그리고 그녀는 얼마 전에 그런 성질을 가진 껍질을 얻었다.

'은거울 미궁 보스 껍질로 흉내쟁이 껍질을 대체할 수 있지 않을까?'

그때 가져온 것으로 분석해 봤더니 흉내쟁이와 비슷하지만 더 고품질인 껍질이었다. 흉내쟁이보다 은거울 미궁의 거울상이 훨씬 강했으니 당연한 결과였다.

[필요한 성질은 다 있으니까요. 충분할 겁니다.]

'그럼 재료는 마련된 셈인데. 만들 수 있겠어, 봉인석?'

[가능할 것 같습니다.]

'부탁할게.'

[네!]

파이가 밝아진 투로 대답하고는 조용해졌다.

'무력과 봉인석이 이렇게 된다 치면 남은 건 지형인데, 내가 구현하는 건 무리야.'

저 인간의 바다는 그 자체로 근원의 일부였고, 근원이 거느린 영토나 다름없었다. 따라서 그녀가 근원을 가둘 만한 지형을 영토로 구현한다는 건, 근원의 영토 위에 그녀의 영토를 덮어씌워야 한다는 뜻이다.

'대정령의 영토를 직접 점령하는 거나 마찬가지잖아. 무리야. 내가 대정령을 강림시켜도 밀릴 확률이 높아.'

자기 구역에서 유리한 건 짐승이나 대정령이나 마찬가지다. 비슷한 급의 대정령끼리 영토 다툼을 한다면 가상으로 구현하는 쪽보다 진짜 영토에 있는 쪽이 훨씬 유리하다.

'그렇다고 근원을 압도할 만한 대정령을 불렀다간 내게 다른 일을 할 여력이 남지 않을 거고. 그러니까 원래 있는 지형을 이용하자.'

아리아드네는 출발 전부터 숙지하고 있던 이 근처 지형을 떠올렸다. 저주받은 땅이 되면서 꽤 많이 바뀌었지만, 그래도 이곳은 본래 제국의 영토다. 강이나 산 같은 큰 지형은 변하지 않았을 것이다.

'장작더미 협곡.'

적당한 곳이 떠올랐다. 어떻게 그 지형을 이용할지도.

순식간에 결정을 끝낸 아리아드네는 모닥불 근처에 멀거니 서 있는 악셀을 불렀다.

"악셀."

악셀이 그녀를 돌아보았다. 붉은 눈엔 초점이 없었고, 얼굴에는 표정이 없었다.

"저를 부르는 소리가……."

중얼거리다 말고 불현듯 그의 눈에 빛이 돌아왔다. 그가 당황하며 그녀에게 손을 뻗었다.

"뭘 하신 겁니까? 피가 나잖습니까!"

그의 손이 그녀의 입가에서 방황했다. 아리아드네는 손등으로 입술을 훔쳤다. 손등에 새빨간 피가 길게 묻어난 게 보이자, 그제야 약간의 따끔함이 느껴졌다. 아까 질근거리다가 상처를 낸 모양이었다.

"내가 잘못 깨문 거야. 그보다 얼른 여기서 벗어나야 하니까 정령수 꺼내."

짓씹어 터진 입술을 뚫어져라 보고 있던 악셀은 그녀의 명령에 반사적으로 움직였다. 그가 아름드리를 꺼내니 아리아드네가 고개를 저었다.

"겁화로 해."

"예?"

"저것들을 뚫고 지나가야 하거든. 저거 엄청 뜨거울 거야. 아름드리로는 힘들어."

"하지만 겁화에 타셨다간 다치실 겁니다."

악셀이 반박했다. 겁화는 흩뿌리는 열기가 강해서 한때는 주위에 사람이 있으면 함부로 꺼내지도 못했었다. 물론 정령 기술이 능숙해진 지금은 겁화를 작게 줄여 꺼내 놓는 것까지 가능해졌지만.

아리아드네는 그 점을 지적했다.

"이젠 네가 조절할 수 있잖아. 내 근처에 붙여 놓기도 하면서."

"곁에 두는 것과 타시는 건 다릅니다. 화상을 입으실 수도 있습니다."

"화상 정돈 괜찮아."

"말도 안 되는 소리 마시고, 차라리 벼락을 타시지요."

"안돼. 불 속성이 아니면 근원에 가까워질수록 느려질걸. 느려지면 근원한테 잡힐 수도 있어."

아리아드네는 말해 놓고 아차 했다. 악셀은 저것의 정체를 아직 의심만 하고 있었을 텐데.

"……저게 근원입니까?"

그는 그녀의 말실수에 바로 반응했다. 토악질을 참는 것처럼 입가를 매만진 그가 근원을 바라보며 쉰 목소리로 되물었다.

"저것이, 저의?"

"악셀, 날 봐."

아리아드네는 발돋움을 하고 그의 얼굴을 양손으로 잡아 제게로 돌렸다.

"그래, 저건 근원이야. 네가 찾던 네 뿌리지."

"……."

"곧 많은 것을 알게 될 거야. 하지만 무엇을 알게 되든 그게 지금의 너를 다른 것으로 바꿔 놓진 못해."

"……."

"너는 악셀 발렌타인이야. 안톤 발렌타인의 아들이자, 말렉사이어의 자작이며, 대미궁 토벌대의 정령 기사이고, 내 동료인 악셀 발렌타인."

붉은 눈이 멍하니 그녀를 내려다보았다. 아리아드네는 그의 눈을 똑바로 올려다보며 힘주어 말했다.

"명심해. 너는 악셀 발렌타인이고, 지금 네 곁에는 내가 있어."

"……."

"내가 누구야? 내 이름을 말해 봐, 악셀."

느릿하게 눈을 깜박인 악셀이 신음처럼 대답했다.

"아리아…… 아리아드네 엘디어."

"응, 맞아."

아리아드네는 엷게 웃으며 그의 얼굴을 놓아 주었다.

영토에 근원의 파편이 침입한 것이 느껴졌다. 등 뒤로 악취가 가까워졌으나 그녀는 뒤를 돌아보지 않고 악셀만을 바라보았다.

"나를 잊지 마. 넌 혼자 있는 게 아니야."

악셀이 깊게 숨을 들이쉬었다. 그가 명료해진 눈으로 그녀를 물끄러미 바라보더니 그녀의 허리께에 팔을 두르며 제게 끌어당겼다.

"실례하겠습니다."

그는 그녀를 끌어안고 검을 뽑아 휘둘렀다. 그 검에 그녀의 등 뒤로 접근하던 파편이 괴성을 지르며 토막 났다. 곧이어 그로부터 겁화가 튀어나왔다. 기다란 뿔을 가진 거대한 불꽃 늑대가 그의 앞에 머리를 숙였다.

악셀은 아리아드네를 안아 든 채로 늑대의 머리에 올라탔다. 그는 한 팔로 뿔을 잡고, 다른 팔로 그녀를 받쳐 안으며 제 망토를 그녀 위에 덮었다.

"열기가 심하면 꼭 말씀하셔야 합니다."

"응."

"어디로 가면 됩니까?"

"동쪽에 산자락 보여?"

"협곡이군요."

"골짜기 안쪽으로 달려. 내가 멈추라고 할 때까지. 절대로 저것들이랑 맞서 싸우지 말고."

"알겠습니다."

불꽃 늑대는 어느새 접근한 파편들을 밟아 으깨며 훌쩍 뛰어올랐다. 아리아드네는 변경백이 주었던 은빛 정령등을 허리띠에 매달고 불을 붙이며 속삭였다.

"가호 켜."

"예."

악셀의 몸에 은은한 붉은빛이 휘감겼다. 가호와 정령등의 상태를 확인한 그녀는 바로 영토를 거두었다. 연둣빛이 지상에서 사라졌다. 이제 보이는 건 불타오르는 하늘과, 녹아내린 인간의 바다와, 그 사이의 불꽃 늑대뿐.

겁화는 거침없이 녹아내린 인간을 짓밟으며 달렸다. 늑대가 달린 자리를 따라 불꽃이 발자국처럼 남았다.

근원의 파편은 불이 붙고 뭉개진 채로도 움직였고. 그것들은 사지를 비틀고 떨며 겹화를 향해, 정확히는 겹화 위에 있는 인간들을 향해 손을 뻗었다.

오오오오.

소름 끼치는 울부짖음. 악셀은 그 괴성에 담긴 뜻을 알아들을 수 있었다.

―우리는 너다. 너는 우리다.

―우리에게 와라. 너 자신에게로 돌아와라.

―그리하면 네가 원하는 것을 얻으리라.

지독하게 달콤하고 유혹적인 목소리였다. 저 말대로 몸을 던지면 무한한 충족감을 얻을 수 있을 것만 같았다.

'헛소리.'

그러나 악셀은 이를 악물었다.

'내가 원하는 것은 그곳에 없다.'

그는 품 안에 있는 여자를 꽉 안았다. 그가 원하는 유일한 것은 지금 여기에, 그의 곁에 있다.

그가 파편들 사이를 가로지르자, 까마득한 높이에 있던 거인의 머리가 움직였다. 그것은 녹슨 태엽 인형처럼 느리게 돌아 겹화가 달리는 방향을 바라보았다.

눌어붙은 인간으로 이루어진 거인의 머리에는 눈도, 코도 없었다. 있는 것은 오직 입. 검게 뚫린 구멍이 같은 입이 크게 벌어졌다.

오오…… 오오오…….

―아들아.

-내 사랑하는 아이야.

-이리 오렴. 네가 태어난 곳으로 돌아와 너를 낳은 품에 안기렴.

하늘을 울리는 괴성이 부드럽고 다정한 음성이 되어 악셀의 귓가를 간지럽혔다. 태어나서 한 번도 느껴 보지 못한 어머니의 음성 같았다. 고개가 저절로 뒤로 돌아가려 했다.

그는 뒤를 돌아보는 대신 품 안을 내려다보았다. 땀에 젖은 백금발이 달라붙은 흰 이마가 그의 가슴팍에 기대어 있었다. 그의 시선을 느낀 듯 그녀가 고개를 들었다. 더위로 붉게 달아오른 뺨과 열기 속에서도 여전히 청명한 푸른 눈동자가 보였다.

오오오오.

-아이야, 이리 오렴. 내 품에 안기렴.

-네가 갈구하던 것들이 모두 여기에 있단다.

"왜 그래, 악셀?"

"아무것도 아닙니다."

오오오오.

-너는 다른 인간과 다르다.

-거기서는 아무도 너를 이해할 수 없고, 아무도 너를 받아들일 수 없다.

-그러니 사랑하는 내 아들아. 내 품으로 오거라.

-이곳에는 너를 사랑해 줄 사람들이 아주 많단다.

속삭임이 귀에 쉼 없이 달라붙었다. 취해 버릴 것처럼 달았다. 파편들이 근원을 뒤따라 목소리를 높였다.

오오오······!

-우리는 너를 이해할 수 있다!

－우리는 너를 온전히 받아들일 수 있다!

－우리만이! 오직 우리만이!

머리를 흔드는 그의 옷깃을 그녀가 살며시 잡아당겼다.

"괜찮아?"

머리 위의 하늘은 탁했고, 시뻘겋게 타오르고 있었다. 그 하늘처럼 새빨간 눈동자들이 사방에서 밀려들었다.

그러나 그의 품속에 있는 하늘은 새파랗게 맑았다. 걱정과 애정이 묻어나는 눈동자가 그를 담고 있었다.

"악셀."

그녀가 그를 불렀다. 저 괴물을 보고, 저것을 그의 근원이라 칭하면서도, 변함없는 빛으로. 그 푸른 눈이 말하고 있었다.

나를 잊지 마. 지금 네 곁에 내가 있다는 걸 잊어버리지 마.

악셀은 문득 웃음이 났다. 자신을 비추는 작고 둥근 하늘이 한없이 넓게 느껴져서. 그리고 견딜 수 없이 사랑스러워서.

그가 원하는 건 바로 이 하늘이었다. 다른 것에 소속되고 싶지 않았다. 이 하늘 아래에 있고 싶었다.

"괜찮습니다."

그의 의지대로 겁화의 속도가 빨라졌다.

오오오……!

그러자 근원이 내지르는 울음에 날카로운 분노가 섞였다. 악셀은 본능적으로 겁화를 움직였다. 뿔이 잡아 당겨지자 늑대가 홱 몸을 틀었다.

콰아앙!

조금 전까지 겁화가 있던 자리에 거대한 기둥이 내리꽂혔다. 으스러지고 으깨진 몸뚱이들이 허공에 튀어 오르며 불길이 치솟았다.

근원의 팔이었다. 땅에 끌릴 정도로 긴 그 팔이, 지금까지의 느릿한 움직임과 다르게 번개 같은 속도로 그들이 있던 곳을 내리친 것이다.

드드드득.

근원이 팔을 들어 올리며 땅에 반쯤 박혔던 손을 빼냈다. 녹아내린 살점들이 진흙과 섞여 뚝뚝 떨어지고, 붉은 눈알들이 모래알처럼 흘러내렸다. 악셀은 짧게 신음을 흘렸다. 망토 사이로 그 광경을 지켜본 아리아드네가 다급하게 말했다.

"절대 반격하지 마. 피하기만 해."

"예."

악셀은 왜 그래야 하느냐고 묻지 않았다. 그는 순순히 답하고 그녀의 명에 따랐다.

천둥이 울리는 듯한 소리와 땅이 파헤쳐지는 소리가 연달아 들려왔다. 근원이 그들을 잡으려 연달아 팔을 휘두르고 있었다. 일직선으로 달리던 검화는 이제 지그재그로 미친 듯이 뛰어다니며 그것을 피했다. 아리아드네는 멀미가 날 것 같아 그의 품에 고개를 파묻었다.

그때 그녀가 맡긴 일 때문에 내내 조용하던 파이가 돌연 입을 열었다.

[대정령, 빛 살해자가 당신의 채널에 처음으로 접속했습니다.]

'응? 갑자기?'

영토는 거두었지만 채널은 유지 중이었다. 파이가 그녀의 의문에 대답했다.

[채널 내의 대정령들에게 하늘에 관해 계속 물어봤더니, 창백한 푸름이 빛 살해자를 불러들였습니다.]

'창백한 푸름이? 아, 하긴. 창백한 푸름의 영토는 빛 살해자랑 가까우니까.'

악셀과 계약한 대정령인 어둠 살해자는 밤 없이 낮만 지속되는 극지방의 백야 현상에서 태어난 존재다. 백야가 뒤덮은 하늘은 모두 어둠 살해자의 영토이며, 백야 현상이 사라지지 않는 한 어둠 살해자도 사라지지 않는다.

빛 살해자는 어둠 살해자와 대칭되는 존재로 밤이 지속되는 극야로부터 비롯된 대정령이었다. 그리고 당연하게도 어둠 살해자와 빛 살해자는 모두 하늘의 휘하에 속하는 대정령이었다.

[창백한 푸름이 '하늘'에 관해 궁금한 것이 있으면 빛 살해자에게 물어보라고 합니다.]

'……!'

아리아드네는 눈을 크게 떴다가, 얼른 속삭였다.

"고마워요, 창백한 푸름 님."

[창백한 푸름이 몹시 뿌듯해합니다.]

[빛 살해자가 당신에게 강한 호기심을 품고 있습니다.]

'몇 가지 여쭤볼게요, 빛 살해자 님.'

[빛 살해자가 말해 보라고 합니다.]

'하늘의 정령석으로 영토를 구현하면 지상이 아니라 하늘에 영토가 구현되나요?'

[빛 살해자가 당연한 걸 왜 묻냐며 웃습니다.]

'그럼, 하늘의 영토는 다른 대정령의 영토와 별개로 구현되겠네요?'

[빛 살해자가 하늘 휘하의 대정령 외에는 아예 영토가 겹칠 일이 없다고 합니다.]

'그러면 혹시 다른 대정령의 영토에 구현된 하늘도 '하늘'인가요? 그러니까 다른 대정령이 지배하고 있는 영토라 하더라도, 하늘에 대한 권한은 '하늘'이 우선하나요?'

[빛 살해자가 당신의 질문을 흥미로워합니다.]

[빛 살해자가 하늘은 모든 하늘을 포괄하는 존재이며, 따라서 다른 대정령의 영토에 비치는 하늘도 '하늘'의 것이 맞다고 합니다.]

[빛 살해자가 모든 하늘은 '하늘'의 영토이므로, 어디서든 '하늘'의 권한이 우선한다고 합니다.]

바로 저것이 알고 싶었다.

모든 대정령의 영토 위에는 하늘이 덮여 있다. 그래서 '하늘'이라면, 다른 대정령의 영토 내에서도 자유롭게 구현되고 그 영토에 영향을 줄 수도 있지 않을까, 하는 의문이 생겼다.

'예상이 맞았어.'

근원과 영토 다툼을 할 필요 없이, 새로운 영역인 하늘에 영토를 전개할 수 있다면.

아리아드네는 마지막 질문을 던졌다.

'제가 하늘의 영토를 감당할 수 있을까요?'

[빛 살해자가 자신도 그것이 궁금하다고 합니다.]

[빛 살해자가 하늘이 당신에게 몹시 기대하고 있다며 웃습니다.]

기대하고 있다.

그 말이 응원처럼 들렸다. 그녀는 살짝 웃었다.

'감사합니다. 그 기대에 꼭 보답해 드릴게요.'

[빛 살해자의 우호도가 올랐습니다.]

"아리아, 협곡이 보입니다."

악셀이 나지막하게 속삭였다.

아리아드네는 망토를 걷으며 그의 품에서 고개를 내밀었다. 겁화는 계속해서 쾅쾅 내리꽂히는 근원의 팔을 피하며 달리는 중이었다. 악취와 탄내가 뒤섞여 코를 찌르고, 열기가 훅 얼굴을 뒤덮었다. 어느새 사방이 불바다였다.

불붙은 인간의 형상들 너머로 장작더미 협곡의 입구가 보였다. 그렇게 크거나 유명한 협곡은 아니었다. 지층이 쌓인 모습이 장작더미처럼 보여서 장작더미 협곡이라는 이름이 붙은, 주위에 사는 주민들이나 아는 흔한 골짜기.

하지만 저주받은 땅이 되기 전에는 나름 대정령도 있었고, 주변의 약초꾼, 나무꾼, 사냥꾼 등등이 생계를 이어 가던 터전이었다. 그러나 지금은 대정령도 죽고, 나무나 풀 대신 촉수와 혈관 같은 덩굴로 뒤덮인 오염된 지역에 불과했다.

아리아드네는 협곡의 좌우 절벽을 빠르게 살폈다.

'예상한 것보다 높이가 낮은데.'

라비린토스에 있는 지하 공동에 비하면 여러모로 근원을 가두기엔 부족한 지형이었다.

'어쩔 수 없지. 그래도 협곡 내부가 오르막이긴 하니까.'

그녀는 입술을 깨물고 악셀을 불렀다.

"악셀?"

그는 겁화의 방향을 틀어 비산하는 파편을 피한 뒤에 대답했다.

"예, 아리아."

"이 협곡 안에 저 거인을 가둬야 해. 다른 곳으로 달아나지 못하게."

"양쪽 절벽을 무너뜨리면 됩니까?"

"할 수 있겠어?"

"예."

쾅, 하고 근원의 손이 바로 앞에 내리꽂혔다.

악셀은 겁화의 뿔을 잡아당겼다. 불티를 휘날리며 솟구친 늑대가 땅에 꽂힌 근원의 팔을 박차며 더 높게 뛰어올랐다. 떠오른 겁화는 녹아내린 인간들을 뛰어넘으며 협곡 안쪽에 착지했다.

골짜기 안쪽에는 근원의 파편들이 없었다. 거칠 것이 없어진 겁화는 마음껏 달리기 시작했다. 그러자 파편들이 골짜기의 입구로 몰려들었다. 근원 역시 발걸음을 뗐다. 주변을 확인한 아리아드네가 악셀에게 외쳤다.

"이제 날아도 돼!"

허락이 떨어지자마자 그의 등에서 벼락의 날개가 돋았다. 악셀은 아리아드네를 안은 채로 겁화의 뿔을 밟고 뛰어올랐다. 동시에 그의 등에서 떨어져 나온 벼락이 허공을 선회하여 그들의 발아래에 자리 잡았다.

번개로 이루어진 황금빛 용이 그들을 태웠다. 아래에서 달리던 겁화는 불꽃이 되어 흩어지더니 악셀의 몸으로 돌아왔다. 벼락이 크게 날갯짓하며 속도를 높였다. 쐐애액, 하는 소리와 함께 용이 협곡 안쪽으로 깊게 파고들었다.

오오오…….

근원이 울부짖더니 협곡 안쪽으로 발을 들여놓았다. 그것이 느릿느릿한 움직임으로 골짜기 안에 완전히 들어선 순간.

"꽉 잡으십시오."

악셀이 아리아드네에게 속삭이며 머리 위로 작은 태양을 띄웠다.

벼락이 날개를 활짝 펼치며 허공에 멈췄다. 그의 위에 후광처럼 떠오른 태양이 휘황한 빛을 뿜어냈다. 그 빛으로부터 여러 줄기의 광선이 좌우로 뻗어 나가더니 벼락의 날개를 관통했다.

금빛 번개를 덮어쓴 광선은 협곡의 양쪽 절벽을 연달아 후려쳤다. 굉음이 울리며 인위적인 산사태가 일어났다.

협곡의 입구가 무너져 내리는 것을 바라보며 아리아드네는 품에서 하늘의 정령석을 꺼냈다. 유리 같은 수정 속에 이번에는 구름 한 점 없는 푸른 하늘이 떠 있었다. 그녀는 정령석을 움켜쥐었다.

'하늘.'

인류 역사상 한 번도 구현된 적 없던 대정령의 영토다. 파이가 해석해 주지 않아도 채널에 접속해 있는 대정령들이 모두 숨을 죽이고 있는 것이 느껴졌다.

아리아드네는 눈을 감았다. 그녀의 손안에서 하늘의 정령석이 은은하게 빛났다. 그러자 날갯짓하고 있는 벼락의 주위로 푸른빛이 물감처럼 번져 갔다.

무너진 절벽이 협곡의 입구를 막는 것을 확인하던 악셀이 눈을 들어 하늘을 보았다. 탁한 붉은색이 새파랗게 물들어 가고 있었다. 지평선의 끝에서부터 끝까지. 지상의 기괴하고 끔찍한 광경과 어울리지 않는, 아리아드네의 눈동자처럼 맑은 색이었다.

악셀은 악마들의 묘지를 구현한 뒤 그녀가 쓰러졌던 이유를 떠올리고 신음을 흘렸다.

"아리아, 이건…… '하늘'입니까?"

"아직."

그녀는 채널에 몰입한 채로 짧게 대답했다. 아직 원하는 '하늘'이 아니었다.

정령술로 영토를 구현하는 것 자체는 사실 그렇게까지 복잡한 기술이 아니다. 그냥 정령력을 뽑아내서 흩뿌리기만 하면 저절로 구현되는 게 영토니까.

정령력의 통로가 되는 몸과 정신이 모두 힘든 것을 제외하면, 별로 어렵지는 않다. 정령사가 잠들어도 가이드 같은 마법으로 영토 유지가 가능한 것도 그 때문이다.

하지만 그 영토를 정령사가 원하는 대로 변형시키려 할 때부터 정령술은 급격히 어려워진다. 넓은 채널, 우호적인 대정령, 정령의 힘을 조각하듯 빚어낼 수 있는 통제력, 그것을 유지하는 집중력, 그리고 그 힘에 휘둘리지 않는 자제심이 있어야 한다.

그 모든 조건을 갖추고도 원하는 형태를 눈앞에 보이는 듯이 그려 낼 수 있는 상상력이 없으면 기존의 영토를 복제하는 것밖에 할 수 없다.

그런 의미에서 아리아드네는 타고난 재능 말고도 유리한 조건이 하나 있었다.

전생의 기억.

실제 자연의 위대함을 담은 영상이나 실감 나는 기술로 만들어진 환상적인 영상을 손안에 쥔 기계로 아무렇지도 않게 볼 수 있었던 세계의 기억.

홍수를 본 적 없는 사람이 홍수를 상상하는 것과 홍수에 잠긴 도시의 영상을 본 적 있는 사람이 홍수를 상상하는 건 시작점부터 다르다.

따라서 아리아드네는 머릿속에 그리는 풍경이 다른 정령사들보다 훨씬 구체적이었고, 상상의 한계선도 넓었으며, 그런 광경들을 상상하는 게 어렵지도 않았다.

그녀는 근원을 제압할 방법을 모색하다 하늘의 정령석을 떠올린 순간부터 한 가지 풍경을 머릿속에 그렸다. 근원의 핵심은 불. 하늘을 이용해서 지상을 점령한 불을 제압하려면?

아주 간단한 문제였다.

"이제부터 비를 내릴 거야. 이 협곡에 홍수를 일으킬 정도의 폭우를."

근원을 상처 입히지 않고도 억누르는 방법. 근원의 불이 폭우 정도로 꺼지지는 않겠지만, 특성상 물에 약해질 수밖에 없다.

'제국 놈들이 근원을 가둔 지하 공동에 수로를 괜히 파 놓은 게 아니니까.'

완전히 무력화할 수는 없어도, 물은 악셀이 근원에 접속하여 봉인을 시도할 수 있는 환경 정도는 충분히 만들어 줄 것이다.

'힘으로 억누르는 것보다 평화롭기도 하고.'

[……홍수가 평화롭다고요?]

'여긴 아무도 안 사는 저주받은 땅이잖아. 누가 다칠 염려도 없고, 근원을 직접 때려잡는 것보단 평화롭지.'

파이는 말문이 막혔는지 침묵했다. 그러거나 말거나 아리아드네는 새롭게 세운 계획을 되새겼다. 악셀이 다치지 않을 거라는 점이 가장 마음에 들었다. 기존 계획은 그의 부상을 어느 정도 감수하면서 근원을 공격해야 했으니까.

그녀는 채널에 집중했다. 손안의 정령석에서 뽑아낸 힘이 그녀의 채널을 가득 채운 뒤 몸 밖으로 흘러넘쳤다. '하늘'이 직접 접속한 것도 아닌데 어지간한 대정령들이 강림했을 때만큼 많은 정령력이 흘렀다.

그럼에도 이번에는 접속 중인 대정령들을 쫓아낼 필요가 없었다.

'채널이 확장되긴 했구나.'

마음 편히 정령력을 움직였다. 하늘의 정령석이 내뿜는 빛이 강해졌다. 바람도 불지 않는데 머리카락과 옷자락이 허공에 휘날렸다. 정령력이 폭발적으로 분출되면서 일어나는 현상이었다.

악셀은 희미한 빛에 휘감긴 그녀를 멍하니 바라보았다. 긴 백금발이 여름 햇살 아래의 밀밭처럼 반짝이며 너울거렸다. 그 머리칼 사이로 하늘이 변하는 것이 보였다. 짙은 먹구름이 구름 한 점 없던 하늘을 무시무시한 기세로 뒤덮고 있었다.

심상찮은 기색을 감지한 근원이 느리게 고개를 들었다. 지상에 깔린 파편들도 하늘을 올려다보았다. 붉은 눈들이 발아래에서 모래알처럼 반짝였다. 그들로부터 뿜어지는 열기가 신기루처럼 공기를 이지러뜨렸다.

이변을 일으키고 있는 게 누구인지 알아챈 근원이 팔을 휘둘렀다. 위에서부터 내려치는 팔이 무너지는 탑처럼 거대한 그림자를 드리웠다. 아리아드네는 그것을 보면서도 두렵지 않았다. 등 뒤에서 그녀의 허리를 안고 있는 남자를 믿기 때문에.

그녀는 양손으로 쥔 정령석에 집중하며 태연히 눈을 감았다. 그녀의 믿음대로 악셀은 아리아드네를 안은 채 재빠르게 벼락을 몰아 내리쳐지는 팔을 피했다.

근원은 화가 난 듯 마구잡이로 팔을 휘두르며 괴성을 질렀다. 파편들이 그에 호응하며 목소리를 높였다.

오오오……!

─우리는 너다! 너는 우리다!

-너는 너를 거부하는 건가!

이제는 저런 속삭임이 아무렇지도 않았다. 무심히 공격을 피하던 악셀은 문득 코끝에 닿는 차가운 물방울을 느꼈다.

톡, 토독.

빗방울이 떨어지기 시작했다. 근원의 파편들이 술렁였다. 팔을 휘두르던 근원이 멈칫하며 하늘을 보았다. 어느새 눈을 뜬 아리아드네가 악셀을 올려다보았다.

"가호로 비 막을 수 있지?"

"예."

"그럼 됐어."

그녀는 정령석을 한 손에 고쳐 쥐고 꾸물꾸물 그의 망토 아래로 파고들었다. 악셀은 그 움직임에 잠깐 멈칫했다가, 허둥지둥 인벤토리에서 우비를 꺼냈다. 아리아드네가 그의 망토 속에서 고개를 갸웃했다.

"가호로 된다며?"

"제가 아니라 당신 겁니다. 당신에게는 가호를 덮어씌울 수 없으니까요."

그가 아리아드네에게 급히 우비를 걸쳐 주었다. 그 직후, 톡톡 떨어지던 빗방울이 후두두둑 늘어났다.

어두운 하늘에서 비가 폭포처럼 쏟아져 내렸다. 눈에 비치는 세상이 모조리 잿빛으로 물든다. 귀가 먹먹할 정도로 거센 빗소리가 울려 퍼졌다. 하늘의 물이 지상의 모든 것을 난타하기 시작했다. 폭력적인 비였다.

이글대던 열기가 얼음처럼 차가운 빗물과 만나 뿌연 물안개를 피워

올렸다. 협곡은 삽시간에 진창이 되었다. 아래에서 파편들이 철벅거리는 물소리를 내며 우왕좌왕했다. 움직임이 확연히 느려진 것이 눈에 띄었다.

오 오 오 오……!

흠뻑 젖은 근원이 울부짖으며 팔을 휘둘렀다. 이전보다 확실히 느린 속도였다. 벼락은 가뿐히 그 공격을 피했다.

얼음 미로 숲의 끝, 사시사철 번개가 내리치는 쇳덩이 산에서 태어난 정령수는 쏟아지는 비가 기꺼운지 천둥 같은 소리로 웃어 댔다.

벼락이 흥겹게까지 느껴지는 몸짓으로 허우적거리는 근원의 팔을 피하는 동안, 협곡에는 계속해서 비가 퍼부어졌다.

장작더미 협곡은 안쪽으로 갈수록 높아지는 지형이었다. 입구는 악셀의 융합 기술에 무너져 막힌 상태. 협곡은 금세 계곡이 되었다. 비탈을 따라 흘러내린 빗물이 입구 근처에 고이며 점차 수위를 높였다.

곧이어 젖은 산이 허물어지며 산사태가 일어났다. 안 그래도 무너져 있던 입구가 토사로 더 단단히 틀어막혔다.

상류에서부터 흙탕물이 파도처럼 밀려왔다. 파편들이 내던 철벅거리는 소리가 첨벙거림으로 바뀌는 건 금방이었다. 물이 미친 듯이 차올랐다. 거센 물살에 파편들이 휩쓸리며 버둥거렸다.

넘실거리는 물결은 곧 거인의 무릎까지 적셨다. 그러자 근원이 우뚝 움직임을 멈췄다.

오 오…… 오 오 오…….

분노한 음성과 함께 근원의 전신이 붉게 달아올랐다. 엉겨 붙은 인간의 틈새로 증기가 일렁이며 치솟았다. 이어 구덩이 같은 입이 커다랗게 벌어지더니 새하얀 불길과 함께 시뻘건 용암을 토해 냈다.

오오오오!

근원은 용암을 쏟으며 마구잡이로 팔을 휘둘렀다. 증기가 나던 몸뚱이 곳곳에서 용암이 터져 나왔다. 거인이 피투성이 인간처럼 용암과 증기를 줄줄 뿜으며 날뛰기 시작했다.

"......!"

"조심해!"

아리아드네의 속삭임보다 악셀의 반응이 빨랐다. 그는 벼락을 움직여 수직으로 솟구쳤다. 불붙은 인간이 운석처럼 벼락이 있던 자리를 스쳐 지나갔다.

근원이 미쳐 날뛰자 파편도 흘러 떨어지는 것이 아니라 사방으로 튕겨 나갔다. 거인의 몸을 이루던 녹아내린 인간들이 흰 불길에 휩싸인 채 허공을 날았다.

줄줄 흘러 떨어진 용암은 흙탕물과 만나 검게 식었다. 증기가 폭발적으로 치솟았다. 화산이 터지는 듯한 광경이었다. 화산재 대신 불붙은 인간이 날아다닌다는 점에서 훨씬 끔찍했지만.

악셀은 날아오는 파편과 튀어 오르는 용암을 곡예비행으로 피했다. 폭우는 여전히 세상을 난타하고 있었다. 증기와 비가 시야를 가려 희게 번뜩이는 불길 외에는 제대로 보이는 것이 없었다.

상대가 '근원'인 탓인지 악셀의 예민한 감각도 평소대로 작동하지 않았다. 그는 본능과 반사신경으로 간신히 날아드는 것들을 피했다. 피하지 못한 것은 그냥 맨손으로 쳐냈다. 한 손으로는 아리아드네를 안아야 하고 다른 한 손으로는 벼락을 몰아야 해서 검을 뽑을 수가 없었다.

사실 악셀에게는 그렇게까지 위험한 환경이 아니었다. 희게 튀어 오르는 불길도, 흩날리는 용암 덩어리도, 날아드는 불붙은 파편들도, 델 것 같은 증기도 그에게는 별다른 영향을 미치지 못하니까.

하지만 아리아드네에게는 매우 위험한 환경이었다.

"아리아! 저게 미쳐 날뛰는데 괜찮은 겁니까?"

빗소리와 근원이 내는 굉음 탓에 고함을 질러야 했다. 겨우 그의 말을 알아들은 아리아드네가 외쳤다.

"괜찮아! 예상대로니까! 조금만 버텨!"

악셀은 그 대답에 안심했으나, 한편으로는 불안해졌다. 예상대로라는 말은 믿겠는데 괜찮다는 말은 도저히 못 믿겠다.

갈수록 거세지는 얼음장 같은 비. 우비로 막을 만한 수준이 아니었다. 악셀 자신이야 가호로 한 방울도 맞지 않고 있지만, 아리아드네를 덮은 그의 망토는 이미 젖은 빨래 같은 상태가 되어 버렸다.

그 망토 속에서 그의 가슴팍에 매달려 있는 아리아드네의 몸이 차가웠다. 그는 그 차가움이 불안했다.

'젠장, 마법사가 있었다면 방어막으로 비를 막게 했을 텐데…….'

재수 없는 은발의 마법사가 보고 싶어질 지경이었다.

게다가 아리아드네는 지금 역사상 최초로 하늘의 영토를 구현한 뒤, 정신 나간 폭우까지 불러내서 유지하고 있다.

빗줄기 사이로 범람하는 흙탕물이 흐릿하게 보였다. 시야가 미치는 곳마다 물바다였다. 수천에 달하는 근원의 파편들이 그 물살에 휩쓸려 둥둥 떠다녔다. 키 작은 나무들은 이미 잠겨서 보이지도 않았고, 키 큰 나무들은 끄트머리만 간신히 보였다. 뿌리가 약한 나무는 뿌리채 뽑혀 흙탕물에 떠 있었다.

오염된 것들이 모두 물에 잠기고 있다. 한 인간이 의도적으로 만들어 낸 광경이라기엔 지나치게 압도적이었다. 신성력을 퍼부어 줄 신관도 없이 이런 걸 구현하고 있는데 멀쩡할 리가 없다.

심지어 곡예비행으로 뜨거운 증기 사이를 넘나들고 있는 상황이다. 화상을 입었을 거다. 그가 어깨를 잘못 잡았을 때도 그녀는 화상을 당했으니까.

'젠장⋯⋯.'

이토록 위대한 힘을 다루면서 몸은 왜 이리 연약한 건지. 차라리 제가 대신 다치고 싶었다. 악셀은 당장 멈춰 서서 그녀의 상태를 살피고 싶었으나 그럴 여유가 없었다.

폭발하며 날뛰는 근원은 문자 그대로 재해였다. 비가 오면서 근원이 느려지고 벼락이 빨라지지 않았다면 얻어맞고 추락했을지도 모른다.

아리아드네를 염려하느라 잠깐 멈칫한 틈에 증기를 뚫고 날아온 인간이 벼락에 달라붙었다. 새하얀 불길이 옮겨붙어 황금빛 용의 몸뚱이를 타고 기어올랐다.

"⋯⋯!"

악셀은 발로 파편의 손을 짓밟았다. 녹아내린 손은 쉽게 짓뭉개졌다. 손이 망가진 파편은 빗속으로 떨어져 내리며 그를 올려다보았다. 붉은 눈. 원망과 배신감이 가득 찬 눈동자. 거울을 보는 듯한.

그 눈과 마주친 순간, 그의 손이 욱신 쓰려 왔다.

"큭."

악셀은 손등을 확인했다. 전투화에 짓밟힌 듯한 자국. 살이 파헤쳐져 뼈가 드러난 상처가 보였다. 그는 그것이 방금 제가 파편에게 낸 상처와 똑같은 상처라는 것을 깨달았다.

'……반격하지 말라고 하신 이유가 이거였군.'

우리는 너다. 너는 우리다.

근원의 속삭임이 진실이었던가. 정말 자신이 저것의 일부란 말인가? 대체 왜? 어떻게?

의문이 머릿속을 맴돌았다. 악셀은 이를 악물고 너덜거리는 손으로 벼락의 갈기를 움켜쥐었다. 치료할 틈 따위는 없었다.

아리아드네는 영토에 집중하느라 그가 다친 것을 알아차리지 못했다.

[소설에서 묘사된 것보다 난동이 심하군요. 직접적인 공격을 하지 않아서 그런 것 같습니다.]

파이가 걱정스러운 투로 속삭였다. 아리아드네는 눈을 감은 채로 작게 고개를 끄덕였다.

하늘의 영토는 그녀가 지금까지 구현했던 그 어떤 영토보다도 넓고 높았다. 영토에 집중하자 눈을 감고 있어도 하늘 아래로 펼쳐진 모든 것이 손안에 쥔 것처럼 선명히 느껴졌다. 그녀는 난동을 부리는 근원을 하늘에서 내려다보듯 지켜보았다.

'조금만 더.'

근원의 몸을 이루는 인간 덩어리는 무한하지 않다. 홍수를 메우려고 용암을 토해 내고, 비를 태우려고 불길을 터뜨리면서 근원의 몸에 붙어 있던 파편이 벌써 많이 떨어져 나갔다.

파편들은 근원의 살이었다. 살이 떨어져 나가면 보호받아야 할 뼈와 핏줄과 내장이 고스란히 드러나며 취약해지는 법이다.

파편이 떨어져 나가며 드러난 근원의 내부는 '근원'으로부터 솟구친 불꽃 그 자체였다. 폭우는 살점 사이로 드러난 그 불을 무자비하게 후려쳤다. 근원의 괴성에 어느 순간 비명이 섞였다.

오오오……!

그것이 처음으로 팔을 들어 드러난 부위를 가렸다. 아리아드네는 그 움직임을 놓치지 않았다.

'이대로 조금만 더……!'

입술을 깨물고 더 많은 정령력을 끌어냈다. 비가 더 거세졌다. 사나워진 하늘로부터 빗방울이 작살처럼 지상에 내리꽂혔다.

용암을 아무리 토해 내도 홍수를 막을 수는 없다. 범람한 물이 근원의 허벅지까지 차올랐다. 이제 땅에 발을 디디고 있는 파편은 하나도 없었고, 나무 끄트머리조차 보이지 않았다. 보이는 건 오직 황톳빛 물, 물, 물.

근원의 움직임이 둔해지더니 마침내 멈췄다. 그것은 느릿하게 주변을 둘러보더니 서서히 웅크렸다. 그저 본능으로만 움직이는 근원은 막혀 버린 협곡의 입구를 부순다는 발상을 떠올리지 못했다. 라비린토스의 지하 공동에서도 마왕이 조종하기 전까지는 천장을 부수고 일어난다는 발상을 하지 못했었으니까.

'다행히 저런 건 소설 그대로네. 근원이 머리까지 있었다면 제압이고 나발이고 죽어라 도망쳐야 했겠지.'

자해하면서 도주할 필요는 없을 듯해서 다행이었다. 아리아드네는 작게 한숨을 내쉬었다. 그제야 추위가 느껴졌다. 이가 딱딱 맞부딪혔다.

'비를 멈출 순 없어. 계속 내려야 해.'

그녀는 우비를 여몄다. 이미 젖어 별 의미는 없지만 없는 것보단 나을 터다.

웅크린 거인은 제가 토해 낸 용암 더미 위에 주저앉아 심장 근처를 거대한 손으로 감싸 안았다. 그리고 잠든 것처럼 고개를 떨구었다.

'근원의 핵은 심장 위치에. 이것도 소설이랑 같아.'

아리아드네는 힐끗 악셀의 상태를 살폈다. 덤덤한 낯을 보니 딱히 상처 입지는 않은 듯했다.

'원래 계획대로 갔으면 근원의 살점을 떼어내느라 많이 다쳤겠지.'

근원의 부상이나 고통이 악셀에게 저절로 동기화되진 않는다. 그랬다면 아기 디메토르가 마왕을 소환하는 부담을 근원이 대신 짊어지는 게 불가능했을 테니까.

하지만 근원이 원하기만 하면 언제든 악셀은 근원과 똑같은 고통을 느끼게 된다. 지금 악셀과 근원의 관계에서 주도권은 근원에게 있으므로.

근원은 악셀을 자기 분신이자 자식으로 여기기에 일부러 고통을 전이하려 하진 않는다. 하지만 악셀이 의도적으로 공격하거나, 자신을 적대한다고 느끼면 가차 없이 부상을 옮긴다.

'지금 근원의 살점이 벗겨진 건 자기 스스로 낸 상처니까, 악셀에게 옮기지 않을 거야.'

그녀의 예상대로 악셀은 무사한 듯했다. 몹시 다행이었다.

근원이 정지하자 시야를 가리던 증기가 옅어졌다. 악셀이 벼락의 고도를 낮추며 근원 주위를 선회했다. 떠다니던 파편들이 허우적거리며 근원에게 몰려드는 것이 잿빛 비 사이로 보였다.

모여든 인간들이 개미 떼처럼 근원의 몸을 타고 기어올랐다. 악셀은 눈살을 찌푸렸다.

"저것들이 뭘 하는 겁니까?"

"불이 드러난 부위를 도로 메꾸려는 거야. 그 부위에 계속 비를 맞는 건 위험하니까."

"그렇게 회복하는 동안에는 저것이 움직이지 않습니까?"

"응, 유일하게 얌전한 순간이지. 지금은 소리도 안 내잖아."

"이걸 노리신 거군요."

"맞아."

결국 어떻게든 근원이 멈춰서 회복하게 만들었다. 유일하게 저것이 얌전한 순간이다. 전부 회복하고 나면 다시 날뛸 것이다. 지금 봉인해야 한다. 회복이 끝나기 전에.

아리아드네는 초조하게 파이를 불렀다.

'파이, 봉인석은? 시간 내로 될 것 같아?'

파이는 아리아드네의 전생 서재에 있는 자신의 책상에 걸터앉아 있었다. 가이드 역할을 할 때면 늘 그렇듯이 수십 권의 책이 희미한 빛을 내는 마법진과 마법 수식에 휘감겨 그의 주위에 떠 있었다. 그 마법진들은 파이의 손끝에 걸린 실 같은 빛과 연결되어 쉼 없이 조작되는 중이었다.

책 속에 담긴 정보를 받아들여, 쓰여 있는 기술을 그대로 흉내 내는 것. 12살의 아리아드네가 억지로 채널을 열고 죽을 뻔했을 때 파이가 각성한 힘이다. 그때부터 그는 마법서만 있으면 어떤 마법이든 사용할 수 있었으며, 나중에는 책을 고쳐 쓰는 것처럼 마법의 수식을 변형하는 것까지 가능해졌다.

대마법사의 모든 마법이 기록된 책이 있다면 솔란 가르시아처럼 마법을 쓸 수 있다는 뜻이고, 피아노 교습서가 있다면 배우지 않고도 전문 피아니스트처럼 피아노를 칠 수 있다는 뜻이다.

아리아드네가 봉인석 제작을 부탁한 것도 그의 그런 능력을 알기 때문이었다.

파이는 익숙한 가이드 마법을 왼손으로 다루며 오른손으로는 봉인석을 가공했다. 그의 오른손 근처에 떠 있는 마법진들은 모두 봉인석과 관련된 책에 연결되어 있었다.

근원 실험 보고서, 황실 마법사의 연구 일지, 봉인석을 제작했던 아이템 세공사의 일기, 봉인석 제작의 기반이 되었던 논문들, 성능을 분석한 기록…….

마법진에 스쳐 지나가는 수많은 문자가 그의 금안에 비쳤다. 바쁘게 움직이는 손가락을 따라 빛의 실이 길게 늘어지며 마법진들을 움직였다. 겹쳐진 마법진들의 중앙에 칠색 수정 브로치가 떠 있었다. 마법진들이 브로치 주위를 빙빙 돌며 그것을 가공했다.

정교한 장식들은 거의 다 벗겨 내고, 봉인 마법을 잘 받아들일 수 있는 형태로 다듬고 깎는 작업이 이어졌다. 이어 표면에 마법진과 각종 수식을 빼곡하게 새겨 넣었다. 새겨 넣은 틈에 은거울 미궁 보스의 껍질을 갈아 가득 채우고, 정령석을 녹여 표면을 코팅한다.

칠색 수정은 브로치라 부를 수 없는 것이 되어 가고 있었다. 원석의 형태도 거의 남지 않았다. 파이는 흡족한 기분으로 그 광경을 지켜보았다. 이제 이건 아리아드네가 소중히 여기는 악셀 발렌타인의 첫 번째 선물이 아니라 봉인석에 불과한 물건이 될 것이다. 그는 그 사실이 제법 마음에 들었다.

즐겁게 봉인석을 제작하는 그의 옆에서 가이드 마법진은 쉼 없이 메시지들을 띄우고 있었다. 파이는 중간중간 눈을 돌려 그것들을 확인했다.

[경고. 정령사의 신체가 타격을 입고 있습니다.]

아리아드네가 제 몸을 사리지 않는 탓에 매일 보는 메시지였다. 메시지의 색이 초록빛이니 그리 심각한 타격은 아닐 것이다. 파이는 한숨을 쉬며 그 메시지를 외면했다.

'이런 건 어차피 보고해도 아리아가 무시하니까…….'

그 옆의 마법진은 새파랗게 물들어 요동치면서 휘황찬란한 빛을 뿜어내는 중이었다. 그건 채널에 흐르는 정령력을 분석하는 마법진이었다. 아리아드네가 끌어다 쓰고 있는 '하늘'의 정령력 양이 무시무시했다. 심지어 계속 더 늘어나고 있었다.

파이는 채널의 여유 용량을 확인했다.

'빠듯하긴 해도 이 정도면 괜찮다.'

그는 다음 마법진으로 시선을 돌렸다. 그것은 대여섯 개의 마법진이 얽힌 채로 정신없이 번쩍거리고 있었다. 제일 요란한 이것이 바로 번역 마법진이었다.

[뒤로 걷는 물 : 와, 미친, 미친, 미친, 미친, 미친, 미쳤다! 미쳤어! 진짜 얜 미쳤어! 미쳤다고!]

[굶주리는 용 : 저거 또 시작이네…….]

[창백한 푸름 : 좀 조용히 볼 순 없느냐. 드문 기회다.]

[뒤로 걷는 물 : 지금 조용히 하게 생겼어? 하늘이잖아! 하늘이라고! 쟤가 지금 하늘을 구현했다고! 그냥 하늘도 아니고 제 맘대로 비 오는 하늘을 만들었다고! 와씨, 입이 안 다물어지네! 너넨 저걸 보고

입이 다물어지냐? 어? 너네 쟤한테 진심 맞아?]

　[하얀 동생 : 저기요, 댁 전언이 채널로 우리한테도 다 흘러들어 온다고요. 시끄러워서 꼬맹이한테 집중할 수가 없잖아요.]

　[검은 누님 : 꼬맹이? 동생아, 너 지금 우리 위대한 정령사님께 감히 꼬맹이라고 했니?]

　[하얀 동생 : 자기가 제일 먼저 꼬맹이라고 부르기 시작해 놓고 이제 와서 뭐래.]

　[검은 누님 : 야, 말이 짧다?]

　[알림. 검은 누님의 정령력이 채널을 통해 하얀 동생에게 이동하고 있습니다.]

　[하얀 동생 : 죄송합니다, 누님. 앞으로 정령사님이라고 부르겠습니다. 잘못했습니다.]

　[신록의 그릇 : 지금 뭐 하는 거예요!]

　[검은 누님 : 응?]

　[신록의 그릇 : 함부로 우리 아리아 채널 쓰지 말아요! 안 그래도 고생하는 아이 채널을 그런 장난질에 쓰다니…….]

　[하늘을 담은 거울 : 내버려 둬요. 좀 있으면 가이드가 알아서 쫓아낼 텐데.]

　[거인의 레이스 : 검은 아이야, 철없는 장난은 졸업할 때가 되지 않았니. 우리 아기가 저리 고생하고 있는데 그러면 안 되지.]

　[검은 누님 : 아, 죄송해요. 저게 헛소리를 하는 바람에.]

　[하얀 동생 : 아니, 이게 제 탓이에요?]

　[검은 누님 : 닥쳐. 죽을래?]

　[하얀 동생 : …….]

[뒤로 걷는 물 : 아, 미치겠다. 나도 강림해 봤으면. 진짜 한 번만 강림해 보고 싶다. 진짜 딱 한 번만. 강림하면 해방감 느껴진다며? 그거 어떤 기분이냐, 진짜. 진짜 어떤 기분이냐고!]

[악마들의 묘지 : 끝내줘.]

[악마들의 묘지 : 황홀해.]

[악마들의 묘지 : 사랑에 빠질 것 같아.]

[잠들지 않는 심판 : 저 새끼는 저런 거 물을 때만 튀어나오네. 망할 변태 새끼.]

[잠들지 않는 심판 : 망할, 나도 강림해 보고 싶다. 폭발 재현한 것도 죽여줬는데 그것보다 더 죽여주는 게 있다니. 망할, 나도 소환해 달라고! 망할.]

[잠든 심판 : 저런 천박한 말투로 떠드는 게 내 쌍둥이라니…….]

[하늘을 담은 거울 : 그래도 하늘 왔다 간 뒤로는 욕은 덜하지 않아요?]

[잠든 심판 : 덜한 게 저거라는 점이 더 절망적이야…….]

[뒤로 걷는 물 : 아! 아악! 아아악! 왜 난 간택을 못 받지? 내가 부족해? 내가 모자라? 내 어디가 부족한 건데? 어? 내가 너네보다 뭐가 모자라냐고! 이 운 좋은 것들아!]

[굶주리는 용 : 저런 게 내 상위 대정령…… 헉?]

[황금 무덤 : 호오.]

[요정의 미로 : 와.]

[하늘을 담은 거울 : 세상에.]

[창백한 푸름 : 결국 홍수가 났구나. 나도 홍수에는 일가견이 있는데…….]

[검은 누님 : 아, 우리 꼬맹이 너무 대단해! 너무 예뻐! 너무 멋져! 어떡해, 갖고 싶어!]

[하얀 동생 : 나보고는 꼬맹이라고 부르지 말라더니 누님은…….]

[신록의 그릇 : 우리 아리아 괜찮은 걸까요. 지금 신관도 없는데.]

[창백한 푸름 : 가이드가 조용한 걸 보면 아직 괜찮은 게다. 처음엔 그저 예쁜 아이라고만 여겼는데, 아리아는 정말이지 끝없는 잠재력을 가졌구나.]

[신록의 그릇 : 우리 아리아는 인간의 범주를 벗어난 천재니까요.]

[요정의 미로 : 천재란 말로도 모자라지 않아요? 직접 보면서도 믿기지가 않는걸요. 하늘이라니…….]

[축축한 지옥 : 솔직히 처음엔 다 헛소문인 줄 알았다. 그런데 이 정도면 소문이 부족한 거였군.]

[만년설 왕관 : 그걸 이제 알았나? 멍청하기는.]

[만년설 왕관 : 저 인간은 조그마할 때부터 대단했지. 그 어린 나이에 나를 불러냈으니. 나는 저 인간이 범상치 않다는 것을 그때부터 이미 알고 있었다. 너희들과 달리 말이다.]

[잠들지 않는 심판 : 저 새끼는 언제까지 저 얘기 우려먹을 거야? 망할, 운 좋게 아리아 근처에 있다가 첫 대정령 됐다고 아주 자기가 뭐라도 된 줄 알아.]

[잠든 심판 : 너도 아리아드네가 처음으로 구현한 재해라며 자기가 늘 뭐라도 된 줄 알잖아……. 똑같네.]

[뒤로 걷는 물 : 저거 봐. 미쳤네, 미쳤어. 여기서 정령력을 더 끌어올린다고? 그것도 하늘 거를? 진짜 미친 거 아냐? 미친 거 아냐? 미친 거 아니냐고! 쟤 진짜 미친 거 아냐?]

[창백한 푸름 : 시끄럽구나.]

[뒤로 걷는 물 : 너넨 저게 안 놀라워? 왜 이렇게 조용해?]

[창백한 푸름 : 네가 요란하여 우리의 경탄이 들리지 않는 게다.]

[굶주리는 용 : 가이드 어디 갔지? 가이드야, 저거 차단 좀 해 봐. 우리 정령사 보기도 바쁜데 시끄러워 죽겠어.]

[검은 누님 : 정령석 걸까? 가이드가 우리 말은 맨날 무시해도 제안은 다 정리해서 전달해 주잖니.]

[하얀 동생 : 저놈의 가이드 요샌 제안도 무시하잖아요.]

[검은 누님 : 많이 걸면 그래도 가끔 전달해 주던데?]

[만년설 왕관의 제안 : 뒤로 걷는 물 차단하기. 대가 : 정령석 1,000개.]

필요 없는 제안이었다. 애초에 파이는 아리아드네에게 난잡한 전언들을 전달하지 않으니까. 아리아드네가 한가하고 그가 심심하면 가끔 요약해서 전하기도 하지만.

'지금은 집중하느라 바쁜 아리아에게 방해만 된다.'

대정령들이 시끄러워하는 건 그가 알 바 아니었다. 파이는 그 제안을 못 본 척 무시했다. 가이드에게 무시당하는 것에 익숙해진 대정령들은 파이가 반응하지 않아도 그러려니 했다.

[하얀 동생 : 와, 이젠 1,000개 정도로는 반응도 안 하네요.]

[축축한 지옥 : 하, 대정령들이 정령사도 아니고 가이드한테 무시당하지 않으려고 애쓰는 채널은 여기뿐일 거다. 자존심도 없나? 한심한 것들.]

[거인의 레이스 : 자존심 상하면 자리 차지하지 말고 나가렴. 우리 아기 채널에 한번 접속이라도 해 보려고 기다리는 다른 대정령들을 위해서라도.]

[황금 무덤 : 자존심? 아쉬운 쪽이 우린데 자존심은 개뿔.]

[축축한 지옥 : 우리가 힘을 빌려주는 거다. 정령사가 우리에게 굽실거리는 게 정상이란 말이다. 왜 우리가 아쉽다는 거지?]

[황금 무덤 : 아쉽지 않으면 그냥 나가.]

[축축한 지옥 : ······.]

[황금 무덤 : 나가라니까? 왜 못 나가냐?]

[축축한 지옥 : ······.]

[황금 무덤 : 굽실거리긴 뭘 굽실거려? 황금도 필요 없어, 정령석도 필요 없어, 제발 한 번 불러만 주세요 하는 대정령들이 줄을 선 게 우리 정령사인데.]

[황금 무덤 : 우리 정령사는 너 없어져도 없어진 줄도 모를걸. 아쉬운 게 누군지 이제 알겠냐?]

[창백한 푸름 : 그만하거라. 울겠구나.]

[빛 살해자 : 여기 재밌네.]

[요정의 미로 : 채널 분위기 정말 특이하죠? 가이드도 진짜 특이하고.]

[빛 살해자 : 여긴 정령사도 특이해. 하늘이 주시하는 이유를 알겠어.]

채널은 언제나와 같이 아리아드네에게 호의적인 분위기였고, 그녀가 볼 필요가 없는 잡담이 대부분이었다.

'요약할 가치도 없다.'

파이는 시끄러운 전언들을 무시하고 다시 봉인석에 집중했다.

'대충 완성은 되었는데······.'

그는 무늬가 빽빽하게 새겨진 칠색 수정을 이리저리 돌려 보며 눈살을 찌푸렸다.

'문제가 있군. 과정을 축약한 탓인가? 마법진을 변형하려면 시간이……'

고민하던 그의 뇌리에 아리아드네의 음성이 울렸다.

[파이, 봉인석은? 시간 내로 될 것 같아?]

그 물음에 파이는 곧바로 영토 내의 상황부터 살폈다. 봉인석 제작에 골몰하느라 바깥 상황을 제대로 파악하지 못했다. 근원이 회복에 들어간 것이 이제야 감지되었다.

더는 봉인석을 손볼 시간이 없다. 그는 한숨을 내쉬며 입을 열었다.

[완성은 되었는데, 문제가 하나 있습니다.]

파이가 우울하게 말했다. 아리아드네는 고개를 갸웃했다.

'왜? 작동이 안 돼?'

[아니요, 기능은 정상입니다. 다만, 빠르게 제작하다 보니 효과가 미치는 범위가 극단적으로 짧아졌습니다.]

'범위가 짧아졌다는 건…… 설마.'

[예, '근원'에 직접적으로 접촉해야 작동할 것 같습니다.]

'이런.'

아리아드네는 웅크려 앉은 근원을 바라보았다. 저 거인의 심장에 직접 닿아야 한다고?

[……뭐, 봉인석을 쓸 사람은 악셀 발렌타인이고 그는 불에 타 죽지 않으니 상관없겠지요.]

파이의 말에 크게 틀린 점은 없었다. 그녀의 원래 계획은 원거리에서 안전하게 봉인하는 것이었지만, 원작에선 주인공이 봉인석을 무기처럼 핵에 처박기까지 했었으니까.

[준비해 둘 테니 가지러 오세요, 아리아.]

아리아드네는 고개를 끄덕이고 악셀의 팔뚝을 톡톡 건드렸다. 근원을 주시하던 그가 그녀를 내려다보았다.

"근원 가까이에 착륙해."

"괜찮은 겁니까?"

"지금은."

악셀이 벼락을 몰아 아래로 향했다. 아리아드네는 그사이 눈을 감고 환상 도서관에 들어갔다 나왔다. 칠색 수정으로 만들어진 봉인석이 그녀의 손에 들렸다.

범람하는 흙탕물 가운데에 외딴 섬처럼 솟은 굳은 용암. 그 위에 웅크린 거인. 금빛 용이 거인의 발치에 내려앉았다. 악셀은 아리아드네를 안아 내려 주고 정령수를 거두었다.

근원의 울부짖음이 멈춘 세상에는 쏟아지는 빗소리만이 가득했다. 잿빛 하늘 아래에 웅크린 거인의 실루엣은 산처럼 보였다. 사지가 멀쩡하지 않은 파편들이 그것에 매달리고 달라붙어 꿈틀꿈틀 기어오르는 광경이 그로테스크했다.

그 광경을 등진 아리아드네가 비에 젖어 달라붙는 머리카락을 치우며 악셀을 올려다보았다.

"악셀, 지금부터 너는 저것에 접속해야 해."

"접속이라니요?"

"정령사의 채널에 대정령이 접속하는 것처럼, 근원이 가진 채널에

네가 접속하는 거야."

"예? 제가 어떻게……."

"대정령을 목격했을 때 몸이 이상하게 반응한 적 있지?"

"……!"

"압박감이 느껴지거나, 눈이 뜨거워지거나, 이상한 게 보이거나……
그런 거."

악셀은 반사적으로 눈가를 더듬었다.

그런 적이 있다. 아니, 사실 매번 그러했다. 극지방에서 어둠 살해
자와 처음 마주했을 때도, 아리아드네가 거인의 레이스를 불러냈을
때도, 악마들의 묘지가 강림했을 때도 그랬다.

아리아드네는 뺨을 타고 흘러내리는 빗물을 닦으며 말을 이었다.

"그건 네게 정령에 가까운 부분이 있어서 그래."

악셀의 눈이 커졌다. 그녀는 최대한 태연한 목소리로 설명했다.

"정령들끼리는 보자마자 자연스럽게 상대가 얼마나 큰 정령인지 알
수 있거든. 자신보다 강한 정령을 만나면 본능적으로 깨닫고 위축되
거나 반발하게 돼. 그래서 네 몸이 이상하게 반응한 거야."

"……."

"저걸 제압하려면 네 안에 있는 그 '정령적인' 부분을 끌어내야 해."

악셀의 몸에 깃들어 있는 어둠 살해자가 재미있다는 듯 속삭였다.

[거봐, 너는 절대 순수한 인간이 아니라니까. 넌 우리와 꽤 비슷해.
그래서 내가 너와 계약한 거고.]

아리아드네의 목소리가 속삭임과 겹쳐졌다.

"근원이 너를 부르는 소리, 들었었지?"

"……예."

"지금도 들려?"

"아니요, 지금은 조용합니다."

"그걸 다시 들어야 해. 핵에…… 저것의 심장 가까이로 가면 다시 들릴 거야. 듣고 그 부름에 응답해 줘."

"응답하라고요?"

"홀리라는 게 아니야. 기원을 듣고 그 기원을 이뤄 주기 위해 응답하는 거야. 대정령처럼."

"무슨 뜻인지 잘 모르겠습니다."

"대정령은 정령사와 연결되어도 자기 자신을 잃지 않지. 마찬가지야. 저것이 너를 뭐라고 부르든, 네가 무엇이고 누구인지 잊지 마. '악셀 발렌타인'으로서 그 부름에 대답하면 돼."

"……!"

"그렇게 연결되고 나면…… 많은 정보가 네게 흘러들어 올 거야. 그것들에도 매몰되지 마."

선명한 하늘색 눈동자가 흔들리는 그의 눈동자를 응시했다.

"무슨 일이 있어도 너 자신을 잃지 마. 네가 누군지를 기억해. 그러면 저것을 제압할 수 있어. 넌 근원의 일부가 아니라 근원의 주인이 될 거야."

"제가……."

"……혹여 흔들릴 때는."

아리아드네가 젖은 손을 뻗어 그의 뺨을 감싸 쥐었다.

"내가 네 곁에 있다는 걸 명심해."

악셀의 눈동자가 고요하게 가라앉았다. 그는 물끄러미 그녀를 내려다보다가, 제 뺨을 감싸 쥔 손 위에 제 손을 겹치며 고개를 비틀었다.

그녀의 손바닥에 그의 입술이 닿았다. 그 입술이 움직였다.

"예."

"……!"

"당신이 곁에 있어 주시는데 제가 흔들릴 리가 없지요."

비에 젖어 차가워진 손바닥에 그의 입술이 깊게 눌렸다. 그는 그대로 잠시 멈춰 있었다. 뜨거운 입술. 뜨거운 체온. 손가락 사이로 보이는 붉은 눈동자. 손바닥에 닿은 입술보다 더 달뜬 시선. 빗소리.

입 맞추고 있는 듯한 착각이 들었다. 아리아드네는 숨을 멈췄다. 곧이어 그의 눈매가 둥글게 휘어졌다.

"걱정하지 마십시오."

그가 그녀의 손을 놓고 떨어지더니, 팔찌의 인벤토리 아이템에서 우산을 꺼내 펼쳐 그녀에게 건넸다. 그녀가 보급용으로 나눠 준 적 없는 물건이었다. 우비도 마찬가지였지만. 얼결에 그것을 받아 든 아리아드네가 멍하니 물었다.

"우산을 왜 들고 다녀?"

"필요한 걸 미리 챙겨 두라 하셨잖습니까."

"넌 이거 필요 없잖아."

악셀은 대답하지 않고 젖은 망토를 벗어 치우고는 가호 덕에 보송보송한 재킷을 벗어 그녀에게 걸쳐 주었다.

"다녀오겠습니다."

아리아드네는 다급히 돌아서는 그를 붙잡았다.

"잠깐만."

"……?"

"이거 가져가."

그녀가 봉인석을 그에게 내밀었다. 많이 달라졌지만, 악셀은 그것이 제가 그녀에게 선물했던 칠색 수정임을 한눈에 알아보았다. 정이십면 체로 가공된 칠색 수정은 쏟아지는 빗속에서 회백색을 띠었다. 표면에 빼곡히 새겨진 마법진은 투명한 유리 같은 재질로 채워져 있었다.

"이건 제가 드렸던……."

"멋대로 가공했어. 미안해."

아리아드네는 쓴웃음을 지으며 그것을 그의 손에 쥐어 주었다.

"근원을 네 마음대로 움직일 수 있게 되면 그걸 여기에 옮겨 담아. 불씨를 옮겨 담는 것처럼 하면 될…… 다쳤어?"

뒤늦게 그의 손에 있는 상처를 발견한 아리아드네의 눈이 휘둥그레졌다. 악셀은 머쓱하게 손을 잡아 뺐다.

"별것 아닙니다."

"별거 아니기는! 뼈가 보이는데!"

아리아드네가 발을 굴렀다. 악셀은 기묘한 기분으로 그녀를 바라보았다. 가슴 안쪽이 달아올랐다. 추운 겨울 벽난로 앞에 앉은 것처럼.

짓씹어 터져서 피딱지가 앉은 입술이나 젖어 차가워진 제 몸뚱이는 신경도 쓰지 않으면서, 그녀보다 훨씬 튼튼한 그의 손등에 난 상처에는 왜 안타까운 표정을 짓는지.

그 표정이 그에겐 진통제나 다름없었다. 하나도 아프지 않았다.

"치료를……."

"시간이 없지 않습니까."

악셀은 자신을 걱정스레 올려다보는 그녀의 눈가에 입 맞추고 싶었다. 제게 그럴 자격이 없다는 게 못내 아쉬웠다.

그는 충동적으로 허리를 숙였다. 우산 속으로 파고들어 입술 대신 엄지로 그녀의 눈가를 슬그머니 쓸었다. 젖은 머리카락을 넘겨주는 척하면서.

그 갑작스러운 손길에 아리아드네가 큰 눈을 깜박였다. 푸른 눈동자가 거울처럼 그를 비춘다. 불순한 의도를 들킨 것 같아 그는 황급히 우산에서 빠져나왔다.

"그럼."

빠르게 멀어진 악셀이 거인의 위로 훌쩍 뛰어올랐다. 그는 녹아내린 인간들이 잔뜩 들러붙은 울퉁불퉁한 산을 평지를 뛰듯 올라갔다.

아리아드네는 그가 만진 눈가를 손으로 쓸었다. 어쩐지 뺨이 화끈거렸다. 환각 속 풍경들이 떠오를 것 같아서 그녀는 고개를 내저었다.

'이 상황에 뭔 망상을……'

악셀은 어느새 거인의 심장께를 감싼 손 위에 올라서 있었다. 이리저리 살펴보던 그가 어느 순간 움찔하며 멈춰 서는 게 보였다.

'접촉했구나.'

근원이 제게 가까이 다가온 자식을 부른 거다. 그를 감싼 겹화의 가호가 불꽃처럼 일렁거렸다. 이제부터는 악셀의 정신력 싸움이었다. 아리아드네는 그가 그 싸움에서 패배할 거란 생각이 들지 않았다.

[……별다른 이변은 없을 것 같군요. 아리아가 이렇게까지 해 줬는데 실패하면 저자는 정말 답이 없는 겁니다.]

파이 역시 안도하는 어조로 중얼거렸다. 악셀에 대한 떨떠름함이 섞여 있긴 했지만.

'악셀이 실패할 리가 없잖아.'

그녀는 파이에게 대꾸하며 우산을 움켜쥐고 쪼그려 앉았다. 계속해서 비를 내리려니 제법 피곤해서 눈가가 가물거렸다. 그래도 파이가 경고하거나 피를 토하지 않는 걸 보니 하늘을 구현한 것치곤 몸 상태가 괜찮은 듯했다.

'이제 기다리기만 하면 돼. 제압이 끝나면 악셀을 위로해 줘야지. 많이 혼란스러울 테니까…….'

쪼그려 앉은 채로 작게 하품을 하던 그녀의 귀에 돌연 파이의 비명 같은 외침이 들렸다.

[아리아! 뭔가 이상합니다!]

'응?'

놀라 고개를 든 그녀는 새빨간 눈동자와 마주쳤다. 악셀의 눈이 아니었다. 모든 파편이 근원을 기어오르던 것을 멈추고, 그녀를 똑바로 바라보고 있었다. 수백수천 개의 붉은 눈이 빗속에서 형형하게 빛났다.

악셀은 발아래를 되도록 의식하지 않으려 했다. 녹아내려 엉겨 붙은 인간들을 밟으며 뛰어오르는 것은 그리 기분 좋은 경험이 아니었다. 심지어 그것들이 모두 자신과 똑같은 색의 눈동자를 가지고 있기까지 하니 생리적인 혐오감이 치밀었다.

그는 최대한 빠르게 걸음을 옮겼다. 이 괴물을 얼른 해치우고 아리아드네에게 돌아가고 싶었다.

웅크린 거인의 손목 근처에 도달했을 때, 빗소리 사이로 작은 속삭임이 들려왔다.

-돌아와라. 우리에게로…….

-내 아들아.

여전히 달콤한 음성이었다. 그 목소리는 거인의 손으로 덮인 안쪽, 심장께에서 들려왔다.

－너는 우리다. 우리는 너다.

악셀은 그리로 다가가며 아리아드네가 한 말을 떠올렸다.

*"저것이 너를 뭐라고 부르든, 네가 무엇이고 누구인지 잊지 마. '악셀 발렌타인'으로서 그 부름에 대답하면 돼."*

그녀는 어떻게 이런 것들을 아는 걸까. 의심하지는 않지만 궁금하기는 했다. 악셀은 그녀의 말을 되새기며 부름에 귀를 기울였다.

－아들아…….

－우리에게 돌아오라…….

그는 저것의 아들이 아니라 안톤의 아들이었다. 그리고 그가 돌아갈 곳은 근원이 아니라 아리아드네 엘디어의 곁이었다.

'네가 나를 뭘로 여기든 내 '근원'은 변하지 않는다. 하지만 네 부름엔 답해 주마. 너는 지금 어디에 있지?'

속삭임에 대답하며 마음을 열었다. 그러자 돌연 몸이 뜨거워지며 심장이 거세게 뛰었다. 걸음이 저절로 멈췄다. 시야가 휙 뒤집혔다. 그는 몇 차례 눈을 깜박인 뒤에야 제가 무엇을 보고 있는지 깨달았다.

처음에는 태양인 줄 알았다. 하지만 그것은 태양이 아니라 태양처럼 이글거리는 불덩어리였다. 중심은 새하얗고, 외곽으로 갈수록 붉어지며, 불티를 깃털처럼 흩뿌리는 거대한 불꽃. 그 불꽃 속에 언뜻언뜻 수많은 얼굴이 보였다. 그것들이 신음했다.

－괴로워.

−뜨거워.

−살려 줘.

−왜?

−복수를.

−천벌을!

절규가 메아리처럼 울려 퍼졌다. 악셀은 혼미해지려는 정신을 부여잡으며 되물었다.

'복수라니, 누구에게?'

그러자 불이 그를 바라보았다. 불꽃이 갈라지며 붉은 눈동자가 드러났다. 거인의 외눈처럼 커다란 눈동자였다. 그 눈이 악셀을 바라보았다. 피처럼 붉은 홍채에 악셀의 모습이 맺혔다.

−너는 아무것도 모른다.

붉은 눈이 속삭였다. 동시에 불길이 화산처럼 치솟았다. 피할 틈도 없이 그것이 그를 집어삼켰다. 불이 전신을 파고들었다. 그 불을 따라 그가 알지 못했던 진실들이, 근원이 품고 있던 기억들이 흘러들어왔다.

불이 붙으면 탄 자국이 남듯 불이 훑고 간 그의 뇌리에 근원의 생애가 새겨졌다. 참혹하고 잔인하며 고통스러운 진실이었다. 악셀은 손으로 제 얼굴을 움켜쥐었다. 손가락 사이로 부릅뜬 붉은 눈이 일렁이는 불꽃을 담고 요동쳤다.

'디메토르.'

어머니가 둘인 자.

아버지가 없는 자. 근원이 낳고 인간이 수태한 자. 병기로 만들어진 자. 불을 젖 대신 받아먹으며 자란 자.

마왕을 소환한 자. 절망을 불러들인 자. 제국을 멸망시킨 자. 지옥의 문을 연 자.

괴물.

비로소 아버지가 어린 시절 그의 몸에 손대기를 꺼리던 것이 이해되었다.

괴물.

대정령이 그에게 순수한 인간이 아니라고 장담한 이유도.

괴물.

디메토르는 인간이 만들어 낸 죄악의 결정체이자 불타지 않는 자들의 정수였다. 그의 탄생이 곧 절망의 시작이었으며 마왕의 환희였다.

자신은, 태어나서는 안 되는 존재였다.

근원에 녹아든 붉은 눈들의 비통과 분노가 불꽃이 되어 그의 몸을 파고들었다.

─너는 우리인데, 왜 아직 살아 숨 쉬고 있느냐.

─이리로 오라. 네 자리로 돌아오라.

─처음부터 태어나지 않았던 것처럼, 네가 태어난 곳으로 되돌아오라.

─우리와 함께 타오르자.

─편해지리라. 행복해지리라.

근원이 속삭였다.

악셀은 구역질을 했다. 온몸을 파고든 불 탓에 구토 대신 불길이 입에서 뚝뚝 떨어졌다.

'태어나지 않았던 것처럼 돌아오라고. 태어나선 안 되는 존재였으니까…….'

어쩌면 저것의 말이 옳을지도 모른다. 그는 태생부터 비정상적이며 기괴한 생명이었고, 한 살이 되기도 전에 제국 전체를 멸망시켰으며, 세상의 멸망을 앞당겼으니까. 그러니 차라리 여기서 녹아 사라지는 것이······.

그 순간, 어린 시절의 기억이 뇌리에 떠올랐다.

소년은 마물에게 쫓기고 있었다.

덫을 놓아둔 곳에 토끼가 잡혔는지 보러 가던 중이었다. 평소에는 안전하던 길에 거대한 마물이 도사리고 있었다. 은근히 자신 있었던 검술이 그 마물 앞에선 벌레의 꿈틀거림에 불과했다.

소년은 검이 종잇조각처럼 으스러지자 즉시 돌아서서 도망쳤다. 뱀이 뿔처럼 돋아난 머리를 가진 마물이 여섯 개의 다리로 천지를 뒤흔들며 소년을 쫓아왔다. 정신없이 도망치던 소년은 돌부리에 걸려 나뒹굴었다.

"아!"

엎어진 소년의 눈앞에 새카만 그림자가 드리워졌다. 마물의 그림자였다.

죽는다.

소년은 눈을 질끈 감았다.

"악셀!"

그때, 아버지의 목소리가 들려왔다.

눈을 뜨자 아버지가 그의 앞을 가로막고 서 있었다. 아버지의 손에 들린 검이 황톳빛에 휘감겨 일렁거렸다. 정령수의 가호였다.

소년은 아버지가 강하다는 것을 잘 알고 있었다. 아버지는 무적이었다. 아버지라면 저 마물을 물리쳐 줄 거다. 실제로도 아버지는 약간 다치긴 했으나 순조롭게 마물을 몰아붙였다. 소년은 안도했고, 아버지가 승리하리라 믿었다.

그러나 그 믿음은 금세 부서졌다. 다친 마물이 괴성을 내질렀다. 그 괴성에 숲이 흔들리더니, 똑같은 마물이 여럿 더 나타났다. 하나하나가 어지간한 3층 건물만 한 놈들이었다. 그것들이 둘러싸자 하늘마저 어두워졌다.

소년의 아버지는 뛰어난 기사였기에 자신의 역량을 잘 알고 있었다. 그는 패배를 예감하며 아들을 돌아보았다.

*"악셀."*

소년은 그 순간 자신을 돌아본 아버지의 표정을 평생 기억하게 되었다. 아버지는 상처에서 흐른 제 피로 젖은 검을 아들에게 건네주었다.

*"라비린토스로 가라. 그곳에 네 근원이 있다."*

기사가 유일한 검을 건네주고 빈손이 된다는 건 무엇을 뜻하는가. 소년은 아직 기사가 아니었지만, 그 의미를 어렴풋이 알아차렸다.

*"아버지?"*

마물들이 다가오고 있었다. 아버지는 소년을 꽉 안더니 귓가에 속삭였다.

*"사랑한다, 내 아들아."*

그것은 악셀 발렌타인이 안톤 발렌타인에게 처음이자 마지막으로 들은 사랑한다는 말이었다.

아버지가 그를 밀어냈다. 아버지의 정령수, 흙으로 빚은 곰처럼 생긴 산사태가 소년을 제 등에 엎었다. 아버지는 검도 정령수도 없이 마물을 향해 다가갔다. 소년은 비명을 질렀다.

*"아버지!"*

산사태는 숲속으로 달렸다. 소년은 아버지의 검을 끌어안은 채, 멀어지는 나무줄기 사이로 아버지가 마물에게 잡아먹히는 광경을 보았다. 현실감이 들지 않았다.

산사태는 어느 순간 멈춰 서더니 소년을 떨어뜨렸다. 곰은 무표정하게 그를 내려다보다가 할 일을 끝냈다는 듯 숲의 어둠 속으로 사라졌다.

정령수는 정령 기사가 죽으면 자연으로 돌아간다. 정령수가 떠나고 혼자가 된 소년은 간신히 아버지의 죽음을 받아들였다.

12살 때의 기억.

악셀 발렌타인은 자신을 돌아보던 아버지의 마지막 표정을 다시 떠올렸다. 안톤 발렌타인은 정령수와 함께 끝까지 싸우는 것보다 정령수에 아들을 태워 보내고 무방비하게 잡아먹히는 것을 선택했다.

그래야 아들이 살아남을 가능성이 조금이라도 높아지기 때문에.

자신은 아버지가 목숨을 바쳐 살려 낸 아들이었다. 그런데 그가 여기서 태어난 것이 잘못되었다며 저 불에 녹아들어 버리면, 아버지는, 안톤 발렌타인은 대체 무엇을 위해 희생했단 말인가?

—돌아와라, 편해지리라…….

악셀은 이를 악물었다. 아버지의 죽음을 개죽음으로 만들 수는 없었다. 그는 살아남아야만 했다.

살아서…….

살아서, 무엇을 해야 하는가?

태어나서는 안 되었던 존재가, 만 명의 죽음으로 태어나 태어나자마자 수백만을 죽인 생명이 살아갈 자격을 얻으려면, 그 생에 무언가 의미가 있어야 하지 않겠는가?

원작 소설의 주인공이 아버지가 그에게 무엇을 바라고 근원에게 보낸 건지 고민하다가 대미궁을 닫는 것에 평생을 바치기로 결심하는 지점.

악셀 발렌타인은 그 지점에서 살아갈 자격을 찾는 대신 새파란 눈동자를 떠올렸다.


*"네가 누군지를 기억해."*

*"너는 악셀 발렌타인이야."*

그의 이름을 부르고, 그가 돌아오기를 기다리는 사람이 있었다.

*"내가 네 곁에 있다는 걸 명심해."*
*"나를 잊지 마."*

돌아갈 곳이 있다. 뿌리 없이 태어났음에도 끝내 뿌리를 내린 장소가 있다.

'아리아.'

저 밖에서 그녀가 그를 기다리고 있다. 그가 뿌리내린 근원이. 그가 소속되고 싶은 하늘이.

'아리아드네.'

생의 의미니 살아갈 자격이니 하는 것을 따지고 있을 만큼 한가하지 않았다. 그녀에게로 돌아가는 게 우선이다. 삶의 목적 같은 건 그 뒤의 문제였다. 정 못 찾고 헤매고 있으면 그녀가 알려 주거나 직접 정해 주겠지.

그러니까.

'돌아가겠다.'

살아갈 의미를 찾아낸 뒤에야 겨우 깨어났을 갈망이 저절로 깨어나 맹렬히 타올랐다.

'너희가 아니라, 내가 원하는 곳으로. 내가 정한 뿌리로.'

이유를 만들어 내야 간신히 움직이는 마음보다 저절로 움직이는 마음이 훨씬 강한 법이다. 그는 제 몸을 휘감은 불길을 움켜쥐었다.

"나는 이곳에 남지 않겠다."

그 확고한 선언에 불이 맥없이 수그러들었다. 악셀은 그 불길을 뜯어내고 제 발로 섰다.

　－우리를 버릴 건가?

　－진실을 알고도, 우리를 떠날 것인가?

　불꽃 속에서 붉은 눈동자가 그를 내려다보았다. 악셀은 입매를 비틀었다.

　"그렇게 나와 함께하고 싶으면 네가 나를 따라와라."

　－……!

　근원이 요동쳤다. 악셀은 그것이 지금 무엇을 느끼고, 무엇을 원하고 있는지 본능적으로 알았다. 근원이 곧 그이기에.

　그는 이글거리는 불을 향해 손을 내밀었다.

　"내게 와라. 네가 뿌리내릴 곳을 마련해 주마."

　－너는 우리다…….

　"너희는 '나'다."

　－우리는 너다…….

　"그래, 그러니 내게 돌아와라."

　붉은 눈이 감겼다. 불꽃이 피어오르며 그 눈을 집어삼켰다.

　돌연, 시야가 다시 뒤집혔다. 악셀은 어느새 녹아 엉겨 붙은 인간들 사이로 벌어진 거대한 구멍 앞에 있었다. 그 구멍 속에서 조금 전까지 보고 있었던 흰 불꽃이 심장처럼 타오르는 것이 보였다.

　'이게 진짜 근원이로군.'

　붉은 눈의 인간들을 연결시킨 중심이자 최초의 불꽃. 악셀은 두려움 없이 희게 타오르는 불에 손을 뻗었다. 불덩어리는 순한 짐승처럼 그의 손에 잡혔다.

　그는 그것을 끄집어내 아리아드네가 주었던 봉인석에 가져다 대었다. 그러자 노을 색으로 빛나고 있던 칠색 수정 안으로 불이 스르륵 빨려 들어가기 시작했다.

'이런 걸 다 예상하셨던 걸까.'

오랜만에 아드리안의 편지를 들고 임무에 나섰던 시절이 떠올랐다. 수정 안에 완전히 빨려 들어간 불꽃이 심장처럼 두근두근 박동했다.

다 끝났다.

악셀은 긴 숨을 내뱉으며 봉인석을 쥐고 일어섰다. 그리고 아리아드네가 기다리고 있을 곳을 돌아보았다. 돌아서면서부터 기묘한 오싹함이 느껴졌다.

비가 그쳤다.

왜?

파편이 빽빽하게 몰려들어 작은 동산을 이루고 있었다. 찢어진 우산이 그 옆에 나뒹굴었다. 악셀은 순간적으로 아무것도 이해할 수가 없었다.

왜?

왜, 비가 오지 않고 있지.

왜, 아리아드네가 보이지 않지.

저것들이 지금 뭘 하는 거지.

근원은 내 손안에 있는데, 왜 저것들이 움직이고 있지.

혼란스러워하는 그의 뇌리를 절박한 목소리가 강타했다.

[등신 같은 놈, 경고했잖나!]

디메토르였다.

디메토르?

악셀은 비로소 그게 제가 태어났을 때 받은 이름과 같다는 것을 깨달았다. 디메토르는 자신의 이름이었다. 그럼 스스로를 디메토르라 소개하는 이 목소리는 누구란 말인가?

[빨리 죽으란 말이다! 그녀가 완전히 삼켜지기 전에!]

디메토르가 외쳤다. 그 순간 그것으로부터 무언가가 그에게 전달되었다.

기억이었다. 다른 누구도 아닌 자기 자신의 기억. 지금까지 잊고 있었던 기억.

악셀은 깨달았다. 자신에게는 죽으면 시간을 돌릴 수 있는 능력이 있다.

동시에 근원을 어떻게 다루는지도 깨우쳤다. 그는 연결된 근원을 통해 저 파편들이 무슨 짓을 하고 있는지 알아차렸다. 저것들이 어떻게 저런 짓을 할 수 있는지도.

현기증이 일었다.

[늦기 전에!]

디메토르가 절규했다.

늦기 전에. 그녀의 영혼까지 근원에 녹아 버리기 전에.

악셀은 곧바로 검을 뽑아 제 목을 찔렀다.

시야가 뒤집혔다. 악셀은 몇 차례 눈을 깜박였다. 눈앞에 태양 같은 불덩어리가 보였다. 근원의 채널에 접속한 직후다.

'……정말로…….'

시간을 되돌린 건가.

근원이 무어라 웅얼거렸다. 악셀은 그 말을 듣지도 않고 손을 뻗었다.

"내게 돌아와라."

이미 진실을 알고 있으니 한마디면 충분했다. 불길이 이글거리다 잠잠해졌다.

시야가 다시 뒤집혔다. 그는 심장처럼 박동하는 불꽃을 옮겨 담는 대신, 바로 아리아드네가 있던 곳을 돌아보았다.

비가 아직 내리고 있었다. 우산을 쓴 아리아드네가 몰려드는 파편을 피해 범람한 흙탕물 쪽으로 물러서는 중이었다. 정령술을 쓰려는 건지 손에 초록색 정령석을 꺼내 쥐고 있었다.

"아리아!"

악셀의 외침에 그녀가 돌아보았다. 비에 젖은 흰 얼굴에 안도감이 퍼져 나가는 게 보였다.

다음 순간, 물속에 숨어 있던 파편이 솟구쳐 오르며 그녀의 가슴팍을 꿰뚫었다. 새빨간 피가 빗속에 선명한 궤적을 그렸다.

[늦어.]

디메토르가 신음했다. 악셀은 멍한 머리로 허공에 튀는 피를 보다가, 검을 꺼내 들었다.

눈앞에 태양처럼 타오르는 불덩어리가 보였다.

세 번째였다.

그는 무어라 떠들어 대는 근원을 무시하고 바로 접속을 끊었다. 디메토르로부터 전달된 기억 덕분에 근원과 근원의 채널을 다루는 것이 너무나 익숙했다. 수천 번은 해 본 듯한 감각이었다.

'나중에.'

근원의 제압도, 디메토르의 정체도 나중에.

근원의 채널에서 빠져나오자마자 그는 아리아드네가 있던 곳을 돌아보았다. 조금 전과 거의 같은 광경. 그녀는 초록색 정령석과 우산을 쥔 채 뒤로 물러서고 있었다.

이번엔 쓸데없이 그녀를 불러 집중을 깨지 않았다. 악셀은 바로 아래로 뛰어내렸다. 정신없이 아리아드네를 향해 달렸다. 그녀의 등 뒤, 물속에서, 파편이 솟구쳐서, 팔이 뻗어 나와.

붉은 피가.

[늦다고!]

디메토르가 고통스럽게 외쳤다. 악셀은 다시 검을 꺼내 들었다.

태양처럼 타오르는 불덩어리.

네 번째.

지체 없이 접속을 끊었다. 악셀은 돌아서면서 검을 뽑아 들었다. 전력으로 달려도 늦는다는 걸 이제 안다. 검을 던져야 한다.

돌아서고, 달려가면서, 그녀의 등 뒤 물가만 충혈된 눈으로 노려보았다. 물속에서 파편이 솟구친다.

빌어먹을 놈. 그는 즉시 검을 집어 던졌다. 그것의 팔이 아리아드네를 꿰뚫는 것보다 먼저 그의 검이 그것의 머리를 꿰뚫었다.

됐다.

안도하려는 찰나 그것이 머리가 터진 채로도 팔을 움직이는 게 보였다.

또다시, 또, 붉은 피가.

쓰러지는 그녀의 몸을 허겁지겁 받아 들었다. 젖은 백금발이 흐트러지며 쏟아졌다. 하얀 손에서 우산이 힘없이 떨어졌다. 악셀은 덜덜 떨며 그녀를 그러안았다.

[근원이 살아 있는데 파편이 죽을 것 같냐? 제기랄, 왜 이렇게 멍청한 거냐.]

디메토르가 욕설을 내뱉었다. 악셀은 제 팔과 가슴팍을 온통 적시는 피를 내려다보다가 검을 찾았다.

검이 없었다. 그의 검은 파편의 머리에 꽂혀 있었다.

그는 옆에 떨어져 있던 우산을 집어 들었다. 그의 힘과 가호라면 우산으로도 충분했다.

거대한 불꽃이 눈앞에 보였다.

다섯 번째.

접속을 바로 끊었다. 악셀은 돌아서기도 전에 정령수를 꺼내 날려 보냈다. 벼락이 벼락같은 속도로 아리아드네를 향해 내달렸다. 황금빛 용은 물러서고 있던 아리아드네를 낚아채 제 위에 태우고 공중으로 날아올랐다.

아리아드네가 어리둥절한 얼굴로 그를 내려다보았다. 악셀은 간신히 숨을 쉴 수 있었다. 맥이 탁 풀렸다. 그는 벼락을 제 쪽으로 부르고 도움닫기를 해서 뛰어올랐다. 아리아드네가 벼락 위에 올라선 그에게 의아하게 물었다.

"벌써 근원을 봉인한 거야?"

"지금 그게 문젭니까?"

악셀은 고함을 지르고 싶은 것을 참으며 그녀를 향해 팔을 뻗었다. 당장 끌어안고 살아 있는 체온을 느끼지 않으면 숨이 막혀 죽어 버릴 것 같았다.

"……?"

손끝에 살아 있는 체온이 뜨겁게 닿았다. 미끈거리는 피와 함께.

악셀은 제 손이 무엇을 꿰뚫었는지 눈으로 보면서도 믿을 수가 없었다. 아리아드네가 피가 쏟아지는 제 가슴팍을 내려다보더니 그를 올려다보았다.

"……왜?"

작게 되묻는 속삭임. 그리고 그녀가 무너져 내렸다. 악셀은 핏기가 사라진 얼굴로 그녀를 보다가, 아래를 내려다보았다. 눈도 코도 없는 거인이 구덩이 같은 입을 벌려 웃고 있었다. 새빨간 눈동자들이 그들을 올려다보며 웃고 있었다.

[너도 근원의 일부다. 잊었나?]

디메토르가 신경질적으로 말하더니 덧붙였다.

[제기랄, 돌아 버릴 것 같군.]

목이 졸리는 것처럼 작고, 고통스러워하는 목소리였다. 악셀은 아리아드네의 피로 젖은 손을 거두지도 못한 채 떨리는 목소리로 물었다.

"어떻게."

[뭘.]

"어떻게 해야 하나. 제발."

[다 전달해 줬잖나. 내가 이렇게 머저리 같았다니.]

디메토르가 으드득 이를 갈더니 빠르게 말했다.

[근원에 샤이탄이 함정을 심어 두었다. 근원의 채널에 접속하는 순간 발동하는 함정이다.]

"아리아를 공격하도록?"

[정확히는 녹여 삼키도록.]

"막을 방법은?"

[네가 그녀를 사랑하는 한 근원이 그녀를 탐하는 걸 막을 순 없다. 그렇게 만들어진 함정이…… 빌어먹을, 회귀부터 해라.]

악셀은 제 손이 제멋대로 움직이며 아리아드네를 움켜쥐는 것을 알아차렸다.

[빨리! 영혼을 먹어 버리면 회귀로도 되돌릴 수 없다!]

그는 늦기 전에 다른 손으로 검을 뽑아 들었다.

불덩어리가 보였다.

여섯 번째.

접속을 끊는 것과 동시에 정령수를 날려 보냈다. 그리고 바로 다시 근원의 채널에 접속했다.

―돌아오라……

"닥쳐라, 괴물아."

그는 욕설을 내뱉으며 손을 뻗었다.

"돌아와야 할 건 네놈이다."

달랠 여유도, 마음도 없었다. 이미 요령을 아는 판이다. 의지로 단번에 근원을 찍어 눌러 굴복시켰다. 악셀은 움츠러든 불꽃을 봉인석에 처박고 허둥지둥 아리아드네 쪽을 확인했다. 웅크려 앉은 벼락이 목을 늘어뜨리고 있었다. 정령수가 계약자의 눈치를 보며 가늘게 울었다.

그 앞에 아리아드네가 피투성이로 쓰러져 있었다.

"······왜?"

이번엔 왜?

혼란스러운 그에게 디메토르가 답을 내려 주었다.

[정령 기사도 없는 정령수가 무슨 수로 미쳐 날뛰는 근원을 피하겠나. 아리아드네가 감전될까 봐 제대로 힘을 끌어 올리지도 못하는데.]

악셀은 비틀거리며 아리아드네에게로 다가갔다. 그나마 벼락이 접근하는 파편들에게 번개를 튀기며 막고 있어서 여유가 있었다.

그는 그녀에게 손을 뻗다가 겁에 질려 멈췄다. 바로 직전에 이 손이 제멋대로 그녀를 먹어 치우려 했던 기억이 선명해서. 악셀은 그녀를 끌어안지도 못하고 내려다보기만 했다.

문득 기시감이 들었다. 아리아드네의 시체를 내려다보고 있는 것이, 이번이 처음이 아닌 듯한 기시감이.

[윽.]

디메토르가 작게 신음하더니 짜증스럽게 말했다.

[멋대로 기억을 되찾아 가지 마라. 분리된 채로 있어야 내 존재가 유지된단 말이다. 지금 '우리'가 합쳐지면 샤이탄은 누가 견제하란 거냐.]

"······너는 나인가?"

[그걸 이제 알았나.]

의외로 그리 놀랍지는 않았다. 디메토르고 나발이고, 그의 앞에 쓰러져 있는 아리아드네의 모습보다 충격적인 건 없었기 때문에.

"······근원을 제압하지 않고 다가가면 내가 함정이 된다. 그렇다고 제압하고 가면 늦어······."

미칠 것 같았다. 악셀은 제 얼굴을 문질렀다. 이럴 때 동료들이 있었다면. 날개 달린 신관이나 은발의 마법사, 검은 기사, 하다못해 기분 나쁜 금발의 기사까지도 절실히 필요했다.

[남한테 의지하려 하니 방법이 안 보이는 거다. 약해 빠졌군.]

디메토르가 그를 비웃었다.

[결국 네가 해내야만 한다. 누구에게도 의지하려 하지 마라.]

"······."

[너는 혼자다. 너는 오직 홀로 모든 것을 이겨 내야 한다. 아리아드네에게 기대지 마라. 그녀에게 짐을 지우지 마. 모든 건 우리 책임이고, 우리가 해야 할 일이다. 애초에 그녀를 휘말리게 하지 말란 말이다! 그녀는······.]

디메토르가 격정적으로 쏟아내던 말을 삼키며 긴 숨을 내뱉었다. 그는 곧 냉담하게 말을 이었다.

[지금 뭘 해야 할지 정녕 모르겠나? 관련 기억은 다 전해 줬는데 못 떠올린다고? 아리아에게 의지하면서 속 편하게 자라더니 나약한

쓰레기가 되었나 보지?]

악셀은 얼굴을 덮고 있던 손을 치우며 나직이 중얼거렸다.

"번제."

[그래도 완전히 머저리가 되진 않았군.]

"번제로 회귀 시점을 앞당긴다."

[알면 빨리해라. 샤이탄을 막는 것에도 한계가 있다.]

"……마왕이 아니라 네가 받아 주는 건가?"

[그래. 내가 번제를 가로채서 권능을 보내 주겠다.]

"할 수 있나?"

[물론. 다만 내가 받으면 시간을 길게 돌릴 수는 없다. 알고 있겠지?]

전해진 기억 중에 이미 관련 내용이 들어 있었다. 번제를 치르는 방법까지도. 악셀은 근원의 불꽃을 쑤셔 박아 둔 봉인석을 꺼내 들었다.

'마왕에게 들키지 않는 범위 내에서 최대한 돌리려면…… 홍수가 난 직후인가.'

번제. 제물을 불태워 바치며 치르는 제사. 채널을 가진 존재를 제물로 불태우면서 채널을 확장하여 본래라면 부를 수 없는 것을 불러들이는 기술.

원래 정령술의 일종이었으나 사장되었고, 현재는 사도들이 최후의 수단으로 마계의 군주를 강림시킬 때나 쓰는 기술이었다.

디메토르는 번제에 대해 알게 된 뒤, 더 많은 시간을 돌리기 위해 그 기술을 응용했다. 군주를 잡았을 경우에는 군주의 시체를 제물로. 군주를 잡기 전일 때는 근원을 제물로.

번제는 불을 매개로 채널이 이어지는 것이기에 치르는 당사자도 불에 타 죽게 된다. 디메토르에겐 아무래도 상관없는 일이었다. 어차피 죽어야 회귀할 수 있으니.

근원의 불로 제물과 자기 자신을 불태워 채널을 일시적으로 늘리고, 커진 채널로 마왕의 권능을 더 많이 받아들인다. 디메토르는 그런 식으로 더 긴 시간을 되돌리곤 했다.

아리아드네 엘디어가 아직 살아 있는 과거로 가기 위해서.

'……아리아가 아직 살아 있는 과거라니?'

디메토르로부터 받아들인 기억을 되새기던 악셀은 문득 의문이 떠올랐다.

순간, 뇌리에 기억들이 샘처럼 솟아났다. 엘디어의 탑에서 쇠사슬에 묶여 있던 아리아드네와 처음 만났던 수많은 순간이. 무심코 그 순간을 더 자세히 떠올리려는데 샘솟던 것들이 뚝 멈췄다.

[더는 떠올리지 마라. 기억이 넘어갈수록 너와 합쳐지면서 내가 약해진다.]

디메토르가 경고했다. 악셀은 벼락을 집어넣고 겁화를 꺼내어 아리아드네의 곁에 앉히며 물었다.

"전에도 이런 적이 있었나?"

[뭘? 기억을 막는 것?]

"그래."

[몇 번 있었지. 네놈이 멍청하게 자꾸 떠올리려 해서.]

때로 흐려지던 기억들이 있었다. 사도들이 환각으로 보여 줬던 아리아드네의 죽음들이나, 은거울 미궁에서 보았던 환상 같은.

"내 기억을 훔쳐 가기도 했었군."

[훔치다니, 도로 분리했을 뿐이다.]

"내게 일부러 기억을 주입하기도 했었고."

[네놈 성장이 느려 터져서.]

"……너는 검은 잔을 받은 자들을 조종할 수도 있나?"

[샤이탄처럼 그것들을 완벽히 조종하지는 못해도 유도는 할 수 있지. 기억을 받아들일 수 있게 네놈을 환각 상태에 빠뜨리라는 명령 정도는 가능하다는 거다.]

아리아드네가 유도해 준 겁화와 벼락을 제외한 정령수 둘과 대정령 하나. 악셀이 그것들과 계약할 수 있었던 건 우 대륙에서 사도의 환각을 통해 심어진 기억 덕분이었다.

'그게 저놈 짓이었군.'

아리아드네의 시체를 지키고 앉은 겁화는 몸으로 파편들을 막고 있었다. 불을 두려워하지 않는 파편들이 개미 떼처럼 겁화의 몸을 타고 올랐다. 겁화가 발버둥 치며 파편을 떨어냈다. 악셀은 그 광경을 지켜보다가 봉인석으로 시선을 돌렸다.

칠색 수정.

이것을 얻었을 때, 그녀에게 주었을 때, 그리고 돌려받았을 때가 연달아 떠올랐다.


*"다쳤어?"*


안타깝게 그를 보던 푸른 눈이.

그는 이를 악물었다. 봉인석에서 하얀 불길이 피어올랐다. 근원의 불이 너울거리며 봉인석 밖으로 치솟았다. 그 불꽃을 움켜쥐었다.

불타지 않는 자들을 녹였던 근원의 불이다. 그것을 움켜쥔 그의 손이 타오르며 녹아내리기 시작했다. 화상을 입는 건 처음이었다. 악셀은 고통에 아랑곳하지 않고 그 불을 쥔 채 다가오는 파편들을 노려보았다.

그의 통제에서 벗어나 아리아드네의 시체와 영혼까지 삼키기 위해 꾸역꾸역 기어 오고 있는 것들을.

그는 타오르기 시작한 불꽃을 하늘을 향해 던졌다. 허공으로 치솟은 불이 태양처럼 거대하게 부풀어 올랐다. 접속했을 때 보았던 근원의 본모습이었다. 하늘을 가득 메울 정도로 커진 불덩어리가 소리 없이 터졌다.

불비가 내렸다. 수천수만 개로 갈라진 불꽃이 거인의 머리 위로, 지상을 메운 파편들 위로 폭우처럼 떨어져 내렸다. 파편들이 불에 타오르며 괴성을 내질렀다. 홍수처럼 넘실거리는 새하얀 불길 속에서 파편들이 사지를 비틀어 댔다.

죄인을 불태우는 지옥처럼 보이는 광경이었다. 저 불 속의 시체들 중에 진짜 죄인은 없다는 것이 아이러니했다.

악셀은 타오르는 파편들을 물끄러미 보다가 겹화 쪽을 돌아보았다. 불바다 속에서 겹화가 감싸고 있는 아리아드네 주위만이 고요했다. 그곳에는 불비가 내리지 않았으므로.

'아리아.'

당신은 이렇게 죽어선 안 된다. 당신은 살아 있어야 한다. 당신은 온전히 빛나야 한다. 그러기 위해서라면.

그는 피에 젖은 백금발에서 시선을 떼고, 불꽃을 쥐었던 손을 내려다보았다. 손에 붙었던 근원의 불은 어느새 팔꿈치를 넘어섰다. 불꽃이 전신으로 번지고 있었다. 번제의 불에 완전히 삼켜지기 전에 그가 입을 열었다.

"디메토르."

[······.]

"너는 정확히 뭐지?"

[나는 너다. 그새 잊었나?]

"왜 너와 내가 나뉘었냐고 묻는 거다."

[굳이 알아야 하나? 알고 나면 네가 계획을 망칠 수도 있는데.]

"내가 너라면서, 너는 너 자신을 믿지 못하는 건가?"

[너는 나만큼 그녀를······.]

디메토르가 문득 말끝을 흐렸다. 그와 채널이 연결된 악셀은 순간 디메토르에게 어떤 기억들이 떠오르는지 볼 수 있었다. 시간도, 장소도 각각 달랐으나 그 모든 기억에 아리아드네가 담겨 있었다.

[훔쳐보지 마라.]

디메토르가 신경질적으로 말하며 기억을 숨겼다. 번제의 불이 악셀의 목덜미까지 번졌다. 고통을 참기 위해 깨문 그의 입에서 피가 흘러내렸다. 흘러내린 피는 열기에 곧바로 끓어올라 증기가 되어 사라졌다.

붉은 눈을 가졌기에 평생 느끼지 못할 줄 알았던 불의 고통. 그 고통 속에서도 그는 불을 멈추거나 도망치지 않았다. 대신 말라붙은 목소리로 물었다.

"아리아드네를 위해서인가?"

[······.]

"그녀를 위한 거라면, 무엇을 알게 되든 할 수 있다."

악셀이 디메토르의 기억을 읽어 들이듯, 악셀 또한 디메토르에게 기억을 보여 줄 수 있었다. 뿌리. 하늘. 살아남을 이유. 살아갈 이유. 지탱해 주는 것. 소속되고 싶은 곳.

번제의 불이 턱을 넘어 코에 다다랐다. 악셀은 제 살이 타오르는 냄새를 맡으며 눈을 감았다. 침묵하던 디메토르가 비로소 답했다.

[나는 죽기 위해 마왕으로 남은 너이며, 너는 마왕을 죽이기 위해 분리된 나다.]

입이 이미 불타올랐기에 악셀은 아무런 대꾸를 할 수가 없었다. 그러나 디메토르는 말하지 않아도 안다는 듯이 대답했다.

[그래, 우리는 실패한 미래에서 왔다. 내가 마왕으로서 시간을 돌렸고 네가 인간으로서 되살아났지.]

[원래 네가 마왕을 죽이면, 마왕의 영혼은 오래된 육신을 버리고 네게 깃들게 된다. 하지만 이번에는 내가 그놈을 붙들 것이다. 샤이탄은 낡아 빠진 몸뚱이에 갇혀 나와 함께 죽음을 맞이하게 되겠지.]

[너와 나는 하나이니 나를 죽이면서 너도 죽을 것이다. 그럼에도 불구하고 너는 나이기에 달아나지 않을 것이다. 우리가 마왕과 함께 죽음을 맞이하면, 그녀가 세상과 함께 살아남게 될 테니까.]

디메토르가 문득 웃음을 터뜨렸다. 악셀 발렌타인이 무슨 생각을 하고 있는지 아는 것처럼.

[그래, 그랬군.]

[함께한 기억이 짧아도, 다른 관계로 만나게 되어도…… 상관없었어. 네가 그녀와 재회하지 못하게 방해한 것도 소용없는 짓이었고. 아리아드네가 아리아드네인 이상, 우리는 어쩔 수 없었던 거야.]

[그러니 나를 죽이러 와라. 대미궁의 끝으로. 그곳이 우리의 무덤이다.]

[우리가 바라던 대로.]

그리고 불이 모든 것을 집어삼켰다.

[준비해 둘 테니 가지러 오세요, 아리아.]

파이의 말에 고개를 끄덕인 아리아드네는 악셀의 팔뚝을 두드리려다 멈칫했다. 부르지도 않았는데 악셀이 이미 그녀를 내려다보고 있었다. 기묘하게 일그러진 얼굴로.

"악셀?"

"……예."

쥐어짜 낸 듯한 대답이 돌아왔다. 어디 다쳤나? 아리아드네는 고개를 갸웃거렸다.

"무슨 일…… 아냐, 일단 근원 근처에 착륙부터 하자."

근원의 회복까지 얼마나 남았는지 모르니 마음이 급했다. 악셀이 말없이 벼락을 움직였다. 아리아드네는 봉인석을 가져오기 위해 눈을 감고 환상 도서관에 들어갔다. 그런데 나와 보니 근원과 오히려 멀어져 있었다.

"악셀, 근원 가까이로 가 줘."

아리아드네는 혹시 그가 잘못 들었나 싶어 다시 말했다. 악셀은 벼락의 방향을 틀지 않았다. 벼락이 근원과 한참 떨어진 협곡의 절벽 위에 착륙했다.

"왜 여기에…… 시간 없어, 악셀. 근원 근처로 가야 해."

"혼자 가겠습니다."

"응?"

그가 재킷을 벗어 그녀에게 덮어 주고 우산을 건네더니, 그녀의 손에 쥐어 있던 봉인석을 받아 들었다.

"여기에 근원을 봉인하면 되는 것 아닙니까?"

"어? 응, 그렇긴 한데……."

봉인석을 쥔 악셀이 물러서며 정령수들을 줄줄이 꺼냈다. 벼락이 그녀 위로 날개를 드리우고, 아름드리가 그녀에게 바짝 붙어 앉고, 빙하가 그녀를 중심으로 둥글게 똬리를 틀었다.

"악셀? 이게 다 무슨……."

"다녀오겠습니다."

겁화에 올라탄 그가 절벽 아래로 뛰어내렸다. 정령수들로 겹겹이 둘러싸인 아리아드네는 멍하니 우산을 움켜쥐었다.

"……뭔가 이상한데."

그녀는 아래를 보기 위해 절벽 가장자리로 걸음을 옮겼다. 딱 붙어 있던 아름드리가 목을 늘어뜨리며 그녀의 앞을 막았다.

"여기에 가만있으라고?"

페리도트 같은 사슴의 눈이 끔벅이더니 고개가 아래위로 움직였다.

"멀리 안 움직여. 조금만 갈게. 악셀이 뭘 하는지 안 보여서 그래."

나무로 조각된 사슴이 그녀의 옷깃을 물고 늘어졌다. 아리아드네는 아름드리를 질질 끌고 움직였다. 그녀 위에 날개를 드리우고 있던 벼락이 그 자세 그대로 슬금슬금 움직였다. 그녀의 위를 가리는 게 제 사명인 양.

그렇게 사슴과 용을 끌고 몇 걸음 내디디니 거대한 고래의 몸통이 유리 벽처럼 그녀의 앞을 가로막았다. 아리아드네는 그 얼음을 통통 두드렸다. 빙하가 머리를 틀어 그녀를 물끄러미 내려다보았다.

"조금만 비켜 줘, 응?"

아리아드네가 부탁하듯 말하자 고래가 우우웅, 하고 낮게 울며 머리를 저었다.

"내려가려는 게 아니야. 아래가 안 보여서 그래."

그녀는 손짓발짓으로 정령수를 설득하려 애썼다. 눈을 가리킨 다음 절벽 아래를 가리키고, 발을 가리킨 다음 고개를 젓는 식으로. 몇 번이나 몸짓을 반복하자 그제야 알아들었는지 빙하가 느릿느릿 움직였다.

거대한 고래의 몸통이 잠수하듯 땅에 잠기며 얼음벽이 약간 낮아졌다. 아리아드네는 빙하를 손으로 짚고 끙끙거리며 발돋움을 했다.

폴짝거리고 있으니 나뭇잎이 바람에 흔들리는 소리, 아마도 한숨인 듯한 소리와 함께 사슴이 머리를 들이밀었다. 그녀를 제 머리 위에 앉힌 아름드리가 목을 치켜들었다. 갑자기 높아지는 시야에 휘청했던 아리아드네는 싱싱한 덩굴이 얽힌 사슴의 뿔을 붙들고 겨우 균형을 잡았다.

"고마워."

이제 얼음벽 너머로 절벽 아래가 보이기는 하는데 쏟아지는 비 탓에 시야가 흐렸다. 그래도 웅크려 앉은 거인의 윤곽은 어렴풋이 보였고, 겁화의 불길은 빗속에서도 선명했다.

"제대로 설명도 못 해 줬는데……."

[눈치가 있으면 알아서 하겠지요. 아리아는 할 수 있는 일을 다 했습니다. 이제 남은 건 악셀 발렌타인이 해야 할 일뿐이잖습니까.]

파이는 별일 아니란 듯 무심히 말했지만, 그녀는 초조해졌다.

'아까 악셀 표정이 너무 이상했어.'

아리아드네는 겁화 근처를 눈으로 훑으며 악셀을 찾았다. 그녀의 시력으로는 아무것도 보이지 않았다.

'비를 잠깐 그쳐 볼까?'

묘하게 불안한 기분에 그런 고민을 하고 있는데 돌연 빗속에서 불길이 솟구쳤다. 검처럼 날카롭게 솟구친 그 불은 웅크려 있던 근원의 가슴팍을 꿰뚫은 뒤 멈추지 않고 거침없이 치솟아 거인의 목을 베어 냈다.

가슴이 뚫리고 목이 베인 근원이 허물어졌다. 엉겨 붙어 근원의 몸을 이루던 인간들이 조각조각 나뉜 파편이 되어 우수수 떨어져 내렸다.

치솟은 불길은 거인을 토막 내는 것에서 멈추지 않았다. 불의 검은 진노한 신의 철퇴처럼 사방을 내리치고 베었다. 불에 찢기고 녹아내린 파편들이 허공에 비산했다.

"……악셀?"

근원을 공격하다니, 저러다 부상을 입으면 어떡하려고! 봉인은 무사히 끝낸 건가? 아니면 뭔가 문제가 생겼나?

불꽃이 빗속을 가로지르며 물안개가 자욱이 피어올랐다. 안 그래도 제대로 보이는 것이 없었는데 이제는 안개와 비와 불꽃의 번뜩임만이 보였다.

'대체 무슨 일이 일어나고 있는 거야?'

불안감과 긴장감으로 입안이 바짝바짝 말랐다. 아리아드네는 다급히 악셀의 정령수들을 돌아보았다.

"비켜 줄래? 아무래도 내려가 봐야겠어."

아무리 말해도 그녀를 감싼 정령수들은 덤덤한 낯으로 꼼짝도 하지 않았다.

'안 되겠어. 일단 비라도 멈춰 보자.'

결국 아리아드네는 하늘의 정령석을 움켜쥐었다. 그녀의 손안에서부터 은은한 빛이 퍼져 나와 하늘로 번졌다. 비구름이 지워지며 맑고 새파란 하늘이 지상에 빛을 쏟아부었다. 햇빛에 장작더미 협곡 내부의 풍경이 적나라하게 드러났다.

"욱."

그녀는 입을 틀어막으며 구역질을 참았다. 흙탕물 위에 파편들이 빽빽하게 떠다녔다. 베인 목과 떨어져 나간 사지들. 부릅뜬 붉은 눈들. 퍼져 나가는 핏물. 저것들이 진짜 시체가 아니라 근원의 파편들이라는 걸 아는 아리아드네에게도 대학살의 현장처럼 보이는 광경이었다.

시체의 바다 한쪽, 새카맣게 굳은 용암 덩어리가 섬처럼 솟은 곳에는 시체의 산이 있었다. 근원이 웅크려 있었던 곳이다. 눌어붙어 거인의 형상을 이루었던 파편들은 이제 그냥 제멋대로 쌓인 시체 더미로만 보였다.

'설마 근원이 죽은 건…… 아니지?'

아리아드네는 일순 경악했다가 간신히 진정했다. 시체 더미 위에 악셀이 서 있는 걸 보니 근원이 죽진 않은 듯했다. 한 손에 새하얀 불덩어리를, 다른 손에 불타오르는 검을 쥐고 서 있던 악셀이 문득 고개를 들었다.

비가 그친 하늘을 본 그의 얼굴에 핏기가 가셨다.

비가 오지 않는다.

비가, 오지, 않는다.

그는 극심한 공포에 질렸다. 이성적으로 사고할 수가 없었다. 비가 그친 하늘이 저주받은 땅답지 않게 맑은 푸른빛이라는 것도 눈에 들어오지 않았다. 악셀은 바로 근원의 불꽃을 내팽개치고 겁화에 올라탔다.

아리아드네는 악셀이 무사한 것을 확인하고 나자, 끔찍한 풍경을 둘러보며 방금 대체 그가 무슨 짓을 한 건지 고민하고 있었다.

그러다 그녀는 겁화가 무서운 기세로 자신을 향해 달려오는 것을 보았다. 물 위에 떠 있는 시체들을 밟으며 달린 불꽃 늑대는 수직으로 절벽을 타고 올라 순식간에 아리아드네의 앞에 도착했다.

계약자가 다가오자 그녀를 철벽처럼 감싸고 있던 정령수들이 물러났다. 아름드리에서 내려온 아리아드네는 스스륵 사라지는 얼음벽 너머로 우뚝 선 악셀과 눈을 마주했다.

그는 머리끝부터 발끝까지 온통 피투성이였다. 피비린내와 살이 탄 냄새, 시체의 악취 같은 것이 뒤섞여 훅 끼쳐 왔다. 모르는 얼굴이었다면 살인마처럼 보였을 것이다.

하지만 악셀이었다. 아리아드네에게는 그가 겁에 질린 소년처럼 보였다. 게다가 전신을 적신 피. 아까 근원을 공격하다가 부상을 입은 게 아닌가 걱정이 되었다. 그녀는 다급히 그에게로 다가가며 손을 내밀었다.

"다쳤어?"

멀거니 그녀를 보고 있던 그가 제게 다가오는 그녀의 손을 휙 쳐냈다. 그녀를 건드리는 것조차 조심하던 그답지 않게 거친 손놀림이었다. 후려쳐진 아리아드네의 손등이 벌겋게 부어올랐다. 그것을 본 악셀의 눈동자가 요동쳤다. 그러면서도 그는 그녀의 손을 살피려고

하지 않았다. 오히려 뒷걸음질했다.

"악셀?"

"……죄송합니다. 괜찮으십니까?"

"그건 내가 할 질문 같은데. 너, 다쳤지?"

아리아드네가 그에게 다가서자 악셀이 더 물러섰다. 그의 걸음이 약간 절뚝였다. 그가 섰던 자리마다 핏물이 발자국처럼 고였다.

"왜 피해?"

"더럽습니다."

"뭐가?"

"제가."

객관적으로 더러운 상태긴 했다. 하지만 단순히 그런 의미로 한 말 같지는 않았다. 그가 근원에 접속해서 무엇을 알게 되었을지를 떠올려 보면 더욱 그러했다.

"악셀, 내가……."

"비를 멈추셔서 놀랐습니다. 무사하셔서 다행입니다. 정말로……."

악셀이 그녀의 말을 끊으며 중얼거렸다. 그녀에게 하는 말이라기보다는 혼잣말처럼 들렸다. 그가 절벽 가장자리로 물러나며 덧붙였다.

"마무리를 하고 오겠습니다."

그러고는 그대로 절벽 아래로 떨어졌다.

아리아드네는 당연히 정령수가 그를 태울 것을 알면서도 순간적으로 놀랐다. 언제나 날렵하게 움직이던 그가 추락하는 것처럼 훅 떨어져서.

어느새 날아간 벼락이 그를 태우고 시체 더미 쪽으로 향했다. 그녀는 그의 뒷모습을 보며 고개를 기울였다.

'이상해.'

근원에 접속하고 나면 충격받고 동요할 거라고 짐작하긴 했었다. 그런데 예상한 것과 무언가 달랐다.

'근원은 왜 공격했지? 그것 때문에 다친 거잖아. 쟤가 절뚝거릴 정도면 대체 얼마나 다친 거야?'

분명히 반격하지 말라고 했는데.

최근에는 그녀의 말을 즉시 따르던 그가 갑자기 정면으로 명령을 어긴 것이 이상했다. 그러고 보니 근원 가까이에 착륙하라는 말도 따르지 않았다.

'방금 내 손을 쳐낸 것도……'

아리아드네는 빨갛게 변한 손등을 살펴보다가 시체 더미 속에서 불꽃을 주워 드는 악셀을 내려다보았다. 멀리서도 눈에 띌 정도로 눈부시게 박동하던 불길이 그의 손아귀에서 사그라들었다.

'파이, 성공한 것 같아?'

[근원의 반응이 잠잠해졌습니다. 악셀 발렌타인이 근원 봉인에 성공한 것으로 추정됩니다.]

아리아드네는 곧바로 하늘의 영토를 거두고, 가장 익숙하고 편안한 대정령의 힘을 빌렸다. 발치에서부터 피어난 신록이 그녀의 주위로 둥글게 퍼져 나갔다.

곧이어 그녀의 의지에 따라 나팔꽃 덩굴들이 절벽 아래로 뻗어 내려갔다. 절벽 아래에 닿은 덩굴은 연둣빛 잔디를 그림자처럼 달고 파편들이 떠 있는 수면을 가로질렀다.

녹아내리고 타들어 가고 토막 난 시체들의 산을 생명의 색이 휘감으며 타고 올랐다. 그것은 마침내 봉인석을 쥐고 서 있는 악셀의 팔을 건드렸다. 반사적으로 반격하려던 그가 새파란 꽃잎을 보고 움찔 멈췄다. 나팔꽃 덩굴이 그의 팔에 부드럽게 감기더니 잡아당겼다. 뜻이 명백했다.

'이리 와.'

아리아드네가 그를 부르고 있었다. 악셀은 제 피가 묻어 붉어진 꽃잎을 물끄러미 내려다보았다.

'이번에는 성공한 건가?'

마왕이 심어 둔 건 근원에 접속하는 순간 발동하는 함정이었다. 회귀 능력 또한 근원과 연결되는 순간부터 쓸 수 있기에, 그가 회귀하는 시점은 줄곧 근원 접속 직후였다. 때문에 아무리 시간을 돌려도 함정이 발동하는 것을 피할 수가 없었다. 아리아드네의 죽음을 계속해서 봐야만 했다.

가장 악랄한 건, 함정이 발동하면 악셀 자신마저 그녀를 해치는 덫이 된다는 점이었다.

'아마 마왕이 처음부터 벗어날 수 없도록 만들어 심은 함정이겠지.'

그 함정을 피하기 위해 번제를 치르고 아예 근원 접속 전으로 왔다. 하지만 근원에 접속하면 똑같은 사태가 벌어질 터였다. 아리아드네 곁에 정령수들을 죄다 붙여 놨다지만, 그걸로는 안심할 수 없었다.

그래서 그는 아예 함정을 발동시키지 않기로 했다.

'근원에 접속하지 않으면 되는 것 아닌가.'

심장에 해당하는 근원의 불꽃을 물리적으로 뽑아낸 다음, 미쳐 날뛰는 거인과 파편들을 도륙했다. 분노한 근원이 상당히 많은 부상을 그에게 전이했지만, 큰 문제는 되지 않았다. 근원을 수없이 다뤄 본 기억 덕에 치명상이 될 만한 건 알아서 막을 수 있었으니까.

근원의 불꽃도 접속하지 않고 그냥 잡아서 봉인석에 가뒀다. 봉인석에 갇힌 근원은 육신을 잃고 채널과 불꽃만 남아 그에게 완전히 종속되었다. 이제 주위에 널린 파편들은 그냥 고깃덩이일 뿐이다. 아무에게도 해를 끼치지 못한다.

만에 하나 근원 속에 함정이 아직 남아 있다 해도 직접 접속하지 않았으니 그를 통해 발동하진 않을 거다. 아리아드네 가까이 가도 전처럼 몸이 멋대로 그녀를 공격하는 일은 없으리란 뜻이다.

머리로는 그리 판단하면서도, 두려움이 가시질 않았다.

'디메토르.'

확신을 얻고 싶어 불러 보았지만 대답이 없었다. 마왕에게 들키지 않고 권능을 빌려주느라 힘든 탓에 잠깐 숨을 죽이고 있는 것일 수도 있고, 근원에 직접 접속하지 않아서 연결이 안 된 것일 수도 있었다.

어쩌면 둘 다일 수도 있고.

'디메토르가 답이 없다는 건…… 이번에 실패하면 번제도 치르지 못하는 건가.'

겁이 났다. 손이 덜덜 떨렸다. 손에 묻은 제 피가 아리아드네의 피처럼 보였다. 멀거니 서서 움직이지 않자 나팔꽃 덩굴이 다시 그를 잡아당겼다. 악셀은 절벽 위를 올려다보았다.

그를 내려다보고 있던 아리아드네가 갸웃하더니, 나팔꽃 덩굴을 쥐었다. 이어진 그녀의 행동을 본 악셀은 심장을 입 밖으로 뱉어 낼 뻔했다. 그녀는 덩굴에 의지해서 절벽을 내려오려 하고 있었다.

"……!"

대규모 정령술을 펼치고 비에 흠뻑 젖어 힘이 빠진 몸으로, 저 가느다란 꽃 덩굴을 잡고 절벽에 매달린다고?

생각보다 몸이 먼저 움직였다. 악셀은 벼락을 타고 날아올라 낚아채다시피 그녀를 붙잡았다. 안전한 곳에 내려선 뒤에야 겨우 숨이 쉬어졌다. 그는 저도 모르게 목소리를 높였다.

"위험하게 무슨 짓입니까!"

아리아드네가 설핏 웃었다.

"부르는데 네가 안 와서, 내가 가려 했지."

"그런……!"

"악셀."

성큼 다가온 그녀가 피할 새도 없이 그의 뺨에 손을 얹었다.

"혹시 시간을 돌렸어?"

조용한 물음에 붉은 눈동자가 커졌다.

아리아드네는 근원과 회귀 능력의 연관성을 잘 알고 있었다. 근원에 접속하는 순간이 그가 회귀하는 기준점이 된다는 것까지도.

'게임으로 치면 세이브 지점 같은 거겠지.'

소설에서 주인공이 죽고 나면 항상 그 순간에서 다시 시작했으니 모를 수가 없었다.

물론 반드시 근원과 직접 만나야만 근원의 채널에 접속할 수 있는 건 아니었다. 본인이 모를 뿐 악셀은 날 때부터 줄곧 근원과 연결되어 있었으니, 다른 장소에서 근원에 접속하면서 회귀 능력을 각성하는 것도 이론적으로는 가능했다.

하지만 근원의 존재조차 모르는 상태로 그럴 수 있을 확률은 극히 낮았다. 예전에 악셀을 마음 놓고 풀어 줄 수 있었던 것도 그가 근원과 만나기 전이었기 때문이다.

'그때는 악셀이 주인공의 삶에서 벗어나길 바랐지.'

떠나보낸 악셀이 유언에 따라 라비린토스에서 근원과 마주치기 전에, 일찍 대미궁으로 출발해서 다른 방식으로 근원을 억눌러 두려 했었다.

'미리 가서 마왕을 죽이면 악셀이 나중에 근원을 만나도 회귀 능력을 못 얻고, 마왕의 그릇이 될 일도 없을 테니까. 그러니 그게 최선이라고 여겼었어.'

악셀이 자유를 버리고 그녀에게 돌아오고, 그녀가 결국 그를 토벌대에 받아들이면서 그 계획은 다 틀어졌다. 그렇다고 그 선택이 후회되진 않았다. 억지로 악셀을 원작에 끼워 맞추는 것도 싫었지만, 성격을 죽이고 스스로를 바꿔 가며 매달리는 그를 계속 뿌리칠 수도 없었으니까.

'악셀이 그렇게 된 건 내 탓이고, 받아들이기로 한 것도 내 선택이야.'

끝까지 책임질 각오로 한 선택이었다.

어쨌든 그래서 아리아드네는 악셀 역시 주인공처럼 바로 지금 회귀 능력을 각성하게 되리라 짐작했다. 그가 근원과 자신이 어떻게 만들어졌는지 알게 되면 회귀 능력과 마왕의 관계에 대해서 가르쳐 줄 작정이었고.

'그러면서 내가 숨기고 있던 것들도 알려줄 생각이었지.'

언제나 그녀에게 맨몸으로 다가오는 그에게 조금 더 솔직해지기 위해서. 자신을 온전히 믿어주는 그를 조금 더 믿기 위해서. 그녀가 그에게 받은 믿음을 믿음으로 되돌려주기 위해.

그렇게 결심했기에 물을 수 있었다. 눈을 부릅뜨고 굳어 버린 악셀에게 아리아드네가 재차 물었다.

"시간을 되돌린 거지?"

"……."

지금까지 그녀의 명에 즉시 따르던 그가 갑자기 명령을 거스른 것.

봉인석에 대해 제대로 설명해 주지 않았는데도 알아서 봉인석을 가져간 것.

정령수를 셋이나 유지하는 무리를 감수하며 그녀를 멀찌감치 떼어놓은 것.

반격하지 말라는 그녀의 당부를 무시하고, 근원이 다치면 자신도 상처 입는다는 걸 깨달았으면서도 피투성이가 될 때까지 근원을 공격한 것.

조금 전까지는 근원이 뭔지도 몰랐던 그가 그렇게 다쳐 가면서도 근원을 상대로 승리한 것.

방법을 설명해 주지 않았는데도 알아서 봉인석에 근원의 불을 옮겨 담은 것.

모두 이해가 되지 않았다. 그러나 악셀이 회귀했다고 가정하면 모든 것이 자연스럽게 납득된다.

'직전에 뭔가 실패한 거야. 악셀이 죽었거나…… 내가 죽었거나.'

그래서 시간을 되돌린 거라면.

확신을 가지고 묵묵히 올려다보자, 악셀의 입이 천천히 열렸다. 약한 신음 같은 목소리가 새어 나왔다.

"어떻게……?"

아.

역시 그랬구나.

아리아드네는 잠깐 눈을 감았다.

소설에서 세계가 멸망하는 결말로 이어지게 되는 조건이자 복선은 주인공의 회귀. 어떻게든 막으려 했던 그 일이 이미 일어나 버린 거다. 그녀가 모르는 사이에.

'그래, 이미……'

감은 눈꺼풀 속 어둠이 막막했다.

'이미, 실패한 거야.'

어둠 속에 뻗어 있던 길들이 하나하나 무너진다. 길을 밝히던 등불의 빛이 사그라든다. 물처럼 차오르는 어둠이 모든 미래를 집어삼켰다. 그리고 그 어둠으로부터 언젠가 들은 적 있던 속삭임이 들려왔다.

〈네가 정말로 아리아드네라면, 회귀했다는 거네.〉

〈네 노력은 무의미한 발악이었어. 이미 회귀했으니까.〉

미궁의 환각 속에서 검은 잔이 속삭이던 말들.

〈아리아드네가 아니라면 너는 아무것도 아니야.〉

〈아리아드네라면 너는 이미 실패한 거야.〉

겪어 본 절망이다. 그 말들에 자신은 무어라 답했던가?

〈어느 쪽이건 끝났어.〉

무너뜨리려 한다는 건 아직 무너지지 않았다는 뜻이다.

아무것도 끝나지 않았다.

아리아드네는 눈을 떴다. 입술을 달싹이다가 아무 말도 하지 못하고 다무는 악셀이 보였다. 잘생긴 얼굴이 피로 젖어 엉망이었다. 이마에서 흐른 피가 그의 속눈썹에 매달렸다가 깜박임에 눈물처럼 떨어졌다.

그녀는 그의 눈가에 고인 피를 손가락으로 문질러 닦았다. 피가 조금 지워지자 길게 베인 상처가 드러났다. 악셀이 눈가를 움찔거렸다.

아리아드네는 말없이 그의 드러난 피부 곳곳을 살폈다. 만신창이였다. 그렇게 근원을 베어 댔으니 당연한 결과겠지만.

그녀는 손을 떼고 조금 물러서며 말했다.

"치료할 걸 꺼낼 테니까, 앉아서 기다려."

그녀의 영토가 넓어졌다. 꽃내음이 풍기는 잔디밭이 악셀을 감쌌다. 나뭇잎 사이로 스며든 온화한 햇살이 그의 전신에 내려앉았다. 피와 시체로 이루어진 지옥이 시야에서 사라졌다.

악셀은 멀거니 선 채 아름다운 숲속을 돌아보다가 이를 악물었다. 익숙한 아리아드네의 영토인데 들어와선 안 될 곳에 들어온 기분이 들었다.

[우리가 마왕과 함께 죽음을 맞이하면, 그녀가 세상과 함께 살아남게 될 테니까.]

[그러니 나를 죽이러 와라. 대미궁의 끝으로. 그곳이 우리의 무덤이다.]

디메토르의 마지막 말들이 뇌리에 떠올랐다. 악셀은 그제야 자신이 왜 여기에 있으면 안 될 것 같은 기분이 드는지 알 수 있었다. 주춤 물러서려는데 가볍게 타박하는 목소리가 들려왔다.

"앉아서 기다리랬잖아."

아리아드네가 꺼내 온 물약과 붕대 같은 것을 한 아름 쏟아 놓았다. 그녀는 바로 옆에 있는 샘가의 바위에 걸터앉아 그에게 손짓했다.

"여기 와서 앉아. 치료해야지."

"……."

"이제 내 말은 무시하기로 한 거야?"

아리아드네가 지친 듯이 한숨을 내쉬자, 물러나던 악셀이 멈춰 섰다. 그녀가 그를 똑바로 응시했다.

"악셀 발렌타인."

아리아드네는 제 옆을 가리키며 단호하게 말했다.

"와서, 앉아."

"……."

악셀이 삐걱거리는 움직임으로 바위에 걸터앉았다. 아리아드네는 연하게 웃으며 팔을 뻗어 그의 머리를 쓰다듬으려 했다.

"잘했……."

넋을 놓고 있던 악셀은 그녀가 제게 손을 뻗자 흠칫 놀라 확 피했다. 아리아드네가 미간을 찌푸렸다.

"왜 자꾸 피해?"

"제게 가까이 오지 마십시오."

"왜?"

"더럽……."

"헛소리 말고."

그의 변명을 일축한 아리아드네가 엄한 눈으로 그를 올려다보았다.

"내가 기억해 두라고 했었는데, 그새 까먹었어?"

"……?"

"내가 괴물 같지 않아?"

"예?"

"내가 징그럽게 느껴지진 않아?"

"……!"

바로 어젯밤, 새벽이 밝아 오는 막사에서 나눴던 대화.

"네가 했던 대답을 떠올려 봐."

아리아드네가 그를 향해 다시 팔을 뻗었다.

"'말도 안 되는 소리' 하지 말라고 했었지. 그 대답을 그대로 돌려줄게."

악셀은 이번엔 그 손길을 피하지 못했다. 푸른 눈동자 속에 갇힌 듯한 기분이었다.

"출생이 어찌 되었든, 내가 너를 그런 식으로 볼 일은 없어."

그녀가 피로 젖은 그의 머리카락을 쓸어넘겼다. 한 점 거리낌 없이 부드럽고 따뜻한 손이었다.

악셀은 잠시 호흡을 멈췄다. 그가 흔들리기도 전에 지탱해 주는 다정함. 필요하다는 걸 깨닫기도 전에 이미 다가와 있는 온기. 그녀는 대체 언제부터 이 마음을 준비해 두었던 걸까.

하지만 아리아드네는 그가 이 손으로 그녀를 한 번 죽였고, 같은 상황이 오면 또 죽일 수도 있다는 건 모를 것이다. 그녀의 심장을 꿰뚫었을 때, 왜, 라고 되물었으니까.

대미궁 끝에서 그를 기다리고 있을 디메토르에 대해서도 모를 것이다. 디메토르가 그녀를 끌어들이지 말라고 화를 낸 이유가 뭐겠는가. 아리아드네는 몰라야 한다.

지금 어디까지 알고 있는 걸까. 시간을 돌렸다는 건 어떻게 알아차린 걸까.

그가 속삭이듯 되물었다.

"아리아, 근원에 대해 알고 계셨습니까?"

"응."

"제가 회귀 능력을 얻으리라는 것도?"

"그래."

"언제부터?"

"너를 만나기 이전부터."

"대체 어떻게?"

아리아드네는 그에게서 손을 떼고 수건을 집어 샘물에 적셨다.

"내게 있는 도서관 덕분에."

"……도서관이라니요?"

"눈을 감기만 하면 언제든 들어갈 수 있는 특별하고 신비로운 도서관인데, 드나드는 사람은 나밖에 없어. 그 도서관에는 글로 쓰인 거의 모든 지식이 있지."

[아리아, 그에게 어디까지 밝히시려는 겁니까?]

파이가 낮게 물었다. 그녀는 미소를 지으며 말을 이었다.

"나를 도와주는 사서도 있어. 다정하고 유능하고, 아주 사랑스러운."

[……]

"그게 무슨……."

악셀이 얼이 빠진 채 반문했다. 아리아드네가 샘물에 적신 수건으로 그의 얼굴에 묻은 피를 문질러 닦았다. 그는 반사적으로 눈을 감았다.

"나는 그 도서관에서 다양한 지식을 얻었어. 과거, 미래, 그리고 다른 세계의 지식까지."

"……."

"근원과 너에 관한 지식도 그곳에 있었어. 그래서 아는 거야."

수건이 떨어지는 것을 느낀 악셀이 눈을 뜨자 아리아드네가 코앞에 보였다. 미안함과 안타까움, 죄책감이 뒤섞인 채 눈을 내리깐 아름다운 얼굴이.

"……그 도서관이란 곳에서 저에 관한 지식을 보셨다는 겁니까?"

"응…… 허무맹랑한 이야기지? 못 믿겠다고 해도……."

"아니요, 믿습니다."

그는 망설임 없이 답하고는 이어 물었다.

"처음부터 알아서, 그래서 저를 거두셨던 겁니까? 제가 근원의 일부라서?"

[아리아. 솔직하게 답하지 마십시오.]

[악셀 발렌타인이 당신의 의도를 오해하고 배신감을 느낄 수도 있습니다.]

파이가 경고했다. 아리아드네는 속으로 대답했다.

'알아. 그래도 대답해야 해.'

그녀는 붉은 수면에 비치던 제 얼굴과 그녀를 향해 날것 그대로 드러냈던 그의 맨몸을 떠올렸다. 시간을 돌렸느냐는 물음에 그가 보인 반응도.

'악셀은 나를 믿고 있는데, 그 믿음에 내가 거짓으로 답할 수는 없어.'

믿음에는 믿음을.

설령 오해하게 될지라도, 믿음 앞에서 진실은 언제나 거짓보다 낫기에.

'악셀이 화내더라도 어쩔 수 없고. 그럴 만한 일이잖아. 다 알면서 지금까지 숨기고 있었던 거니까…….'

[아리아!]

파이가 답답한 듯 외쳤다. 아리아드네는 쓴웃음을 띠며 악셀에게 대답했다.

"그래, 맞아."

붉은 수면처럼 붉은 눈에 그녀의 얼굴이 비쳤다. 아리아드네는 그것을 외면하지 않고 직시했다.

"처음부터 전부 알고서 너를 찾았어. '아드리안'이라는 이름으로 마스터가 된 것도 오직 너를 찾기 위해서였고."

악셀은 잠시 말이 없었다. 그의 얼굴이 목덜미부터 차츰 붉어졌다. 근원의 일부인 걸 이용하려 했던 거냐, 왜 지금까지 알면서 숨기고 있었냐 등의 추궁이나 분노를 각오하고 있던 아리아드네는 어리둥절해졌다.

"악셀?"

"……저를 찾기 위해 마스터가 되셨……."

웅얼거리던 악셀이 손으로 제 입가를 가렸다.

"아, 젠장."

"왜 그래?"

"죄, 죄송합니다. 너무 기뻐서."

"뭐?"

당황한 아리아드네가 고개를 기울였다.

"기쁘다니, 대체 뭐가?"

"그러니까 당신에게 제가…… 처음부터 특별하고 중요한 존재였다는 뜻 아닙니까."

악셀이 시뻘게진 얼굴로 그녀의 시선을 피했다. 아리아드네는 기가 막혀서 그런 그를 멍하니 보다가 물었다.

"화 안 나?"

"제가 왜 화를 냅니까?"

"내가 처음부터 다 알면서 숨기고 너한테 접근한 거잖아."

"만나자마자 다짜고짜 넌 저런 괴물의 일부라고 하셨으면 그 말을 제가 잘도 믿었겠습니다. 직접 겪기 전까진 말해 봤자 소용없는 일 아닙니까."

악셀이 웃었다.

"게다가 당신은…… 제가 진실을 마주했을 때를 위해 줄곧 대비하고 계셨는데, 그런 당신께 제가 어떻게 화를 냅니까."

이제야 알겠다. 때로 안쓰럽고 애틋하게 그를 바라보던 시선의 의미를. 그녀가 밝히고 싶지 않았을 자신의 과거 아픔을 굳이 꺼내 들려준 까닭을. 그의 곁에 자신이 있다는 걸 몇 번이나 강조하고, 무슨 일이 있든 너는 너라고 주지시켜 준 마음을.

설령 단순한 동정이나 연민에서 기반한 마음이라 해도 기뻤다. 어쨌든 그녀가 오직 그를 위해 준비한 것 아닌가. 아리아드네가 그를 불쌍히 여겨 눈을 떼지 못한다면 세상에서 가장 불쌍한 사람이 되어도 좋았다.

악셀은 행복하게 웃었다.

"당신에게 특별 대우를 받고 싶다고 했었잖습니까. 그래서 솔직히 기쁩니다."

아리아드네는 선물을 받은 아이처럼 웃고 있는 그를 멀거니 바라보았다. 맑은 햇살. 녹음이 드리운 얼룩덜룩한 그늘. 상처 입고 피투성이인 꼴로도 너무나 행복하게 웃는 남자. 그 웃음의 이유.

'아.'

문득 그가 사랑스럽고 애틋해서 견딜 수가 없었다. 그녀는 홀린 듯이 그에게 팔을 뻗었다. 악셀은 그녀를 향해 손바닥을 내밀며 물러나려 했다.

"다가오지 마십시오. 위험합니다."

"뭐가 위험해?"

가로막은 그의 손에 그녀의 손이 얽혀들며 깍지를 꼈다. 악셀은 그대로 얼어붙었다. 제 거친 손가락 사이사이에 설탕으로 만들어진 것처럼 희고 가느다란 손가락이 끼어들었다. 부서질까 두려워 손가락 하나 까닥할 수가 없었다.

굳어 버린 그를 올려다보며 그녀가 미소 지었다.

"봐, 하나도 안 위험하잖아."

빛으로 빚어낸 듯한 미소였다. 예쁘고 반짝거리고 달콤해서 견딜 수가 없었다. 악셀은 무심코 고개를 숙여 그 미소를 맛보았다.

입술이 닿고 나서야 그는 방금 제가 무슨 짓을 한 것인지 자각했다.

"······!"

경악한 그가 떨어지려는데 아리아드네가 깍지 낀 손을 풀어 주지 않았다. 그녀는 되레 그를 잡아당겼다. 입술이 꾹 맞닿았다가 떨어졌다. 벌어진 사이에서 흐트러진 호흡이 섞였다. 그녀가 너무 가까워서 악셀은 뒤로 몸을 물렀다. 그러자 아리아드네가 그의 눈을 똑바로 응시하며 속삭였다.

"악셀, 이리 와."

그 부름에, 환각 속에서 보았던 돌아 버린 붉은 눈동자가 재현되었다. 그 눈이 그녀에게 훅 가까워졌다.

그녀는 눈을 감았다. 집어삼킬 듯이 덮쳐 온 기세와 달리 접촉은 부드러웠다. 혀가 그녀의 상처 난 입술을 할짝거리더니 벌어진 입 사이로 조심스럽게 들어왔다.

입맞춤은 길지 않았다. 정신없이 탐하던 악셀이 그녀가 숨이 막혀 어깨를 약간 들썩이자 기겁하며 떨어져 나갔기 때문이다.

"괜찮으십니까?"

그가 창백해져서 허둥지둥 그녀를 살폈다. 아리아드네는 호흡을 고르다 어이가 없어 웃었다.

"내가 종이 인형이야? 뭘 그렇게 겁을 내."

"그야 당신이⋯⋯!"

울컥 소리치려던 악셀이 말끝을 삼켰다. 그는 제 입술을 손끝으로 만져보더니 얼이 빠진 낯으로 그녀를 바라보았다. 곧 그의 얼굴이 더 이상 붉어질 수 없을 정도로 달아올랐다.

"아, 아, 아리아, 방금, 그러니까⋯⋯."

아리아드네는 분홍빛이 도는 뺨으로 살짝 한숨을 내쉬었다. 그러고는 눈꼬리를 접으며 향기가 날 것 같은 웃음을 지었다.

"악셀, 아무래도 나는 네가⋯⋯."

[###.]

돌연 쇠를 손톱으로 긁어 대는 듯한 기괴한 음성이 악셀의 뇌리를 강타했다. 낯선 언어였으나 악셀은 그 뜻을 바로 해석할 수 있었다.

'찾았다고? 무엇을?'

다음 순간, 그는 손끝에 선득한 감각을 느꼈다.

"아."

데자뷔처럼 눈앞에서 아리아드네가 허물어진다. 푸른 눈이 감긴다. 아름다운 초록빛 영토가 신기루처럼 사라진다. 그러자 악몽의 단면처럼 끔찍한 저주받은 땅의 모습이 고스란히 드러났다.

악셀은 아리아드네를 꿰뚫은 제 팔을 내려다보았다.

"아……."

손끝이 그녀의 피로 번들거렸다. 오랜 전투 경험이 그녀가 단번에 숨이 끊어졌음을 확신시켜 주었다. 소름 끼치는 확신이었다.

왜? 왜?

비명 같은 물음이 전신에 가득 찼으나 입 밖으로는 한마디도 튀어나가지 못했다. 그는 부들부들 떨며 신음만을 흘렸다.

왜?

차라리 미쳐 버리고 싶다. 제정신으로 있고 싶지 않았다. 피에 젖은 제 팔을, 자기 자신을 짓이기고 으깨고 불태우고 싶어졌다. 짐승같이 울부짖고 싶었다.

왜?

정말 미쳐 버리기 직전에 구세주 같은 목소리가 들려왔다.

[빌어먹을…….]

디메토르였다.

터질 것 같던 악셀의 머리에 한 줌의 이성이 돌아왔다. 가쁘게 숨을 몰아쉬는 그에게 디메토르가 지친 음성으로 말했다.

[샤이탄이 알아차렸다.]

"……무엇을?"

[내가 그자의 권능을 훔쳐 쓰듯, 그자도 나를 이용할 수 있다는 것을.]

"무슨 소리냐."

[지금 네가 보고 있는 꼴을 앞으로 또 보게 될 수도 있다는 뜻이다.

제기랄…….]

악셀은 제 팔을 타고 흐르는 아리아드네의 피와, 그 뒤로 보이는 오염된 땅의 역겨운 풍경을 눈에 담았다. 제대로 마주하기도 힘든 악몽이었다. 이걸? 이런 걸 또 보게 될 거라고?

숨이 잘 쉬어지지 않았다. 한숨인지 신음인지 모를 소리를 흘린 디메토르가 나직이 말했다.

[항상 긴장해라. 어떤 순간에도 방심하지 마라. 그러지 않으면 샤이탄이 너를 이용해 그녀를 먹으려 들 것이다.]

"……그건 내가 근원에 접속해야 발동하는 함정 아니었나? 근원은 이미 봉인했는데, 대체 왜?"

[그 함정이 아니라, 샤이탄이 직접 근원을 통해 네 몸을 움직인다는 뜻이다.]

"근원이라니, 헛소리 마라. 이번에 나는 근원에 접속하지도 않았다!"

[근원이 알려준 우리의 기원을 벌써 잊었나? 우리는 태어날 때부터 근원에 접속되어 있고, 그것에서 벗어날 수 없다. 너와 내가 무엇을 통해 연결되어 있을 것 같나?]

"……!"

[우리는 근원의 채널을 통해 이어져 있고, 나는 샤이탄의 내부에 있지. 그자는 나를 움직임으로써 근원으로 연결된 너까지 움직일 수 있다.]

으드득 깨문 잇새로 피가 흘러내렸다. 악셀은 허공을 노려보며 물었다.

"네놈은 그 정도도 못 막나?"

[막고 있으니 네가 꼭두각시가 되지 않고 그나마 멀쩡한 것 아니냐.]

[네놈이야말로 방금 뭘 했기에 그렇게 흔들렸지? 네 정신머리가 지나치게 무방비해져서 샤이탄을 도저히 막을 수가 없었단 말이다.]

악셀은 대답하지 못했다. 그의 기억을 제멋대로 훔쳐본 디메토르가 허탈한 웃음을 흘렸다.

[하, 등신 같은 새끼.]

[내가 뭐라고 했는지 그새 잊었나? 누구에게도 의지하지 말라고 했다. 그녀를 휘말리게 하지 말라고 했다! 그런데 그걸 다 술술 불어?]

[내 말을 귓등으로 처들었군. 약해 빠진 놈. 그녀가 죽는 꼴을 수백 번은 더 봐야 정신을 차릴 테냐?]

"……대체 왜 마왕이 아리아를 노리는 건가?"

[몰라서 묻나? 우리가 그녀를 사랑하기 때문이다.]

"뭐?"

[그녀를 잃어야 우리가 포기할 테니까.]

[실패한 미래에서 우리는 샤이탄의 그릇이 되었다. 그 상황에서 우리가 어떻게 그자에게 소멸되지 않고 버텼겠나? 무엇을 위해 시간을 돌렸을 것 같나?]

[멸망한 세상을 복원하겠다는 숭고한 이유로? 그럴 리가.]

디메토르가 미친 듯이 웃어 댔다. 그가 가진 기억의 일부가 악셀에게로 흘러들어 왔다.

"……빌어먹을."

우 대륙 시절, 디메토르가 그를 아리아드네와 떨어뜨려 놓으려고 방해했던 이유가 비로소 이해되었다.

실패한 미래에서 원래 그들이 세웠던 계획. 아리아드네는 그와 얽히지 않고 평안히 살고, 악셀 역시 아리아드네를 알지 못한 채 아버지의 유언에만 집중하여 대미궁으로 향하는 것.

그러면 악셀과 아리아드네 사이에 접점이 없으므로 마왕이 그녀를 건드릴 일도 없다. 그렇게 악셀이 홀로 회귀를 반복하며 대미궁의 끝으로 오면 디메토르가 마왕으로서 그에게 죽는다.

그들은 안식을 찾고, 세상은 멸망하지 않고, 그녀는 온전히 살아남는 끝.

그렇게 되었어야 했다.

[그런데 만나 버렸지.]

악셀은 팔을 거두고 쓰러지는 아리아드네를 받아 똑바로 눕혔다.

[그 지점부터 계획이 어그러졌다. 샤이탄 새끼는 결국 우리가 무엇을 위해 이 지랄을 하는지 깨달아 버렸고.]

[어떻게 그녀가 네놈을 알고 찾아낸 건지 모르겠군.]

"아리아는 그녀의 안에 있는 도서관에서 나에 관한 정보를 얻었다고 했다. 내 기억을 통해 보지 않았나?"

[그게 이상하다는 거다. 그럴 리가 없는데.]

[그녀는 예전부터 그 도서관을 가지고 있었다. 그 빌어먹을 탑에서 오감이 봉인된 상태로도 그녀가 견딜 수 있었던 게 그것 덕분인데.]

"……무슨 소리지?"

[젠장, 그러려니 해라. 더는 기억을 넘길 여유가 없다.]

악셀은 멀거니 아리아드네의 시체를 내려다보다가 몸을 돌려 절벽 쪽으로 향했다.

"디메토르, 지금 번제를 받을 수 있나?"

[어떻게든 받아야지.]

악셀은 칠색 수정을 꺼내 들었다. 아리아드네에게 주기 위해 구했던 것이고, 몇 년이 지난 후에 겨우 그녀에게 건넨 선물이었으나, 결국 그에게 되돌아온 것.

이것을 그녀에게 다시 줄 수 있는 날은 오지 않으리란 예감이 들었다. 그리고 그녀가 하려다 끊어진 말을 마저 들을 날도 다시 오지 않을 것이다.

그는 입가를 매만졌다. 상관없었다. 그녀가 죽고 자신도 죽는 것보다는 그녀가 살고 자신만 죽는 것이 훨씬 낫지 않은가.

어차피 의미 없이 살아갈 바에는 근원에 녹아드는 것이 나은 목숨이었다. 그녀를 살리기 위해 쓰면 넘치도록 의미 있는 생 아닌가.

'그러니……'

그는 근원의 불꽃을 끄집어냈다. 절벽 아래로 불비가 내렸다.

시체의 산을 타고 올라온 나팔꽃 덩굴이 악셀의 팔에 휘감겼다.

'이리 와.'

아리아드네가 그를 부르고 있었다. 악셀은 그 꽃을 내려다보다가 고개를 들었다. 그의 눈에는 절벽 위에 있는 그녀의 모습이 똑똑히 보였다.

갸웃거리는 얼굴. 햇빛을 잘라 늘어뜨린 듯한 머리카락. 드높은 푸른 눈. 흰 목덜미. 그를 쓰다듬었던 손. 맞닿았던 입술. 지극히 아름다운.

울컥 무언가가 치받았다. 그는 그것을 토해 내지 않고 삼켰다. 할 수 있다. 기꺼이 해낼 것이다. 몇 번을 되풀이해서든.

악셀은 그녀가 덩굴에 매달리기 전에 겹화에 올라타 달려갔다. 그녀 앞에 내려서자 다정한 손이 다가왔다. 악셀은 한 걸음 물러서며 그 손길을 피했다.

"악셀."

그녀가 그를 물끄러미 바라보더니 물었다.

"혹시 시간을 돌렸어?"

그는 무슨 소리냐는 듯 눈살을 찌푸리며 되물었다.

"예?"

악셀을 이리저리 살피던 아리아드네가 한숨을 내쉬었다.

"엉망이네. 일단 치료부터 하자."

그녀는 영토를 넓히고 샘가에 치료 용품들을 꺼내 놓더니 바위에 걸터앉아 그에게 손짓했다.

"여기 와서 앉아."

회귀했다는 걸 솔직히 답하지 않았다는 것만 빼면 같은 상황이었다. 햇살 아래 앉아 있는 아리아드네가 눈부셨다. 그 빛이 사라지고 그녀가 붉게 물들어 무너지던 장면이 눈에 선했다. 그것도 제 손에 의해.

악셀은 뒤로 주춤주춤 물러났다. 아리아드네가 한숨을 내쉬며 말했다.

"이제 내 말은 무시하기로 한 거야?"

"……."

"악셀 발렌타인."

그녀가 그를 응시하며 제 옆을 가리켰다.

"와서, 앉아."

아리아드네가 부른다. 그는 그 부름에 답하고 싶었다. 그녀 곁으로 가고 싶었다. 그러나 이제 그럴 수 없다. 악셀은 고개를 저었다.

"제가 하겠습니다."

그는 붕대와 수건, 물약 등을 주섬주섬 주워 들고 아리아드네로부터 몇 걸음 떨어진 샘터에 주저앉았다. 그러고는 대충 적신 수건으로 피를 닦기 시작했다.

아리아드네는 멍하니 그를 바라보았다.

'뭔가 이상해.'

조금 전 있었던 일들을 다시 되새겨 보았다. 시간이 되돌아갔다고 가정해야만 납득이 되는 점이 한두 가지가 아니었다.

"악셀. 솔직하게 대답해."

"말씀하십시오."

"정말 시간을 돌린 게 아니야?"

악셀은 수건으로 얼굴을 가릴 수 있어 다행이라고 생각했다.

"대체 무슨 말씀이신지 모르겠습니다. 시간을 돌리다니, 그런 기적이 가능합니까?"

"……."

그녀는 잠시 아무 말도 하지 않았다. 그는 그녀 쪽을 보지 않고 엉망이 된 셔츠를 벗었다. 침묵하던 아리아드네는 그가 피를 닦아낼 때마다 드러나는 상처를 보고 눈살을 찌푸렸다.

'몇 개는 흉이 남겠어. 원래 환각 속에서 본 악셀보다 흉터가 적었었는데……. 이젠 더 많아질 수도 있겠네.'

아리아드네는 안타까운 기분으로 그 상처들을 바라보다가 호흡을 골랐다.

아무리 생각해도 악셀이 시간을 돌린 것 같았다. 하지만 그는 그런 건 전혀 모른다는 듯이 굴고 있었다. 그러면, 일단 먼저 솔직해지자. 믿지 않으면 믿음을 얻을 수도 없으니까.

"……알려 주고 싶은 게 있어, 악셀."

그녀는 그에게 근원과 회귀 능력, 마왕과의 관계에 대해 천천히 설명했다.

"……그러니까 능력이 있어도 회귀해선 안 돼. 마왕이 승리하게 될 거야."

그 이야기를 들으며 악셀은 디메토르가 그녀에게 솔직하게 다 털어놓은 자신을 비난한 이유를 깨달았다.

아리아드네에게 그의 회귀는 파멸과 동의어였다. 악셀이 새로운 그릇이 되어 버리면 무슨 수를 써도 마왕을 죽일 방법이 없으니까. 죽여 봤자 악셀의 몸으로 갈아타서 더 강한 힘을 발휘하게 될 뿐이다. 마왕이 망가지지 않은 새 몸으로 신의 권능을 휘둘러 대면 답이 없다.

게다가 아리아드네는 악셀을 찾아내기 전부터 이런 정보들을 전부 알고 있었다고 했다. 그때부터 세계가 멸망하리라는 것을 알고, 그 멸망을 막기 위해 지금까지 계속 노력하고 있었다는 뜻이다. 적어도 10년 전부터 줄곧.

'여덟 살 내지는 아홉 살부터 그런 중압감을 견디면서 대미궁을 닫기 위해 준비해 왔다는 건가.'

악셀은 마른세수를 했다. 그런 아리아드네에게 자신이 회귀했음을 밝힌다고?

'절벽으로 떠미는 짓이었다.'

시간을 돌리기 전에 그의 대답을 듣고도 무너지지 않았던 그녀가 새삼 대단하게 느껴졌다. 그녀에겐 답이 없는 절망이었을 텐데 티조차 내지 않다니.

'……어쨌든 이미 회귀는 일어났고, 그녀는 모르지만 내게는 방법이 있다.'

마왕이 옛 육신에서 벗어나는 것을 디메토르가 막을 것이다. 그렇게 디메토르가 마왕과 함께 죽어 주면 대미궁이 사라지고 마신을 완전히 잃은 마계도 자멸하게 된다.

성전의 끝.

악셀 자신이 죽는 것만 빼면 완벽한 해결 방법이었다.

마왕을 불러들인 게 자신이라는 점과, 문을 연 자이니 닫을 수도 있을 거라는 이유로 그가 살해되지 않고 아버지에게 맡겨졌다는 걸 떠올려 보면 이 이상 깔끔할 수 없는 결말이었다.

'하지만 아리아는 받아들이지 않겠지.'

*"나를 잊지 마. 넌 혼자 있는 게 아니야."*

아리아드네가 근원을 마주한 그에게 했던 말.

그녀는 그가 혼자 책임지고 끝내도록 내버려 두지 않을 거다. 어떻게든 그도 구하려 애쓸 것이다. 그렇기에 그녀가 알아선 안 된다.

'디메토르가 옳다.'

그녀에게 짐을 지우고 싶지 않다. 휘말리게 하지 않겠다. 티 내지 않고 지금 이대로 토벌대와 함께 대미궁의 끝으로 가서 마왕을 죽이는 거다. 혹시나 중간에 샤이탄이 수작을 부리거나 아리아드네에게 무슨 일이 생긴다면 자살해서 시간을 돌리면 된다.

그러면 이제 남은 것은?

[어떻게 그녀가 네놈을 알고 찾아낸 건지 모르겠군.]
[그럴 리가 없는데. 그녀는 예전부터 그 도서관을 가지고 있었다.]

디메토르가 남긴 의문. 변수가 될지도 모르는 단서.

악셀은 상처를 치료하던 손을 멈추고 그녀를 향해 물었다.

"어떻게 그런 것들을 알게 되셨습니까?"

초조하게 그의 반응을 기다리던 아리아드네는 그 물음을 이상하게
여기지 않았다. 당연히 가질 법한 의문이었으니까.

그녀는 순순히 환상 도서관에 대해 설명했다. 악셀은 아무런 대꾸
없이 그녀의 말을 끝까지 들었다.

"허무맹랑한 이야기지?"

"아니요, 믿습니다."

그는 아리아드네의 쓸데없는 걱정을 빠르게 일축한 다음, 이번에는
전과 다른 질문을 던졌다.

"그 도서관이란 곳은 어떤 곳입니까? 저도 들어가 볼 수 있습니까?"

아리아드네가 난처한 미소를 띠었다.

"이것저것 시도해 봤는데, 안 되는 것 같아. 살아 있는 생물은 나 말
고는 들어가지지 않더라고."

"그 사서란 존재는 뭡니까?"

"아, 이름은 파이라고 해."

그녀는 밝아진 얼굴로 파이에 대한 이야기를 늘어놓았다. 그녀가
묘사하는 파이는 폭신한 하얀 머리칼을 가진 다정하고 사랑스러운

아이였다.

"내가 가이드 시술을 받지 않은 걸 혹시 알고 있어? 그것도 파이 덕분이야. 파이가 가이드 역할을 해 주거든."

전혀 몰랐다. 악셀은 막연히 노란 리본으로 머리를 묶은 어린 여자아이 형상의 조그만 정령을 상상했다. 아리아드네가 강림시킨 대정령들처럼 영토의 특징이 반영되어 종이나 글자로 이루어진 모습으로.

아리아드네 안에 그 정령이 있다는 건 그의 내부에 있는 대정령 어둠 살해자와 비슷한 느낌일까.

'어릴 때부터 줄곧 곁에 있었다니. 채널을 열어 놓고 있는 지금 이 순간에도……'

악셀은 일순 치미는 질투심을 눌러 삼켰다. 인간도 아니고 가이드 마법을 대신하는 도서관의 대정령 같은 것에 질투라니, 아리아드네가 타고 다니는 말을 질투하는 거나 다름없는 짓 아닌가.

'……그런데 그녀에게 말이 필요한가? 그냥 내 정령수를 타고 다니시면 될 텐데…… 아.'

자연스럽게 흘러가던 생각이 나락으로 추락했다. 이제 그는 그래선 안 된다. 섣불리 그녀 가까이 다가갈 수도 없고, 그녀 근처에 있어서도 안 된다. 그러다가 만약 조금 전 보았던 그 악몽이 재현된다면 이번엔 정말 미쳐 버릴지도 모르니까. 그녀의 피로 번들거리는 제 손 같은 건 두 번 다시 보고 싶지 않았다.

게다가 언제나 시간을 되돌릴 수 있다는 보장도 없다. 만에 하나 디메토르가 샤이탄에게 가로막히면 번제를 치러도 그녀가 살아 있는 시점으로 돌아가는 게 불가능할 수도 있다.

'디메토르가 경고했듯 늘 긴장하고 있어야 한다. 그녀에게…… 절대

로 다가가선 안 된다.'

악셀은 고통스럽게 이를 악물었다. 그의 낯빛을 부상 탓으로 오해한 아리아드네가 놀라 자리에서 벌떡 일어났다.

"악셀, 괜찮아?"

"……괜찮습니다."

"내가 도와줄게."

그녀가 다가오며 손을 뻗었다. 악셀은 기겁해서 뒤로 물러났다.

"정말 괜찮습니다."

그녀는 그에게 닿지 못한 제 손을 빤히 보다가 고개를 기울였다.

"왜 피해?"

"……."

악셀은 대답하지 못했다. 아리아드네는 심각한 얼굴이 되었다. 역시 근원과 출생의 비밀 탓인가? 그러면 더더욱 그에게 다가가야 했다.

"내가 기억해 두라고 했던 걸 벌써 잊었어? 네 출생이 어찌 되었든 내가 너를 그런 식으로 볼 일은 없다고 했었잖아."

그녀는 단호하게 말하며 그에게 다시 손을 뻗었다. 악셀은 짧은 순간 미친 듯이 고민했다. 어떻게? 어떻게 해야 자연스럽게 그녀가 다가오지 못하도록 막을 수 있을까.

괴물이니, 더럽니 하는 핑계는 먹히지 않을 거다. 그녀는 너무 다정했다. 그렇다고 힘으로 밀어낼 수도 없다. 저 섬세하고 연약한 몸에 그가 함부로 손을 댔다간 다치게 할 게 뻔하다.

다급한 그의 뇌리에 떠오른 건 시간을 돌리기 직전 그녀가 했던 말이었다.

*"화 안 나?"*

*"내가 처음부터 다 알면서 숨기고 너한테 접근한 거잖아."*


거리를 둘 방법.

그는 급하게 입을 열었다.

"아리아, 당신은 그럼 처음부터 모든 것을 알면서 저한테 접근하셨던 겁니까? 제가 근원의 일부이고, 회귀 능력을 가지고 있으며, 마왕의 그릇이 될 수도 있는 존재라서."

"……!"

아리아드네가 움찔 굳었다. 악셀은 일부러 사납게 내뱉었다.

"그래서 감시하고 이용하기 위해 저를 기물로 삼으셨군요. 맞습니까?"

하얀 얼굴에 그늘이 드리워졌다. 그녀는 눈을 내리깔고 조용히 수긍했다.

"……그래, 맞아."

"그럼 중간에 절 버리셨던 건, 이용할 수 있을 줄 알았는데 키워 보니 쓸모가 없어졌기 때문이었습니까?"

서늘한 물음이었다. 아리아드네는 입술을 깨물었다.

왜 그를 찾아냈던가?

소설 속 정보로 살아남고 나니 소설대로 불행해질 주인공이 생각났다. 그게 안타까워서 도와주고 싶었다. 그러나 완벽하게 돕진 못했다. 소설 전개를 유지해야 한다고 여겼으니까. 따라서 감시와 이용이라는 목적이 아예 없었다고 할 수는 없다.

떠나보냈던 건 왜였지?

그녀가 후원한 탓에 악셀은 소설 속 주인공과 다르게 자랐다. 달라진 악셀을 불행한 주인공의 역할에 끼워 맞추고 싶지 않았다. 그녀 자신이 소설 전개에서 벗어나 행복해진 것처럼 그도 자유롭게 행복을 찾길 바랐다.

하지만 '쓸모가 없어져서' 버렸다는 말도 틀리진 않았다. 악셀이 없어도 대미궁 공략이 가능하겠다는 계산이 선 뒤에야 한 선택이었으니까.

아리아드네는 악셀의 물음을 부정할 수가 없었다. 새삼스레 스스로에게 환멸이 났다.

"······미안해, 악셀. 내가, 나는······."

악셀은 그녀의 얼굴이 죄책감으로 물드는 것을 바라보았다. 그녀의 푸른 눈에 슬픔이 차오르고 있었다.

아닙니다. 사과하지 마십시오, 제발.

당신이 제게 무엇을 베풀었는지 압니다. 당신이 제게 최선을 다하셨다는 것도 압니다. 저는 당신에게 쓸모 있는 존재가 되고 싶어서 노력해 왔습니다. 당신이 무슨 이유로 저를 선택했든 선택받은 것이 기뻤습니다.

그런 제가 정말로, 정말로, 이딴 이유로 당신을 원망할 거라 믿으십니까? 대체 왜 제가 당연히 분노할 거라 여기시는 겁니까? 당신이 제게 무슨 의미인지 정녕 모르십니까?

당신이 없었다면 저는, 저 근원의 불꽃에 녹아드는 것을 택했을지도 모르는데.

그는 혀끝까지 올라온 말들을 삼키며 다른 말을 했다.

"변명은 듣고 싶지 않습니다."

칼날 같은 말이었다.

"……!"

아리아드네가 상처받는 것이 보인다. 악셀은 그녀를 외면했다. 심장을 칼끝으로 후비는 것 같았다. 견디기 힘들어 가슴팍을 움켜쥐자 손에 옷 안쪽으로 걸고 있던 로켓이 느껴졌다.

아리아드네가 준 생일 선물 중 하나. 이 안에 그가 간직하고 있는 것은 아버지의 유품과, '살아 돌아오지 마라.'라고 쓰여 있는 아드리안의 마지막 쪽지였다. 약점을 드러내는 것 같아서 그녀에게 보여 주지 않으려 했던 것들.

'이걸 보면서 아드리안을 반드시 찾아내겠다고 결심했었지.'

죽이려는 척 어설픈 연기를 하던 마스터의 모습과, 마스터가 돌아올 그를 위해 쓸데없이 꼼꼼하게 마련해 놓은 것들을 이 쪽지를 볼 때마다 떠올렸었다. 악셀에게 이것은 아드리안이 자신에게 베푼 것들의 상징인 동시에 그런 것들을 베풀어 놓고서도 아드리안이 그에게 아무런 대가를 바라지 않았다는 증거였다.

하지만 아리아드네에게 지금 이 쪽지를 보여 주면 틀림없이 오해할 것이다. 그녀는 죄책감 때문에 그에게 다가오지 못하게 될 거고, 이대로 그들 사이는 멀어질 터다. 그렇게 계속 멀어지면…… 모든 일이 끝날 때, 죽은 게 아니라 그냥 그녀가 싫어서 떠난 것처럼 꾸밀 수도 있지 않을까. 그 편이 그녀에게 낫지 않을까.

순간 그런 생각이 들었다.

아리아드네가 힘겹게 입을 열었다.

"……변명하지 않을게. 미안해, 악셀. 내가 어떻게 하면 될……"

악셀은 그녀의 말이 끝나기 전에 로켓을 뜯어 내던졌다. 바닥에 나뒹군 로켓이 열리며 내용물을 토해 냈다.

"당신이 제게 주었던 것입니다. 기억하십니까?"

아리아드네는 멍하니 나뒹구는 것들을 내려다보았다. 발렌타인이라는 성이 새겨진 정령등 파편은 예상했던 물건이었다. 그러나 낡은 쪽지는 예상치 못한 물건이었다. 그녀는 쪽지를 주워 들어 읽었다.

-살아 돌아오지 마라.

그에게 배신을 겪게 하려고 제 손으로 썼던 쪽지였다. 그녀의 눈가가 떨렸다.

"이걸…… 왜 여태 가지고 있었……."

"스스로 생각해 보십시오."

"……."

"토벌대를 떠나진 않겠습니다. 하지만 이제 다신 제게 다가오지 마십시오."

악셀은 거칠게 말을 내뱉고 돌아섰다. 아리아드네는 그를 붙잡지 못했다. 그는 숲의 그늘로 들어선 후에야 뒤를 돌아보았다. 그녀는 주저앉아 로켓 목걸이를 움켜쥐고 있었다.

치미는 감정에 불길이 새어 나왔다. 악셀은 손톱이 손바닥을 파고들 정도로 주먹을 움켜쥐며 불을 억누르다가 아예 숲에서 벗어나 오염 속으로 걸음을 옮겼다.

그녀의 영토에 불은 어울리지 않으니.

"신관님! 혼자 앞서가시면 위험합니다!"

루드빅이 계속 고함을 질렀다. 그럼에도 뤼르 이나민은 뒤도 돌아보지 않았다. 엄청난 속도로 날아가는 그의 뒤로 깃털이 꼬리처럼 흩날렸다.

"확실히 아리아한테 문제가 생긴 거야. 우리가 속도를 더 높이자."

에리히가 심각한 얼굴로 말했다. 베로니카는 말없이 정령수의 속도를 높였다. 그들은 전속력으로 저주받은 땅의 하늘을 가로질러 캠프를 쳤던 곳에 도착했다.

"이게 무슨……."

"……무슨 일이 있었던 거지?"

짓밟히고 불타오른 캠프의 잔해가 그들을 맞이했다. 그나마 멀쩡한 것들도 영토가 거둬진 탓에 오염되어 있었다. 뤼르는 엉망이 된 캠프 위를 그대로 지나쳐 동쪽으로 날았다.

"어, 어?"

"신관님?"

캠프의 폐허를 조사하려던 이들이 허둥지둥 그를 뒤따랐다. 수호성인이 가는 곳에 아리아드네가 있을 거고, 악셀 역시 그녀 곁에 있을 테니까.

얼마 지나지 않아 무너진 협곡이 나타났다. 협곡 위를 날며 모두가 경악했다. 끝없이 펼쳐진 붉은 눈의 시체들. 흙탕물에 피와 녹아내린 살점이 섞여 지옥의 늪처럼 변한 협곡 내부.

어마어마한 전투가 있었던 게 틀림없었다. 홍수를 일으킨 건 아마도 아리아드네의 정령술일 거고. 다들 같은 판단을 했다. 그 와중에도 뤼르는 망설임 없이 일직선으로 날았다.

곧 협곡의 절벽 위에 이질적일 정도로 싱그러운 초록빛이 보였다. 아리아드네의 영토였다. 영토가 펼쳐져 있는 걸 보니 다들 그나마 안심이 되었다. 숲의 나무 사이로 내려가자 샘가에서 반짝이는 백금발이 보였다.

"성녀님!"

뤼르가 깃털을 흩뿌리며 그녀의 앞에 내려앉았다. 멍하니 샘물을 들여다보던 아리아드네가 놀라 고개를 들었다.

"뤼르?"

"괜찮으십니까?"

"여기까지 날아서 온 거예요? 비행이 엄청 능숙해졌네요."

"지금 그게 중요합니까?"

신관은 드물게 화를 내며 날개를 펼쳤다. 금빛이 도는 흰 날개가 어미 새처럼 그녀를 감싸 안았다. 그 안에서 뤼르가 그녀의 양손을 잡았다. 외상은 자잘한 생채기나 약간의 화상뿐이지만, 무리하게 정령술을 펼친 탓에 내부가 많이 상해 있었다.

포근한 황금빛이 그녀를 감쌌다. 뤼르는 침음과 함께 속삭였다.

"많이 힘드셨겠군요."

덤덤하던 아리아드네의 얼굴이 그 말에 일그러졌다. 뤼르는 그녀의 눈가에서 툭 눈물이 떨어지는 것을 보고 경악했다.

"성, 성녀님?"

"네, 조금…… 힘드네요."

속삭이듯 말한 아리아드네가 고개를 떨구었다. 한계에 달한 육체와 정신이 동시에 무너졌다. 신관이 허물어지는 그녀의 몸을 급히 받아 안았다. 아리아드네는 기절하듯 잠들었다.

수호성인이 날개를 펴고 아리아드네를 감싸 안는 것을 확인한 에리히와 베로니카는 캠프를 펼칠 준비를 했다.

"루드빅 경, 그 시커먼 자식 어디 갔는지 좀 찾아봐. 잘 지키랬더니 아리아 두고 어딜 싸돌아다니는 거야?"

에리히가 이를 갈며 말했다. 루드빅은 즉시 영토를 벗어나 주변을 돌아다녔다. 악셀이 어디로 갔는지는 금방 알 수 있었다. 새하얀 불꽃이 그가 향한 쪽으로 발자국처럼 남아 타오르고 있었다. 불꽃을 따라 날아간 루드빅은 곧 본래 크기로 앉아 있는 겁화를 발견했다.

'불바다로군.'

주변이 온통 불이었다. 루드빅은 거침없이 그 안으로 들어가려 했다.

"윽?"

겁화의 붉은 불꽃은 붉은 눈인 그에게 해를 끼치지 못했다. 그러나 붉은 불꽃 사이에 섞여 있는 흰 불꽃에 닿으면서 통증이 느껴졌다. 살짝 화상을 입은 것을 확인한 루드빅의 표정이 기묘해졌다.

"뭐지, 이 이상한 불은?"

붉은 눈들을 녹이기 위해 만들어진 근원의 불꽃이라는 것을 루드빅으로선 알 길이 없었다. 그는 투덜거리며 멈춰 서서 고함을 질렀다.

"악셀 발렌타인! 거기 있나?"

잠시 후에 불길이 잦아들었다. 겁화에 기대앉아 있던 남자가 느릿하게 몸을 일으켰다.

"제법 빨리 돌아왔군. 수호성인 덕인가?"

"공작님께서 쓰러지셨는데, 네놈은 여기서 뭘 하는 거냐? 공작님 곁을 지키지 않을 거면 왜 남았어?"

루드빅이 이를 갈며 따졌다. 악셀은 물끄러미 그를 보더니 대답 없이 스쳐 지나갔다.

"이 자식이!"

루드빅은 지나치는 악셀의 멱살을 잡으려 했다. 악셀은 물 흐르듯 물러나며 그 손을 피하고는 형형한 눈으로 그를 노려보았다.

"내게 손대지 마라."

"뭐?"

그는 그대로 영토 쪽으로 걸어갔다. 루드빅은 기가 차서 눈살을 찌푸렸다.

"저거 왜 저러지? 낯짝이 처음 만났을 때로 돌아간 것 같은데."

아니, 그때보다 더 심해진 것 같기도 하고.

루드빅은 떨떠름하게 주위를 둘러보았다. 악셀이 있었던 곳 근처는 새카맣게 그슬리거나 재가 되어 아무것도 남아 있지 않았다.

아리아드네는 환상 도서관에서 눈을 떴다.

가장 먼저 보인 건 펼쳐진 책등이었다. 파이가 그녀에게 허벅지를 베개로 내주고 책을 보고 있었다.

'전에도 이랬던 것 같은데.'

시야에서 책 표지가 사라졌다. 다정한 금빛 눈동자가 그녀를 내려다보았다.

"일어나셨네요."

"내가 얼마나 잤어?"

"하루를 꼬박 주무셨습니다."

"많이도 잤네."

파이는 비척비척 일어나려는 그녀를 부축해 주었다. 그녀는 쿠션에 기대앉은 채 넋이 나간 얼굴로 허공을 보았다. 그녀를 가만히 살피던 파이가 불쑥 말했다.

"아리아는 잘못한 게 없습니다. 그자가 배은망덕한 거지요."

아리아드네는 고개를 저었다.

"그런 식으로 말하지 마. 내 잘못 맞아."

"화도 안 나십니까?"

"내가 화낼 일이 아닌데 왜 화를 내."

"화내실 일입니다, 이건. 당신이 그에게 얼마나 많은 것을 베풀었는데, 고마운 줄도 모르고……!"

"내가 멋대로 준 걸 가지고 감사를 바라면 안 되지. 악셀은 그런 걸 달라고 한 적이 없는걸."

"……아리아, 아무리 악셀 발렌타인이 원작의 주인공이고, 당신이 키운 거나 다름없다지만……. 당신은 그에게 너무 무릅니다."

"그런가? 난 잘 모르겠어."

아리아드네는 희미하게 웃기만 했다. 파이가 답답한 듯 한숨을 내쉬더니 그녀에게 종이 뭉치를 내밀었다.

"어쨌든 지금이라도 늦지 않았습니다."

"뭐가?"

"앞으로 악셀 발렌타인은 당신의 통제를 따르지 않을 겁니다. 통제할 수 없는 변수를 데리고 대미궁을 공략하실 겁니까?"

그녀는 그가 내민 종이 뭉치의 표지를 보았다. 악셀이 합류하기 이전 기준으로 세웠던 대미궁 공략 계획서였다.

"이제 정말 그자를 버리셔야 할 때입니다."

파이가 진지하게 말했다. 아리아드네는 잠깐 말이 없다가 종이 뭉치를 그대로 밀어냈다.

"아냐, 이런 건 필요 없어. 악셀이 토벌대를 떠나진 않을 테니까."

"……저런 태도의 악셀 발렌타인을 계속 데려가시겠다고요?"

"개인적으로 나를 믿지 않게 된 거지, 내 실력까지 의심하는 건 아닐 거야."

파이의 손끝에 힘이 들어가 서류 끝이 구겨졌다. 그의 표정이 구겨진 종이처럼 일그러졌다.

당신은 왜 그자에게 이렇게 무릅니까? 왜? 설마 그자를 사랑하기라도 하시는 겁니까?

정말 그렇다는 대답이 돌아올까 봐 물을 수가 없었다. 파이는 넘실거리는 시커먼 감정들을 삼키고, 구겨진 종이와 일그러진 표정을 그녀가 보지 못하게 잘 감췄다.

파이가 아니라 제 손을 보고 있던 아리아드네는 그의 흔들림을 보지 못했다.

"파이, 잠깐 이것 좀 봐 봐."

그녀가 손을 펴 보였다. 기절하기 직전까지 움켜쥐고 있었던 덕에 환상 도서관 안까지 함께 들어온 것. 악셀이 집어 던졌던 로켓 목걸이. 열린 로켓 안에 쪽지와 정령등 파편이 들어 있었다.

"악셀이 '아드리안'의 마지막 편지를 내내 간직하고 있었어. 아버지의 유품과 함께. 이게 무슨 의미일 것 같아?"

"처음부터 당신을 원망하고 있었다는 뜻 아닙니까? 아드리안이 자신을 배신했다는 걸 잊지 않으려고 들고 다닌 거겠지요."

파이가 냉담하게 답했다. 아리아드네는 쪽지와 함께 들어 있던 정령등 파편을 만지작거렸다.

"원망을 담은 물건을 소중한 아버지의 유품과 함께 넣어서 들고 다닌다고?"

악셀이 집어 던진 직후에는 그녀도 파이처럼 판단했었다. 하지만 샘가에 홀로 앉아 무너질 듯한 정신을 추스르면서 차츰 이상하다는 생각이 들었다.

'회귀 능력과 환상 도서관 이야기를 할 때까지만 해도 괜찮았는데, 느닷없이 돌변한 태도…… 그리고 유품과 함께 간직한 쪽지.'

심지어 이 로켓 목걸이 자체도 그녀가 보낸 생일 선물이 아니던가.

*"로켓 목걸이, 놀이판, 정령등, 해독구, 회중시계, 므네모시네."*

*"전부 가지고 있습니다. 열여덟 살 때 주셨던 미스릴 검만 빼고."*

칠색수정을 숨긴 악셀의 품을 뒤지다가 로켓 목걸이를 발견했을 때 악셀이 했던 말들이 떠올랐다.

'처음부터 원망하고 있었다면 그것들을 전부 간직하고 있을 리가 없잖아. 역시 근원에 대한 정보를 숨기고 접근한 걸 알게 되어서 급격히 배신감이 든 걸까?'

하지만 무언가 석연치 않았다.

악셀이 그녀에게 배신감을 느끼는 것 자체는 이상하지 않은데 그의 태도나 상황에 이상한 점이 많았다. 그가 그녀의 변명조차 들어주지 않으려 하는 것도 믿기지 않았다.

환상 도서관에 대한 건 그렇게 쉽게 믿어 주면서, 어째서.

'배신감 때문에 사과조차 듣기 싫을 정도로 내가 싫어진 걸까?'

아리아드네는 손으로 눈가를 문질렀다. 아니었으면 좋겠다. 지금 당장은 울컥했어도 그녀가 노력하고 사과하면 조금씩 누그러졌으면 좋겠다.

그에게 미움받고 싶지 않았다. 원래 호감 따위는 얻을 자신도 없고 필요도 없으니 신뢰만 있으면 된다고 생각했었는데.

'악셀이 토벌대에서 떠날 생각은 없댔으니까, 내 능력까지 불신하는 건 아니야. 하지만……'

아무래도 이제 신뢰만으로는 모자란 모양이다.

'혹시, 회귀한 걸까? 그때 심경의 변화가 생길 만한 일이 있었나? 하지만 악셀이 말해 주지 않으면 알 방법이…… 잠깐만.'

로켓 목걸이, 놀이판, 정령등, 해독구, 회중시계, 므네모시네.

아리아드네는 고개를 번쩍 들었다.

"므네모시네."

"예?"

"므네모시네가 있잖아, 악셀한테!"

"아리아가 악셀 발렌타인에게 열아홉 살 생일 선물로 보냈던 아이템 말입니까?"

"그래! 그게 뭔지 기억나?"

"원작에서 주인공이 즐겨 쓰던 아이템 아닙니까? 용도는…… 아."

아리아드네가 왜 그 아이템을 언급하는지 깨달은 파이가 말끝을 흐렸다.

므네모시네는 테두리에 항아리를 든 여인의 형상이 조각된 작은 손거울로, 사용자의 기억을 보관하고 정리하는 데에 쓰는 도구였다.

거울에 정령력이나 마력을 부으면 눈을 감고 있던 여인의 조각상이 눈을 뜬다. 그 상태로 거울을 들여다보면서 기억을 떠올리면 떠올린 기억이 거울에 비친다.

잠시 기다리면 여인의 조각상이 물을 뜨는 것처럼 움직여 항아리에 거울에 비친 것을 옮겨 담으면서 기억이 므네모시네에 보관된다. 잊어버려서는 안 되는 기억들을 그렇게 저장해 두면 언제든 꺼내 다시 볼 수 있다.

'프란츠를 고발할 때 썼던 도구도 파이가 찾아낸 므네모시네 제작법을 기반으로 구상한 거였지.'

므네모시네는 회귀를 반복하면서 대미궁을 공략하던 주인공에게 몹시 유용한 아이템이었다. 주인공은 시간을 돌릴 때마다 지난 회귀의 기억을 므네모시네에 저장했고, 새로운 정보도 모두 그곳에 담았으며, 종종 므네모시네를 돌려 보며 대미궁 공략을 보강하곤 했다.

사실 그녀가 키운 악셀에게는 므네모시네가 그렇게까지 유용한 아이템은 아니었다. 하지만 아리아드네는 주인공이 기물 시절에 원래 얻었던 걸 악셀 역시 하나도 빠짐없이 얻게 해 주고 싶었다.

대부분은 인벤토리 아이템처럼 그가 직접 얻을 수 있게 유도하는 것으로 충분했지만, 므네모시네는 그럴 수가 없었다.

'주인공이 임무로 사람을 고문하는 과정에서 얻은 물건이었으니까.'

악셀에게 그런 임무를 줄 순 없었다. 그래서 그때 아리아드네는 새벽 용병단을 움직여 다른 방식으로 그 아이템을 얻은 다음, 악셀에게 생일 선물로 보냈었다.

"므네모시네는 사용자의 기억을 저장하는 도구잖아. 악셀이 회귀했다면 회귀한 기억도 고스란히 저장되니까 그가 무슨 일을 겪은 건지 알 수 있어."

"아리아, 이제 와서 그가 순순히 자신의 기억을 저장해서 보여 줄 리가 없잖습니까. 어떻게 그의 기억을 보시려고요?"

파이가 미간에 주름을 만든 채 물었다. 아리아드네는 한숨을 내쉬었다.

"그건 지금부터 고민해 봐야지."

"……왜 굳이 그의 기억을 확인하려 하십니까?"

"악셀이 회귀했는지 아닌지를 알아야 해. 그게 얼마나 중요한 일인지 알잖아. 결말을 바꿔 놓을 수도 있는 문제야."

그뿐만이 아니시잖아요. 그가 당신을 진심으로 거부하는 게 아니라고 믿고 싶으신 거지요? 그래서 거부하는 원인을 찾으려 하시는 것 아닙니까.

파이는 속으로만 반박했다.

요즈음 매일 조금씩 마음이 부서지고 있었다. 오늘도 조금 더 부서졌다.

악셀 발렌타인에게 아리아드네가 환상 도서관의 존재를 알려줄 때, 그리고 그녀가 묘사하는 자신이 여전히 어린아이 같다는 걸 깨달았을 때, 마음에 불길이 번졌다. 새카맣게 그슬린 마음이 점점 바스러지고 있었다.

"이만 나가 볼게, 파이."

아리아드네가 웃었다. 파이가 볼 수 있는 유일한 미소였다. 보는 것만으로 만족할 수 있다면 정말 행복할 텐데, 왜 가지고 싶어지는 걸까.

"네, 아리아."

파이가 웃으며 답하자 아리아드네가 그를 가볍게 끌어안았다.

"늘 고마워."

"천만에요."

웃고 있는 그녀의 모습이 품 안에서 신기루처럼 사라졌다. 그녀가 환상 도서관에서 나간 것이다. 무한한 공간에 홀로 남은 파이는 손에 남은 온기를 허망하게 더듬었다.

왜 지켜보는 것만으로 만족하지 못하는 걸까. 왜 욕심이 생기고 왜 더 가지고 싶어지는 걸까. 절대 가질 수 없는 걸 알면서도. 욕심낼수록 고통스러워지는 걸 알면서도.

'차라리 계속 아무것도 모르는 어린아이였다면 좋았을 텐데. 아리아가 보는 그대로……'

파이는 비어 있는 손으로 얼굴을 덮었다. 신음 같은 숨이 새어 나왔다. 자기 자신의 온기로는 차가운 손을 데울 수가 없었다.

토벌대는 새롭게 캠프를 치고 아리아드네가 깨어나길 기다렸다. 그녀가 정신을 차리지 못하니 일행들의 질문은 악셀에게 집중되었다.

협곡에 있는 저 시체들은 뭐고, 대체 무슨 일이 있었던 건지. 악셀은 캠프에 발을 들이지도 않고 영토의 경계선에 머물며 그 모든 질문을 무시했다.

그는 이제 요리 보조도 하지 않았고, 베로니카와 대련도 하지 않았다. 그의 묵묵부답에 화가 난 에리히가 욕을 해 대도 반응이 없고, 뤼르가 넌지시 무슨 일이 있느냐고 물어도 대답이 없었다.

"팔팔하게 짖어 댈 땐 알기 쉬웠는데, 저러고 있으니 도통 이유를 모르겠네."

에리히가 투덜거렸다. 겉으로는 욕이었으나 속에 은근한 걱정이 섞여 있었다. 루드빅은 홀로 식사 준비를 하면서 중얼거렸다.

"있다 없으니 불편하군."

베로니카 역시 불만스러웠다.

"공중전…… 기대하고 있었는데."

오만하게 굴고 주변을 무시하던 초반의 악셀이었다면 아무도 신경쓰지 않았을 것이다. 하지만 지금은 다들 어느 정도 그를 동료로 받아들인 터라 신경이 쓰일 수밖에 없었다.

한편 아리아드네는 꼬박 하루를 자고, 이틀 정도는 먹고 자기만 하며 쉰 뒤에야 겨우 몸을 추슬렀다. 흐트러졌던 심경도 몸 상태처럼 어느 정도 회복되었다.

그녀는 대체 무슨 일이 있었던 거냐고 묻는 일행들에게 습격이 있었다고 설명했다. 붉은 눈의 인간들은 마왕이 조종한 시체들이었다고 대충 둘러댔다. 크게 틀린 말은 아니었다.

근원에 대해서는 함구했다. 악셀의 비밀을 그녀가 마음대로 밝힐 순 없었으므로.

완전히 회복한 날, 아리아드네는 에리히와 루드빅, 베로니카에게 부탁해서 장작더미 협곡에 산사태를 일으키게 했다. 근원의 시체를 묻어 주기 위해서였다.

근원에 얽혀 있는 인간들은 끔찍한 실험의 피해자였으며, 어떤 의미로 악셀의 혈육들이기도 했다.

'불태울 수도 없고, 마물들이 뜯어 먹게 내버려 둘 수도 없어.'

그래서 그녀는 장례를 대신해 그들을 묻었다.

악셀은 그녀를 돕지도, 말리지도 않았다. 그는 일행들에게서 떨어진 곳에 서서 근원의 육신이 묻히는 것을 물끄러미 지켜보았다.

"오늘은 일찍 자고 내일 아침에 출발해요, 우리."

아리아드네의 말에 다들 각자의 막사로 쉬러 갔다. 아리아드네는 일행들과 함께 자신의 막사로 돌아가서 잠시 기다렸다가 조용히 빠져나왔다.

악셀의 막사는 비어 있었다.

'요새 막사에서 안 자고 영토 외곽에서 노숙한다고 했었지.'

에리히가 저 새끼 궁상맞게 왜 저러는지 아느냐고 투덜거리며 이야기해 줬었다. 그녀는 걸음을 옮기며 영토 내부의 생명체들을 감지해 보았다. 악셀은 영토 내에 없었다.

'진짜 영토 밖에 있는 거야? 가호로만 버티면 금방 지칠 텐데.'

굳이 왜 밖에 있는 걸까. 그녀의 영토에 발을 들이기도 싫다는 뜻일까.

아리아드네는 자연히 떠오른 생각을 지우기 위해 고개를 내저었다. 영토를 넓히며 걸음을 옮기다 보니 금세 악셀의 존재가 느껴졌다. 그녀는 그리로 달려갔다. 악셀은 넓어진 영토 밖으로 나가려 하고 있었다.

"악셀!"

그녀가 부르는데도 그는 뒤를 돌아보지 않았다. 아리아드네는 얼른 손을 뻗었다. 나팔꽃 덩굴이 솟아 그를 휘감으려 하자, 악셀은 그것을 피해서 계속 걸었다.

"악셀, 잠깐만 얘기 좀……!"

허둥지둥 그를 뒤쫓던 아리아드네는 제가 구현한 덩굴에 걸려 비틀거리다가 그대로 넘어졌다.

"윽."

악셀은 그녀가 넘어지는 순간 움찔 멈춰 섰다. 그리고 뒤를 돌아보지 않은 채로 물었다.

"무슨 일이십니까."

"……잠깐 얘기 좀 해."

"저는 당신과 더 할 말이 없습니다."

"나는 있는데."

"그럼 혼자 실컷 말하십시오."

사납게 대꾸한 그가 다시 걸음을 옮겼다. 아리아드네는 주저앉은 채로 멀어지는 그의 등을 바라보다가 방금 그가 왜 잠깐이나마 걸음을 멈춘 건지 생각해 보았다. 가설은 빠르게 세워졌고 검증 방법은 더 빠르게 떠올랐다.

그녀는 통각이 망가진 왼손을 들어 올려 옆에 뒹구는 돌멩이를 겨냥한 뒤, 눈을 질끈 감고 내리찍었다.

예상대로 돌 대신 거칠고 단단한 손바닥이 그녀의 왼손에 닿았다. 눈을 뜨자 분노로 이글거리는 붉은 눈동자가 코앞에 보였다.

"미치셨습니까?"

이를 갈며 내뱉은 악셀이 움켜쥐고 있던 그녀의 왼손을 팽개쳤다. 아리아드네는 도로 멀어지는 그를 빤히 올려다보다가 손을 뻗었다.

"일으켜 줘."

악셀이 반사적으로 한 걸음 다가왔다가 화들짝 놀라며 두 걸음 물러섰다. 그 모습을 고스란히 본 그녀는 쓴웃음을 띠었다.

"내가 환각 때문에 너를 피했을 때, 네가 어떤 기분이었는지 좀 알 것 같아."

아리아드네가 비틀거리며 일어서자 악셀이 한 걸음 더 물러섰다.

"왜 피하는 거야?"

"……이미 말했잖습니까. 저는 당신에게 실망했습니다."

"그거 못 믿겠어."

차분한 푸른 눈이 그를 응시했다.

"나한테 화가 났다거나, 배신감을 느꼈다고 하는 건 이해할 수 있어. 너한테 진실을 숨긴 채 다가갔던 건 내 잘못이고, 나는 그걸 부정하거나 변명할 생각은 없어."

"……"

"하지만 지금 네가 날 피하는 건 그런 이유 때문이 아니잖아. 다른 이유가 있지?"

아리아드네가 한 걸음 다가섰다. 악셀은 또 한 걸음 물러섰다.

"진짜 이유를 말해 줘."

"저는 이미 전부 말했습니다. 당신이 싫습니다."

"방금 내 손은 왜 막았어? 말과 행동이 다르잖아."

"착각하지 마십시오. 처음 보는 사람이 당신처럼 행동했어도 저는 막았을 겁니다."

"그거 이나민 마을에서 내가 했던 말이잖아."

"그럼 이해가 빠르시겠군요. 당신이 좋아서 막은 게 아닙니다."

"네가 언제부터 그렇게 남을 걱정했다고?"

"사람 사이에서 살 거면 남을 배려하라 가르치신 게 당신입니다."

"내게 실망했다면서 내가 가르친 건 지킬 생각이 드나 보네?"

"……."

그녀가 다가갈수록 악셀은 물러섰다. 아리아드네는 입술을 깨물며 손을 움직였다.

"악셀, 너 거짓말이 너무 서툴러."

그녀의 의지에 따라 피어난 나팔꽃 덩굴이 그의 몸을 칭칭 휘감으며 타고 올랐다.

"이게 무슨 짓입니까."

꽃에 붙들린 악셀이 으르렁거렸다. 아리아드네는 고개를 기울였다.

"내가 정말 싫어서 피하는 거면 이런 나무 덩굴 같은 건 그냥 불태워. 할 수 있잖아."

그녀가 그에게 다가갔다. 발자국을 따라 더 많은 나팔꽃들이 피어났다. 덩굴들이 그의 다리를, 허리를, 양팔을 휘감았다. 지극히 연약한 속박이었다. 그럼에도 악셀은 움직이지 못했다. 그녀가 구현한 것에 해를 끼치기가 두려워서.

그는 살기를 뿌리며 목소리만 높였다.

"치우십시오, 당장."

"네가 직접 치워."

악셀이 그녀를 노려보았다. 험악한 표정과 달리 덩치 큰 몸뚱이는 꽃이 상할까 두려운 것처럼 움츠러들고 있었다. 그의 앞에 선 아리아드네가 허탈하게 입을 열었다.

"고작 이런 것도 못 치우는데, 나보고 네 말을 믿으라고?"

악셀은 그녀를 외면하며 궁색하게 말했다.

"······막 병상에서 일어난 정령사의 영토를 공격할 수가 없을 뿐입니다. 당연한 일 아닙니까?"

"너 원래 그런 거 신경 안 쓰잖아."

"······."

그녀가 덩굴에 묶인 그의 팔목으로 손을 뻗었다. 검푸른 금속 팔찌. 기물 시절 그가 얻은 인벤토리 아이템이었다.

아리아드네는 대놓고 그의 앞에서 팔찌를 조작해 인벤토리를 뒤졌다. 그걸 빤히 보면서도 악셀은 움직이지 못했다. 그는 무언가를 견디려는 것처럼 이를 악물고 몸을 떨고 있었다. 힘줄이 파랗게 섰다.

그녀가 팔찌에서 므네모시네를 꺼내 들고 한 걸음 물러서자, 그는 겨우 참았던 숨을 내쉬었다. 뒤얽힌 덩굴 속에서 두터운 가슴팍이 가쁘게 오르내렸다.

아리아드네는 그가 지금 무엇을 억누르고 있는지 몰랐다. 그러나 그가 굉장히 힘겨운 상태라는 건 잘 알 수 있었다. 어린아이의 새끼손가락보다 얇고, 묶었다기보다 매달린 수준에 불과한 나팔꽃 덩굴 때문은 결코 아닐 것이다.

"······왜 그래? 어디 아파? 저주 같은 거라도 걸렸어?"

그녀가 걱정스럽게 물으며 그의 뺨으로 손을 뻗었다. 고집스레 입을 다문 악셀이 고개를 홱 돌려 아리아드네의 손을 피했다.

그녀는 그의 목을 타고 흘러내리는 식은땀을 멀거니 바라보다가 방금 꺼낸 손거울을 그의 앞에 들어 올렸다.

"이게 뭔지 알아?"

"므네모시네잖습니까. 당신이 주신 선물인데 제가 잊을 리가······."

지친 목소리로 대꾸하던 악셀이 말끝을 삼켰다. 무심코 나와 버린 솔직함이었다.

아리아드네는 헛웃음을 흘렸다. 그의 표정과 어투에서 확연히 드러나는 것들이 있었다.

역시 거짓말이었구나. 이 고집불통 같으니.

"그래, 므네모시네야."

그녀는 거울에 정령력을 쏟아부으며 말을 이었다.

"네가 대답을 안 해 주니까 네 기억에 직접 물어보려고. 대체 무슨 이유로 이러는지를."

늘어져 있던 악셀이 고개를 홱 쳐들었다. 아리아드네는 사정하듯 말했다.

"악셀, 지금이라도 나하고 얘기해 볼 생각이 들어? 그러면 그렇다고 대답해 줘, 제발."

악셀은 입술을 달싹였으나 끝내 입을 열지 않았다. 그렇다고 나팔꽃을 뜯어내지도 못했다.

"끝까지 말 안 하겠다는 거지. 알았어."

아리아드네가 울듯이 얼굴을 일그러뜨렸다. 항아리를 든 여인이 눈을 떴다. 거울의 표면에 식은땀으로 젖은 악셀의 얼굴이 비쳤다. 그녀가 나직이 물었다.

"악셀, 회귀했어?"

그 물음에 자연히 떠오른 기억들이 거울에 나타났다. 악셀은 거울에 비치는 것들을 보았다.

나뒹구는 우산. 태양처럼 타오르는 근원. 다시 나뒹구는 우산. 제 손에 심장을 꿰뚫린 아리아드네의 마지막 속삭임, '왜?'. 쓰러지는 아리아드네. 피 흘리는 아리아드네. 빛을 잃는 푸른 눈. 신기루처럼 사라지는 영토. 드러나는 악몽. 그의 손을 타고 흐르는 피.

그만. 보고 싶지 않다.

시야가 명멸했다. 영혼의 수문을 막고 있던 이성이 일순 휘청거렸다. 찰나의 틈을 비집고 오염된 것들이 노도처럼 밀려들어 근원의 채널을 가득 채웠다.

[망할!]

[##.]

디메토르의 욕설과 마왕의 웃음소리가 연달아 귓가를 때렸다. 악셀은 그제야 정신을 차렸다.

"아."

푸르고 흰 나팔꽃에 붉은 피가 점점이 튀었다. 나뭇잎 끝에 이슬처럼 맺힌 핏방울이 뚝 떨어졌다. 그리고 곧, 그를 감싸 안고 있던 꽃 덩굴이 환상처럼 사라졌다. 융단 같은 잔디와 스테인드글라스 같은 녹음도 연달아 사라졌다.

귀가 먹먹했다. 어지럽다.

악셀은 제 앞에서 허물어지는 아리아드네를 받았다. 멋대로 그녀를 집어삼키려는 손을 억누르며 빼내고, 그녀의 몸을 조심스레 바닥에 눕혔다. 눈을 감은 아리아드네는 그저 잠든 것처럼 보였다. 호흡이 잘 이어지지 않았다.

"신관님!"

캠프 쪽에서 비명이 들려왔다. 그는 멍하니 고개를 들었다. 황금빛이 불길처럼 하늘로 치솟았다. 그 속에서 날개가 타오르는 것이 보였다. 빛이 잦아들자 흰 깃털이 눈처럼 흩날렸다.

에리히 위버가 새하얗게 질린 채 얼어붙은 것이 보였다. 루드빅 블레이르가 허겁지겁 흩어진 깃털 사이를 헤집는 게 보였다. 아무리 헤집어도 날개 달린 신관이 있던 곳에 남은 것은 소복한 깃털뿐이었다. 그마저도 곧 재가 되어 사라졌다. 모두가 그 의미를 알았다.

표정이 사라진 베로니카 브란테가 짐승 같은 몸짓으로 사방을 둘러보았다. 검은 눈과 악셀의 시선이 마주쳤다.

베로니카는 정연한 심판자처럼 그를 응시했다.

아리아드네의 피와 살점이 묻은 그의 손과, 그의 앞에 흩어져 있는 붉게 물든 백금발.

소멸한 수호성인. 사라진 영토. 쓰러진 아리아드네. 악셀의 손. 그들 외에는 아무것도 없는 황무지.

상황을 이해한 까만 눈동자에 무저갱 같은 구멍이 뚫렸다. 그녀가 움직였다.

악셀은 본능적으로 검을 뽑았다. 치켜든 그의 검이 내리쳐지는 베로니카의 검을 막아냈다.

쾅, 하고 어마어마한 소리가 났다. 그녀는 말없이 검을 마구잡이로 내리치기 시작했다. 쾅, 쾅, 쾅, 천둥 같은 소리가 이어졌다. 칼날 너머로 보이는 그녀의 눈동자에는 초점이 없었다. 악셀은 정신없이 그 검을 막았다.

여기서 죽을 순 없었다. 번제를 치르며 죽어야지만 그녀를 되살릴 수 있으니까.

휘날리는 검은 머리카락 사이로 은발의 마법사가 아리아드네의 시체 곁에 꿇어앉는 게 보였다. 대마법사로부터 물려받은 검푸른 로브가 미친 듯이 펄럭였다. 에리히는 생각나는 모든 마법을 시체에 퍼부어 댔다. 무의미한 짓이었다.

루드빅이 떨리는 손으로 아리아드네의 호흡을 확인했다. 그는 믿기지 않는다는 듯 몇 번이고 그 행동을 반복하더니, 힘없이 주저앉았다. 제 머리칼을 쓸어 넘긴 루드빅이 하하하, 하고 기괴한 웃음을 터뜨렸다.

"아, 역시 조심했어야 했는데. 진심이란 게 정말이지……."

루드빅은 비틀린 미소가 걸린 얼굴로 검을 뽑았다가, 그것을 내팽개쳤다. 그가 검 대신 아르테미스를 들었다.

"악셀 발렌타인, 네놈이 제정신이 아닌 건 처음부터 알고 있었다. 그런데 이 정도일 줄은 몰랐지. 감히, 공작님을, 네놈이 어떻게 감히……."

바람이 불꽃처럼 휘감긴 활이 악셀을 겨누었다. 그가 물었다.

"혹시 할 말 있나?"

"……."

악셀은 대답하지 않았다. 루드빅이 시위를 놓았다. 베로니카의 공격 사이로 광풍이 실린 화살이 날아왔다. 악셀은 아슬아슬하게 그것을 쳐냈다.

베로니카는 루드빅이 만들어 낸 빈틈을 놓치지 않았다. 악셀의 팔뚝에서 길게 피가 튀었다.

에리히가 아리아드네의 시체를 놓고 일어섰다. 그의 어깨에 앉아 있던 검은 앵무새가 날개를 펼치며 날아올랐다.

"왜?"

마법사는 울고 있었다. 충혈된 녹색 눈동자가 악셀을 노려보았다.

"왜 그랬냐고 묻고 있잖아, 개자식아!"

악셀은 이번에도 대답하지 않았다. 에리히의 비명 같은 물음에 답한 건 잠깐 숨을 돌리던 베로니카였다.

"그런 거, 묻지 마."

"뭐? 왜? 저 개자식이 대체 왜 이런 미친 짓을 했는지는 알아야 할 거 아냐! 빌어먹을, 이유가 뭐야? 어째서, 흐으, 아리아를, 저놈이……!"

"난 이유 같은 거, 안 궁금해."

그녀는 무표정하게 검을 들었다. 그녀의 그림자가 악귀처럼 일렁였다.

"이유가 무슨 상관이야? 이유를 들으면, 이 상황을, 납득할 수 있을 것 같아?"

"……."

"나는 무슨 이유든 납득 못 해. 그러니 변명을 들을 필요도 없어."

새카만 기운이 일렁이는 검이 치솟았다.

"……그래, 맞아. 뭐든 상관없지. 궁금한 건 저놈 시체에 대고 물어보면 될 테니까."

마법사는 메아리를 담은 새와 함께 영창을 시작했다. 그림자가 일어선다. 번개가 내리친다. 바람이 쏟아진다. 절규 같은 공격들이었다. 악셀은 기계적으로 그것들을 막았다.

[여기서 죽으면 근원에 처음 접속했던 순간으로 돌아간다.]

불현듯 디메토르의 음성이 들려왔다. 몹시 지친 목소리였다.

[그 짓을 또 반복하겠군.]

비가 그친 하늘. 나뒹구는 우산. 그걸 다시? 그녀가 다시 그런 죽음을 맞이하는 걸 보라고?

그럴 순 없다.

탁하던 악셀의 눈에 일순 광기가 돌았다. 휘몰아치는 그림자와 번개와 바람 속에서 근원의 불꽃이 저주받은 땅의 이질적인 하늘을 대낮처럼 밝히며 폭발했다.

　악셀은 피를 양동이로 쏟아부은 듯한 꼴로 걸음을 옮겼다. 새카맣게 그슬린 땅에 죽음이 여기저기 널려 있었다. 그는 비틀거리며 앞만 보고 걸었다.

　[뭘 그렇게 동요하는 거냐.]

　디메토르가 이해할 수 없다는 듯 중얼거렸다.

　[정을 주기라도 한 거냐? 아리아드네도 아닌 인간들한테? 내가?]

　악셀은 대답하지 않았다. 묵묵히 동료들이 묻어 준 근원의 시체가 있는 곳으로 향했다. 정령수들을 꺼내 흙을 파헤쳤다. 무덤에서 끌려 나온 시체들에 불꽃을 부어 넣으며 악셀이 비로소 입을 열었다.

　"디메토르, 너도 지쳤군."

　[……]

　"얼마나 되돌릴 수 있지?"

　[……그녀가 살아 있는 순간까지는 어떻게든 돌려놓을 테니, 네 할 일이나 제대로 해라.]

　발끝부터 불이 기어올랐다. 악셀은 피로한 얼굴로 눈을 감았다.

　"알았다."

　"악셀, 지금이라도 나하고 얘기해 볼 생각이 들어? 그러면 그렇다고 대답해 줘, 제발."

악셀은 식은땀으로 흠뻑 젖은 채 눈을 떴다. 눈앞에 거울이 보였다. 므네모시네였다.

아리아드네가 물었다.

"악셀, 회귀했어?"

악셀은 즉시 움직였다. 전신을 휘감은 덩굴은 너무 연약해서 아무런 제약도 되지 않았다. 그는 아리아드네의 손에서 므네모시네를 빼앗아 물러섰다. 나팔꽃 덩굴은 그 서슬에 잡아 뜯기고 짓밟혔다.

"으."

아리아드네가 휘청였다. 집중해서 구현하고 있던 덩굴이 망가진 탓에 신체에 타격이 전해진 것이다. 정령사가 괜히 비전투원으로 분류되는 게 아니다.

그 사실을 잘 알면서도 악셀은 그녀를 부축하는 대신 맨손으로 므네모시네를 움켜쥐었다. 빠각 하는 소리와 함께 커다란 손아귀에서 거울이 산산조각 났다.

"악셀."

아리아드네가 아연한 얼굴로 그를 바라보았다. 그는 조각난 거울 파편을 바닥에 내던졌다.

"참아 주려 했는데, 더는 당신을 못 견디겠습니다."

"잠깐만, 악셀."

"동료니 뭐니 하는 짓거리에 어울려 주는 것도 질립니다. 당신을 봐서 참은 건데 당신이 역겨워졌잖습니까."

악셀은 돌아서며 서늘하게 내뱉었다.

"그러니 이제 다 그만두지."

그가 벼락을 꺼내 올라탔다. 황금빛 용이 하늘로 솟구쳤다.

아리아드네는 다정하지만 순진하지 않았고, 믿으면서도 의심할 줄 알았다. 그 의심이 기뻤다. 하지만 기쁘기에 위험했다.

악셀은 자기 자신을 믿을 수가 없었다. 자신은 그녀 앞에 서면 또 속절없이 흔들릴 거다. 지칠수록 더 기대고 싶어질 터다.

그러니 떠나야 했다. 어디로?

'대미궁의 끝으로.'

빌어먹을 마왕을 갈기갈기 찢어 죽이고 싶었다. 그 몸 안에 디메토르가, 자기 자신이 있다 해도 상관없었다.

그는 상공에서 잠시 아래를 보았다. 아리아드네의 내상을 감지한 수호성인이 날아가고 있었다. 신관이 사라지자 은발의 마법사와 두 정령 기사가 허둥지둥 아리아드네를 찾는 것이 보였다.

그는 아리아드네가 신성력에 파묻히는 것까지 확인한 뒤에 벼락의 목덜미를 두드렸다. 금빛 용이 날갯짓했다.

아리아드네는 멀어지는 용을 보았다. 그 방향에 무엇이 있는지 그녀는 아주 잘 알고 있었다.

대미궁.

"설마."

아리아드네는 망연히 하늘을 보다가 다급하게 풀밭을 더듬었다.

"성녀님? 뭘 하시려고요?"

그녀를 치료하던 뤼르가 의아하게 물었다. 아리아드네는 조각난 므네모시네의 파편들을 주워 들며 답했다.

"잡으러 가야겠어요."

"누굴 말입니까?"

"버리지 말아 달라고 매달리다가 갑자기 제멋대로 도망가 버린 망할 개…… 아니, 악셀 발렌타인이요."

회귀했냐는 물음에 예민하게 반응하더니 막말까지 하면서 도망쳤다는 건, 그가 정말 회귀했다는 뜻이었다.

'이딴 식으로 떠나면 내가 그렇구나, 하면서 상처받고 널 포기할 줄 알았어, 악셀?'

그럴 거면 그녀가 다치는 걸 걱정하지나 말든지. 흉기 같은 몸뚱이로 고작 나팔꽃 덩굴에 갇혀서 식은땀을 뻘뻘 흘리고 있으면, 살기를 흩뿌려 봤자 누가 믿겠냔 말이다. 창백한 얼굴로 눈도 못 마주치고 일부러 고른 듯한 못된 말만 해 대다가 도망치면 지나치게 뻔하지 않은가.

거짓말도 서투르면서 지금 누굴 속이려고.

'가는 곳도 뻔하잖아. 내게 화가 났으면 내 옆에서 나한테 화를 내야지, 있을 곳도 없으면서 어딜 가?'

불현듯 아리아드네는 19살의 악셀 발렌타인이 아드리안의 배신 앞에서 느낀 심정을 이해했다.

'빤히 보였던 거야. 그래서 배신이고 뭐고 처음부터 믿지 않았고, 어떻게든 날 찾아내겠다고 이를 갈았었구나.'

그녀는 헛웃음을 흘리다가 입술을 깨물었다.

'안 놓칠 거야.'

악셀 발렌타인이 끝내 그녀를 찾아냈던 것처럼 그녀 역시 그를 반드시 붙잡을 것이다. 자각하지 못한 감정이 전신에 일렁였다.

너는 내 거잖아. 네가 직접 너를 내게 주었잖아.

그 순간 환상 도서관의 어딘가에 그녀의 채널이 닿았다.

너라도 내게서 너를 또 빼앗을 수는 없어. 내가 왜 나 자신에게 이런 운명을 예비했는데. 나는…….

파이가 알아채기 전에, 아리아드네가 스스로 깨닫기 전에, 그 연결은 누군가에 의해 의도적으로 끊어졌다. 아리아드네는 자신이 떠올렸던 것들을 다시 잊었다.

8

대미궁(1)

크레타 제국의 수도, 라비린토스.

아리아드네는 초록빛 영토의 끝에 있는 나무둥치에 걸터앉아 흉물스러운 성벽을 바라보았다.

마법진을 색색의 정령석 가루로 새겨 넣은 하얀 성벽은 원래대로라면 아주 아름다웠을 것이다. 하지만 지금의 오염된 성벽은 지옥의 일부라 해도 납득될 만한 꼴이었다.

새카맣게 그슬려 버린 마법진들, 담쟁이처럼 얽힌 보라색 혈관, 성벽 전체를 채운 징그러운 기포들. 진녹색과 갈색, 붉은색이 섞인 이상한 구름으로 장식된 잿빛 하늘이 그 위를 덮고 있었다.

'멸망한 도시……'

대미궁이 나타나기 전에는 어떤 모습이었을까.

멍하니 그런 상상을 하던 아리아드네는 문득 맑은 물빛으로 반짝이는 것이 기괴한 풍경을 가로지르며 자신 쪽으로 날아오는 것을 보았다. 용오름을 타고 정찰을 다녀온 루드빅 블레이르였다.

"이번에도 대부분 시체고, 살아 있는 마물은 거의 없습니다."

금발의 기사가 보고했다. 예상했던 결과라 아리아드네는 덤덤히 고개를 끄덕였다.

"그럼 바로 들어가자. 다른 사람들을 불러와 줘."

"예."

루드빅이 영토 내의 캠프 쪽으로 향했다. 아리아드네는 턱을 괸 채 옅게 한숨을 내쉬었다.

'악셀 발렌타인, 이 답답한 자식.'

국경에서부터 가르시아 가도, 저울길이라 불리는 그 도로를 따라 라비린토스까지 가는 데에는 2주 정도의 시간이 소요된다. 그러나 그건 쉬지 않고 이동한다는 가정하에 나온 계산이라, 아리아드네는 전투와 휴식을 고려하여 한 달 정도의 여정을 예상했었다.

하지만 토벌대는 20여 일 만에 라비린토스에 도착했다. 달아난 악셀 발렌타인이 저울길 근처 마물의 씨를 말려 놓은 덕에 전투를 거의 치르지 않았기 때문이다.

'마물이 득시글거리는 저주받은 땅에 아주 고속도로를 뚫어 놨어.'

그가 지나간 자리에는 처참하게 불탄 마물의 시체들만 남아 있었다. 게다가 방금 보고를 들으니 라비린토스 내의 마물들까지 대부분 청소해 놓은 모양이었다.

혼자 저주받은 땅을 뚫은 무력도 기가 질리지만, 아리아드네는 다른 점이 더 기가 막혔다.

'우리가 갈 길을 이렇게 청소해 놨으면서, 뭐? 동료가 지긋지긋? 내가 역겨워?'

악셀에게는 벼락이라는 걸출한 비행형 정령수가 있다. 그가 정말 자기 자신만 생각했다면 날아가는 데에 방해되는 비행형 마물만 처리하면서 갔을 것이다.

하지만 악셀은 저울길을 중심으로 근처를 싹 청소하면서 이동했다.

뒤따라오는 사람들을 의식한 행동이 틀림없었다.

'마음은 알겠는데, 과한 친절이야.'

토벌대가 호위 대상도 아니고, 이게 뭐 하는 짓인지.

라비린토스까지 오는 동안 토벌대는 거의 전투를 치르지 못했다. 그저 악셀 발렌타인이 저질러 놓은 파괴의 흔적만 계속해서 마주쳤다. 토벌대의 분위기가 어수선해질 수밖에 없었다. 악셀이 떠난 이유를 정확히 밝힐 수 없었던 아리아드네가 그냥 좀 싸웠다고 얼버무린 탓에 더욱 그랬다.

'진짜…… 잡으면 가만 안 둬.'

아리아드네는 주먹을 움켜쥐었다. 안쓰럽고 답답하고 화가 나서 한 대쯤 때려줘야 속이 시원할 듯했다.

"아가씨, 준비 끝났어요."

베로니카가 다가와 그녀를 달랑 들어 올리더니 제 앞에 태웠다. 아리아드네는 그녀의 가슴팍에 등을 기댄 채 손짓했다.

"안으로 들어가자. 마물이 별로 안 남아 있다지만 그래도 조심하고."

베로니카와 아리아드네를 태운 철마가 앞장섰다. 그 뒤로는 루드빅과 에리히를 태운 모래바람이 뒤따랐다. 뤼르는 그들 위를 천천히 날아서 따라왔다.

박살 난 성문을 넘어 도시 안으로 들어서자, 썩어 가는 냄새가 짙게 맴돌았다. 죽음의 냄새였다. 도로는 다 헤집어져 있었고, 건물은 대부분 무너지거나 망가져서 폐허가 되어 있었다. 거기다 전부 혈관이나 촉수, 내장 같은 기괴한 것들로 뒤덮인 상태였다.

하수로에는 물 대신 오염수가 콸콸 흘렀다. 으슥한 골목에는 씹다

뱉은 것 같은 해골이 산더미처럼 쌓여 있었다. 곳곳에 보이는 수십 년은 되었을 법한 핏자국들은 도시가 멸망할 때 펼쳐졌을 지옥을 연상하게 했다.

신록의 영토가 그 폐허를 가로질렀다. 싱그러운 연둣빛이 토벌대가 가는 길을 물들였고, 그들이 지나고 나면 사그라들었다.

토벌대는 묵묵히 이동했다. 원래대로라면 건물의 그늘, 폐허의 틈새, 지하의 하수구, 지붕 위에서 마물들이 쏟아져 나왔겠으나 지금은 고요하기만 했다. 시커멓게 그슬린 자국이 곳곳에 보였다. 타거나 찢긴 마물의 사체가 길가에 널려 있었다.

"그 새끼가 여기도 이미 지나갔네."

에리히가 투덜거렸다. 아리아드네는 약하게 한숨을 내쉬고 정면을 보았다.

라비린토스의 중심에 있는 황궁. 고지대에 있어 도시 어디에서나 보이는 크레타의 황궁은 희끄무레한 안개에 휩싸여 금빛 지붕만 겨우 드러나 있었다. 저 안에 대미궁의 입구가 있다. 악셀의 흔적도 그곳으로 이어져 있었다.

일행은 안개 앞에서 잠시 멈췄다. 모두가 약속한 듯 아리아드네를 바라보았다.

"오염된 안개긴 하지만, 제 영토로 점령할 테니 그냥 들어가도 돼요."

아리아드네의 영토가 앞서서 질주했다. 청명한 숲이 안개 속을 꿰뚫었다. 베로니카가 철마의 옆구리를 가볍게 찼다.

그들은 곧 안개의 벽을 뚫고 황성 내부로 진입했다. 죄 무너진 밖과 달리 황성은 비교적 멀쩡했다. 안개도 없었고 혈관이나 촉수로 뒤덮여 있지도 않았다. 악셀은 이미 대미궁 안으로 들어간 건지 주변은 인기척 없이 고요했다.

"여긴 왜 오염이 없지?"

에리히가 이상하다는 듯 중얼거렸다. 아리아드네가 답했다.

"대미궁의 영역 안에 들어와서 그래요. 대미궁은 원래 오염을 퍼뜨리지 않거든요."

"그게 무슨 말도 안 되는 소리야?"

"오염이란 건 곧 마계화죠. 마계의 생물에게 적합한 환경으로 바뀌는 걸 우리는 오염이라고 부르잖아요."

"그래. 그리고 미궁은 그 마계화를 위한 구조물이잖아. 당연히 대미궁도……."

"대미궁은 달라요. 대미궁은 마계화를 위해 만들어진 기지가 아니라 마왕이 구현한 영토 비슷한 거거든요."

그녀는 차분히 설명을 이었다.

"마왕의 영토 내부에선 굳이 번거롭게 환경을 바꾸지 않아도 마계의 생물들이 살 수 있어요. 그래서 오염되어 있지 않은 거예요. 여기서는 우리도 멀쩡히 돌아다닐 수 있다는 뜻이죠."

에리히의 눈이 커졌다.

"미친, 그럼 대미궁 안쪽도 오염된 상태가 아니란 거야?"

"그건 아니에요. 대미궁 자체가 마계나 다름없어서 인간은 그 안에서 못 버티거든요. 우리가 정령술 없이도 괜찮은 건 오직 이 틈새뿐이에요."

아리아드네가 먹물같이 새카만 안개로 뒤덮인 곳을 가리켰다. 황성의 중앙 정원에 해당하는 곳이었다.

"대미궁의 입구인 저곳과 방금 지나온 오염된 안개의 벽 사이. 대미궁의 영역에 속하지만 진짜 대미궁은 아닌 이 근처가 사실 가장 안전해요."

원작에서는 저주받은 땅을 뚫고 온 토벌대가 대미궁에 들어가기 전에 베이스캠프를 만들고 휴식을 취하던 곳이었다.

'그 환각에서 본 곳도 여기였어.'

환각 속에서 그녀가 악셀 발렌타인과 맨몸으로 잠에서 깨어났던 방이 이 황궁 어딘가에 있을 것이다.

'여기서는 영토를 유지할 필요가 없으니 푹 쉬면서 그런…… 밤을 보낸 거겠지.'

그건 '원작 아리아드네'의 이야기일까, 마왕이 보여준 환각 저주에 불과할까, 아니면 설마…….

복잡해지는 기분에 그녀는 얼른 고개를 젓고 말을 이었다.

"이제 곧 대미궁이에요. 조금 쉬었다 갈까요?"

"여태껏 늘어지게 쉬었는데, 뭐 하러."

에리히가 어깨를 으쓱였다. 뤼르가 날개를 접고 내려서며 물었다.

"성녀님께서는 괜찮으십니까?"

"멀쩡해요. 그럼 바로 들어가죠."

아리아드네는 철마에서 내려서서 영토를 거두었다. 반사적으로 움찔했던 일행들은 정말로 오염이 느껴지지 않자 신기하다는 얼굴이 되었다.

"전에 얘기했던 것 기억하죠? 대미궁이 총 다섯 구역으로 나뉜다는 거."

"0구역 정원, 1구역 요람, 2구역 늪, 3구역 미궁, 4구역 왕좌. 기억하고 있습니다."

루드빅이 얼른 대꾸했다. 아리아드네가 고개를 끄덕이고 말을 이었다.

"지금부터 우리는 정원을 통과해서 1구역으로 들어갈 거예요. 오라버니, 전에 맡겼던 검은 잔 있죠? 그거 꺼내 주세요."

"이거?"

에리히가 인벤토리 아이템에서 단단히 봉인된 상자를 꺼냈다. 먹구름을 운석으로 떨군 뒤 얻었던 검은 잔의 원본이 그 안에 있었다.

"이걸로 대미궁의 입구를 찾을 거예요."

"저 검은 안개 속에 입구가 있다며?"

"저 안개 자체가 대미궁의 '정원'이에요. 저 안에 들어가면 아무것도 보이지 않아요. 영토를 펼쳐도 무한한 안개만 보이죠. 그렇게 헤매다 겨우 입구를 발견해도 대부분 함정으로 가득한 가짜 입구고요."

그녀는 물병을 꺼내 잔에 물을 채웠다.

"하지만 이걸 쓰면 함정이 없는 안전한 입구를 찾을 수 있어요. 검은 잔을 받은 자들이 대미궁에 드나들 때 쓰는 입구를요."

"이건 어떻게 쓰는 건데?"

"검은 잔에 담긴 물은 마계의 성수 같은 걸로 변해요. 이 물을 안개 속에서 쏟은 다음 흐르는 대로 따라가면 대미궁의 진짜 입구를 찾을 수 있어요."

"거 신기하네. 원리가 뭐지? 마계의 성수란 건 오염수랑 다른 건가? 조금 살펴봐도 돼?"

에리히가 검은 잔에서 눈을 떼지 못한 채로 물었다. 베로니카는 털실만 보면 정신 못 차리는 고양이를 보는 듯한 눈으로 에리히를 보며 한숨을 내쉬었다.

아리아드네는 그냥 고개를 끄덕여 주었다.

"만지지는 마세요. 오염되니까."

파이에게 물어보면 바로 원리를 알려 주겠지만, 에리히는 스스로 알아내는 걸 더 재미있어할 것이다. 마법사인 만큼 그 과정 자체가 그에게 도움이 될지도 모르고.

검은 잔에 부은 물이 검게 물들기 시작했다. 아리아드네는 그 물이 완전히 물들기를 기다리다가 문득 걱정이 되었다.

'악셀은 검은 잔이 없잖아. 설마 정원에서 헤매고 있는 건 아니겠지?'

저 안에서 헤매고 있다면 찾아낼 방법이 없다. 그녀는 걱정스러움에 입술을 깨물었다.

원작 주인공은 초반에는 검은 잔을 써서 대미궁에 들어가다가 나중에는 먹구름을 찾는 게 귀찮아져서 다른 방법을 쓴다.

'그냥 가짜 입구로 들어가서 다 때려 부수며 전진했었지. 근데 그건 주인공이 초반 함정을 다 외울 정도로 대미궁에 익숙해진 뒤였잖아.'

지금의 악셀이 그럴 수 있을 것 같지는 않았다.

'물론 회귀하면 어떻게든 되겠지만……'

아리아드네는 입술을 잘근잘근 깨물며 생각했다. 악셀이 이상해진 건 회귀 때문인 게 확실했다. 다른 이유로는 그의 행동들이 설명되지 않는다.

'내가 그 능력이 마왕의 권능이니 써서는 안 된다고 했을 때도 이미 회귀한 상태였을까?'

그래서 자포자기한 걸까?

설령 네가 회귀했다고 하더라도 나는 끝까지 포기하지 않을 거라고 미리 알려 줬어야 했나?

'그러면 악셀이 떠나지 않고 솔직히 대답했을까.'

아리아드네는 지끈거리는 이마를 짚었다. 답 없는 가정에 빠져드는 것보다 현실적인 방법을 모색하는 게 훨씬 낫다.

'1구역에 들어가 보면 악셀이 정원을 통과했는지, 통과하지 못했는지 알 수 있잖아. 그러니 그건 그때 가서 고민해 보기로 하고……. 파이, 므네모시네 수리는 어떻게 되어 가고 있어?'

악셀이 부수고 갔던 므네모시네. 아리아드네는 그 파편들을 주워 모아 파이에게 수리를 부탁한 상태였다.

아마 악셀은 파이가 어떤 일까지 가능한지 모르고 있는 모양이었다. 알았다면 부수는 게 아니라 그냥 가지고 달아났을 테니까. 므네모시네의 제작자가 쓴 책을 도서관에서 찾아낸 파이는 그날 이후 틈틈이 므네모시네를 수리하는 중이었다.

[거의 다 끝났습니다. 조만간 악셀 발렌타인이 담아 놓은 기억을 보실 수 있을 겁니다.]

[하지만 아무래도 한 번 망가졌던 물건이라, 담긴 기억을 전부 복구할 수는 없을 듯합니다.]

'고마워, 끝나면 알려 줘.'

[예.]

파이는 아리아드네에게 답한 뒤 책상에 올려놓은 므네모시네를 가만히 내려다보았다.

수리는 사실 어제 끝났다. 거울은 금이 갔지만 제대로 작동하고 있었다. 안에 담겨 있는 기억을 전부 복구하진 못했지만, 맥락을 파악하기엔 충분했다.

아리아드네의 죽음, 디메토르, 회귀의 반복, 디메토르의 목적, 번제, 입맞춤, 끊긴 고백, 그리고 또 번제.

우아한 손가락이 거울의 표면을 쓰다듬다가, 꾹 움켜쥐었다.

'부숴 버리고 싶다.'

그는 무표정한 얼굴로 한참을 그러고 있다가 천천히 손에서 힘을 풀었다.

'이 기억대로라면 악셀 발렌타인은 반드시 죽는다.'

아무리 아리아드네라도 이런 상황에서 해결책을 찾아내진 못할 것이다.

악셀 발렌타인이 사라지고 나면 아리아드네 곁에 남는 건 결국 파이 자신이었다. 아마 그녀는 평생 악셀 발렌타인을 잊지 못하게 되겠지만, 그렇기에 다른 누구도 사랑할 수 없을 거다.

파이로서는 나쁘지 않은 결과였다. 그녀가 다른 누군가를 선택하는 것보다는 아무도 선택하지 않는 게 나았다.

'많이 슬퍼하시겠지. 그래도 파이가 계속 곁에서 위로해 드릴 테니까.'

아리아드네가 덜 괴롭도록 디메토르의 목적 부분을 슬쩍 숨길까 잠시 고민했으나 무의미한 짓이란 생각이 들어 그만두었다. 아리아드네 앞에만 서면 흐물흐물 풀어지는 악셀 발렌타인이 그녀가 찌르는 대로 진실을 토해 낼 게 뻔해서였다.

그녀라면 드문드문 흘러나오는 진실만으로도 전후 사정을 완벽하게 깨달을 거다.

'어차피 알게 되실 거라면 미리 아시는 게 낫다.'

아리아드네의 믿음을 배반하는 것도 싫었다. 배반한다고 해서 그녀를 얻을 수 있는 것도 아닌데.

'그냥 다 보여 드리자.'

보여 드리고, 대미궁의 끝에 도달할 때까지 기다리자. 악셀 발렌타인은 알아서 사라질 테니까.

파이는 결론을 내리고 거울을 내려놓았다.

검은 잔에서 악취가 뿜어져 나왔다. 아리아드네는 완전히 검게 변한 물을 확인하고 자리에서 일어섰다.

"제 영토 안에서는 검은 물이 흐르지 않으니까, 정령등을 켜고 갈 거예요. 안전줄 달게요."

일행은 벨트와 벨트 사이를 안전줄로 연결하고 정령등에 불을 켰다. 베로니카가 가장 앞에서 가호를 두른 손으로 검은 잔을 들었다.

그들은 나란히 검은 안개 속으로 발을 디뎠다. 하늘도 땅도 구별되지 않는 짙은 암흑이 순식간에 시야를 가득 채웠다. 보이는 건 정령기사들을 감싼 가호와 정령등의 어슴푸레한 불빛, 뤼르의 날개에 어린 황금빛뿐이었다.

"베로니카, 잔을 쏟아."

아리아드네의 명령에 선두에 있던 베로니카가 검은 잔을 기울였다. 흘러 떨어진 검은 물은 바닥이 아니라 허공에 고이더니, 안개를 타고 꾸물꾸물 흘러가기 시작했다.

그들은 그 흐름을 따라 걸었다. 물이 느리게 흘렀기에 달릴 필요는 없었다. 산책하는 듯한 속도로 어슬렁어슬렁 걸어도 충분했다. 까마득한 어둠 너머에서 이따금 울부짖는 괴성이 들려왔다.

"마물이에요. 어지간하면 마주치진 않겠지만 긴장은 유지하세요."

아리아드네가 조용히 말했다. 기사들이 검을 곧추세웠다. 어둠 속에서 걷다 보니 간혹 기이한 구조물이 안개 속에서 어슴푸레하게 나타났다. 반쯤 무너진 기둥이나 뒤틀린 아치, 깨진 가로등, 부서진 조각상 같은 것들.

"이거 원래 황성 정원에 있던 것들 같은데."

에리히가 나지막하게 중얼거렸다. 그의 앞에서 걷던 아리아드네가 고개를 끄덕였다.

"맞아요."

"우리가 황성의 중앙 정원 안에서 돌아다니고 있는 거야?"

"네, 대미궁의 정원이기도 하고요."

"어두워서 뵈는 게 없는데 정원이라니, 마계 놈들 취향 하고는."

"마계의 정원은 꾸미고 즐기는 곳이라기보다 침입자를 가두고 죽이는 함정에 가깝더라고요. 그래서 이런 꼴일걸요."

"넌 진짜 이런 걸 다 어떻게 아냐?"

에리히가 새삼스럽게 신기하다는 듯 물었다. 아리아드네는 늘 그랬듯이 특별한 능력이 있다고 얼버무리려다 잠깐 입을 다물었다.

'정보의 출처를 밝히지 않아도 다들 내 말을 따르겠지만…… 이젠 받은 만큼 믿음을 돌려줄 때가 됐어. 악셀에게도 이미 말했잖아.'

원작과 환생 얘기는 빼더라도 환상 도서관이라는 것의 존재 자체는 알려 줄 때가 되었다. 대미궁까지 들어왔는데 계속 숨기는 것도 어불성설이었다. 여기까지 온 토벌대원들을 믿지 못한다면 그녀가 세상에서 믿을 수 있는 사람은 단 한 명도 없을 것이다.

아리아드네는 결심하고 입을 열었다.

"……환상 도서관에서 봤어요."

"응?"

느릿느릿 흐르는 물을 따라 암흑 속을 걷는 건 지루한 일이었다. 함정 하나 마주치지 않으니 더욱 그랬다. 그래서 아리아드네는 걸음을 옮기며 환상 도서관에 관한 이야기를 차근차근 풀어놓았다.

아무도 그녀의 진실을 의심하지 않았다. 그녀의 행보를 곁에서 지켜본 이들이니 그럴 수밖에 없었다. 그저 다들 놀랄 뿐이었다.

"사람이 죽으면 그 사람이 평생 읽었던 글들이 꽂혀 있는 서재가 그 도서관 안에 생긴다고요?"

가장 뒤에서 걷던 루드빅이 당황스럽다는 듯 물었다. 아리아드네는 어깨를 으쓱이며 답했다.

"정확히는 인상 깊게 읽은 것만. 평생 본 게 전부 다 꽂히면 서재 하나가 도서관만큼 커질걸."

그녀의 이야기를 이해하려 애쓰던 베로니카가 중얼거렸다.

"일종의…… 정령술 같은 거라고 보면, 될까요. 아가씨는, 채널을 통해, 대정령의 영토인, 환상 도서관에…… 접속하시는 거고."

"정령술하고는 느낌이 좀 다르긴 한데…… 그런 식으로 이해해도 크게 틀리진 않겠네."

베로니카가 감탄하는 얼굴로 아리아드네를 돌아보았다.

"여태까지 알려지지 않았던, 대정령인 거네요……! 그래서, 가이드 시술을…… 안 받으신, 거군요. 역시 아가씨는…… 대단한 분이세요."

"대단한 게 아니라 운이 좋은 거지. 환상 도서관과 연결된 건 굉장한 행운이었어."

"성녀님, 그건 행운이 아닐 겁니다."

뤼르가 불쑥 끼어들며 말했다.

"분명 엘께서 예비하신 필연일 겁니다. 성녀님께 그럴 만한 능력과 자격이 있었기 때문에 그 도서관에 들어가실 수 있었던 거예요."

"글쎄요, 제가 처음 환상 도서관에 들어간 건 고작 일곱 살 때였어요. 일곱 살짜리한테 무슨 능력과 자격이 있었겠어요?"

아리아드네는 웃어넘겼지만 뤼르는 동의하지 않았다.

환상 도서관이란 정보의 보고에 드나들 수 있는 유일한 사람이 전무후무한 정령사가 되었고, 이름뿐이라 해도 성녀라 불리고, 신께 수호성인을 허락받았으며, 제 몸을 아끼지도 않고 세상을 구원하러 가고 있다.

이게 그저 우연일 리가 없었다.

신관은 금빛 눈으로 앞서 걷는 여자의 뒷모습을 바라보았다. 가녀린 어깨가 아득하게 높아 보였다.

'저런 분께 봉사할 수 있다니, 내겐 과분한 영광이다.'

뤼르 이나민은 자신의 성녀에게 더 바칠 것이 없다는 게 몹시 아쉬워졌다.

내내 생각에 잠겨 있던 에리히가 문득 입을 열었다.

"아리아, 거기에 미래의 정보도 있다고?"

"네, 대미궁에 관한 정보들도 미래의 기록을 찾아낸 덕에 얻은 거예요."

"……잠깐만, 좀 이해가 안 되는 점이 있는데."

입가를 만지작거리던 마법사가 예리한 질문을 던졌다.

"서재라는 게 사람이 죽은 뒤에 생겨나는 거라면 그 도서관에는 과거의 정보밖에 없어야 해. 그런데 어떻게 미래의 기록들이 존재하는 거지?"

"……!"

"앞뒤가 안 맞아. 만약 앞으로 죽을 사람의 서재도 도서관에 미리 존재하는 거라면, 지금 살아 있는 사람들도 다 서재가 있어야지. 우리도 언젠가 죽을 거 아냐."

에리히가 눈살을 찌푸리더니 덧붙였다.

"환상 도서관의 사서인지 정령인지 모를 그 녀석이 서재 생성 법칙을 잘못 알고 있는 것 같은데? 아니면 우리 서재가 없는 게 아니라 아직 못 찾았을 뿐인 거 아니야?"

[파이는 잘못 알고 있지 않습니다.]

파이가 조금 울컥한 투로 끼어들더니, 망설이는 어조로 덧붙였다.

[……확신이 서지 않아 말씀드리지 못한 것이 있을 뿐입니다.]

아리아드네는 불현듯 깨달았다. 파이의 음성에서 묻어나는 걱정과 조심스러움, 지금까지 본 미래의 기록들, 알고 있는 단서들을 조합하자 결론이 튀어나왔다.

'그 미래의 기록들이란 거, 사실 다 과거의 기록인 거지?'

파이가 정곡을 찔린 듯이 침묵했다. 그녀는 계속해서 말했다.

'이 세계의 시간이 되돌려지기 전의 기록. 그러니까, 악셀이 회귀하면서 덮어씌워진 과거의 기록들. 그래, 그러면 그게 왜 도서관에 남아 있는지 설명되지. 모순점도 사라지고.'

아리아드네는 작게 탄식했다.

'아, 그래, 그래서…… 대미궁이 닫힌 이후의 삶에 관한 기록이 하나도 없었던 거구나. 그런 미래, 아니, 과거는 존재하지 않았으니까. 멸망으로 끝나서…….'

그녀가 7살에 주인공의 회귀를 막자고 결심하기 전부터 시간은 이미 몇 번이고 되돌려진 상태였던 거다. 환상 도서관에는 처음부터 그 흔적이 고스란히 담겨 있었다. 원작 소설의 존재 때문에 미처 깨닫지 못했을 뿐.

그러니까 그녀는 소설에 나왔던 모든 내용이 이미 진행된 다음, 한 번 멸망하고 모종의 이유로 소설 시작점보다 훨씬 이른 시기까지 되돌려진 세계에서 태어난 거다.

아리아드네는 아득한 검은 안개에 시선을 둔 채 파이에게 물었다.

'혹시 전제가 틀렸을 가능성은 없어? 죽은 사람의 서재가 생기는 게 아니라, 다른 규칙이 있다거나…….'

[그건 확실합니다. 파이는 이제 엘 문자로 쓰인 서재를 모두 알고 있습니다. 새로 생겨나는 서재도 계속 확인하고 있습니다.]

[아리아를 포함해 현재 살아 있는 사람들의 서재는 환상 도서관의 어디에도 없습니다.]

[게일 피카로가 죽은 뒤 그자의 서재를 찾아내면서 확신했습니다. 누군가가 죽으면, 일정 시간이 흐른 뒤 도서관에 그 사람의 서재가 생겨납니다.]

'그럼 결국 환상 도서관에 있는 미래의 기록이란 되돌려진 시간의 찌꺼기 같은 거구나.'

[……아마 그럴 겁니다.]

'언제 깨달았어?'

[은거울 미궁의 정보를 찾을 수 없었을 때 의심하기 시작했고, 포크 미궁의 정보마저 없었을 때 깨달았습니다.]

[원작에…… 회귀 이전에는 없었던 미궁이 생겨나면, 환상 도서관에서도 정보를 찾을 수 없다는 점을요.]

[그렇다면 이미 존재하는 정보는 모두 실제로 과거에 있었던 일에 대한 기록이라는 뜻이 되니까요.]

파이는 자신이 글로리아 위버의 서재를 찾아내지 못했다는 사실을 떠올리지 못한 채 말을 이었다.

[그 소설 역시 과거의 일부를 모아둔 회귀의 찌꺼기일 겁니다. 어째서 그게 아리아의 전생 서재에 있는지는 잘 모르겠지만요.]

[진짜 미래, 아직 일어나지 않은 일들에 관한 정보는 환상 도서관에도 없습니다.]

아리아드네는 잠깐 눈을 감았다. 헛웃음이 나왔다. 왜 여태까지 깨닫지 못했는지 어이가 없을 지경이었다.

'원작에 너무 얽매여 있었어.'

파이가 그녀에게 말하기 조심스러워한 이유도 알 것 같았다. 아리아드네의 목표와 희망을 모조리 무너뜨릴 수도 있는 정보니까.

하지만 그녀는 사이먼으로부터 우 대륙에 관한 보고를 들은 뒤, 이미 암흑뿐이라도 걸어가기로 결심했다. 등불을 들고도 어둠이 두렵다고 도망치는 무책임한 짓을 할 수는 없었다.

그녀에게는 검은 잔으로부터 유혹당하며 찾아낸 희망도 있었다. 부딪혀 보기도 전에 기다리는 게 모두 절망이라고 속단할 순 없다.

그러니 괜찮다.

게다가 악셀이 회귀 능력을 썼다고 확신하고 있는 상황이라 사실 크게 변하는 것도 없었다. 일어난 회귀를 돌이킬 수 없으니 다른 방법을 찾아내는 수밖에.

'실마리가 없는 것도 아니잖아. 환각에서 나온, 은둔자의 영역에 숨겨져 있는 신의 관……. 함정일 수도 있지만, 어쨌든 아직 해 볼 수 있는

일이 많아.'

그녀는 마음을 가다듬고 파이에게 의사를 전했다.

'파이, 전에도 한 번 얘기했었지. 내가 걱정된다는 이유로 정보를 숨기려 하지 말라고.'

[……죄송합니다.]

'날 위해서 그런 건 알아. 그래도 이러지 마, 응?'

[네, 아리아. 앞으로는 숨기지 않겠습니다.]

'고마워.'

아리아드네는 에리히를 돌아보며 살짝 웃었다.

"오라버니도 고마워요."

"어? 뭐가?"

"덕분에 깨달은 게 있어서요."

뭔 소리냐고 에리히가 되물으려는 찰나 선두로 걷던 베로니카가 걸음을 멈췄다.

"입구, 찾은 것 같아요."

미궁의 핵 속에 있는 것과 비슷하게 생긴 오염수 샘이 그들 앞에 나타났다.

"이게 입구라고? 핵 속에 있는 웅덩이같이 생겼는데."

에리히가 갸웃거렸다. 공중을 흐르던 검은 물이 오염수 샘으로 빨려 들어갔다. 그것을 확인한 아리아드네가 대답했다.

"입구 맞아요. 핵 안에 있는 것처럼 문의 역할을 하는 웅덩이거든요. 들어가죠."

"제가 먼저."

베로니카가 망설임 없이 오염수 속으로 뛰어들었다. 아리아드네는 안전줄이 당겨져 정령등 불빛의 범위에서 벗어날까 걱정되어 바로 그녀의 뒤를 따라 들어갔다. 불쾌한 물의 감촉이 전신을 스친 뒤, 눈앞에 유리 바닥이 나타났다.

"아가씨!"

아래에 서 있던 베로니카가 깜짝 놀라 그녀를 받아 안았다.

"줄이 끊어질 것 같아서."

아리아드네는 천장에 고여 있는 오염수 웅덩이를 흘깃 확인한 뒤, 바닥에 아주 좁게 영토를 구현했다.

그녀가 내려서자 천장의 웅덩이에서 에리히가 떨어졌다. 이번에는 미리 기다리고 있던 베로니카가 마법사를 받아 안은 다음 똑바로 서도록 부축해 주었다. 에리히의 얼굴이 시뻘게졌다.

"나도 이 정도는 알아서 할 수 있……."

"허세."

"……."

베로니카의 한마디에 에리히가 입을 다물었다.

베로니카는 뒤이어 떨어지는 뤼르의 착지도 도와주었다. 추락한 높이가 사람 키보다 높았기에 뤼르는 바로 감사를 표했다. 루드빅만이 스스로 내려올 수 있었다.

일행이 내려오는 사이 아리아드네는 엘릭서를 적신 천으로 몸에 묻은 오염수를 닦아 냈다. 정령등은 오염되는 건 막아도 오염수에 젖는 것까지 막아 주진 못한다. 가호 덕에 아예 오염수와 접촉하지 않은 기사들 외에는 다들 오염수를 닦아야 했다.

영토에 내려선 마법사와 신관이 정령등을 끄고 오염수를 닦는 동안, 먼저 닦아낸 아리아드네는 기사들과 함께 주위를 살펴보았다. 기

차가 서너 대쯤 지나가도 넉넉할 만큼 넓고 높은 터널이었다. 그들은 그 통로의 천장에 매달린 유리관 같은 곳에 내려선 상태였다.

유리 벽 너머로 보이는 터널의 벽은 처음 보는 재질의 검고 매끈한 돌로 이루어져 있었고, 천장은 오염수가 흐르는 혈관처럼 보이는 것으로 뒤덮여 있었다. 통로의 양 끝은 어둠에 잠겨 제대로 보이지 않았다.

좁게 펼쳐진 잔디밭을 벗어나 유리 바닥을 내려다본 루드빅이 눈살을 찌푸린 채 말했다.

"그 녀석이 이곳도 이미 지나갔군요. 그리고 여기가 안전한 지름길이라는 게 무슨 뜻인지 알겠습니다."

아리아드네는 영토 끝에 서서 아래를 보았다. 통로의 넓은 바닥 곳곳에 마물의 사체와 망가진 함정이 널려 있었다.

"……그래, 이미 지나갔구나."

그녀는 내심 안도했다. 다행히 악셀이 정원에 갇히진 않은 모양이었다.

그들이 들어온 입구를 제외한 다른 입구는 모두 저 통로와 바로 연결된다.

대미궁의 첫 구역은 마계의 세 군주 중 마물의 요람이 관장하는 영역. 이곳은 아리아드네와 파이가 공략을 짜면서 임의로 1-1구역이라 분류한 통로였다. 요람이 생산한 잡다한 마물들이 가득하고, 침입자를 제거하기 위한 함정이 빽빽하게 설치된 곳.

일행은 아무것도 없이 깨끗한 유리관 내부를 걸으며 아래를 살폈다.

"그 자식, 함정 위치를 미리 알고 있었던 것 같은데. 저거 봐."

에리히가 발동되기도 전에 부서진 함정을 가리켰다.

"그놈도 너처럼 환상 도서관에 드나들 수 있는 거 아니야?"

"그건 확실히 아니에요. 다른 사람을 본 적이 없거든요."

아리아드네는 고개를 저으며 속으로만 신음했다.

'저 함정들을 저렇게 다 파악하고 지나갔다는 건…… 대체 몇 번이나 회귀를 한 거야?'

그녀의 의문에 파이가 답했다.

[회귀하지 않았을 수도 있습니다. 그에게는 함정의 위치를 다 가르쳐 줄 수 있는 존재가 있으니까요.]

'응? 무슨 말이야?'

[므네모시네의 수리가 끝났습니다. 말로 설명하긴 어려워서…… 직접 보시면 알게 되실 겁니다.]

아리아드네는 일순 멈칫했다가, 걸음을 계속 옮겼다.

'……오늘 밤에 캠프를 치면 바로 보러 갈게.'

[준비해 두겠습니다.]

일행들이 걷던 유리관은 서서히 내리막길로 바뀌었다. 관이 바닥과 맞닿은 곳에 검은 문이 보였다.

"저긴 못 지나가요. 검은 잔을 받은 자들만 열 수 있는 문이라서요."

"부술 수는 없어? 은거울 미궁에서 그랬던 것처럼 엘릭서를 쓰면……."

"대미궁은 일반적인 미궁과 달라서 그런 게 안 먹혀요. 실험해 보셔도 돼요."

에리히가 시험 삼아 문과 주변 벽에 엘릭서를 뿌렸다. 흐물흐물해졌던 은거울 미궁의 바닥과 달리 검은 문은 미동도 하지 않았다.

"대미궁이 오염을 뿌리지 않는 것과 연관이 있나? 엘릭서는 오염을 치료하는 약이니까……."

에리히가 홀로 중얼중얼하며 벽의 재질을 분석하는 사이, 일행은 안전줄을 풀고 다음 구역에 진입할 준비를 했다. 1-1구역과 1-2구역을 나누는 건 깊은 벼랑이었다. 그들은 정령수에 나눠 타고 천천히 아래로 하강했다.

"원래 비행형 마물이 덤벼드는 구간인데, 조용하네요."

"그 새끼가 또 다 잡아 죽였나 보지."

아리아드네의 말에 에리히가 심드렁하게 대꾸했다.

바닥에 내려서니 역시나 새카맣게 탄 날개 달린 마물들이 산더미처럼 쌓여 있었다. 그 앞으로는 1-1구역과 비슷한 통로가 이어졌다. 차이점은 통로의 끝이 벽으로 막혀 있고, 그 벽에 둥근 문 같은 것이 달려 있다는 점이었다.

베로니카가 앞서서 문을 살펴보더니 갸웃했다.

"손잡이가…… 없네요."

"마물 발로 두드리면 열려. 악셀은 이미 그렇게 지나간 모양이네."

아리아드네가 문 옆의 바닥을 가리켰다. 거대한 닭발처럼 생긴 비행형 마물의 잘린 앞발이 나뒹굴고 있었다. 베로니카가 묘한 표정으로 그 발을 집어 들어 문을 두드렸다. 문이 나선형으로 갈라지며 열렸다.

똑같은 방과 똑같은 문이 보였다. 이번에는 방 안에 얼어붙은 마물의 사체가 쌓여 있었다. 사체를 살펴본 루드빅이 말했다.

"지금까지 죄다 태워 죽이더니, 이것들은 얼린 다음 죽였군요."

"1-2구역은 요람이 생산한 특수한 마물들의 거주지야. 방마다 다른 종류의 마물이 나오는데…… 여긴 불에 강한 마물들이 모여 있는 방이었던 거지."

이번에도 문 옆에 마물의 앞발이 떨어져 있었다. 베로니카가 말없이 그것을 들어 문을 열었다.

그런 식으로 열 개가 넘는 방을 지나쳤다. 계속해서 죽은 마물 더미만 마주치니 다들 점점 긴장이 풀어지고 있었다.

"다음 방이 1-2구역의 마지막 방이에요."

"다양한 마물들이 모여 있다는 방? 그래 봤자 또 시체만 있겠지. 마물보다 더 마물 같은 새끼."

"……그다음은 바로 군주가 있는 영역이고요."

"요람도 시체만 남아 있는 거 아니야?"

에리히가 비뚜름하게 말을 받았다. 이어 루드빅이 물었다.

"대미궁의 마물들이 의외로 약한 겁니까, 아니면 악셀 발렌타인이 괴물인 겁니까?"

"……후자야."

토벌대의 사기가 떨어질 걸 알면서도 아리아드네는 솔직하게 대답할 수밖에 없었다.

여기까지 오면서 사람이 흘린 핏자국은 한 번도 보지 못했다. 악셀이 전혀 다치지 않았다는 뜻이다. 악셀 발렌타인이 없는 토벌대로도 여기까진 무난히 도달했겠지만, 아무도 다치지 않고 오는 건 불가능했을 것이다. 괜히 토벌대에 신관이 필수인 게 아니다.

'악셀이 융합 기술까지 익혔으니, 단순 무력으로만 따지면 이럴 수 있긴 해. 하지만 경험의 차이가 있는데…… 이 정도라고?'

이건 그녀가 알던 악셀 발렌타인이 아니라 소설 후반부에서 튀어나온 주인공이어야 가능한 수준이었다.

소설 후반의 주인공은 요람까지 혼자서 뚫을 수 있었다. 오염의 늪지기나 미궁의 은둔자와 달리 마물의 요람이 관장하는 영역은 순수한 전투력으로 밀어붙이는 게 가능했으니까.

하지만 실제로 주인공 혼자 처리가 가능해진 건 회귀를 반복하며 요람의 영역에 있는 모든 마물의 습성을 외우고 요람과의 전투 경험이 쌓인 후의 일이었다.

'함정을 부순 것도 그렇고…… 어떻게?'

악셀이 설마 회귀한 기억을 되찾은 건가? 아니면 파이가 언급한 존재 덕분에?

'악셀부터 따라잡으려 했는데, 안 되겠어.'

아리아드네가 여기서 캠프를 치고 므네모시네를 확인해 보기로 결심한 순간, 문 너머의 소리에 귀를 기울이고 있던 베로니카가 말했다.

"벽 너머…… 마지막 방에서, 소리가 나요."

"뭐?"

"누군가, 싸우고 있어요."

악셀 발렌타인이다. 그 외에는 없었다. 판단이 서자마자 아리아드네는 곧바로 명령했다.

"다들 전투 준비해요. 니카, 문 열어!"

베로니카가 마물의 앞발로 문을 두드렸다. 나선형으로 갈라지는 문의 틈새로 보랏빛 액체가 푸확 튀어나왔다. 마물의 피였다. 지렁이가 뭉쳐진 것 같은 보라색 마물의 시체가 입구를 가로막고 있었다.

베로니카가 뽑아 들고 있던 검으로 마물을 치웠다. 비로소 안쪽이 제대로 보였다.

내부는 방이라기보다 광장에 가까운 크기였다. 지금까지 지나쳐 온

방들보다 몇 배는 컸다. 온갖 마물이 오른쪽 벽을 향해 덤벼들고 있었다. 그 벽을 등지고 선 악셀 발렌타인이 흰 불길을 휘감고 마물들에게 번개가 튀는 검을 내질렀다.

'악셀!'

아리아드네는 반사적으로 튀어나오려는 고함을 간신히 삼켰다.

"망……!"

'망할 새끼 드디어 잡았네!'라고 외치려던 에리히의 입을 베로니카가 틀어막았다. 여기서 소리를 질렀다간 언뜻 봐도 수백은 될 마물의 주의를 끌게 될 테니까.

아리아드네는 빠르게 주위를 살폈다. 가장 먼저 확인한 것은 남아 있는 마물들의 종류와 악셀의 상태.

'꽤 지쳐 보여. 쟤 체력하고 죽은 마물들 수, 우리가 따라잡은 시간까지 고려하면 여기서 최소한 반나절은 저러고 있었다는 뜻이야. 주위에 남은 건 대부분 장갑형 마물들. 악셀이 가장 상대하기 까다로운 마물이네. 지금 쟤 상태로는 저 많은 놈들을 부상 없이 처리하긴 힘들어.'

비행형, 수상형, 장갑형 등의 명칭은 순수하게 마물의 형태에 따른 분류다. 단단한 껍질로 둘러싸인 장갑형 마물이 악셀 주위에 족히 수십은 몰려 있었다. 한둘이면 불이나 얼음으로 껍질을 깨부수고 죽이겠지만 저 정도 숫자면 그것도 어렵다.

부상을 감수하고 틈을 노려 융합 기술을 쓰는 수밖에 없을 것이다. 하지만 저 장갑형 마물들 속에 불이나 빛에 강한 놈들이 섞여 있다면 융합 기술로도 처리가 힘들어진다.

상황을 파악한 푸른 시선이 이어 마물 시체들을 훑었다.

'정신계열 마물들은 다행히 다 죽었네. 일부러 먼저 처리한 거겠지? 구별법은 대체 어떻게 알았, 됐어, 이건 나중에. 근데 왜 천둥거미 사체가 없지? 아니, 천둥거미뿐만 아니라 사체 중에 전격계열 마물이 아예 없잖아. 설마?'

아리아드네는 즉시 천장을 확인했다. 천장을 뒤덮은 오염수 혈관들이 꿈틀거리며 움직이고 있었다.

'오염수 혈관들이 마물 생산관을 위해 자리를 내주는 거야. 곧 요람이 생산한 마물들이 추가 공급된다!'

가지고 있던 정보와 현재 보이는 것들이 곧바로 조합되었다. 여기까지 고작 십여 초. 판단을 끝낸 그녀가 입을 열었다.

"뤼르, 여기에 피난의 성역 펼쳐 줘요! 오라버니, 방어막 설치한 다음 광역 마법 준비하세요!"

"광역 어떤 거?"

"상급 마물 수십 마리 한 번에 으깨 버릴 수 있는 걸로요!"

"뭐? 우리 해골은 무시무시한 걸 정말 쉽게 주문하네."

"마물들 죄다 철판에 구워 줄게요. 그래도 안 돼요?"

"야, 누가 못 한대? 안 구워 줘도 되니까 시간만 좀 줘."

"구워 줄 테니까 시간을 줄여요. 할 수 있죠?"

"네가 하라는데 못해도 해내야지."

에리히가 픽 웃더니 영창을 시작했다. 뤼르는 이미 성역을 만드는 중이었다. 아리아드네는 이어 기사들에게 명령을 쏟아냈다.

"베로니카, 물거품 꺼내서 악셀 쪽으로! 가서 저것들 껍질 부식시킬 독 준비하고 신호 기다려! 루드빅은 날아서 천장으로! 올라가면 용오름 말고 마그마 꺼내. 발판은 내가 만들어 줄 테니까!"

기사들은 반문 없이 달려 나갔다. 그녀는 채널에서 정령력을 새로 끌어와 주변에 흩뿌렸다.

[창백한 푸름, 황금 무덤, 잠들지 않는 심판의 정령력을 추가로 사용합니다.]

베로니카가 가장 먼저 목적지에 도달했다. 물거품으로 이루어진 해 파리가 그녀의 주위 허공을 유영하고 있었다. 연한 보랏빛이 감돌던 정령수의 투명한 몸이 짙은 보라색으로 차오르며 찰랑거렸다.

베로니카는 보랏빛으로 물든 검을 딱정벌레 같은 마물의 등에 그대로 내리쳤다. 검은 깡, 하는 소리와 함께 바로 튕겨 나왔으나, 바윗돌 같은 등껍질에 미세한 흠이 생겼다. 그 흠 주변으로 등껍질이 삽시간에 부식되며 보랏빛 거품이 부글부글 솟아나기 시작했다.

'통한다.'

베로니카는 부식된 껍질 사이로 검을 꽂아 마물의 숨통을 끊었다. 검을 뽑아내자 마물의 탁한 녹색 피가 허공에 튀었다. 그 액체 사이로 붉은 눈과 그녀의 시선이 마주쳤다. 베로니카를 알아본 악셀 발렌타인의 얼굴이 일그러졌다.

그 순간, 신록이 광장을 가득 채웠다. 동시에 영토 내에서만 작동하는 귀걸이형 통신 아이템에서 아리아드네의 목소리가 흘러나왔다.

[베로니카, 부식 독 준비됐어?]

"네, 아가씨."

[그럼 지금 그 자리에 물거품 두고 피난의 성역으로 빠져. 잠시 후에 영토를 바다로 바꿀 거야. 악셀한테 영토 전환되자마자 천장까지 날아오르라고 전해 줘.]

베로니카는 흘깃 악셀을 살폈다. 그는 아리아드네가 토벌대에 나눠 준 귀걸이형 통신 아이템을 끼고 있지 않았다.

"영토가 바다로 변하면, 즉시 천장까지 날아올라. 아가씨 명령이야."

그녀는 평소보다 빠른 어투로 말을 뱉고는 곧바로 뒤로 빠졌다. 짙은 보라색으로 변한 물거품만이 그 자리에 남았다.

아리아드네는 돌아오는 베로니카를 보며 잠시 고민했다.

'악셀이 내 말을 따를까?'

따르지 않더라도, 16살 생일 선물로 주었던 해독의 구슬이 있으니 독에 당하지는 않을 것이다. 얼음장 같은 북쪽 바다에 빠지는 건 어쩔 수 없겠지만.

'일단 집중하자.'

지금부터 세 종류의 정령력을 연쇄적으로 다루어서 삼중 복합 영토를 구성해야 한다. 게다가 그녀와 에리히 주위에는 평화로운 영토를 유지해야 하니 실질적으로는 사중 복합에 가깝다. 어떻게 보면 견디기만 하면 되는 대정령 강림보다 더 어려운 일이었다.

[당신에게 선택받은 대정령들이 몹시 기뻐하고 있습니다.]

[대정령들이 적극적으로 협조합니다.]

다른 정령사가 이런 영토를 구상했다면 불가능한 짓에 정령력 낭비하지 말라며 힘을 빌려주지 않았을 대정령들이 아리아드네에게는 망설임 없이 협조해 주었다.

"감사합니다."

그녀는 웃으며 짧게 인사를 했다. 파이는 그녀의 미소에 온갖 호들갑을 떠는 대정령들의 반응을 굳이 번역하지 않았다.

아리아드네는 에리히가 쳐 둔 방어막 속에서 상황을 살폈다. 오염수 혈관들이 물러난 자리에 검은 구멍이 열리기 시작했다. 용오름을 타고 날아오른 루드빅이 그녀의 신호를 기다리며 그 구멍을 주시하고 있었다.

곧 뤼르가 피난의 성역을 완성했다. 그는 은은하게 빛나는 하얀 원 안에서 정령등을 들고 서 있었다.

'성역과 영토가 중첩되면 좋을 텐데. 원리상 불가능하겠지만.'

후퇴하는 베로니카의 뒤로 마물들이 제법 따라붙었다. 그녀는 그림자나비를 날려 보내 마물들의 시야를 잠시 가린 다음, 피난의 성역으로 뛰어들었다.

성역은 효과적으로 마물들의 눈을 가렸다. 목표를 잃은 마물들이 우왕좌왕하다가 악셀 쪽으로 도로 달려갔다.

마물들 사이로 아리아드네와 악셀의 눈이 마주쳤다. 그 순간, 그녀는 악셀이 자신의 명령대로 행동하리라는 것을 깨달았다.

[영토를 전환합니다.]

광장을 가득 채우고 있던 숲이 눈 깜박할 사이에 시퍼런 심해로 바뀌었다. 아리아드네와 에리히가 있는 방어막 내부와 피난의 성역 근처만이 외딴 섬처럼 초록빛으로 남았다.

대비하고 있던 악셀이 벼락에 올라타 바다를 가르며 천장으로 솟구쳤다. 마물들은 갑작스러운 수압에 당황하며 허우적거릴 뿐, 그를 붙잡지 못했다.

'영토의 가장 밑에는 독을 푼 바다를.'

심해에 유유자적하게 떠 있는 해파리가 주위로 독을 퍼뜨렸다. 푸른 물속에 불길한 보랏빛이 잉크처럼 번져 갔다.

'가운데는 용암층. 바다에서 마물들이 탈출하는 것을 방해하고, 위의 지층을 달구도록.'

악셀이 빠져나간 바다 위로 이글거리는 붉은 액체가 지층처럼 쌓였다. 북해 위로 활화산 내부의 용암 호수가 구현되었다.

'가장 위에는 금광맥을.'

황금 무덤의 영토는 원래 대륙에서 다섯 손가락 안에 드는 금광이었으나, 현재는 대륙 최대의 금광이었다.

황금 무덤보다 금이 많았던 다른 금광들은 채굴이 진행되어 매장량이 줄어들거나 고갈되었다. 반면 황금 무덤은 대정령의 영토였기에 세월이 흘러도 거의 줄어들지 않고 금맥이 고스란히 남아 있었다.

황금 무덤은 적절한 대가를 바친 인간에게 금을 내주었다. 가끔 내키면 마음에 든다는 이유로 그냥 주기도 했다. 그는 인간에게 비교적 호의적인 대정령이었다. 그러나 금을 훔치거나 허락 없이 주워 가려는 인간은 하나도 빠짐없이 죽였다.

몰래 광산을 만들려던 인간들도, 땅문서를 제시하며 대정령의 영토를 제 땅이라 주장하던 인간들도, 대정령을 죽이고 금광을 차지하려 애쓰던 인간들도 모조리 금에 파묻혀 죽었다.

그렇게 황금이 묻혀 있는 땅이자, 황금을 탐하려던 자들의 무덤이 된 곳. 용암층 위로 그 영토의 일부가 구현되었다. 금광맥이 고스란히 드러난 암반이 생겨나고 금이 섞인 바위가 솟았다. 그리고 그 지층은 통째로 용암에 달구어지기 시작했다.

본래라면 대정령을 소환하지 않은 영토 내의 자연현상은 영토 밖에 영향을 미치지 못한다. 하지만 지금 아리아드네가 생성한 건 서로 다른 세 개의 영토가 아니라 한 영토 안에 구현된 세 가지 지형이었다. 정령사의 솜씨에 따라 얼마든지 조정할 수 있다는 뜻.

아리아드네는 자신의 영토에 담은 세 가지 정령력을 조절해 배치

하며 원하는 지형을 창조해 냈다. 바다 위에 용암이 흐르고, 용암 위에 암반이 쌓이는, 자연에서는 절대로 존재할 수 없는 지형을.

바다의 냉기는 용암 호수에 전달되지 않았으나, 용암 호수의 열기는 위의 지층에 고스란히 전해졌다.

[잠들지 않는 심판이 자기 영토를 이런 식으로 써먹는 정령사는 처음 봤다고 합니다.]

[창백한 푸름이 흥미로워합니다.]

[황금 무덤이 당신에게 금을 선물하고 싶어 합니다.]

[뒤로 걷는 물이 지나치게 소란스러워 일시적으로 차단하겠습니다.]

발아래에 디딜 곳이 생겨나자, 루드빅은 곧바로 용오름 대신 마그마를 꺼냈다. 물로 이루어진 용이 물방울로 흩어져 사라지고, 마그마로 이루어진 뱀이 나타났다.

발판이 붉게 달아오른 금광석이라 해도 루드빅은 아랑곳하지 않았다. 그는 불타지 않는 자니까.

루드빅의 근처에 천장까지 솟아오른 악셀이 있었다. 그는 이글거리는 열기에는 영향을 받지 않았으나, 아리아드네의 의도를 알 수 없어 당황하고 있었다.

루드빅은 보란 듯이 귓가에 손을 댔다.

"준비되었습니다. 어떻게 할까요, 공작님?"

[천장에서 곧 요람이 생산한 마물들이 나와.]

그녀의 말을 기다렸다는 듯이 검은 구멍에서 마물들이 쏟아져 나왔다.

[대부분 전격계열일 거고.]

달궈진 암반에 내려서는 놈들은 전류를 휘감고 있거나, 피뢰침 같은 더듬이가 있거나, 전신이 금속으로 이루어져 있었다. 언뜻 보아도 상급 이상인 마물이 수십 마리. 루드빅은 마른침을 삼켰다.

"지금 나왔습니다. 그런데……."

[수가 좀 많지? 싸우려 하지 말고, 피하면서 조금만 버텨. 어차피 전기 공격은 대부분 금에 흡수될 테니까 괜찮을 거야.]

때마침 사자 비슷한 마물이 갈기 대신 가시를 꼿꼿이 세우며 사방으로 번개를 뿜어냈다. 그러나 그것은 루드빅에게 닿기도 전에, 울퉁불퉁 드러나 있는 금맥을 타고 흘러가 버렸다. 지상의 루드빅이 아니라 상공의 악셀을 향해 날아간 전류는 그가 타고 있는 벼락에게 흡수되어 사라졌다.

전류가 봉쇄된 마물들은 직접 달려들려 했다. 그러나 달궈진 바닥과 열기가 그것들의 움직임을 방해했다. 극도로 유리한 전장이었다. 루드빅 블레이르를 위한 완벽한 무대이기도 했다.

루드빅은 잠시나마 긴장한 스스로가 우스워졌다.

[마그마와 함께 날뛰기 좋은 환경이지? 용광로로 만들어 버려, 루드빅.]

"예, 공작님 뜻대로."

아리아드네의 명령이 황홀하게 들렸다. 그는 웃으며 뱀의 머리에 올라탔다.

마그마가 용암을 내뿜으며 마물들 사이에 뛰어들었다. 루드빅은 이글거리는 검을 마음껏 휘둘렀다. 양 떼 사이의 사자가 된 듯한 기분이었다.

마물들이 내뿜은 전류는 금을 더 달구기만 했다. 천장과 황금 무덤 사이 공간의 온도가 미친 듯이 치솟았다. 극심한 열기에 마물들은 달궈진 프라이팬 위의 기름처럼 사방팔방 튀어 올랐다. 벽을 타고 기어오르는 놈은 불쌍해 보이기까지 했다.

악셀은 벼락 위에 탄 채로 아래의 풍경을 멍하니 내려다보았다. 문득 기물 시절, 토벌에서 각자의 역할에 대해 배웠던 것이 떠올랐다.

정령사는 전장을 만든다. 정령 기사는 전투를 수행한다. 마법사는 변수를 창출한다. 신관은 낙오를 막는다.

아리아드네는 정령사였으나, 그녀가 만드는 건 전장뿐만이 아니었다. 디메토르가 그리운 듯이 중얼거렸다.

[그래, 아리아드네 엘디어는 승리를 만드는 정령사지.]

어느 순간 루드빅이 영토의 구석으로 물러나 마그마로 제 몸을 감싸는 것이 보였다. 아리아드네의 명이 떨어진 모양이었다. 곧이어 암반이 벌어지며 틈새가 생겨났다. 그 틈으로 검은 앵무새를 거느린 은발의 마법사가 솟구쳐 올라왔다.

에리히 위버가 주문을 마무리했다.

"……그러므로 너희는 이제 너희 죄에 짓눌려 죽으리라!"

이카로스가 날갯짓하며 마법사의 영창을 되풀이했다.

"짓눌려 죽으리라!"

마법으로 구현된 압력이 보이지 않는 거인의 손처럼 광장 전체를 짓눌렀다. 열기에 약해진 마물들이 짓눌려 으깨졌다. 그러자 기다렸다는 듯이 암반이 사라지고, 용암이 사라지고, 바다가 사라졌다.

가로막던 영토가 사라지면서 보이지 않는 손은 으깨진 마물들과 함께 거침없이 바닥으로 향했다. 바닥에는 독에 절여져 껍질이 부식된 마물들이 흠뻑 젖은 채 버둥거리고 있었다. 이중으로 시전된 마법은 그것들마저 납작하게 으스러뜨린 뒤에 소멸했다.

광장이 고요해졌다.

살아남은 마물은 없었다. 터지고 으깨져 곤죽이 된 마물의 파편들만이 남았다.

"……미친."

마법을 시전한 에리히조차 결과에 놀라 말을 잊었다.

'이게 이렇게까지 강한 마법은 아닌데.'

토벌대 전체가 달라붙어도 한참을 싸웠어야 할 마물들이 순식간에, 너무나 간단하게 처리되었다.

'……진짜 앞으로 다른 정령사랑은 토벌 못 다니겠다.'

정적 속에서 먼저 움직인 건 아리아드네였다. 그녀는 귀걸이에 손을 댄 채 외쳤다.

"니카, 루드빅, 잡아!"

루드빅은 뭘 잡으라는 건지 고민하느라 잠깐 멈칫했다. 반면 베로니카는 즉시 튀어 나갔다. 그림자나비가 벼락의 그림자에 달라붙었다. 벼락은 일시적으로 움직이지 못했다.

"루드빅!"

악셀을 공중에 고정한 베로니카가 외쳤다. 루드빅은 비로소 아리아드네가 무엇을 잡길 원하는지 깨달았다. 그는 용오름을 타고 날아 악셀에게 접근했다.

악셀은 급히 어둠 살해자를 꺼내서 빛으로 그림자를 지웠다.

'젠장.'

달려드는 루드빅을 피해 벼락을 몰면서 그는 속으로 욕설을 뇌까렸다. 회귀 전에는 토벌대를 상대로 이겼었지만, 아리아드네가 있는 토벌대를 상대로는 이길 자신이 없었다.

디메토르도 같은 판단을 내렸는지 빠르게 속삭였다.

[일단 도망쳐라.]

[다음 방으로 가서 요람을 공격해. 요람과의 전투가 시작되면 한동안 방의 출입이 막히니 아리아드네도 따라오지 못할 거다.]

"바로 요람을?"

[상대하는 법은 다 가르쳐 줬잖나. 한 방이면 된다. 못 하겠나?]

디메토르는 악셀에게 피로가 쌓인 것을 알면서도 그를 독촉했다. 아리아드네에게 붙잡혀 그녀를 또 죽게 만드는 것보다는 나았으므로. 그 점은 악셀도 마찬가지였기에 그는 결국 문으로 향했다.

광장의 문은 광장 안에 마물이 한 마리도 남아 있지 않으면 저절로 열리게 되어 있었다. 그냥 가서 건드리기만 해도 된다.

악셀은 쏜살같이 문 쪽으로 향했다. 그리고 아리아드네는 그가 그렇게 행동하리라는 것을 미리 짐작하고 있었다.

그녀는 악셀을 추적하는 동안 마주치면 어떻게 제압할지 이미 구상해 두었다. 일단 붙잡아야 대화를 하든 뭘 하든 할 테니까.

'악셀이 가진 정령수는 불, 얼음, 숲, 번개 속성. 그리고 백야의 대정령까지 있지.'

다양한 능력을 지녔고, 붉은 눈의 정수인 악셀에게는 불리한 전장이 거의 없었다. 물론 거의 없다는 건 있기는 하다는 뜻이다.

[분석 완료. 대정령, 빛 살해자 : 흥미 40%, 즐거움 25%, 감탄 20%, 그 외 감정 통합 15%.]

[우호적인 감정이 50% 이상이므로 안전합니다. 빛 살해자의 정령력을 사용합니다.]

짙은 밤이 부드러운 커튼처럼 흘러내리며 문 주위를 뒤덮었다. 극야의 영토였다. 암흑에 휩싸인 악셀이 익숙하게 작은 태양을 띄웠다. 그러나 어둠 살해자의 빛은 악셀 주위의 발치만 밝힐 뿐, 밤을 완전히 낮으로 바꾸진 못했다.

[빛 살해자가 어둠 살해자와 마주하는 건 아주 희귀한 상황이라며 흥미로워합니다.]

[빛 살해자가 당신의 채널에 접속하길 잘했다며 즐거워합니다.]

[창백한 푸름이 빛 살해자의 반응에 뿌듯해하며 당신을 자랑하고 있습니다.]

백야와 극야의 힘은 완전히 동일했다. 하지만 정령 기사의 가호로서 발현되는 정령력과 정령사의 영토로서 구현되는 정령력에는 근본적인 차이가 있었다.

기사들이 쓰는 정령 기술은 기본적으로 자기 자신에게 정령력을 집중하는 수렴의 기술이다. 그에 비해 정령사의 정령술은 환경을 바꾸기 위해 주변의 정령력을 퍼뜨리는 발산의 기술이다.

수렴하는 빛으로 발산하는 어둠을 밝힐 수는 없다. 물론 어둠도 주변을 장악할 뿐 빛을 꺼뜨리지는 못했지만, 현재 상황에서는 그것만으로도 충분했다.

악셀은 제 몸 외에는 아무것도 보이지 않는 어둠 속에서 일시적으로 길을 잃었다. 반면 토벌대에는 어둠 속을 자유롭게 누빌 수 있는 기사가 있었다.

"니카!"

베로니카가 그림자나비의 가호를 전신에 휘감고 극야의 밤으로 뛰어들었다. 악셀은 암흑 속에서 날아드는 검을 반사신경으로 간신히 쳐 냈다.

'기절시키려 하는군.'

공격의 방향과 실린 힘을 통해 의도를 알아차린 그는 이를 악물었다. 지금 나선 건 베로니카 브란테뿐이지만, 아리아드네에겐 쓸 수 있는 카드가 셋이나 더 남아 있었다.

그녀가 방금 제 동료들을 움직여 만들어 낸 승리를 본 악셀은 초조해졌다. 문이 있었던 방향을 떠올리고 그리로 향했으나 도저히 문을 찾을 수가 없었다.

백야의 빛이 물리적인 파괴력까지 갖출 수 있는 것처럼, 극야의 어둠도 평범한 밤이 아니었다. 대정령의 힘으로 구현된 암흑은 악셀의 초인적인 시력과 방향감각마저 소용없게 만들었다.

헤매는 그를 보던 디메토르가 한심한 듯이 말했다.

[근원은 뒀다가 요리할 때나 쓰려는 건가?]

악셀은 그 말에 그가 전해 주었던 근원에 관한 기억들을 떠올렸다. 돌파구가 있었다. 그는 근원이 담긴 칠색 수정을 움켜쥐었다. 그의 주위로 새하얀 불꽃이 광휘처럼 터져 나왔다.

"……!"

직감적으로 위험을 감지한 베로니카가 뒤로 물러섰다. 영토를 지켜보고 있던 아리아드네는 경악했다.

'근원의 불이잖아? 저걸 벌써 저렇게 능숙하게 다룬다고?'

하얀 불이 사방으로 질주하며 어둠을 갈랐다. 그중 하나가 문에 닿았다. 불길을 따라 달려간 악셀이 문을 열고 그대로 빠져나갔다.

베로니카는 그를 쫓아갈 수 없었다. 악셀이 문을 근원의 일부로 틀어막고 나간 탓이었다. 루드빅 역시 이 흰 불꽃이 악셀을 찾으러 갔을 때와 똑같은, 붉은 눈조차 태우는 불이라는 것을 알아차리고 물러섰다.

기사들이 난감해하며 돌아왔다. 영창을 멈춘 에리히가 눈살을 찌푸렸다.

"저 새끼 어디서 뭘 주워 먹은 거야? 저 불꽃은 뭐지?"

아리아드네는 불바다가 된 문 주위를 멍하니 바라보다 대답했다.

"저건 악셀의 정령술이에요."

"뭐? 그게 뭔 소리야? 저놈 정령술도 쓸 수 있었어? 아니, 정령 기사가 어떻게 정령술을 써?"

에리히는 어이없다는 듯 반문했다.

정령 기사는 항시 몸에 정령수를 담고 있기 때문에 정령사의 자질이 있더라도 채널을 열지 못한다.

만약 정령 기사가 억지로 채널을 연다 해도, 채널에 대정령이 접속하면 그 영향으로 정령수들이 밀려나면서 계약이 해지되어 버린다. 더는 정령 기사가 아니게 되는 것이다.

정령사이자 정령 기사라는 건 불가능한 개념이었다. 인간에 한해서는.

"악셀 체질이 좀 특이해서 그래요."

"어떻게 되어 먹은 몸뚱이길래?"

"대정령이랑도 계약했잖아요. 평범하진 않죠."

아리아드네는 대강 대답했다.

악셀이 정령술과 유사한 방식으로 근원의 불꽃을 다룰 수 있는 건 그가 반인 반정령에 가까운 존재기 때문이다. 그 진실을 함부로 밝힐 수 없는 그녀로선 이런 식으로 둘러대는 게 최선이었다.

'저 불은 악셀이 구현해 둔 영토 같은 거니까…… 끄려면 근원과 전투할 때처럼 비를 내리는 수밖에 없나?'

[무리입니다, 아리아. 사중 복합 영토를 구현한 지 얼마 되지도 않은 상태에서 하늘의 영토까지 구현하면 쓰러지실 겁니다.]

'뮈르의 도움을 받으면……'

아르아드네가 고민하고 있는데 갑자기 근원의 불꽃이 사라졌다.

"음?"

불길 바로 앞에서 서성이던 루드빅이 재빨리 달려가 둥근 문을 두드렸다. 문은 미동도 하지 않았다. 베로니카는 곤죽이 된 마물들을 뒤적거리더니 간신히 형체를 유지하고 있는 마물의 앞발을 찾아냈다. 그러나 그것으로 두드려도 문은 열리지 않았다.

"뭐야, 왜 안 열려?"

에리히가 의아하게 중얼거렸다. 아리아드네는 답을 알고 있었다.

"……악셀이 요람과 전투를 시작했나 봐요."

요람의 방은 조금 전 지나온 광장과 넓이에선 큰 차이가 없었다. 하지만 높이는 달랐다. 흠 하나 없는 검은 돌로 이루어진 공간은 천장이 잘 보이지 않을 만큼 높았다. 깊은 원통 같은 곳이었다.

악셀은 근원의 불꽃에 휘감긴 채 그 안으로 발을 디뎠다.

들어서는 순간부터 등줄기가 오싹했다. 그는 고개를 들어 올렸다. 먹구름처럼 보이는 둥지. 그 안에 담겨 있는 어마어마한 크기의 알. 알을 그물처럼 감싸고 있는 오염수가 흐르는 혈관.

마왕 휘하의 세 군주 중 하나. 마물의 지배자. 이질적인 것들의 군주. 마물을 낳는 어버이.

마물의 요람.

직감이 요란하게 경고하고 있었다. 저것은 극도로 위험한 존재라고. 이나민 마을에 강림했던 요람보다 훨씬 강한 압박감이 느껴졌다. 그럼에도 악셀은 걸음을 멈추지 않았다.

알의 중앙에 있는 외눈이 느릿하게 뜨였다. 거대한 눈동자가 휘릭 굴러 침입자를 내려다보았다. 검붉은 홍채가 지렁이처럼 꿈틀거리다가, 한 가닥이 피눈물처럼 눈 밖으로 흘러나왔다. 저것이 먹구름 둥지에 떨어지면 마물이 된다.

악셀은 검을 힘주어 움켜쥐었다.

'기회는 단 한 번.'

군주들은 마계에 있는 본거지를 파괴하기 전에는 완전히 소멸하지 않는다. 영토가 유지되는 한 죽지 않는 대정령과 비슷했다.

그렇다고 대미궁에 있는 요람이 가짜라거나 분신인 건 아니었다. 저 요람은 본체 그대로고 육체도 존재한다. 죽일 수 있다. 죽이고 나면 마계에 있는 둥지에서 부활하겠지만, 다시 엘리시움으로 넘어오려면 제법 오랜 시간이 걸릴 것이다.

악셀은 요람이 흘린 검붉은 눈물이 먹구름에 닿기 전에 공중으로 뛰어올랐다. 마물이 생산되기 시작하면 장기전이 될 테고 혼자서는 버티기 어려워진다. 그전에 끝내야만 한다.

치켜올린 검을 번개가 휘감았다. 그 위를 화염이 타고 올랐다. 불과 벼락이 내뿜는 빛을 어둠 살해자로 엮는다. 하나가 되니 빛이 이글거리며 부풀었다. 악셀은 그 거대한 빛의 검으로 요람을 내리쳤다.

알은 그 검을 피하지도, 막지도 않았다. 무생물처럼 움직이지 않고 고스란히 공격을 맞았다.

소리 없는 충돌 이후 뒤늦게 울리는 천둥처럼 느린 굉음이 터져 나왔다. 쩌억, 하고 알에 금이 갔다. 외눈이 감겼다. 금을 따라 알이 갈라지기 시작했다. 그 틈으로 한없이 불길한 것이 보였다.

요람은 늘 단단한 껍데기 속에 잠들어 있다. 그 상태로는 마물을 생산해 내기만 할 뿐 움직이지 않는다. 그러나 껍데기가 부서지게 되면 그것은 잠에서 깨어나 직접 적을 처단하려 한다.

악셀은 부릅뜬 눈으로 알 속에 웅크린 것을 응시했다.

'지금!'

갈라진 알에서 진짜 '요람'이 부화하려는 이 순간. 아직 저것의 날개가 펼쳐지기 전. 지금이 단 한 번의 공격으로 요람을 죽일 수 있는 유일한 기회였다.

악셀의 머리 위로 작은 태양이 떠올랐다. 그의 등 뒤로 벼락의 날개가 활짝 펼쳐졌다.

소설 속에서 주인공이 대미궁의 요람을 죽이기 위해 스스로 터득했던 정령 융합 기술. 디메토르 덕분에 대미궁에 오기 전부터 이 기술을 써 왔던 악셀은 능숙하고 매끄럽게 서로 다른 정령력을 융합시켰다.

번개가 덧씌워진 네 줄기의 광선이 알 속의 괴물을 향해 내리꽂혔다. 눈을 불태울 듯이 강렬한 빛이 터져 나왔다. 악셀은 숨을 몰아쉬며 빛 속을 노려보았다.

성공했나?

[제기랄!]

디메토르의 욕설이 들려왔다. 악셀은 뭔가 잘못되었음을 깨달았다. 디메토르가 다급하게 외쳤다.

[샤이탄이 알고 있었다!]

"무엇을?"

[우리가 이 방식으로 요람을 공격하리란 것을! 그래서 이동 마법진을 요람 안에······!]

빛이 사그라들었다. 드러난 알 속은 비어 있었다. 깨진 알껍데기만이 덩그러니 둥지에 남았다. 알은 분명히 부화했다. 시체가 없으니 죽은 것도 아니리라. 그럼, 부화한 요람은 대체 어디로 갔는가?

그들은 같은 직감을 느꼈다.

'아리아!'

[아리아!]

악셀은 미친 듯이 문으로 달려갔다.

토벌대는 캠프를 치고 있었다. 요람과의 전투가 끝나기 전에는 문을 열 방법이 없으니 일단 휴식을 취할 예정이었다.

영토 중앙에 베로니카와 루드빅이 막사를 설치하는 동안, 뤼르가 불을 피우고 에리히가 경계용 마법진을 설치했다. 아리아드네는 이참에 므네모시네를 볼 작정으로 문과 가까운 쪽의 영토 외곽 나무에 기대앉았다.

막 눈을 감으려는데 돌연 쿵, 하는 소리가 났다. 문이 열리는 소리였다.

"어?"

열린 문으로 무언가가 번개처럼 날아왔다. 에리히와 뤼르는 날아오는 황금빛만 겨우 보았다. 루드빅과 베로니카는 그것이 벼락에 올라탄 악셀이라는 것까지 알아보았으나, 반응할 틈은 없었다.

아리아드네는 아예 아무것도 보지 못했다. 그저 쿵 소리에 고개를 들었다가 눈을 깜박이니 검은 망토 자락이 시야에 가득했다.

단단한 팔이 그녀를 으스러질 듯이 끌어안았다. 다음으로 눈을 깜박였을 때는 휘날리는 망토 너머로 날개가 보였다.

풍차 날개보다 큰 검붉은 날개가 열두 장. 날개를 펴고 있는 것은 열두 개의 서로 다른 머리를 가진 거대한 마물이었다.

언제? 어느새 나타났지?

그것의 몸통은 공작새와 비슷했으나 공작새의 꽁지깃이 있어야 할 자리에 구불거리는 촉수가 빽빽하게 돋아 있었다. 그리고 그 촉수들 중 몇 가닥이 창처럼 단단하게 뻗어 나와 악셀의 등에 박혀 있었다.

잠깐, 누구의 등에?

거칠게 흐트러진 숨이 목덜미에 닿았다. 억눌린 신음이 귓가에 스쳤다. 그녀를 감싼 커다란 몸에서 뜨거운 액체가 흘러나와 옷을 적셨다.

비릿한 냄새. 피였다.

"……악셀?"

멀거니 이름을 부르자, 갑자기 거칠게 밀쳐졌다. 밀려난 아리아드네는 잔디밭에 주저앉았다. 얇은 가죽 갑옷은 물론이고 아래에 받쳐 입은 셔츠까지 모조리 그녀의 것이 아닌 피로 흠뻑 젖은 상태였다.

그녀는 고개를 들었다. 악셀의 어깨와 옆구리, 배에서 피가 쏟아졌다. 그런 꼴로도 그는 제 상처를 도외시하고 그녀만 집요하게 살피고 있었다. 다친 곳은 없는지, 어디 아프지는 않은지.

아리아드네의 무사함을 확인하자 그의 얼굴이 서서히 분노로 뒤덮였다. 핏발 선 눈이 형형해졌다.

"감히……."

그가 돌아서며 불타는 검을 휘둘렀다. 그를 꿰뚫고 있던 촉수들이 잘려서 허공에 너울거렸다.

"###!"

기이하게 울부짖은 요람이 열두 장의 날개를 퍼덕이며 날아올랐다. 악셀은 피를 흩뿌리며 그것을 향해 뛰어올랐다.

이번에는 잃지 않았다. 하마터면 또 잃을 뻔했다.

저 빌어먹을 마왕의 졸개에게, 귀하디귀한 그의 하늘을.

안도와 분노가 범벅이 되어 머릿속이 먹먹했다. 관통당한 상처가 여럿인데도 고통조차 느껴지지 않았다.

감히.

그는 분노에 몸을 맡긴 채 요람의 몸통을 향해 검을 들어 올렸다.

한참 모자라다. 반복되는 시간 동안 켜켜이 쌓인 분노에 비해 검에 담긴 힘이 너무 부족했다. 감히 그녀를 해쳤던, 그리고 해치려 하는 것들을 찢어발길 힘이 필요했다. 압도적인 힘이.

놈을 향하는 칼날에 무의식적으로 모든 힘을 때려 박았다. 어둠 살해자의 빛이 검을 뒤덮었다. 근원의 불길이 전신에서 치솟았다. 대정령과, 대정령에 준하는 존재의 힘이 하나로 합쳐졌다.

불과 빛. 악셀 발렌타인이라는 그릇 안에서 융합된 정령력이 일시적으로 대정령마저 넘어섰다. 그릇에서 넘쳐흐른 힘이 외부로 터져 나왔다. 희게 불타는 거인의 형상이 악셀의 위에 덧씌워졌다.

요람보다 더 거대한 그 형상은 파편이 떨어져 나간 근원과 비슷했다. 불타는 거인의 머리 위에서 태양이 후광처럼 빛났다. 거인의 손에는 이글거리는 빛으로 이루어진 검이 들려 있었다.

악셀이 검을 내리쳤다. 빛의 거인도 함께 검을 내리쳤다. 벼락보다도 밝은 빛이 사위를 가득 채웠다.

아리아드네는 반사적으로 눈을 감았다. 눈을 감고도 눈이 부셨다. 지독한 빛이었다. 그림자를 뒤집어쓰고 달려온 베로니카가 그녀를 끌어안으며 눈을 가려 주었다.

"세상에⋯⋯."

아리아드네는 베로니카의 품속에서 그녀의 신음 섞인 감탄을 들었다. 육중한 것이 추락하는 굉음이 들려오고, 잠시 후에 빛이 잦아들었다.

"⋯⋯죽은 거야?"

"모르겠어. 방금 대체⋯⋯."

베로니카와 에리히가 당황한 목소리로 말을 주고받는 게 들렸다. 아리아드네는 여전히 제 눈을 가리고 있는 베로니카의 손등을 두드렸다. 그제야 손이 떨어졌다.

추락한 요람으로부터 분수처럼 터져 나오는 검붉은 피가 보였다. 그 피를 뒤집어쓴 악셀 발렌타인이 검을 바닥에 질질 끌면서, 비틀거리며, 요람의 숨통을 끊으러 다가가고 있었다.

새카만 그의 주위로 흰빛이 잔불처럼 탁탁 튀었다. 살기가 눈에 보이는 듯한 착각이 들었다. 요람이 반쯤 갈라진 몸으로 꿈틀거리더니 솟구친 촉수가 휘청거리는 악셀의 뒤통수를 노리고 덤벼들었다.

캉, 소리가 났다. 어느새 튀어 나간 베로니카가 그를 공격하던 촉수를 막아섰다.

요람의 머리들 중 뱀의 머리가 일어서서 악셀을 물어뜯으려 들었다. 광풍을 머금은 화살이 날아가 그 머리의 눈알에 틀어박혔다. 뱀 머리가 괴성을 지르며 늘어졌다.

염소 같은 머리가 입을 벌려 검은 연기를 뿜었다. 그러자 반투명한 푸른빛 방어막이 생성되어 그 연기를 가로막았다.

악셀은 제 등 뒤를 막아서서 촉수를 쳐 내고 있는 기사와, 요람의 머리에 쑤셔 박히고 있는 화살들과, 제 주위를 감싼 여러 겹의 방어막을 본 뒤 아리아드네 쪽을 돌아보았다.

그녀 위에 날개를 드리운 수호성인이 걱정스러운 눈으로 그의 상처를 살펴보고 있었다.

[도움을 받는 것으로도 모자라 걱정까지 받다니, 참담하군.]

디메토르가 냉소했다. 그러나 악셀은 디메토르와 달리 참담한 기분이 들지 않았다. 오히려…….

"하."

그는 피투성이 몰골로 어이없다는 듯 웃었다.

이건 무슨 기분이지, 대체.

여기에 더 있어선 안 될 것 같았다. 미련이나 질투, 신뢰 같은 것이 결심 위에 곰팡이처럼 돋아날 듯했다.

악셀은 이를 악물고 검에 불길을 다시 피워 올렸다. 거인의 검처럼 부풀어 오른 칼날이 발버둥 치는 요람의 머리들을 단번에 베어 냈다. 열두 개의 머리들이 차례로 둔중한 소리를 내며 떨어졌다.

요람이 죽었다.

그것을 확인하자마자 악셀은 즉시 이 자리를 벗어나려 했다.

"어딜 가려고, 그 몰골로."

바로 뒤에 있던 베로니카가 망설임 없이 그의 목덜미를 후려쳤다. 치명상에 가까운 중상을 입은 데다가 지쳐 있던 악셀은 그 공격을 피하지 못했다.

방심한 탓도 있었다. 무의식적으로 신뢰했기에.

[등신 같은 놈……!]

디메토르의 욕설을 들으며 악셀은 정신을 잃었다.

베로니카는 망토를 붙잡아 그가 바닥에 얼굴을 처박는 것을 막은 다음, 아리아드네를 돌아보며 보고했다.

"잡았어요, 아가씨."

환상 도서관의 서재 안.

아리아드네는 므네모시네를 내려놓았다. 금이 간 거울이 쿠션 위에 아무렇게나 나뒹굴었다.

복구되지 못한 기억은 부분 부분 끊어져서 보였다. 그녀가 죽은 직후의 몇몇 장면, 그리고 악셀이 동료들과 싸우는 장면들은 거의 끊겨서 알아볼 수가 없는 수준이었다.

그럼에도 그가 무슨 일을 겪었는지 파악하기엔 충분했다. 근원이라는, 끔찍한 출생에 대한 충격마저 뒷전이 될 만큼 연속적으로 이어지는 악몽들. 그녀가 막연히 추측하고 있던 것보다 훨씬 잔인한 기억들이었다. 게다가 스스로를 죽일 수밖에 없도록 몰아붙여진 운명까지.

너무하다. 세상이, 혹은 운명이 악셀에게 너무 잔인했다. 근원으로부터 태어난 게 그의 잘못도 아닌데 왜 그에게 이토록 가혹한가.

마왕과 함께 자살하라니. 어떻게 보면 원작 소설보다도 더 심하지 않은가. 세상이 멸망하든 구원받든 상관없이 주인공은 절대로 구원받지 못하는 결말이라니.

누가 이따위 소설을 쓴 걸까. 누구를 향해야 할지도 모를 원망이 차올랐다.

아리아드네는 양손에 얼굴을 묻었다. 파이가 조심스럽게 그녀를 불렀다.

"아리아."

"미안해, 파이. 잠시만…… 혼자 있을게."

파이의 눈이 흔들렸지만, 아리아드네는 그것을 알아챌 정신이 없었다. 그대로 환상 도서관에서 빠져나왔다. 막사의 침대에 똑바로 누운 채로 눈을 뜬 그녀는 이불을 끌어당기고 몸을 웅크렸다.

'망할 마왕. 망할 디메토르. 망할 악셀.'

실패한 미래에서 왔다는 건 무슨 소리일까. 지금 그녀가 추측한 것과 같은 뜻이라면…….

'디메토르, 너는 어떤 실패를 겪은 거야? 네가 악셀이라고? 대체 왜 이딴 자살극을 꾸몄어? 무엇을 위해? 정말로 '아리아드네'를 위해서?'

어디서부터 시작된 건지 감도 잡히지 않는 어지러운 비극에 숨이 틀어막혔다.

디메토르와 악셀이 같은 사람이라 해도, 디메토르의 '아리아드네'와 악셀의 아리아드네는 다른 사람일 수도 있다. 그녀는 환각 속에서 자기 삶을 돌려 달라던 '아리아드네'를 떠올렸다. 그게 정말 검은 잔이 꾸며 낸 환상일까?

확신할 수 있었다. 이 삶은 그녀의 삶이고, 악셀의 아리아드네는 그녀였다. 하지만 그 이전의 삶들은? 디메토르와 수많은 회귀를 함께한 '아리아드네'는 그녀와 완전히 다른 영혼일지도 모른다.

그러면 디메토르의 희생은 어떻게 되는가? 디메토르의 기억을 되찾았을 때 악셀은 대체 무슨 심정을 느끼게 될까?

생각이 꼬리에 꼬리를 물고 이어진다. 바닥이 보이지 않는 암흑으로.

"아……."

불쌍한, 너무나 불쌍한 나의 악셀 발렌타인.

망막에 불이 붙은 것처럼 뜨거워졌다. 가슴 안쪽이 조여들며 아팠다. 분명 그녀의 통각은 마비되어 가고 있는데도, 이 통증은 날카롭게 뚫고 들어와 마음을 헤집어 댔다. 아리아드네는 입을 다물고 속으로만 비명 같은 질문을 토해 냈다.

악셀, 너 대체 몇 번이나 자살한 거야?

아프지도 않았어?

나를 위해서라고? 왜? 아무리 그래도 왜 그렇게까지 해.

날 휘말리게 하지 말라는 헛소리는 왜 들어주는 거야?

네가 왜 혼자야?

내가 곁에 있는 걸 잊지 말라고 했잖아.

자꾸 피한 게 그래서였어?

날 죽이게 될까 봐 도망친 거야?

미움받고 싶었어? 나한테?

넌 멍청하게 이딴 걸 혼자 짊어지려 했어?

깔끔한 결말? 누구 맘대로?

네가 그렇게 죽으면, 나는?

내가 너를 잊고 편안하게 살 수 있을 줄 알았어?

넌 대체 너를 뭐라고 생각하는 건데?

나한테 네가 아무것도 아닐 것 같아?

숨죽인 울음이 터져 나왔다. 그녀는 웅크린 채 헐떡거리며 울었다.

만약 내가 이 기억들을 알아내지 않았으면, 너를 따라잡지 못했으면, 널 놓쳐 버렸으면.

너는 그대로 가서 죽으려고 했어?

나를 위해서라면서, 나한테는 말도 하지 않고?

빌어먹을 악셀 발렌타인. 너한테 내가 대체 뭐기에.

아리아드네는 입술을 깨물었다가 손끝으로 입가를 더듬었다.

악셀에게 그녀가 무엇인지 사실 이미 알아 버렸다. 그 끔찍한 기억들 속에서도 악셀의 눈에 비치는 자신의 모습은 언제나 아름답게 반짝여서. 빛나지 않는 순간이 없어서. 모를 수가 없었다.

그래서 눈물이 멈추질 않았다. 아리아드네는 사라진 시간 속에서 자신이 그에게 입 맞춘 이유를 깨달았다. 그 후에 그에게 하려던 말까지도.

악셀은 돌연 눈을 떴다. 익숙한 천장이 보였다. 토벌대에서 제가 쓰던 막사의 천장이었다.

여기에 있으면 안 되는데.

그는 놀라 몸을 일으키려다 짧게 웅크리며 신음했다.

"함부로 움직이지 마. 너 몸에 구멍이 몇 개나 뚫렸었는지 알아?"

나직한 음성이 들려왔다. 막사의 그늘진 구석에 아리아드네가 앉아 있었다.

"요람 촉수에 있던 독에, 오염수까지 상처에 스며들었어. 그동안 내내 무리해서 쌓인 피로 때문에 체력도 바닥이었지. 심지어 그 꼴로 이상한 신기술까지 써서 몸을 더 망가뜨려? 근원의 회복력이 아니었으면 넌 진작 죽었어."

그녀가 화난 어조로 말을 이었다.

"뤼르가 다 치료하지도 못하고 신성력 바닥나서 쉬러 갔어. 완치될 때까지 요양해야 하니까 거기서 꼼짝도 하지 마."

자리에서 일어난 아리아드네가 그에게로 다가갔다. 올려 묶은 밝은 백금발이 그녀의 걸음을 따라 살랑살랑 흔들렸다. 악셀은 홀린 듯이 그녀를 바라보았다.

그리웠다. 지난 한 달여간 내내.

넋을 놓고 있던 그는 아리아드네가 지나치게 가까워졌다는 것을 한 박자 늦게 알아차렸다. 반사적으로 도망치려는 악셀의 멱살을 아리아드네가 콱 움켜쥐었다.

"꼼짝도, 하지, 말랬지."

그녀의 눈동자가 새파랗게 이글거렸다. 악셀은 흠칫 굳었다가 이를 악물고 그녀의 손을 쳐냈다.

"내가 왜 네 말을 들어야 하지? 역겨우니 다가오지 마라."

"말은 잘하네."

아리아드네는 물러나기는커녕 침대 위로 올라앉으며 덧붙였다.

"연기를 하고 싶으면 입 말고 몸한테도 협조 좀 하라 그래."

무어라 대꾸하려던 악셀은 다가온 그녀의 얼굴을 보고 흠칫 놀랐다. 그녀의 눈가가 벌겋게 짓물러 있었다. 자세히 보니 눈도 붉게 충혈된 상태였다. 한참 운 것처럼.

'울었다고? 당신이?'

그것에 놀라 굳어 있는데 아리아드네가 그의 가슴팍에 손을 올렸다.

"……!"

기겁해 펄쩍 뛰어오르려는 그의 허벅지를 그녀가 무릎으로 지그시 눌렀다.

"가만있으랬잖아."

"무슨……!"

"마왕에게 조종당해서 날 죽이게 될까 봐 피하려는 거지?"

그의 위에 반쯤 올라탄 아리아드네를 밀쳐 내리던 악셀이 얼어붙었다. 그녀가 조용히 말을 이었다.

"괜찮아, 내게 막을 방법이 있으니까. 그걸 하려고 온 거고."

희고 가느다란 손가락들이 가쁘게 오르내리는 그의 가슴팍을 더듬어 심장 위치를 찾아냈다. 악셀은 숨을 멈췄다.

아리아드네가 속삭였다.

"기분이 좀 이상할 거야. 그래도 움직이지 마."

그녀가 아무것도 안 해도 악셀은 이미 기분이 이상했다. 하지만 지금 방심할 순 없었다. 그는 전신을 긴장시키며 늘어뜨린 양손으로 침대를 움켜쥐었다. 제 손이 또 멋대로 움직여 그녀를 공격하는 꼴은 보고 싶지 않았다. 차라리 묶어 둘까.

더는 잘하지도 못하는 연기를 할 여유가 없었다.

"어떻게 그런 걸 아셨……. 대체 무슨 방법이 있다는 겁니까."

쥐어짜 내듯 나온 그의 반문에 아리아드네는 담담히 설명을 시작
했다.

"마왕과, 정확히는 디메토르와 너는 근원의 채널을 통해 이어져 있
지. 그 채널로 마왕이 너를 조종하는 거잖아."

악셀은 그녀의 손이 닿은 곳에서부터 기묘한 간질거림을 느꼈다. 실
같은 것이 닿는 듯한. 그녀가 말을 이었다.

"그리고 네 채널은 근원의 채널과 연결되어 있어. 근원이 저수지라
면 네 채널은 저수지의 수로 같은 거고…… 마왕은 그 저수지에 풀린
독이지."

간질거림이 점점 불쾌감으로 바뀌었다. 무언가 억지로 파고드는 듯
한 느낌. 그는 입 안쪽 살을 깨물며 그 감각을 견뎠다.

아리아드네가 심호흡을 하며 말을 이었다.

"저수지에서 흘러드는 독을 막으려면 수로의 문을 닫으면 돼. 네 채
널을 닫아 버리면 마왕의 접속도 막을 수 있다는 소리야."

단순하지만 명쾌한 방법이었다. 그러나.

"……그건 불가능합니다."

악셀이 낮게 뇌까렸다.

디메토르는 분명 정령사가 될 자질을 가지고 있었으나 갓난아기 시
절 강제로 채널이 개방되면서 그 가능성은 사라졌다.

그의 채널은 열리는 것과 동시에 만 단위의 영혼이 이어져 만들어
진 거대한 그릇이자, 채널이자, 정령력 덩어리인 근원과 일치되어 버
렸기 때문이다.

자아가 확립된 후 스스로 채널을 개방했다면 근원과 자기 자신을 구분할 수 있었겠지만, 채널이 열렸을 때의 그는 너무 어렸다. 자신과 타인을 구별하지 못할 정도로.

　그래서 그의 채널은 근원의 일부일 뿐, 다른 정령사들의 채널처럼 대정령이 접속할 수도, 마음대로 여닫을 수도 없었다. 비유하자면 수문이 없는 채로 완성되어 버린 수로였다.

　"제 채널은 여닫을 수 있는 게 아니라 근원과 이어지는 통로일 뿐입니다."

　"응, 넌 스스로 채널을 닫을 수 없지. 하지만 그거 알아? 너는 이미 채널이 닫히는 경험을 해 봤어."

　"예?"

　"근원을 되찾기 전엔 마왕이 네게 손을 대지 못했잖아. 네 채널이 닫혀 있어서."

　"그건……."

　"그때도 여전히 네 몸은 근원의 일부였지만, 네 채널은 근원에 접속되어 있지 않았어. 디메토르와 완전히 연결된 것도, 근원의 힘을 끌어다 쓸 수 있게 된 것도 전부 근원을 되찾은 이후야. 그전엔 채널이 닫혀 있었잖아. 안 그래?"

　"그건 채널이 닫혀 있었다기보다는 마왕이 제게서 근원을 빼앗았기 때문 아닙니까?"

　"그래, 마왕은 근원을 네게서 강탈했어. 어떤 식으로 마왕이 그것을 빼앗았고, 어떻게 네가 되찾아 왔는지 알아?"

　모르겠다.

　악셀이 멀거니 눈을 깜박이자, 아리아드네가 다른 손으로 그의 머리를 쓰다듬었다.

"악셀, 그자는 힘으로 네 채널을 틀어막은 뒤에야 근원을 장악할 수 있었어. 수로에 바위를 던져 넣어 물길을 막은 다음 저수지에 멋대로 다른 걸 채워 넣었지."

무심코 한 행동이었는지, 그녀는 제가 뭘 하고 있는지도 모르는 얼굴이었다.

"하지만 이제 네가 근원에 접속해서 그것의 주인이 되었어. 네 의지로 수로를 막은 바위를 부수고 저수지에 들어가서 도로 물을 채운 거야."

부드럽게 머리칼을 쓸어내리는 손길. 다정한 푸른 눈. 악셀은 심장이 덜컹거려 질끈 눈을 감았다. 집중이 흐트러질 것 같아 손아귀에 힘을 주었다. 잡고 있던 침대 틀이 으스러지는 느낌이 들었지만 어쩔 수 없었다.

뛰는 심장을 그녀에게 들킬까 봐 두렵고, 정신이 나가 또 그녀를 죽일까 봐 두려웠다. 미칠 듯한 그의 심정을 아는지 모르는지 아리아드네는 태연히 말을 이어 갔다.

"이제 근원은 네 거야. 마왕도 쉽사리 손댈 수 없지. 하지만 그곳에 드나들 수 있는 또 다른 네가 있잖아? 디메토르라는 수로가."

"……!"

"그런데 그 디메토르는 마왕과 한 몸이라서, 자꾸만 그를 통해 저수지에 독이 풀려. 그 독이 결국 네 수로까지 퍼지는 거고."

아리아드네가 어떻게 디메토르에 대해 아는 거지?

당황한 악셀이 물을 틈도 없이 그녀가 선언했다.

"그래서 나는 마왕과 같은 방식으로 네 수로를 막을 거야. 네 채널에 마왕이 접속하지 못하도록."

"예? 그런 일이 가능한⋯⋯."

"가능해. 잊었어? 이나민 마을에서 사도의 번제를 막는 법을 설명하면서 얘기했었잖아."

아리아드네가 눈을 감으며 속삭였다.

"정령사는 다른 사람의 채널을 강제로 닫는 게 가능하다고."

악셀은 그제야 예전에 아리아드네와 나눴던 대화를 떠올렸다.

*"타인의 채널을 강제로 닫는 게 가능한 일입니까?"*

*"정령사끼리는 가능해."*

*"해 보셨습니까?"*

*"물론. 네가 다른 정령 기사의 가호를 네 가호로 뚫어 버리는 것과 비슷해. 힘으로 찍어 누르는 거지."*

그녀가 희미하게 웃었다.

"다행히 내가 꽤 강한 정령사라서."

악셀은 제게 파고든 무언가가 숨통을 죄는 듯한 감각을 느꼈다. 본능적인 거부감이 차올랐다. 생존 본능에 가까웠다. 절로 몸이 꿈틀거리자 아리아드네가 가슴팍에 대고 있던 손을 꾹 눌렀다.

"저항하지 마."

"⋯⋯."

"넌 덩치만큼 채널도 커서 힘들단 말이야."

투덜거리는 그녀의 이마에 식은땀이 맺혀 있었다. 악셀은 사력을 다해 참았다. 그의 이마에도 식은땀이 맺히기 시작했다. 부상을 입은 곳들에서 아릿한 통증이 일었다.

그렇게 한참.

특별한 이변은 없었다. 그저 돌연 무언가 턱 막히는 듯한 기분이 들었다.

그 순간 아리아드네가 그의 심장 위치에서 손을 뗐다.

"됐어."

"……정말로 됐단 말입니까? 이렇게 간단하게?"

"간단한 일은 아니었어, 악셀. 눈에 안 보여서 그렇지."

그녀가 한숨을 폭 내쉬더니 물었다.

"못 느끼겠어? 채널이 닫힌 거."

악셀은 얼빠진 얼굴로 제 가슴팍을 더듬다가 근원과의 연결이 느껴지지 않는다는 것을 깨달았다. 아리아드네가 호흡을 고르며 덧붙였다.

"이제 디메토르와의 연결도 잘 안 될 거고, 근원의 불꽃도 쓸 수 없고, 회귀 능력도 못 써. 내가 열어 주면 다시 쓸 수 있겠지만, 지금은……."

"예? 시간을 못 돌린다니, 그건 안 됩니다!"

악셀의 얼굴에 깊은 공포가 차올랐다. 아리아드네는 이제 저 공포가 무엇인지 잘 안다. 저 공포의 깊이가 곧 그녀에게 향하는 그의 마음의 깊이였다. 제 몸을 몇 번이나 불태워 가며 시간을 되돌려 놓은 것도 모자라 앞으로도 기꺼이 번제를 치르겠다는 마음.

"……그런 짓 이제 하지 마."

"하지만 제가, 제가, 당신을."

"이제 괜찮아."

아리아드네가 그의 뺨을 감싸 쥐며 말했다.

"이제, 이렇게 닿아도 괜찮아."

악셀이 숨을 들이켰다.

"여기에 있어도 돼."

"……."

"피하지 않아도 돼."

"……."

"혼자 해내려 하지 않아도 돼. 무덤으로 가지 않아도 돼."

붉은 눈이 요동쳤다. 아리아드네는 울듯이 웃었다.

"네 기억, 다 봤어."

"……그 거울은 분명 제가……."

"거기서 내가 하다 만 말이 있었지?"

어스름한 막사 속에서 그녀의 달아오른 눈가에 빛이 맺혔다. 등불을 머금고 반짝이는 눈물방울. 침대를 으스러뜨리고 있던 거친 손 위에 하얀 손이 내려앉았다.

"악셀, 아무래도 나는 네가."

눈물이 향기가 날 듯한 미소 위로 흘러 떨어졌다. 그리고 곧 정말로 향기가 났다. 신록이 그녀의 주위로 번졌다.

막사의 천장 대신 연둣빛 나뭇잎이 그들의 위에 녹음을 드리웠다. 푸른 나팔꽃이 피어났다. 숲과 꽃이 어우러진 향기가 주위를 채웠다. 햇빛이 스민다. 그 속에 미소 짓는 아리아드네가 있었다.

반짝이고, 예쁘고, 달콤해서 견딜 수 없는 풍경. 그러나 악몽으로 이어졌던 장면이었다. 악셀은 몸을 떨었다. 손끝 하나 움직일 수 없었다. 당장에라도 쇳소리 같은 마왕의 음성이 들리고 초록빛이 전부 신기루처럼 사라지며 피투성이 아리아드네가 제 품에 늘어질 것만 같앉다.

하지만 아무것도 사라지지 않았다. 끊어졌던 말이 이어졌다.

"……나는 네가 좋아."

그녀는 사라진 시간을 복구하며.

"그러니까 네가 죽지 않는 길을 찾을 거야. 반드시."

그가 내던졌던 미래의 시간을 움켜쥐었다.

"내가 너를 살릴게."

그녀의 손가락들이 그의 손가락 사이사이로 파고들었다. 그녀가 울면서 웃었다.

"그러니 내 곁에서 살아, 악셀 발렌타인."

홀로 기어들어 가려던 무덤에 스며드는 광휘.

악셀은 멍한 눈으로 제 품에 있는 여자를 보았다.

어떻게 이런 사람이, 내게.

어떻게 나 같은 괴물에게, 당신 같은 사람이.

숨이 떨려 왔다. 그는 그녀의 이름을 불렀다.

"아리아."

"응."

"아리아, 당신이."

"응."

"제게, 당신 곁을, 그러니까."

"응, 좋아해."

"……"

"너도 날 좋아하잖아."

"……"

아리아드네는 말문이 막힌 악셀의 얼굴이 서서히 달아오르는 것을 보았다. 두꺼운 목울대가 움직였다.

"그, 근원, 근원을 아시잖습니까. 저는 그것과 같은 괴물인데. 괜찮으신 겁니까?"

"그런 건 처음부터 알고 있었다니까."

"……처음부터."

악셀은 새삼 그녀와 만난 이후부터 지금까지를 되돌아보았다. 양아버지조차도 처음에는 그를 꺼렸는데 아리아드네는 한 번도 그런 이유로 그를 꺼린 적이 없었다.

"처음부터……."

악셀은 바보처럼 그 말을 되뇌다가 멍하니 말했다.

"아리아."

"응."

"저는 마왕과 함께 죽어야 합니다."

"알아. 다른 방법을 찾을 거야."

"그런 방법이 없으면."

"없으면, 뭐?"

아리아드네가 고개를 기울였다.

"그런 방법이 없을지도 모르니까, 미리 떠나겠다고?"

"……."

"해 보기도 전에 포기부터 하지 마. 혼자서 짊어지려고 하지도 말고."

"……."

"너 혼자서는 아무것도 변하지 않아. 이미 네가 정해 놓은 길이니까. 하지만 같이 가면 달라질지도 몰라."

그녀가 그와 깍지 낀 손에 힘을 주었다.

"그러니까 같이 가자."

악셀은 제 손을 내려다보았다. 손가락 사이사이에 들어와 있는 보드랍고 가느다란 그녀의 손가락. 지금 반쯤 제정신이 아닌데도 그의 손은 얌전히 그녀의 아래에 있었다.

쉿소리도, 제멋대로 그녀를 공격하는 손도 없다. 그녀가 막았으니까. 그로서는 도저히 막을 방법이 보이지 않던 것을, 그녀가.

발끝부터 머리끝까지 치달아 오르는 전율.

그는 속절없이 대답을 내어놓았다.

"……예. 함께 가겠습니다."

혹여 길을 찾지 못하더라도 당신 곁에서 죽겠습니다. 제 죽음도 당신의 것입니다.

뒷말은 속으로만 삼켰다. 아리아드네가 슬퍼할 테니까.

그의 대답에 아리아드네는 한시름 놓은 얼굴로 되물었다.

"그럼 앞으로는 혼자 결정하지 않을 거지? 무슨 일이든 내게……."

"당신께 전부 드리겠습니다. 제가 가진 것이라면 뭐든지."

악셀은 맞잡은 손을 들어 올리며 고개를 숙였다. 뒤얽힌 손가락 위로 조심스럽게 입술이 내려앉았다.

경건하게, 갈구하듯이.

"그러니 부디 저를 가져 주십시오."

파이는 환상 도서관의 서재 중 한 곳에 있었다.

이 서재의 책장에는 책이 겨우 너덧 권 남짓이고 나머지 칸은 텅텅 비어 있었다. 있는 책들도 이야기책 두어 권을 빼면 대부분 공고문이나 계약서, 편지 같은 것들을 묶어 둔 것이었다. 아마도 평생 글을 거의 접할 일이 없었던 소작농의 서재일 것이다.

파이는 이 서재를 제 것처럼 쓰고 있었다. 아리아드네의 전생 서재에서 멀지 않고, 책장이 많이 비어 있었으니까. 그는 비어 있는 황금 책장에 제가 좋아하는 것들과 아리아드네에게 숨기고 싶은 것들을 채워 넣었다.

파이의 물건들. 어린 시절에는 아리아드네의 전생 서재 한 칸으로 충분했으나, 이제 책장을 가득 채우고도 모자랐다. 언젠가 아리아드네가 선물해 준 새하얀 피아노도 이 서재에 있었다.

파이는 피아노 아래에 기대앉아 머리를 묶고 있던 노란 리본을 풀어냈다. 진작 닳아빠졌어야 할 것을 공들인 마법으로 유지시키고 있는 물건. 아리아드네가 처음 만든 엘릭서를 그에게 선물하면서 유리병에 묶어 놓았던 리본이었다.

그는 그 끝에 새겨진 제 이름을 한참 어루만지다가 고개를 들었다. 몇 겹의 유리 벽을 넘어, 아리아드네의 전생 서재가 보였다.

가이드 마법이 자동으로 돌아가는 중이었다. 책상 주위로 책들과 마법진이 현란하게 펼쳐져 있었다. 아리아드네가 까다로운 정령술을 쓰고 있는 게 아니라서 저렇게 내버려 둬도 괜찮았다.

번역 마법진이 정신없이 번쩍거렸다. 대정령들이 신이 난 모양이었다. 대규모 정령술을 쓰고 있는 것도 아닌데 저렇게 난리가 난 이유는 뻔했다. 아리아드네가 근원과 연결된 악셀 발렌타인의 채널을 봉인했으니까.

그녀는 채널을 수면 상태로 돌려놓지 않았다. 정확히는 그럴 여유가 없었다. 근원을 직접 찍어 누르는 것보다는 쉽겠지만 근원과 거의 일치되어 있는 악셀의 채널을 힘으로 누른다는 건 보통 어려운 일이 아니었다. 방류 중인 댐을 틀어막는 거나 다름없는 짓이므로.

파이는 손짓으로 번역 마법진을 제 바로 앞에 불러왔다.

대정령들은 인간들이 만들어 낸 근원이라는 기괴한 존재와 악셀 발렌타인이라는 반인 반정령에 가까운 존재에 대해 갑론을박을 벌였다. 그리고 그것을 봉인하려는 자신들의 정령사에게 감탄하느라 여념이 없었다.

[황금 무덤 : 우리 정령사 채널 스케일을 알고는 있었지만, 새삼 굉장하네.]

[만년설 왕관 : 저 정도를 못 할 리가. 저 인간은 하늘을 담았던 인간이다. 보통 인간의 기준으로 보지 마라.]

[검은 누님 : 우리 꼬맹이 채널 규모 원래 무시무시하잖아. 그 무지막지한 걸 다루는 솜씨는 또 어떻고! 어쩜 저렇게 깜찍하지? 볼수록 탐나!]

[하얀 동생 : 누님, 진정해요. 어, 근데 이쯤이면 채널 터뜨리고 있었을 분이 오늘따라 조용하네요?]

[굶주리는 용 : 얼마 전에 차단당했으니까 몸 좀 사려야지.]

[뒤로 걷는 물 : 아! 미치겠어! 아악!]

[굶주리는 용 : 조용히 해. 이번에 또 차단당하면 상위 대정령이고 나발이고 중계 안 해 줄 거니까.]

[뒤로 걷는 물 : …….]

[잠들지 않는 심판 : 저걸 힘으로 찍어 누르네. 아리아가 화끈할 땐

진짜 겁나 화끈하다니까. 끝내준다, 망할.]

그러다 어느 순간 번역 마법진의 빛이 잦아들었다. 많은 대정령들이 잠잠해진 가운데 몇몇 대정령들만 도리어 말이 늘었다.

[창백한 푸름 : 참 예쁘구나.]

[지저의 부름 : 우리 정령사가 드디어 사랑을 하네. 다 컸어.]

[아름다운 공포 : 잘 어울리지 않아? 저 둘 사이에선 엄청난 아이가 태어나겠지? 둘이 결혼했으면 좋겠다……. 결혼해! 빨리 결혼해!]

[요정의 미로 : 깜짝이야. 저분 전언은 처음 봤어요.]

[잠든 심판 : 쟤는 원래 평소에는 조용한데 이럴 때만 시끄러워져…….]

[하늘을 담은 거울 : 다른 채널에서도 유명해요. 정령사가 진짜 자는 건지, 자는 척하는 건지 궁금할 땐 저분한테 물어보면 된다고.]

[아름다운 공포 : 아, 예쁘고 가녀린 애랑 잘생기고 커다란 애 너무 좋아. 얼른 결혼했으면. 결혼하기 전에 아기부터 만들어도 좋고! 아예 지금 바로 만들어! 쟤는 잘못하면 죽을지도 모르잖아! 죽기 전에 결혼해!]

[신록의 그릇 : 아기 먼저는 절대 안 돼요! 결혼이 먼저여야 해요! 우리 아리아만은……!]

[창백한 푸름 : 내 자매는 여전히 몹쓸 취향이로구나.]

[아름다운 공포 : 뭐? 몹쓸 취향이라니, 예쁜 정령사만 찾아다니는 네가 할 말은 아니지 않을까? 너 여기도 처음엔 정령사가 예뻐서 접속한 거였잖아!]

[창백한 푸름 : 예쁜 것 좋아하는 게 뭐가 나쁘냐.]

[아름다운 공포 : 연애 좋아하는 것도 안 나빠. 아, 분위기 달달해.

키스했으면 좋겠다. 애틋한 거 봐. 둘이 정말 운명적……]

파이는 거칠게 손을 휘저었다. 번역 마법진이 빛으로 화해 사라졌다.

밖을 직접 감지하고 싶지는 않지만 무슨 일이 일어나는지는 알고 싶었다. 그래서 번역 마법진을 본 건데 잘못된 선택이었던 모양이다.

그는 노란 리본을 다시 매만졌다.

'아리아.'

왜 이제는 파이에게도 약한 모습을 보이지 않으려 합니까? 왜 이곳이 아니라 밖으로 나가서 우시는 겁니까. 당신을 위로할 준비를 하고 있었는데.

그는 리본을 움켜쥐고 고개를 숙였다. 긴 은발이 흘러내려 얼굴을 가려 주었다. 온갖 어두운 생각들이 휘몰아쳤다. 환상 도서관의 곳곳에 숨어 있는 욕망과 광기의 서사들이 떠올랐다.

'안 돼.'

파이는 입술을 깨물었다. 그는 아리아드네에 대해 생각했다. 그의 속에서 들끓는 것들을 알게 되면 그녀는 어떤 표정을 지을까.

'아리아를 배반하고 싶지 않아.'

그러니 아리아드네가 악셀 발렌타인을 살리는 방법을 찾지 못했으면 좋겠다.

파이는 처음으로 그녀가 실패하길 바랐다. 그리고 그런 자기 자신에게 스스로 실망했다. 그냥 저 대정령들처럼 아리아드네의 사랑을 환영하며 행복을 빌어 줄 수 있으면 좋을 텐데.

그게 최선인데, 왜, 어째서, 왜.

그는 얇디얇은 리본을 생명줄이라도 되는 양 부여잡았다. 기도하듯 맞잡은 손에 입술을 묻고 빌었다.

제발 이 욕심이 사라지기를.

'아리아, 파이는 당신을 사랑하고 싶지 않습니다.'

당신을 위해서.

차라리 마음이 전부 부서졌으면 좋겠다. 마음 없는 기계가 되고 싶었다.

오염수가 흐르는 혈관들이 모여드는 곳에 검붉은 호수가 있었다. 호수 주위로는 아무것도 없이 무한한 공백이 하얗게 펼쳐졌다. 호수 위의 허공에는 왕좌가 떠 있었다. 그 검은 왕좌에는 아무런 장식이 없었다.

왕좌에 앉아 있는 것은 썩어 가는 남자의 시체였다. 시체는 새카만 연기 같은 것에 휩싸인 채로 꼭두각시처럼 고개를 움직였다. 희멀겋게 죽은 눈동자가 왕좌 아래의 호수를 내려다보았다.

거울처럼 매끄러운 호수의 표면에 다른 세계가 비쳤다. 썩어 부스러져 먼지가 되어 가고 있는 세계. 신을 잃고 죽어 버린 세계. 절망에 빠져 울부짖고 있는 다양한 생물들.

마계의 풍경.

시간을 멈춤으로써 유예된 파멸이 호수의 수면에 담겨 있었다. 시체의 눈에서 검붉은 오염수가 눈물처럼 뚝 떨어졌다. 그것이 입을 벌렸다. 벌어진 입에서 새카만 연기 같은 것이 들락거리며 쇳소리 같은 음성이 흘러나왔다.

"###……."

내 세계.

인간의 시체를 뒤집어쓴 마왕이 검붉은 눈물을 흘리며 마계의 언어로 중얼거렸다.

천국을 만들기 위해 신을 죽였으나, 내가 만들어 낸 것은 지옥이었노라.

나는 책임을 저버리지 않으리라. 내 세계의 생명들을 구원하리라. 새로운 낙원으로 그들을 인도하리라.

내 반드시 이곳에 모두가 이주할 낙원을 세우리니.

마왕은 삐거덕거리는 몸을 움직여 호수에서 눈을 뗐다.

그가 차지하고 있는 건 한때 제국의 영웅이었던 자의 육체. 제국에서 가장 튼튼한 몸이었으나 20여 년간 썼더니 이젠 제대로 움직일 수도 없는 시체가 되어 버렸다.

그렇다고 이 몸뚱이를 버릴 수도 없었다. 그의 본신은 자격 없이 신의 권능을 품은 탓에 붕괴하고 있었다. 이질적인 이 세계, 엘리시움의 환경은 안 그래도 빠르던 붕괴를 더 가속했다.

엘리시움에 속한 육신에 담겨 있어야 그나마 버틸 수 있었다. 그릇이 필요했다. 되도록 오래, 신이 될 때까지 버텨 줄, 신의 권능을 써도 어느 정도 버틸 수 있는 그릇이.

마왕은 제 안에 기생충처럼 웅크리고 있는 영혼의 찌꺼기를 관조했다. 마왕의 주시만으로도 그 찌꺼기는 고통에 몸부림쳤다. 그러나 아무리 짓누르고 으스러뜨려도 그것은 지긋지긋하게 살아남아 들러붙어 있었다.

마왕의 핵, 인간으로 치면 심장에 해당하는 곳 안에.

마왕은 핵이 부서질까 봐 그것을 죽일 수가 없었다. 떼 내기도 불가능했다.

찌꺼기가 웃으며 속삭였다.

[날 죽이고 싶으면 자살을 해, 멍청한 새끼야.]

"####……."

발칙한 것.

마왕은 제 속에 있는 기생충을 다시 짜부라뜨렸다. 그것이 고통에 몸부림치는 사이 그 영혼을 들여다보았다.

기생충의 약점이 영리하게도 기생충과 그릇 사이의 연결을 막아 놓았다. 그릇을 이용해 약점을 공격하는 건 이제 힘들어졌다. 기생충은 그 약점이, 제 목표가 살아 있는 한 절대로 포기하지 않을 것이다.

그렇다면 다른 수단을.

그릇과 약점이 나눈 대화에 대한 기억이 기생충 안에 있었다.

"#####……."

환상 도서관.

마왕은 그것이 무엇인지 알고 있었다. 그곳에 영향을 미치는 방법도.

늪지기의 영역을 이용하면 되겠군.

시체가 기이하게 웃었다.

요람이 죽었기에 요람의 영역은 이제 안전했다. 토벌대는 요람의 시체를 피해서 원래 요람이 있었던 마지막 방에 캠프를 세웠다. 그들은 악셀이 완치될 때까지 며칠간 휴식을 취할 예정이었다.

만에 하나를 대비하여 경계 마법진은 유지하고 있었지만, 실질적으로 경계할 일은 없었다. 아리아드네는 그들에게 그냥 마음 편히 쉬라고 했다.

한가해진 루드빅은 인벤토리에 꿍쳐 두었던 비장의 무기를 꺼냈다. 명주로 이름 높은 젠트리올산 포도주들. 젠트리올 지방이 몇 년 전에 오염되어 버려서 이젠 더 생산되지도 않는 보물이었다. 그는 어린 시절을 보낸 주방의 인연 덕에 간신히 이것들을 구했었다.

'악셀 그 자식이 깨어나기 전에 공작님의 의중을 알아야 한다.'

술자리에서는 사람의 속을 슬쩍 떠보기 좋다. 앞으로 최소한 이삼일은 더 여기서 머물 테고, 요람이 죽어서 마물의 습격도 없을 테니 지금만큼 적절한 순간이 없었다. 그는 술병들을 얼음통에 담가 놓고 안주를 만들기 시작했다.

"뭐야, 웬 술……?"

베로니카가 드물게 눈을 반짝이며 다가왔다. 호위라는 임무 탓에 잘 마시진 않지만, 그녀는 술을 상당히 좋아했다.

"악셀 그놈 일어나기 전엔 할 일이 없잖아. 오늘 술이나 가볍게 한 잔씩 하게."

"그거…… 안주?"

"맞아."

루드빅은 치즈를 자르며 씨익 웃었다. 포도주에 치즈. 베로니카가 좋아하는 조합이었다.

"어…… 아가씨 허락은?"

베로니카는 입맛을 다시면서도 신중하게 물었다. 루드빅이 베이컨을 꺼내며 턱짓했다.

"경이 공작님께 여쭤봐 줘. 술 조금만 마셔도 되는지."

포도주에 치즈에 베이컨. 베로니카가 아주 많이 좋아하는 조합이었다. 루드빅은 그걸 잘 알고 있었다.

"……알았어."

홀린 듯이 루드빅의 손놀림을 보던 베로니카가 아리아드네의 막사 쪽으로 향했다. 베로니카는 어지간해선 무언가를 요청하지 않는다. 아리아드네는 그런 베로니카가 드물게 부탁하면 뭐든 들어주려 애쓰는 편이었다. 그리고 대미궁 내에서 이렇게 쉴 수 있는 기회는 흔치 않다.

'완벽해.'

루드빅은 베로니카가 긍정적인 답을 가지고 돌아오리라고 확신했다. 과연, 얼마 후 베로니카가 들뜬 얼굴로 돌아왔다.

"허락하셨어!"

"좋아."

그는 영토 내의 하늘에 노을이 질 때까지 의욕에 불타올라 요리를 했다. 너무 신나서 안주를 좀 많이 만들긴 했지만, 먹성 좋은 기사가 둘이나 있고 신관도 의외로 잘 먹으니 괜찮을 것이다.

악셀을 제외한 계산이었다. 그는 설마 제가 요리하는 사이에 악셀이 깨어날 거라곤 생각조차 하지 못했다.

그가 뭔가 잘못됐다는 걸 깨달은 건 악셀의 막사에서 나오는 아리아드네의 뒤로 시커멓고 커다란 놈이 따라 나왔을 때였다.

루드빅의 표정이 사정없이 일그러졌다. 원래 그는 아리아드네 앞에서는 대놓고 악셀에게 인상을 쓰지 않았고, 악셀이 없어진 뒤 나름 빈 자리도 좀 느끼긴 했지만, 지금 이 순간에는 그런 것들이 다 무의미했다.

"……너 왜 벌써 일어났냐?"

루드빅은 카나페 위에 마지막 체리를 올리던 자세 그대로 굳은 채 오만상을 쓰고 물었다. 아리아드네의 머리 위로 불쑥 튀어나온 악셀 발렌타인의 얼굴이 마주 찡그려졌다.

"내가 일어난 게 불만이란 소리처럼 들리는데."

"신관님이 적어도 이틀은 네놈이 정신 못 차릴 거라고 했단 말이다."

"날 얕봤나 보군. 내가 네놈처럼 약해 빠진 줄……."

거침없이 대꾸하던 악셀이 움찔했다. 아리아드네가 그를 빤히 올려다보고 있었다. 악셀은 반사적으로 사과부터 했다.

"잘못했습니다."

"너 뭘 잘못했는지도 모르면서 일단 잘못했다고 하는 거지?"

"……."

그는 잠시 고민해 보았다. 내가 뭘 잘못했을까.

루드빅이 재수 없게 나오기에 맞대응한 거지만, 생각해 보니 그에게 빚진 게 있는 상황에서 이래선 안 될 것 같았다. 게다가 아무리 그가 다른 사람보다 강한 게 사실이라 해도 무시하는 태도로 말하는 것도 잘못된 일이었다.

전투를 기준으로 보면 자신이 루드빅보다 강할지 몰라도 요리를 기준으로 보면 루드빅이 그를 압도했다. 상황에 따라 기준은 늘 달라지고 사람마다 잘하는 것도 다 다르다. 누구에게도 다른 사람을 무시할 자격 같은 건 없다.

"……오만하게 굴지 않고, 다음부터는 말하기 전에 조심하겠습니다."

고민 끝에 나온 대답에 아리아드네가 빙그레 웃었다.

"그래, 그리고 멋대로 튀어 나갔던 거 다른 사람들한테 사과부터 하자. 특히 뤼르한테는 감사 인사도 제대로 하고."

"예."

악셀은 아리아드네의 뜻을 맞힌 게 기뻐서 저절로 나오려는 웃음을 간신히 가라앉히고 진지한 얼굴로 루드빅에게 사과를 했다.

"미안하다. 방금 말실수도, 제멋대로 행동한 것도. 앞으로는 조심하겠다."

"……."

루드빅의 얼굴이 더 일그러졌다. 그는 솔직히 악셀이 악셀다운 짓을 한 것보다 그가 일찍 일어난 게 더 싫었다. 좀 오래 뻗어 있을 것이지.

그사이 아리아드네는 루드빅이 차려 놓은 것들을 돌아보며 감탄하고 있었다.

"루드빅, 언제 이런 걸 다 만들었어?"

"할 일이 딱히 없었잖습니까."

루드빅은 재빨리 표정을 고치고 아리아드네를 자리로 안내했다.

신록의 영토에는 야외에서 파티를 즐기기 딱 좋은 곳이 있었다. 녹음이 지붕처럼 드리운 곳에 베로니카가 테이블을 가져다 놓았다. 잎사귀 사이로 별이 총총한 밤하늘이 보였다. 에리히가 간단한 마법으로 반딧불 같은 불빛들을 띄워 조명을 만들어 두었다. 뤼르는 테이블 위에 접시와 식기들을 놓다가 악셀을 보고 깜짝 놀랐다.

"벌써 깨어나신 겁니까?"

일찍 일어난 게 불만이냐, 내가 그리 약해 보였느냐고 대꾸하려던 악셀이 멈칫했다. 그는 신중하게 말을 골랐다.

"……오래 기절해 있을 만한 부상이 아니었다."

"아니기는요, 솔직히 정령 기사치고도 한참 요양해야 할 중태였습니다. 상처는 좀 어떻습니까? 여기 잠깐 앉아 보십시오."

뤼르는 환자를 대하는 신관의 자세가 되어 테이블에서 좀 떨어진 곳으로 그를 데려가더니 의자에 앉혔다. 아리아드네는 악셀이 순순히 앉아서 제 상처를 내보이는 것을 보며 설핏 웃고는 테이블에 마련된 제 자리로 가 앉았다.

베로니카는 이미 자리를 잡고 앉아서 술병을 뚫어져라 보고 있었다. 그녀는 악셀이 일찍 일어난 것엔 별로 관심이 없었다. 반면 에리히는 자리에 앉으며 눈살을 찌푸렸다.

"저 새끼 벌써 일어났어? 괴물 같은 새끼. 몸이 뭘로 만들어진 거야? 그때 쓴 정체불명의 기술도 이상하고……. 저거 혹시 순수한 인간이 아닌가? 진짜 괴물 피라도 섞인 거 아냐?"

아리아드네는 저도 모르게 철렁했다.

"……말 좀 곱게 해요, 오라버니."

"저놈한테 말이 곱게 나오겠냐?"

"악셀이 그래도 나름대로 우리한테 신경 많이 썼잖아요. 앞서가면서 마물 다 처리한 것도 다 우리 편하라고……."

"너 또 은근히 저거 편든다? 대체 저놈 어디가 좋아서?"

"어디가 좋냐니……."

아리아드네가 말끝을 흐렸다. 에리히는 절대 그런 의도로 물은 게 아니지만, 그녀에게는 그의 어떤 점을 사랑하느냐는 질문처럼 들렸다.

그녀는 화제를 돌리기 위해 앞에 있던 포도주병을 냅다 집어 들었다.

"와, 술은 오랜만이네요."

"해골, 너 반응이 왜 그래? 너 설마, 악!"

수상하다는 듯 묻던 에리히가 옆구리를 움켜쥐고 비명을 질렀다. 그의 옆구리를 찌른 건 술병에 정신이 팔려 안 듣는 것처럼 보였던 베로니카였다.

에리히는 눈물이 찔끔 고인 얼굴로 버럭 소리를 질렀다.

"아프잖아! 뭔데!"

"시끄러워. 술이나 따라 줘."

베로니카가 빈 잔을 내밀었다. 에리히는 투덜거리면서도 순순히 그녀의 잔을 채워 주었다. 찰랑찰랑 차오르는 붉은 액체에 베로니카의 얼굴이 행복으로 가득찼다.

그사이 루드빅이 마지막으로 완성한 카나페 접시를 들고 테이블로 왔다. 그는 접시를 내려놓으며 아리아드네의 옆자리에 앉더니 그녀의 손에 들린 술병을 빼앗았다.

"제가 따라 드리겠습니다, 공작님."

"아, 고마워."

유리잔에 담긴 포도주에서 진하고 향긋한 냄새가 났다. 아리아드네는 향을 맡다가 병의 라벨을 보고 깜짝 놀랐다.

"이거 젠트리올산?"

귀족의 교양에는 포도주도 포함된다. 엘디어 공작인 아리아드네도 당연히 명주에 대한 지식이 있었다.

"맞습니다."

"세상에, 어떻게 구했어? 이거 엄청 귀한 거잖아."

"괜찮은 인맥 덕분에요."

"젠트리올산 포도주라면 괜찮은 게 아니라 대단한 인맥이지. 이렇게 마시기엔 아까운 술인데."

"공작님께 아까운 게 어디 있겠습니까. 이 포도주가 오히려 당신께 진상되어 영광일 겁니다. 공작님께서 맛보고 기뻐하신다면 이름값이 더 치솟을 테니까요."

매끄럽게 말한 루드빅이 빙그레 웃으며 제 잔을 들어 올렸다.

"저도 따라 주시겠습니까?"

"아, 응."

아리아드네는 과한 찬사에 뭐라 반응할 틈도 없이 그에게 술부터 따라 주었다.

"감사합니다."

루드빅은 그녀가 술병을 내려놓고 잔을 들자마자 능숙하게 짠, 하고 잔을 맞부딪혔다.

"승리를 위하여."

얼결에 건배하게 된 아리아드네가 눈을 깜박이자 그가 곱게 눈웃음치며 잔을 기울였다.

"안 드실 겁니까?"

그에 아리아드네도 미소 짓고는 술을 한 모금 머금었다.

"맛있네."

"천천히 드십시오. 은근히 독한 녀석이거든요."

그는 자연스럽게 안주를 권했다. 간단해 보이지만 아리아드네 전용으로 심혈을 기울여 만든 스터프드 에그였다.

베로니카는 유리잔 너머로 살랑살랑 웃고 있는 루드빅을 보며 중얼거렸다.

"안쓰러워."

"뭐가?"

술은 거의 손대지 않고 안주만 집어 먹던 에리히가 의아하게 물었다. 베로니카는 어깨를 으쓱였다.

"아직 모르는 거, 같아서. 모르는 척하는 걸까?"

"루드빅이? 뭘 모르는데?"

"너도 모르네."

"뭔 소리야?"

"술이나 먹…… 아니, 너 술 잘 못하지. 안주나, 먹어."

"누가 못한다고! 너 마법사들이 수식 안 풀릴 때마다 실험실에서 플라스크랑 비커에 술 부어 마시는 거 알아? 마법사가 술을 못한다는 건 수치라고!"

울컥한 에리히가 술잔을 쥐더니 한 번에 들이켰다. 베로니카는 짧게 혀를 쳤다.

"저놈의 허세."

"……."

"이 귀한 술을…… 무슨, 맥주 마시듯 마셔."

"……."

"먹자마자 취해서…… 맛도 못 느낄, 거면서."

"……끅."

에리히가 순식간에 새빨개진 얼굴로 딸꾹질을 했다. 어지러운지 고갯짓까지. 흔들리는 은발이 불빛을 받아 반짝반짝 빛났다.

베로니카는 턱을 괴고 포도주를 홀짝이며 그런 그를 감상했다. 같이 술을 마신 게 처음도 아니니 그녀는 에리히가 술 한 잔에 맛이 가는 것도, 그렇게 취하면 어떻게 되는지도 잘 알고 있었다.

"끅."

에리히가 다시 딸꾹질을 했다. 그는 새빨개진 얼굴로 멍하니 허공을 보다가 눈물이 고인 눈으로 베로니카를 돌아보았다.

"니카아아."

"응."

"너 사실 나 별로 안 좋아하지?"

에리히의 눈이 그렁그렁해졌다.

"맨날 나만 안달복달이야. 너는 태연한데……."

"에리히."

"으응."

"웃어 봐."

"어?"

"귀엽게."

"어…… 이러케?"

에리히가 꼬부라진 발음으로 되묻더니 울다 말고 헤실헤실 웃었다. 베로니카가 피식 웃자 그가 그녀에게 바짝 다가앉았다.

"마, 맘에 들어?"

"응."

"나 귀여워?"

"꽤."

"그럼 상 줘."

에리히가 그녀의 뒷머리를 잡고 제게로 당겼다. 베로니카는 잔을 내려놓고 순순히 그에게 입술을 내주었다. 짧은 입맞춤 후에 에리히는 더운 숨을 뱉어 내며 그녀를 끌어안고 정수리에 마구 뺨을 비볐다.

"니카, 사랑해, 사랑해……."

"응, 그래."

"진짜 사랑해. 너무 좋아."

"응, 응."

베로니카는 에리히에게 안긴 채로 그를 토닥거리며 주위를 둘러보았다. 루드빅과 아리아드네가 아연한 얼굴로 그들을 보고 있었다. 베로니카가 태연히 말했다.

"술주정이에요……. 얘, 술이 약해서. 이거 안 받아 주면, 울어 버릴걸요."

"……그, 그렇구나."

"참, 우리, 결혼하기로 했어요. 나중에."

"아…… 응. 축하해……."

아리아드네는 얼떨떨하게 고개를 끄덕였다. 예상은 하고 있었지만 제 오라비가 실제로 저렇게 구는 걸 보니 꽤 충격이 컸다.

'술 깨면 죽고 싶어 하겠네.'

친애하는 오라버니를 위해 모른 척해 줘야 하나, 사랑스러운 여동생답게 평생 놀림거리로 삼을까.

고민하던 그녀는 결심했다.

'해골이라고 부를 때마다 꽤 귀여운 오라버니라고 불러 줘야지.'

사랑스러운 여동생답게 행동하기로.

싫다고 발작하면 울보 오라버니로 불러 주지, 뭐. 결혼 선물에는 꼭 젠트리올산 명주와 플라스크 모양 유리잔을 넣고.

'……예전 세계에서 봤던 소설이나 영화에선 이러면 꼭 누가 죽던데.'

그렇게 두지 않을 거다. 전부 무사히 돌아가서 둘이 결혼하는 걸 보고야 말겠다. 아리아드네는 그렇게 다짐하며 술을 들이켰다.

넋이 나가 있던 루드빅은 아리아드네의 잔이 비자 정신을 차리고 얼른 술을 따라 주었다. 그러면서 조심스럽게 아리아드네에게 물었다.

"그러고 보니, 공작님께서도 돌아가면 결혼하셔야 하지 않습니까?"

"글쎄……. 지금은 그거 생각할 여유가 없어서."

대미궁이 더 급하니까.

아리아드네는 웅얼거리며 포도주를 조금씩 더 마셨다. 과연 명주는 명주였다. 술을 그리 즐기지 않는데도 맛있게 술술 넘어가는 걸 보니.

루드빅이 슬금슬금 캐물었다.

"하긴 하시려는 거지요?"

"응, 해야지. 아무래도 가주니까……."

"상대로는 어떤 사람을 생각하고 계십니까?"

"음……."

"혹시 염두에 둔 후보가 있으시다거나?"

살짝 취기가 돌았다. 아리아드네는 고개를 갸우뚱했다.

악셀? 악셀이랑 결혼할 거냐고?

솔직히 거기까진 생각 안 해 봤는데. 그럴 여유가 없어서.

그를 살릴 수 있을까?

다른 방법을 찾을 수 있을까?

악셀에게는 의연하게 말했지만 불안할 수밖에 없었다.

정말 악셀을 희생시켜야만 하는 상황이 오면 어쩌지.

가슴속이 홧홧하게 쓰라렸다. 열을 식히기 위해 그녀는 술을 벌컥벌컥 마셨다. 열은 식지 않았으나 몸이 붕 뜨며 답답하던 속이 뚫리는 듯한 기분이 들었다.

아, 이래서 술을 마시나? 오늘따라 술이 달았다.

"공작님, 너무 급하게 드시면 안 됩니다!"

아리아드네를 만취하게 만들 생각은 아니었던 루드빅이 화들짝 놀라 잔을 빼앗으려 했다. 아리아드네는 빼앗기지 않으려 술잔을 꽉 움켜쥐었다.

"루드빅, 내가 길을…… 찾아야 하는데."

"예?"

"구하고 싶어. 그런데 못 구할까 봐 무서워……."

웅얼거리던 아리아드네가 다시 잔을 기울였다. 대경한 루드빅이 그녀를 뒤에서 끌어안다시피 하며 붙들었다.

"그만 드셔야 합니다."

"마시라고 준 거잖아?"

"공작님, 취하셨어요!"

"안 취했어."

"자기 상태도 모르시는 걸 보니 확실히 취하셨군요."

한숨을 푹푹 내쉰 루드빅이 잔을 쥔 아리아드네의 손에 제 손을 겹쳐 쥐고 힘을 주었다. 잔을 내려놓게 할 심산이었다.

추가 치료를 끝낸 뤼르와 악셀이 테이블로 돌아온 건 그때였다. 아리아드네를 끌어안고 있는 루드빅을 본 악셀의 눈이 형형해졌다. 성질대로라면 힘으로 짓밟아 놓고 시작했겠지만, 나름 인내심을 배운 그는 이를 악문 채 질문을 먼저 했다.

"뭘 하는 거지?"

"아가씨가, 취하셔서…… 더 드시려는 걸 말리려던 것뿐이야."

베로니카가 끼어들어 대답했다. 당장에라도 루드빅의 손목을 으스러뜨릴 듯하던 악셀의 기세가 약간 누그러졌다.

"취하셨다고? 얼마나 드셨기에?"

"두세 잔……? 위버 사람들은, 술 엄청 센데…… 에리히랑 아가씨는, 대마법사님 닮았나 봐."

악셀은 베로니카와 에리히를 흘깃 살폈다. 베로니카는 희고 말끔한 얼굴로 시뻘게진 에리히를 매달고서 쉼 없이 술을 들이켜는 중이었다. 에리히는 그녀가 다른 사람과 대화를 나누는 게 마음에 들지 않는지 제게로 잡아당기며 훌쩍거렸다.

"니카아, 나랑 얘기해애."

"응, 그래."

"나 떠나면 안 돼. 나만 두고 가지 마."

"안 가."

"사랑해……. 좋아서 죽을 것 같아……."

"죽지는 말고."

베로니카는 한 손으로 마법사의 머리를 토닥이며 다른 손으로 잔을 다시 채웠다.

악셀은 그런 그들을 보고 눈썹을 치켜세웠다. 다른 사람들은 진작 알아채고 있었으나, 그는 이제야 그들 사이를 알아차렸다.

'저 둘이 언제부터 저런 사이가 되었지?'

잠깐 놀랐던 그는 곧 저 둘이 뭘 하든 제 알 바가 아니라고 생각했다.

악셀은 곧바로 아리아드네 쪽으로 향했다. 그러곤 여전히 루드빅과 술잔을 가지고 실랑이하고 있는 아리아드네를 가볍게 들어 올려 한 팔로 품에 안았다. 그녀의 손에서 떨어진 잔은 능숙하게 받아 테이블에 올려놓았다.

난데없이 아리아드네를 뺏긴 루드빅이 황당해하며 그를 보았다.

"뭐 하는……."

"쉬시게 하겠다. 안 그래도 나 때문에 무리하셨는데."

"네놈 때문에 무리를 하셨다고? 공작님께서? 무슨 일로?"

그가 묘한 표정으로 캐물었다. 악셀은 덤덤하게 대꾸했다.

"알 것 없다."

"이 자식이?"

루드빅이 울컥하자, 악셀이 미간에 주름을 만들더니 신중한 투로 부연했다.

"너를 무시한 게 아니라 너와 관계가 없는 일에 관심을 가질 필요가 없다는 뜻이다."

"공작님과 관련된 일이잖나! 당연히……."

"너는 아리아의 호위도, 비서도 아니지 않나? 내가 네게 우리 사이에 있었던 일을 가르쳐 줄 의무는 없다."

"……뭐? 우리 사이?"

그는 기가 차서 말문이 막힌 루드빅을 내버려 두고 뤼르 앞에 아리아드네를 내려놓았다.

"신관, 어떤가? 괜찮으신 건가?"

뤼르가 살피는 동안 아리아드네는 달아오른 얼굴로 테이블 위의 다른 술잔으로 손을 뻗었다.

"술……."

"안 됩니다."

악셀이 그런 그녀의 손을 손가락 세 개만 써서 조심스럽게 붙잡아 무릎 위로 돌려놓았다. 그녀는 굴하지 않고 다시 손을 뻗었다. 그는 또다시 손가락 세 개로 그녀의 손목을 살포시 들어 되돌렸다.

아리아드네가 눈을 부라렸다.

"악셀, 방해하지 마."

"죄송합니다."

악셀은 그녀의 명령을 무시하고 뤼르를 보았다.

"신관."

"그냥 취하셨을 뿐입니다. 피로가 쌓여 있으시긴 하지만, 잘 쉬시면 괜찮아지실 겁니다."

검사를 끝낸 뤼르가 선하게 웃었다. 고개를 끄덕인 악셀이 아리아드네를 아이처럼 안아 들었다.

"악셀, 내려놔. 얼른!"

그는 제 어깨를 마구 두드리는 아리아드네의 손을 다시 손가락 세 개로 조심조심 잡아 내렸다.

"이러다 다치십니다."

"내려놓으라니까! 명령이야!"

"명령은 멀쩡하실 때만 듣겠습니다."

"넌 내 거잖아!"

그녀가 화내는 말에 악셀은 환하게 웃었다. 이렇게 행복할 수가 없다는 듯.

"예, 저는 당신 겁니다."

"그럼 왜 말을 안 들어?"

"제정신으로 명하시면 죽으라 하셔도 따를 테니, 지금은 양해해 주십시오."

"으으……."

턱도 없는 힘겨루기를 하던 그녀는 결국 지친 목소리로 푸념하며 포기했다.

"제멋대로야……. 내 거라면서 말도 잘 안 듣고……."

제 가슴팍에 머리를 기대고 늘어지는 아리아드네를 내려다보는 붉은 눈동자가 카나페 위의 체리 같은 색을 띠며 무르게 풀어졌다. 그의 입가에 좋아서 어쩔 줄 모르는 미소가 걸렸다.

인사불성인 에리히를 제외한 모두가 그런 악셀을 보고 얼어붙었다. 인상을 쓰고 다녀서 그렇지 원래 그린 듯이 잘생긴 얼굴이라 저렇게 웃으니 여파가 굉장했다.

'저놈이 저 정도로 잘생겼었나……?'

그를 고깝게 보던 루드빅마저 순간 놀랐다. 인정하기 싫지만 솔직히 감탄할 수밖에 없는 얼굴이었다. 잠깐 넋을 놓았던 루드빅은 악셀이 아리아드네를 안고 막사로 향하자 급히 뒤따라가려 했다. 그런 그를 베로니카가 불러 세웠다.

"루드빅 경."

"왜?"

"경을 위해, 하는 말인데…… 빨리 인정해."

"뭘?"

"아가씨 마음."

루드빅이 눈을 끔벅였다. 베로니카는 제게 매달려 떨어질 생각을 안 하는 에리히의 입에 안주를 먹여 주며 덧붙였다.

"경이라면, 진작 알아챘을 텐데…… 모르고 싶은 거야?"

"……."

"이해는 하는데, 이제 슬슬 받아들이는 게…… 경을 위해서도, 좋을 거야."

"……."

루드빅은 그 자리에 한참 멀거니 서 있었다. 방금 본 광경들이 눈앞에 어른거렸다.

스스럼없이 악셀을 자기 것이라 부르는 아리아드네. 그 말에 행복해 죽으려 하는 악셀 발렌타인.

우리 사이라는 말.

루드빅 블레이르는 눈치가 좋은 편이다. 베로니카의 말에 틀린 점이 없었다. 사실 아리아드네의 태도를 보면서 전부터 어느 정도 짐작하고는 있었다. 악셀이 달아난 뒤로는 짐작이 아니라 거의 확신했다. 인정하고 싶지 않았을 뿐.

뤼르가 루드빅의 잔에 술을 따르면서 손짓했다.

"앉으시지요, 기사님."

"……."

"지금 기사님께는 술이 필요할 겁니다."

뤼르는 고해성사를 기다리는 신관처럼 선량하고 온화한 미소를 띠었다.

"뭐든 말씀하십시오. 다 들어 드리겠습니다."

신성한 날개가 자애롭게 펼쳐졌다. 베로니카가 새 술병을 따면서 냉정하게 덧붙였다.

"먹고, 잊어."

루드빅은 휘청휘청 자리에 앉아 신관이 건네는 잔을 받았다. 귀한 포도주를 물처럼 들이마시며 생각했다.

'어느새 진심이 되었었구나.'

이런 기분이 들 줄은 몰랐다. 분명 명예와 권력을 위해 신랑감이 되고 싶었을 뿐인데, 지금은 진짜 실연당한 것처럼 절망적이었다. 늘어지는 그의 어깨를 뤼르가 토닥였다. 루드빅이 힘없이 중얼거렸다.

"속이 쓰리군요."

"사랑한 만큼 아픈 법이지요."

뤼르가 잔을 다시 채워 주었다. 루드빅은 이번에도 단숨에 술을 들이켰다. 술맛이 좋아서 기분이 좀 나아졌다.

'이러려고 내가 이 술을 꺼냈나……?'

그는 멍하니 붉은 액체를 내려다보다가 베로니카에게 물었다.

"베로니카 경."

"응."

"경은 어떻게 알아챈 거지?"

그녀가 어깨를 으쓱이며 답했다.

"내가 아가씨 곁에서 지낸 게…… 10년이 넘었어. 아가씨 때문에 앓는 사람, 본 적 없을 것 같아?"

"……!"

"아가씨는 모르셔. 당신께 오는 청혼서들, 정략혼이 아니라…… 진심 어린 청혼도 있다는 거. 연애편지를…… 아부하려고 보낸 건 줄, 아시더라고."

루드빅이 입을 떡 벌렸다. 술을 한 모금 더 홀짝인 베로니카가 말을 이었다.

"아가씨는 나쁜…… 아니, 상냥한 분이시니까. 무의식적으로 철벽을 치면서, 가망 없는 사람은…… 빨리 포기하게 해 주시지."

루드빅은 지금까지 자신이 나름 그녀에게 보냈던 신호들을 되새겨 보았다. 하나도 먹힌 게 없었다.

"그런데 개한텐…… 안 그러셨어. 그래서 알았지."

"……"

"힘내."

베로니카가 그를 향해 잔을 들어 올렸다. 루드빅이 우울하게 건배를 하니 베로니카에게 매달려 있던 에리히가 울먹였다.

"니카, 나랑 해야지……"

"뭘?"

"뭐든……. 나 말고 딴 사람이랑 하지 마……"

그가 훌쩍거리자 베로니카가 달래듯 입을 맞춰 주었다. 가볍게 쪽, 하고 떨어지려는 그녀를 에리히가 붙잡아 입술을 머금었다.

잠깐 응해 주던 베로니카가 곧 그를 밀어냈다.

"적당히 해."

"좋아서 미치겠는데 어떻게 적당히 해? 니카는 내가 싫어?"

"우리만 있는 게…… 아니잖아."

"그게 무슨 상관이야."

"너 술 깨면, 후회할 텐데."

"내가 왜? 후회 안 하려면 사랑을 더 표현해야지."

갸웃거린 에리히가 베로니카의 이마, 뺨, 관자놀이 등에 마구잡이로 입술을 눌러 댔다. 베로니카는 혀를 차면서도 그를 밀어내지는 않았다.

루드빅은 식은 얼굴로 눈앞에서 펼쳐지는 연애질을 보았다.

"신관님."

"예."

"신관님은 화 안 나십니까?"

"사랑은 신성한 겁니다. 인간이 가진 감정 중에 가장 신께 가까운 감정이지요. 누군가를 사랑하는 인간은 신과 닮은 얼굴을 하게 된답니다. 신께서 저들의 사랑을 축복하시기를."

진심 어린 기원에 성스러운 날개가 펄럭였다. 깃털이 흩날리며 안주 접시에까지 떨어졌다. 화들짝 놀란 뤼르가 날개를 움츠리더니 접시에 떨어진 깃털들을 치우며 루드빅의 눈치를 보았다.

"신성력으로 만들어진 깃털이니 더럽진 않을 겁니다. 죄송합니다."

루드빅은 신성력이 조미료처럼 뿌려져 은은하게 빛나는 안주들을 내려다보았다. 하나 먹어 보니 심신이 약간 평안해졌다. 어쩐지 성스러워지며 속세에서 벗어날 수 있을 듯한 기분. 그는 술잔을 들었다.

"여기다가도 좀 뿌려 주십시오."

"예?"

"그 깃털 말입니다. 아, 혹시 술에 담그면 성수가 되어 버리나요?"

"그, 글쎄요. 해 본 적은 없습니다만……. 성수라는 게 그리 쉽게 만들어지는 건 아니라서요. 아마 그냥 신성력만 조금 깃들 텐데……."

"그럼 조금만 쓰겠습니다."

루드빅은 뤼르가 모아 놓은 깃털을 주워 술잔에 담근 채로 휘휘 저은 다음 빼내고 마셨다. 그가 입맛을 다시며 말했다.

"딱 좋군요. 번뇌가 사라지는 맛입니다."

"……."

뤼르는 심란하게 루드빅을 보다가, 이런 걸로 위로가 된다면 그것도 나쁘지 않겠다 싶어 내버려 두고 제 술잔을 들었다.

"다른 좋은 사람 만나실 수 있을 겁니다."

"공작님보다 나은 사람을요? 그런 사람이 있을까요?"

"……죄송합니다. 그냥 드시지요."

체질적으로 술에 잘 안 취하는 정령 기사들과, 그냥 타고나길 술에 강한 신관은 그날 밤새도록 술병을 비웠다.

악셀은 아리아드네의 막사 침대에 그녀를 살짝 내려놓았다. 부츠와 가죽 갑옷을 벗긴 다음 빙하를 녹인 물로 그녀의 손발을 닦고 마사지를 했다.

'마비가 얼마나 퍼졌을지 모르겠군. 별로 말씀을 안 하시니.'

걱정스럽게 아리아드네의 손을 들여다보는데, 내내 조용하던 그녀가 갑자기 입을 열었다.

"악셀."

"예, 아리아."

"생각해 보니까, 아까 빠뜨린 게 있어."

"예?"

아리아드네가 입술을 비죽이며 그를 노려보았다.

"너만 해 봤잖아. 난 보기만 했고. 억울해."

"……뭘 말씀하시는 건지 잘 모르겠습니다."

취기로 발갛게 달아오른 뺨이 사랑스러워서 정신을 못 차리겠다. 어떻게 이런 사람이 귀엽기까지 하지. 너무한 것 아닌가? 악셀은 그런 고민을 진지하게 하며 그녀를 눕히려 했다.

"취하셨습니다. 일단 주무시지요."

"빠뜨린 게 있다니까."

"예, 예."

"넌 해 봤으니까 괜찮아? 난 어땠는지 기억도 안 나는데? 네 기억 본 걸로 끝내라고? 너 혼자만 해 보면 다야?"

"예, 뭐든 내일 해 드릴 테니까……."

"내일이 있을지 없을지 어떻게 알아."

아리아드네가 나직하게 속삭이더니 그의 어깨를 잡아당겼다.

"지금 다시 해."

하마터면 그녀 위에 그대로 쓰러질 뻔했다. 악셀은 침대를 짚고 간신히 버텼다. 당황한 그를 올려다보며 아리아드네가 눈을 휘었다.

"진짜 첫 키스."

악셀은 심장을 망치로 맞은 듯한 기분이 되었다. 그녀가 덧붙였다.

"저번 건 내가 어땠는지 기억 못 하니까 무효야. 없던 일이 되어 버렸잖아."

코앞에서 그녀의 입술이 달싹였다. 등불을 머금고 일렁이는 푸른 눈에 그의 모습이 비쳤다. 아리아드네가 그의 뺨을 손끝으로 쓸며 소곤거렸다.

"그러니까 다시 하자, 악셀."

그는 간신히 유지되고 있던 이성이 확 돌아 버리는 것을 느꼈다. 흐트러진 백금발 사이로 커다란 손이 파고들었다. 그녀를 품에 가두고 끌어안으며 입술을 삼켰다. 그녀가 그의 목에 팔을 감았다.

두 번째 첫 키스였다.

토벌대는 요람의 영역에서 나흘간 머물렀다.

악셀의 부상은 이틀째에 완치되었으나, 혹시 모를 후유증과 그를 치료하느라 지친 뤼르의 휴식을 위해 좀 더 쉬게 되었다.

베로니카는 술을 가장 많이 마시고도 숙취가 전혀 없었다. 그녀는 말끔한 얼굴로 일어나 힘쓰는 잡일을 처리한 다음, 꾸벅꾸벅 졸면서 휴일을 보냈다.

루드빅은 내내 온갖 요리를 해 댔다. 스트레스를 풀기 위해서였다. 덕분에 일행의 식사는 나흘 내리 만찬 수준이었다. 그는 맛있다는 칭찬과 감탄을 들으며 쓰린 속을 달랬다.

뤼르는 악셀의 치료를 하지 않을 때면 주로 기도를 올리거나 명상을 하며 시간을 보냈다. 그리고 악셀의 치료가 끝난 뒤로는 루드빅에게 종종 도움을 주었다. 루드빅이 신성력을 뿌린 요리에 강렬한 영감을 얻었기 때문이다.

수호성인의 날개 깃털을 녹이거나 섞어서 요리인지 뭔지 모를 것을 만들어 내는 꼴을 본 아리아드네는 기함했다. 하지만 뤼르가 자진한 일이고, 루드빅이 의욕을 불태우고 있어서 내버려 두기로 했다.

에리히는 첫날 내내 숙취로 앓았고, 둘째 날부터는 망각초 더미에 파묻혀 막사에서 나오질 않았다. 그러다 갑자기 괴성을 지르는 바람에 마물의 습격인 줄 알고 베로니카가 뛰어온 뒤로는, 소리조차 내지 않고 쥐 죽은 듯이 처박혀 있었다.

아리아드네는 그의 심정을 완벽히 이해했다.

'왜 이렇게 생생한 거야.'

술주정한 기억은 좀 잊혀도 될 텐데 하나하나 다 기억났다. 더 마시겠다고 고집부리다가 악셀에게 연행된 것이나 그에게 첫 키스를 다시 하자고 한 것까지.

다음 날 눈뜨자마자 머리를 울리는 진한 숙취와 함께 수치심이 밀려와 고개를 들 수가 없었다. 루드빅이 해장용으로 끓인 토마토와 양배추가 듬뿍 들어간 수프를 먹은 뒤에야 이성이 좀 돌아왔다.

그녀는 한동안 에리히의 막사로 쳐들어가 '망각초로 당장 뭐든 만들어 내지 못하면 눈보라성에 오라버니의 술주정을 소문내겠다'며 으름장을 놓고 싶은 충동에 시달렸다.

그 충동을 참은 건 악셀이 너무 행복해 보였기 때문이다.

악셀은 그녀와 눈이 마주칠 때마다 낯빛이 환해졌다. 설탕물이 뚝뚝 흐를 듯한 눈빛이 되는 건 덤이었다. 시선을 받는 그녀가 부끄러워질 정도로 적나라한 감정이 넘실거렸다.

처음에는 악셀이 웃는 것에 깜짝깜짝 놀라던 일행들도 곧 익숙해졌다. 그가 좁은 캠프에서 하루 종일 아리아드네를 졸졸 따라다니면서 그러고 있으니 익숙해질 수밖에 없었다.

아리아드네로서는 악셀이 아직 아무것도 해결되지 않았다는 걸 잊었나 싶을 정도였다. 그렇다고 절망에 관한 이야기를 굳이 꺼낼 이유는 없었다.

'날 그만큼 믿어 주는 거겠지.'

그녀가 방법을 찾아내리라고 확신한 덕에 그가 안심하고 지내는 듯했다. 몹시 기꺼우면서도 무거운 믿음이었다.

악셀이 그냥 이대로 죽어도 괜찮다는 마음이라는 걸 알지 못하는 그녀로선 그렇게 생각할 수밖에 없었다.

아리아드네는 하루빨리 은둔자의 영역으로 가고 싶어졌다. 그곳에 숨겨져 있는 신의 관이 그녀의 희망 중 하나였다.

'포크 미궁에서 본 환각들은 디메토르의 기억이겠지. 그래, 마왕이 만들어 낸 환상이라기엔 너무 생생했어.'

그건 외부에서 주입되는 방식의 환각 함정이었다. 아마도 마왕은 제 안에 있다는 디메토르의 기억을 그 함정을 통해 그들에게 집어넣은 것일 터다.

'어쩐지 다 악셀 입장의 기억이라 이상하다 싶었는데. 마지막의 그…… 환각만 빼면. 환각을 본 사람과 못 본 사람의 차이점도 명확했고.'

실패한 미래에서 왔다는 디메토르. 그는 원작 소설의 주인공에 가까운 존재다. 그런 그의 기억을 주입했으니 소설 기준에서 늘 사망 상태였던 베로니카나 거의 접점이 없었던 루드빅과 뤼르에게는 조잡한 환각만 보인 것이다.

'디메토르의 기억에서 비롯된 거라면 그 봉인된 관이 진짜 단서일 확률이 높아. 파이의 정체에 대해 알아낼 수 있을지도……'

환상 도서관까지 알고 있는 듯했던 디메토르도 '파이'에 관해서는 아무것도 모르는 눈치였다.

결말을 바꾸기 위해 장대한 자살을 계획한 디메토르조차 알지 못하는 존재라니. 파이는 대체 뭘까. 무엇을 위해, 누구에 의해, 어떻게 환상 도서관에 존재하게 된 걸까.

'환각 속에서 신의 관을 발견한 뒤 에리히 오라버니가 정령사인 나를 불렀지. 그 직후 좀 이상하게 환각이 끊겼고. 만약 마왕이 그 부

분을 내게 보여 줘선 안 된다고 판단해서 그렇게 된 거라면……'

정말로 그곳에 무언가 변수를 끌어낼 만한 정보가 있을 수도 있다. 어쩌면 그 관 속에 모든 의문을 풀어낼 해답이, 악셀을 구할 방법이 잠들어 있을지도 모른다.

제발 그랬으면 좋겠다.

당장 은둔자의 영역에 있는 예배당을 찾아 확인하고 싶어졌다. 그녀는 급해지려는 마음을 진정시켰다.

'늪지기의 영역을 안전하게 통과하는 게 먼저야.'

공략법은 다 있지만, 지난 사례를 보면 이번에도 마왕이 무슨 수작을 부려 놓았을 게 거의 확실했다.

'디메토르의 공략법, 즉, 소설에서 나온 공략법은 이제 위험해.'

디메토르의 기억을 읽을 수 있는 마왕이 그 공략법들을 알고 있으리란 것도 문제였으나 그녀가 근원과 악셀 사이의 연결을 막아 둔 것도 문제였다. 근원의 불꽃이라는, 악셀을 먼치킨으로 만드는 가장 큰 힘이 봉인되어 버렸으니까.

'잠깐씩 채널을 열어 주면서 쓰려면 쓸 수야 있겠지만…… 그건 최후의 수단이야.'

그러니 다른 방식으로 접근해야 한다.

아리아드네는 나흘간의 휴식 시간 대부분을 공략법을 수정하는 데에 썼다. 다른 사람들이 보기엔 자면서 쉬는 걸로 보였으나 실은 줄곧 환상 도서관에서 파이와 함께 의논 중이었다.

"이게 가장 최선이긴 한데…… 역시 안전장치가 필요해."

아리아드네는 온갖 메모가 빽빽하게 적힌 종이 뭉치에 머리를 박으며 한숨을 내쉬었다. 파이는 여차하면 악셀 발렌타인의 채널을 열어

주고 자살하라고 시키면 되지 않느냐고 말하려다 말았다. 아리아드네
는 그 수단을 싫어할 테니까.

그녀는, 악셀 발렌타인을, 사랑하고 있으니까.

그는 무감정한 얼굴로 서류를 내려다보다가 만들어 낸 미소를 얼굴
에 덮어씌웠다.

"아리아, 파이가 안전장치가 되겠습니다."

"응? 어떻게?"

그는 아리아드네가 보고 있던 종이의 한 곳을 짚었다.

"이 경우엔 환상 도서관으로 가지고 오세요. 파이가 수습하면 최악
의 사태는 피할 수 있습니다."

"……할 수 있겠어? 무리하는 거 아니야?"

아리아드네가 걱정스럽게 그를 올려다보았다. 파이는 장난스럽게
대답했다. 악셀 발렌타인처럼.

"파이를 얕보지 마세요, 아리아."

"얕보는 게 아니야. 걱정하는 거지. 네가 위험해지면 어떡해."

"파이는 검은 잔을 봉인하는 상자도 만들었고, 봉인석도 만들었는
걸요. 어렵지 않을 겁니다. 게다가 안전장치라는 건 최악의 상황이 아
니면 쓸 일이 없다는 거잖아요?"

그는 망설이는 아리아드네를 열심히 설득했다.

아리아드네는 이제 파이의 품에서 울지 않는다. 고통을 잊기 위해
파이에게로 도망쳐 오지도 않는다. 심지어 하늘이 접속한 뒤로 그녀
의 채널이 더 성장하면서 가이드로서의 장점도 많이 줄어들었다.

파이는 아리아드네가 이제 일반적인 가이드 마법만으로도 대정령
을 소환할 수 있다는 것을 안다. 그녀는 하늘의 영토를 유지하면서도

다른 대정령의 접속을 내버려 둘 정도로 채널에 여유가 생겼다.

대정령을 불러내도 어지간하면 내상을 입지 않을 거다. 채널 내의 대정령들은 그녀에게 호의적이다 못해 저들끼리 알아서 불순한 대정령을 걸러 내는 지경에 이르렀다.

솔직히 지금의 아리아드네는 가이드가 아예 없어도 일반적인 정령사를 월등히 넘어서는 역량을 발휘할 수 있을 것이다. 아리아드네 본인은 아직 잘 모르는 것 같지만.

파이는 그녀의 삶에서 자신이 차지하는 부분이 점점 줄어드는 것을 느끼고 있었다. 어린 시절에는 파이가 그녀의 전부이자 유일한 안식처였는데.

'……그러니 파이는 당신에게 더 유용한 존재가 되어야만 합니다.'

아리아드네는 파이가 아무런 쓸모가 없어져도 외면하지 않겠지만, 파이는 그런 것으로는 만족할 수 없었다. 그녀의 인생에서 조금이라도 더 큰 지분을 차지하고 싶었다. 그래야 썩어 부스러지지 않을 테니까.

"할 수 있습니다. 아리아는 파이를 믿지 못하나요? 파이에게 의지해 주세요, 네?"

그는 아리아드네의 손을 양손으로 감싸 쥐고 울먹이며 간절히 말했다. 그녀가 약해질 수밖에 없는 태도였다.

아리아드네는 결국 파이의 의견을 받아들였다.

대미궁의 2구역, 늪지기의 영역. 마계의 세 군주 중 오염의 늪지기가 지배하는 구간.

원작 소설에서 주인공이 가장 많은 실패와 배신을 겪은 곳이다. 주인공의 인간에 대한 불신과 혐오, 망가진 인성이 되레 도움이 된 곳이기도 했다.

주인공이 대미궁의 공략을 내팽개치고 한동안 성물인 하얀 잔을 찾아다녔던 것도 이 구역 때문이었다. 환각 속 악셀 발렌타인이 처음 번제를 치르고 글라무스라는 아이템의 원본인 '아리아드네 엘디어'라는 정령사를 찾아가게 된 것도 이 구역을 통과하기 위해서였다.

은둔자의 영역으로 넘어가던 장면에서 그런 뉘앙스의 대화를 나눴으니 거의 확실하다. 그만큼 늪지기의 영역은 주인공에게는 고난스러웠던 구간이다.

여러 이유가 있으나 주된 이유는 오염이었다.

"이미 알고 있겠지만, 다시 한번 말할게요. 늪지기의 영역에선 정령 등으로 오염을 막을 수 없어요. 가호도 오래 버티지 못하고, 심지어 정령사의 영토까지 오염이 침범하기도 해요."

요람의 방. 늪지기의 영역으로 출발하기 직전. 아리아드네는 준비를 마친 일행을 돌아보며 말을 이었다.

"설령 오염을 완벽하게 막아도 정신 이상은 막을 수가 없어요. 제가 구현한 영토 안에서도요."

오염 지역의 하늘은 밤낮없이 항상 텁텁하고 어둑한 빛을 뿜어낸다. 그 빛은 인간의 정신을 오염시킨다. 환청과 환각에 사로잡혀 마물과 인간을 구별하지 못하고, 망상에 빠져들어 타인과 자기 자신을 해치게 된다.

일반적인 경우엔 영토에 비치는 하늘로 오염된 하늘을 충분히 가릴 수 있으나 늪지기의 영역에서는 그게 먹히지 않는다. 정령 기사들의 가호로도 그 빛은 막을 수 없다. 악셀처럼 대정령의 가호를 쓸 수 있는 경우에는 예외지만.

멀쩡하게 싸워도 까다로운 전장에서 걸핏하면 동료가 미쳐 서로 죽이고 등을 찔러 대니, 공략하기 어려울 수밖에 없다.

원래 아리아드네는 이 구역을 주인공이 소설 후반부에 썼던 방법으로 통과하려 했었다. 악셀이 디메토르에게 들었던 것과 같은 공략법이었다. 정신이 오염되는 걸 감수하면서 피해를 최소화하는 방식.

그러나 지금은 그럴 수도, 그럴 필요도 없었다. 그녀에게 그 빛을 완벽히 막을 수단이 생겼으므로.

"하지만 '하늘' 자체를 영토로 구현하면 그런 일을 막을 수 있어요."

아리아드네는 여명이 떠오르는 하늘을 비추고 있는 정령석을 들어 보였다.

"그러니 제가 펼쳐 놓은 하늘 아래에서 절대 벗어나지 마세요."

일행은 마지막으로 작전을 확인한 뒤 2구역으로 출발했다. 원통 같은 요람의 방에서 세 마리의 정령수가 천장을 향해 날아올랐다.

아리아드네는 오랜만에 악셀의 정령수를 탔다. 악셀이 뒤에서 그녀를 끌어안으며 만족스러운 한숨을 내쉬었다.

"다시는 이런 날이 오지 않을 줄 알았습니다."

"이런 날이라니?"

"당신이 제 정령수에 타는 날 말입니다."

"……그게 뭐라고."

무슨 심정으로 그런 생각을 했을지 짐작되어서 아리아드네는 그가 안쓰러워졌다.

천장에 가까워지며 오염수 혈관들이 징그럽게 뒤엉킨 것이 보였다.

얽혀 있는 혈관들 사이로 커다란 하수구 같은 구멍이 보였다.

"저게 늪지기의 영역과 연결된 통로야?"

"네, 요람에게 농도 짙은 오염수를 공급하기 위한 특수관이에요."

에리히의 물음에 아리아드네가 답했다. 그가 찝찝한 듯 코끝을 찡그렸다.

"저 관을 지나가는 도중에 오염수가 쏟아지진 않겠지?"

"요람이 요청할 때만 오염수가 흐르니까 그럴 일은 없어요."

"다행이네."

그들은 빛 한 점 없이 어두운 천장의 구멍으로 날아 들어갔다. 정령등의 불빛들이 암흑을 어설프게 밝혔다. 재질을 알 수 없는 내벽에 검붉은 오염수가 말라붙어 있었다.

터널이나 다름없는 거대한 관은 한동안 일직선으로 상승하다가 중간부터는 이리저리 꺾이고 휘었다. 그나마 갈림길은 나오지 않았다.

그렇게 한동안 비행하니 마침내 터널이 끝나고 문이 나타났다. 비스듬한 경사로의 끝, 벽을 가득 채우고 있는 문은 미렘-13 미궁의 그것처럼 혈관의 판막을 오므려 놓은 듯한 생김새였다. 훨씬 더 거대하고, 문고리에 해당하는 말뚝 같은 것이 보이지 않는다는 차이가 있었지만.

이 문을 안전하게 여는 방법은 이미 계획되어 있었다. 그들은 아리아드네가 탄 악셀의 정령수 주위로 모여들었다. 신록의 영토가 조그맣게 펼쳐지자 에리히가 주문을 읊었다.

"……유리되었으나 단절되진 않으리라."

두 겹의 방어막이 그들 주위를 둥글게 감쌌다. 아리아드네는 방어막을 확인한 뒤 영토의 형태를 바꾸었다.

[영토를 전환합니다.]

[하얀 동생의 정령력을 사용합니다.]

희뿌연 강물이 영토 내에 가득 차올랐다. 물을 차단한 방어막 덕에 그들은 강물 속의 공기 방울 같은 모습으로 떠 있었다.

영토 끝이 문과 맞닿아 있었다. 영토가 강물로 변하자마자 용오름에 탄 루드빅이 문으로 다가갔다. 루드빅의 뒤에 타고 있던 뤼르는 스스로 날아 방어막 안에 남았다.

루드빅은 물 속성 정령수의 가호로 강물 속에서도 자유롭게 움직였다. 그가 치켜든 검이 바람을 휘감고 문을 내리쳤다. 문이라기보다는 막에 가까운 그것이 길게 갈라졌다.

전체로 보자면 그렇게까지 큰 틈은 아니었다. 하지만 내부가 오염수로 가득 차 있었기에 그 정도 틈으로도 충분했다.

오염수는 틈을 통해 봇물 터지듯 쏟아져 나오며 문을 찢어발겼다. 급물살에 휩쓸리기 전에 일행은 터진 틈을 통해 오염수 속으로 뛰어들었다.

정령수들이 날갯짓했다. 그들의 이동을 따라 오염수의 흐름이 흰 강물로 변했다. 하얀 강물은 쏟아져 내려가는 검붉은 흐름을 연어처럼 거슬러 올라 위로 솟구쳤다.

어느 순간 수면을 통과했다. 아리아드네는 물에서 벗어나자 영토를 다시 신록의 그릇으로 바꾸었다.

흰 강물 대신 시야 가득 하늘이 펼쳐졌다. 밤도 낮도 아닌 기분 나쁜 빛으로 가득한 탁한 하늘이 시야의 끝에서 끝까지 드높고 아득하게.

아리아드네에게 설명을 들었음에도 모두가 놀라 그 하늘을 보았다. 설명을 한 당사자인 아리아드네 역시 내심 놀랐다. 라비린토스 지하에 있는 대미궁 내부에 정말로 천장이 아니라 하늘이 펼쳐져 있다니.

오염된 하늘 아래 지상은 온통 검붉은 늪지대였다. 기괴한 식물과 역겨운 혈관 다발이 늪지대 곳곳에 드러나 있었다. 미궁 속이 아니라 아예 다른 세계에 온 듯했다.

"대미궁이 평범한 구조물이 아니라 영토 비슷한 거라던 공작님의 말씀이 이제야 제대로 이해가 되는군요."

루드빅이 건물 내부라곤 믿기지 않는 광활한 풍경을 둘러보며 중얼거렸다. 그의 뒤에 앉아 있던 뤼르가 어두운 낯으로 늪지대를 돌아다니는 것들을 응시했다.

"저 사람들이…… 성녀님께서 말씀하신 제물들입니까."

인간의 형상을 한 것들이 늪지대에 가득했다. 희멀겋게 꺼진 눈, 회색으로 죽은 피부. 그 피부에는 피 대신 오염수가 흐르는 검붉은 혈관이 울긋불긋하게 드러나 있었다.

한때 제국의 국민이었던 이들.

"사람이라고 부르지 마세요. 싸울 때 망설임이 생길 수도 있으니까요. 저들은 걸어 다니는 시체일 뿐이고, 우리는 그들에게 안식을 줄 거예요."

아리아드네가 나직하게 말했다. 뤼르는 지그시 입술을 물었다.

오염수는 마계화의 핵심이자 마물들에게 공급되는 식량이며, 미궁에서 발견되는 아이템의 재료이기도 한 만능 물질이다. 요람의 눈물, 요람이 마물을 만드는 재료도 오염수였다. 은둔자가 만들어 내는 미궁에도 반드시 오염수가 흐른다.

오염의 늪지기는 그런 오염수의 생산을 관장하는 군주다. 그리고 늪지기는 무에서 유를 창조하는 신이 아니다. 군주라 해도 재료도 없이 오염수를 만들어 내진 못한다는 소리다.

검붉은 오염수는 마계에서 끌어온 재료에 엘리시움의 재료가 섞여 만들어진다. 오염수의 검은색은 마계의 생명, 붉은색은 엘리시움의 생명. 엘리시움의 모든 것을 마계에 적합하도록 변이시키기 위해 탄생한 물질.

대미궁이 형성되면서 멸망한 제국의 인간들은 대부분 늪지기가 직접 생산하는 오염수의 재료로 쓰이고 있었다. 이미 죽었으나 옅은 오염수에 절여진 채 썩지도 못하고 늪지대를 배회하고 있는 시체들. 늪지기는 주기적으로 저 '제물'들을 섭취해서 고농도의 오염수를 만들어 낸다.

근원이 달고 있던 파편들보다도 훨씬 많은, 정확한 수를 헤아릴 수조차 없는 저 제물들이 2구역의 공략을 힘들게 만드는 또 다른 이유였다.

"벽이 안 보여요."

아래의 참상 대신 아스라이 먼 수평선을 가느스름한 눈으로 보던 베로니카가 말했다. 아리아드네는 고개를 끄덕였다.

"늪지기가 벽을 감춰 뒀거든. 그래서 늪지기가 허락하지 않으면 누구도 이 늪에서 빠져나갈 수 없는 거야."

두리번거리던 에리히가 문득 입을 가리며 헛구역질을 했다. 베로니카가 제 뒤에 앉은 그를 돌아보았다.

"왜 그래?"

"갑자기 속이 메슥거리네."

"숙취?"

"야, 그게 벌써 며칠 전인데!"

베로니카의 놀림에 에리히가 억울한 듯 항변했다. 아리아드네가 급히 말했다.

"오염 때문일 거예요."

"벌써 영향이 있다고? 지금 네 영토 안인데? 그것도 나만?"

"기사들은 다들 튼튼하고, 뤼르는 신관이라 이런 거엔 강한 편이고…… 전 감각이 둔하니까, 오라버니가 제일 예민할 수밖에요."

토벌대의 시선이 일제히 아리아드네에게 쏠렸다. 에리히보다 몸이 약한 그녀가 에리히조차 반응하는 상황에서 태연한 게 무슨 의미인지 모르는 사람은 없었다. 원래 모르고 있었던 루드빅마저도 악셀을 추적하던 기간에 그녀의 통각에 대해 듣고 알게 되었으니까.

걱정 어린 시선이 몰려들고 수호성인의 낯빛이 어두워지자 아리아드네는 얼른 아래를 가리켰다.

"내려가죠."

그들이 빠져나온 곳은 늪지대 중간에 툭 튀어나와 있는 커다란 그릇 같은 장소였다. 그릇에 차 있던 오염수가 그들이 낸 구멍으로 모조리 흘러내려 간 덕에 빈 바닥이 드러나 있었다. 이끼와 흙이 뒤섞인 바닥이 저절로 움직이더니 문에 난 구멍을 막았다.

토벌대는 평평해진 그 바닥에 내려앉았다. 빈 그릇을 도로 채우려고 다가오는 혈관들은 기사들이 자르고 꺾어 아래의 늪지대에 처박았다.

그사이 아리아드네는 중앙에 서서 하늘의 정령석을 꺼내 쥐었다. 수정 속에는 여전히 여명이 떠오르는 하늘이 비치고 있었다.

눈을 감은 그녀의 주위로 바람이 일며 머리카락이 마구잡이로 흩날렸다. 은은한 빛이 정령석으로부터 그녀에게로, 그리고 그녀로부터 다시 하늘로 번져 나갔다.

깨끗한 붉은빛이 푸른빛과 흰 구름에 뒤섞여 오색을 띠었다. 장엄하게까지 느껴지는 새벽의 하늘이 뒤틀린 하늘을 점령해 나갔다.

일행은 일출을 기다리는 기분으로 변화하는 하늘을 올려다보았다. 하늘이 빛을 되찾자 메슥거림과 불쾌감이 가라앉으며 머리가 맑아졌다.

아리아드네는 심호흡을 하며 영토를 계속해서 넓혔다.

'최대한 넓게.'

저번과 달리 특정한 하늘을 상상해서 구현할 필요 없이 그저 영토를 전개하기만 하면 되는 터라 까다롭진 않았다. 그냥 한계에 달할 때까지 하늘을 뒤덮으면 된다.

그녀는 눈을 감고 자신이 구현한 하늘을 통해 지상의 늪지대를 내려다보았다.

늪지기는 제물을 그냥 잡아먹지 않는다. 평범한 인간은 별다른 영양가가 없는 데다가, 늪지기의 제물 섭취는 일종의 의식이자 흑마법이기 때문이다.

그 군주는 제물을 '숙성'해서 일정한 시간에 먹는다. 숙성 중인 제물들은 섭취될 시간에 맞추어 '새벽, 오전, 정오, 오후, 황혼, 자정'이란 마계어 낙인이 찍혀 있다. 그 낙인은 살아 있는 아이템이자 기생형 마물 같은 것이다.

적합한 제물을 찾아 달라붙고, 그것의 잠재 능력을 일깨워 키우고 다듬어서 보다 강한 존재로 만든다. 그렇게 제물이 완전히 숙성되면 낙인은 늪지기를 위한 제단에 제물이 스스로 눕게 만들고, 다음 제물로 옮겨 간다.

아리아드네는 하늘을 펼치며 그 낙인이 찍힌 여섯 제물을 찾고 있었다.

'정오, 새벽, 오전, 황혼.'

다행히 영토 범위 안에 넷이나 있었다. 이마에 휘황하게 빛나는 낙인이 찍혀 있어 눈에 확 띄었다.

'오후랑 자정은 영토 밖에 있나 보네. 아, 제단은 저기 있군.'

늪지대의 중간에 아무런 무늬가 없는 검고 넓적한 직사각형 바위가 뜬금없이 솟아 있었다. 그 주위에는 제물도, 식물도, 혈관도 없었다.

저 제단이 늪지대의 중앙일 것이다. 아리아드네는 제단과 그들이 있는 그릇 사이의 거리를 비교하며 대충 다음에 어디를 수색해야 할지 짐작했다.

그녀는 깊게 숨을 내쉬며 눈을 뜬 다음 종이를 꺼내 제단과 그릇, 네 제물의 위치를 그렸다.

"오전이 제일 가깝네. 여기부터?"

간이 지도를 확인한 에리히가 말했다. 아리아드네는 고개를 끄덕였다.

"네. 준비됐어요, 다들?"

그녀는 마지막으로 일행의 상태를 확인했다. 전투는 문제가 아니었다. 낙인 찍힌 제물이 아무리 강해 봤자 보스급 마물에는 못 미친다.

문제는 낙인이 만들어 내는 저주였다. 트라우마를 재현하는 환각.

그들은 아리아드네가 대미궁 공략을 준비하면서 가장 걱정했던 함정에 스스로 걸어 들어가야만 했다.

늦지기는 여섯 가지 특수 능력을 가지고 있다. 그 능력들은 제물을 섭취하지 못하면 봉인된다. 배부른 늦지기와 정면으로 싸우는 건 상당히 까다롭다.

'그래도 원래는 정면으로 싸우려 했지만……. 그게 바로 디메토르의 공략법이니.'

지금 상황에서 마왕이 알고 있는 방법은 피하고 싶었다. 그래서 아리아드네가 최종적으로 정한 공략법은, 낙인을 빼앗아 제물의 섭취를 막고 약해진 늦지기와 싸우는 방향이었다.

원래 아리아드네는 혼자서 낙인의 저주를 여섯 개 전부 감당하려 했었다. 동료들의 위험을 최소화하기 위해서.

그러나 예전에 베로니카가 그녀에게 했던 말이 걸렸다.

"기대를, 안 하셨다는 뜻이잖아요. 우리에게……. 제게."

에리히가 자신이 부족하냐고 묻던 것도 떠올랐다.

그래서 모두와 논의했다. 베로니카, 루드빅, 에리히는 위험을 함께 짊어지길 원했다.

뤼르는 본인이 혼자 위험을 짊어지고 싶어 했다. 악셀은 그냥 정면으로 싸우길 원했다. 그게 정령사에게 가장 안전한 방법이니까. 아리아드네는 뤼르를 보면서 스스로의 행동을 반성한 후 악셀을 설득했다. 그리고 위험을 나누어 짊어지는 방법을 선택했다.

"준비됐어."

에리히를 필두로 다들 고개를 끄덕였다.

구체적인 전략은 이미 다 세워져 있었다. 그들은 곧바로 '오전'이 있는 곳으로 향했다.

배회하는 시체들 위를 정령수들이 가로질렀다. 곧 이마에 초록색으로 빛나는 낙인이 찍힌 제물이 보였다. 중년 여성의 시체였다.

정령 기사들이 아래로 뛰어내렸다. 뤼르는 날개를 펴고 아리아드네를 안아 들었다. 에리히는 무영창 비행 마법으로 떠오른 채 입술을 달싹이며 공격 마법을 준비했다.

상공에 있는 아리아드네 덕분에 바닥은 연둣빛 초원이 되었다. 늪에 빠질 걱정은 없었다.

시체들은 떨어져 내린 기사들에게 시선조차 주지 않았다. 그것들은 멀거니 주저앉아 있거나 정처 없이 돌아다니기만 했다.

"먼저."

베로니카가 짧게 말하고는 앞서서 제물에게 다가갔다. 그녀가 접근하자 허공을 보고 있던 오전의 제물이 홱 고개를 돌렸다. 희멀겋게 죽은 눈과 마주친 순간 낙인이 섬뜩한 빛을 뿜었다.

눈을 깜박이자, 베로니카는 늪지대 속의 초원이 아니라 불타는 마을에 서 있었다. 커다란 전갈과 비슷하게 생긴 마물들이 곳곳에서 사람을 잡아먹고 있었다. 고통에 찬 비명들이 귀를 찢어 놓았다.

베로니카는 들고 있던 산딸기 바구니를 내팽개치고 죽어 가는 이웃 사람들 사이로 정신없이 달렸다.

조그마한 집이 보였다. 문을 가로막고 지키려다 죽은 아빠의 시체가 보였다. 부서진 문 안쪽으로 들어갔다. 벽난로 앞에 부지깽이를 들고 죽어 있는 엄마의 시체가 있었다.

엄마의 시체 앞에 도사린 전갈 마물의 꼬리에는 첫째 오빠가 꿰여있었다. 그것이 우적우적 먹고 있는 건 둘째인 베로니카보다 한 살 어린 남동생의 다리였다. 그 애는 아직 살아 있었다. 비명을 지르던 그 애가 베로니카를 보고 입을 뻐끔거렸다.

〈막내가 폐광에 있어! 누나, 막내를…….〉

구해 줘, 라는 말을 끝마치지 못하고 남동생의 몸이 전갈의 입속으로 들어갔다.

베로니카는 돌아서서 달렸다. 양손으로 절규가 튀어나오려는 입을 틀어막은 채.

막내를. 막내만이라도.

그녀가 살던 마을은 광산 마을이었고, 일부 안전한 폐광은 마을 아이들의 놀이터이자 비밀 기지였다. 미로 같은 폐광. 숨을 곳이 많을 것이다. 그러니까, 제발 그 애만은.

폐광 안을 정신없이 달리던 베로니카는 전갈 마물과 정면으로 마주쳤다. 집게발에 도끼로 찍힌 자국이 있는 놈이었다. 마을에서 상처를 입고 폐광으로 기어들어 온 듯했다.

한쪽 집게발을 다쳤어도, 맨손의 14살짜리 소녀가 상대할 수 있는 마물은 절대로 아니었다. 그녀는 뒤돌아서서 도망쳤다. 마물이 갱도를 쿵쿵 울리며 쫓아왔다. 어느새 폐광이 아니라 광산 쪽 갱도에 이르렀다.

그리고 곧 나타난 절벽. 중간에서 끊어진 나무판자 다리.

다리 너머에 쇳덩이로 이루어진 말이 우뚝 서 있었다. 철광산에 사는 정령수. 광산 안에서 드물게 볼 수 있고 마주치면 그날은 채굴이 잘된다는 미신이 있는, 마을 사람들이 '행운의 정령님'이라고 부르는 철의 정령수였다.

등 뒤에서 전갈 마물이 달려오고 있었다. 베로니카는 끊어진 다리

위를 달렸다. 다리 끝을 박차고 뛰어올랐다. 위태롭던 다리가 박살이 나며 절벽 아래로 떨어졌다.

그녀는 건너편 벼랑 끝을 간신히 붙잡았다. 팔이 부서질 듯 아팠지만 어쨌든 떨어지진 않았다.

전갈 마물이 쉬익쉬익 소리를 내더니 돌아서서 다른 쪽으로 향했다. 절벽에 매달린 베로니카는 바들바들 떨면서 위를 올려다보았다.

정령수가 물끄러미 그녀를 내려다보고 있었다. 그것은 매달린 그녀를 도와주지도, 짓밟지도 않았다. 무쇠로 이루어진 정령수의 눈동자에는 아무런 감정이 없었다.

베로니카는 이를 악물었다. 그녀는 아득바득 절벽 위로 기어올랐다. 정령수는 그녀가 발버둥 치는 것을 가만히 보고만 있었다. 베로니카가 겨우 올라서자 정령수는 한 차례 꼬리를 쳤다. 잘했다는 듯, 혹은 그녀가 마음에 든다는 듯이.

그리고 나서 정령수는 돌아서서 광산 안쪽으로 향하려 했다. 숨을 몰아쉬던 베로니카는 재빨리 그 말 위에 올라탔다. 놀란 정령수가 울부짖더니 펄쩍펄쩍 뛰었다.

〈도와줘.〉

여동생이 있을 폐광으로 돌아가려면 이 절벽을 다시 넘어가야 했다. 그나마 남아 있던 나무판자 다리가 다 부서진 이상, 그녀 혼자서는 저 낭떠러지를 뛰어넘을 방법이 없었다.

하지만 이 정령수라면 가능했다. 그녀는 정령수의 목을 끌어안고 버티며 애원했다.

〈도와줘, 제발!〉

땀과 피에 젖은 손바닥이 쇳덩이 같은 정령수의 몸 위에서 자꾸만 미끄러졌다. 그래도 베로니카는 악착같이 달라붙었다. 온몸으로 말을 붙들고 피가 나도록 입술을 깨물었다.

그렇게 얼마를 버텼을까. 어느 순간 정령수가 멈춰 섰다. 베로니카는 조각상 같은 말의 목덜미를 쓸어보았다.

〈철마.〉

무심코 부른 호칭에 말의 귀가 쫑긋거렸다. 베로니카는 '철마'가 그녀를 받아들였다는 것을 깨달았다. 쇳덩이 말이 몸의 일부처럼 느껴졌다. 지쳐 있던 전신에 미증유의 힘이 넘쳐흘렀다.

〈가자.〉

그녀의 의지에 따라 철마가 땅을 박찼다. 말은 다리도 놓여 있지 않은 벼랑을 가뿐히 뛰어넘었다. 그것은 좁은 갱도를 기관차처럼 달려 폐광 쪽으로 향했다. 폐광의 공터에 막내가 보였다. 구석에 쌓인 자루 더미에 파묻혀 있는 여자아이가.

차오르는 안도감.

베로니카는 철마에서 뛰어내려 그 애를 안아 올렸다. 소녀의 고개가 힘없이 꺾였다. 피투성이 앞섶이 그제야 눈에 들어왔다.

〈안 돼.〉

안 돼, 안 돼. 베로니카는 아이를 허겁지겁 더듬다가 오싹한 기분에 고개를 들었다. 천장에 전갈 마물이 붙어 있었다. 찢어진 여동생의 옷자락이 그것의 꼬리에 꿰여 대롱대롱 흔들렸다.

뜨끈한 핏방울이 전갈의 꼬리 끝에서부터 그녀의 뺨으로 툭 떨어졌다. 갓 흐른 여동생의 피. 마물의 한쪽 집게발에 도끼 자국이 있었다. 그녀를 뒤쫓다가 포기한 그놈이었다.

늦었다.

내가 도망쳐서, 막내가 대신.

내가 저 마물을 피해 달아나는 바람에.

〈아아악!〉

베로니카는 비명을 질렀다. 그녀의 절규와 분노에 응한 철마가 강철 말발굽으로 전갈을 짓이겼다. 독 있는 꼬리도, 날카로운 집게발도 철로 이루어진 말에겐 아무런 소용이 없었다. 전갈 마물은 허무할 정도로 쉽게 패배했다.

마물을 으스러뜨린 철마가 거칠게 투레질을 했다. 복수는 끝났다. 하지만 그렇다고 죽은 사람이 살아 돌아오지는 않는다.

베로니카는 모든 것을 잃었다.

운이 없어서, 약해서, 늦어서, 도망쳐서, 살아남을 궁리를 하는 바람에.

그녀는 눈물을 뚝뚝 흘리며 차게 식은 품 안의 여동생을 내려다보았다.

햇살 같은 백금발.

백금발?

아니, 내 막내 여동생은 나처럼 까만 머리였는데.

돌연 꽃향기가 코끝을 스쳤다. 어느새 그녀는 폐광의 갱도가 아니라 나팔꽃 덩굴이 드리운 숲속에 있었다. 베로니카는 품에 안고 있던 차가운 몸을 다시 들여다보았다.

〈……아가씨.〉

나뭇가지 사이로 눈이 흩날렸다. 숲이 환상처럼 부서져 사라졌다. 차가운 눈송이들이 어린 아리아드네의 몸 위에 쌓였다. 레다 피카로에게 납치당했던 12살의 아리아드네 엘디어. 막내 여동생과 같은 나이의.

〈아가씨, 아가씨.〉

베로니카는 멀거니 아리아드네를 흔들어 댔다. 소녀의 고개가 힘없이 꺾였다. 여동생이 죽었을 때처럼.

안 돼요, 아가씨.

당신이 제 새로운 가족인데. 당신만은 제가 지켜 내야 하는데.

당신마저 잃으면, 아가씨, 저는.

저는, 대체 무엇을 위해 기사가 된 걸까요.

애타게 더듬어 봐도 아리아드네는 숨을 쉬지 않았다. 절망이 차오르며 시야가 까맣게 죽어 간다. 미쳐 버리기 직전에 불현듯 귓가에 목소리가 맴돌았다.

*"혼란스러울 때는 하늘을 봐."*

베로니카는 하늘을 올려다보았다. 붉은 여명이 잦아들고, 투명한 푸른빛을 띠고 있는 하늘을. 눈이 오고 있는데도 불구하고 하늘은 맑았다. 환각이 덮어씌우지 못한 공간. 아리아드네가 구현한 하늘이었다.

*"그러면 환각 속에 있다는 걸 깨달을 수 있을 테니까."*

작전을 들을 때 몇 번이나 강조되었던 말.

아리아드네의 하늘이 보인다. 그녀는 죽지 않았다. 그러니 이건 모두 환각이다. 베로니카의 눈에 서서히 초점이 돌아왔다. 그녀는 지친 손으로 머리를 쓸어 올렸다.

"아, 진짜…… 왜 경고하셨는지, 알 것 같네요."

14살의 무력한 소녀가 아니라 검은 갑옷을 걸친 27살의 정령 기사가 자리에서 일어섰다. 눈을 감자 환각이 시야에서 사라졌다. 그녀는 직감에 몸을 맡긴 채 강철의 가호가 휘감긴 검을 휘둘렀다.

무언가가 검에 걸렸다. 눈을 뜨자 코앞에서 팔을 뻗고 있던 제물의 상체가 반으로 갈라지는 게 보였다. 약간 떨어진 곳에서 활을 겨누고 있던 루드빅이 안도의 한숨을 내쉬었다.

"걱정했어, 베로니카 경."

환각에 동료가 휘말린 상태에서 제물을 공격하면 동료도 타격을 입는다. 그럼에도 스스로 빠져나오지 못할 것 같으면 동료가 다치는 것을 감수하고 제물을 죽여야 하니 무기를 겨눈 채 기다리고 있었던 것이다.

"뭐가 그렇게 오래 걸려! 간 떨어지는 줄 알았잖아!"

에리히가 상공에서 버럭 소리를 지르더니 다급히 아래로 내려왔다. 베로니카는 그에게 손을 내밀어 멈춰 세운 다음 고개를 돌리고 웩, 하며 한 차례 구토를 했다. 에리히의 얼굴이 창백해졌다.

"니카?"

"괜찮아."

건틀릿을 낀 손으로 턱을 닦아 낸 베로니카는 제게 다가오는 녹색 빛무리를 보았다.

제물에게 찍혀 있던 낙인이 빠져나와 그녀에게 다가오고 있었다. 베로니카는 얌전히 그것을 몸 안에 받아들인 다음, 가호를 이용해 한쪽으로 몰아붙였다. 건틀릿을 벗고 확인하니 의도대로 오른 팔뚝에 낙인이 박힌 것이 보였다.

"니카!"

아리아드네가 달려왔다. 햇살 같은 백금발을 흩날리며. 베로니카는 그녀를 대뜸 끌어안았다. 쿵쿵 뛰는 심장박동이 느껴졌다. 분명히 살아 있다.

"니카? 괜찮아?"

"괜찮아요. 아가씨가 살아 계시니까."

검은 기사는 나른하게 웃고는 아리아드네를 놓아주었다. 옆에서 낑낑거리던 에리히가 걱정스럽게 물었다.

"뭘 봤길래 그래. 어릴 때 일?"

"응."

베로니카의 대답에 에리히가 괴상한 표정을 지었다. 분노와 슬픔이 치솟는데 도무지 누구한테 풀어야 할지 모르겠다는 얼굴. 베로니카는 픽 웃고는 아름다운 마법사의 얼굴을 붙잡아 가볍게 입을 맞췄다. 에리히가 기겁했다.

"가, 갑자기 뭔데!"

"기분 전환."

"너, 너 방금 토했잖아!"

"아."

베로니카가 깜박했다는 듯 눈을 끔벅이더니 말했다.

"네가 걱정하는 얼굴을 보니까…… 키스하고 싶어져서. 그건 미처 생각 못 했어. 미안."

"……."

"물 줄까? 헹굴래?"

"……됐어."

에리히는 새빨개진 얼굴로 입을 다물었다.

베로니카는 돌아서서 아리아드네에게 팔뚝에 찍힌 낙인을 보여 주었다.

"아가씨, 이렇게 되면, 성공인 건가요?"

아리아드네는 반짝이는 오전의 낙인을 확인하고 고개를 끄덕였다.

"맞아. 고생 많았어."

"미리 다, 대비해 주셨잖아요. 그래서…… 어렵지 않았어요."

베로니카가 빙그레 웃었다. 아리아드네는 그녀의 팔뚝에 새겨진 낙인을 어루만지며 한숨을 쉬었다.

"그건 당연한 거고…… 이제부터 낙인 때문에 자꾸 환각이 보일 거야. 악몽을 꿀 수도 있고. 힘들면 언제든 말해."

늪지기가 지난 주기에 먹은 제물의 효과가 떨어질 때까지, 거의 하루를 이 상태로 버텨야 한다.

"속이 메슥거리는 건……."

"그것도 낙인의 영향이야. 오염수를 마시도록 유도하는 건데, 우리가 그럴 순 없으니…… 심하면 엘릭서를 마셔."

"네, 아가씨."

낙인을 빼앗아 늪지기를 약화시키는 게 전투에 유리한데도, 아리아드네가 처음에 정면 대결을 계획했던 이유가 여기에 있었다.

제물을 죽여 봤자 낙인은 다른 제물로 옮겨 탈 뿐이다. 그러니 늪지기의 제물 섭취를 막으려면 동료들이 낙인을 받아야 하는데, 제물을 숙성시키려 하는 낙인의 효과가 그들에게는 대부분 해악이었다.

대화를 가만히 지켜보고 있던 악셀이 몹시 못마땅한 어조로 아리아드네를 불렀다.

"아리아."

"응?"

"당신은 이런 걸 여섯 개 다 혼자 달고 계실 작정이셨습니까?"

"난 이상해져도 제압하기 쉽고, 바로 알아채고 치료해 줄 사람도 있잖아."

아리아드네가 뤼르에게 시선을 주며 대답했다. 뤼르의 표정이 오묘해졌다.

"……제가 수호성인이 된 건 성녀님을 지키기 위해서지, 저를 믿고 무리하셔도 된다는 의미가 아니었습니다."

"그냥 합리적으로 판단한 거예요. 저는 고통을 거의 느끼지 않고, 날뛰어도 제압이 쉽고, 바로 치료받을 수도 있고, 정령사라서 전투 중에 움직일 필요도 없죠. 그러니 제가 낙인을 혼자 감당하는 게 가장 낫잖아요."

그녀의 말이 이어질수록 동료들의 얼굴이 썩어 들어갔다. 아리아드네는 깊게 한숨을 내쉬며 그들에게 말했다.

"……아무리 합리적이라 해도 그런 짓은 안 할 테니까 다들 그런 눈으로 보지 마. 뤼르 보면서 반성했다니까."

"왜 저를 보고 반성하셨다는 겁니까?"

뤼르가 의아한 듯 되물었다. 아리아드네는 그에게 눈을 흘기며 대꾸했다.

"뤼르는 저 보면서 반성 안 돼요? 뤼르가 낙인들 혼자 감당하겠다는 소리에 제가 뭔 생각을 했는지 알아요?"

"저와 성녀님은 다르지요. 성녀님께선 이 세계의 희망이시고, 저는 한낱 죄인……."

"대체 누가 죄인이에요? 신께서도 뤼르를 죄인이라고 생각 안 하시는데. 신께서 용서하신 사람을 자기 멋대로 죄인이라 몰아붙이는 건 아주 나쁜 일 아니에요? 그 사람이 자기 자신이라 해도 말이에요."

"……!"

뤼르의 눈이 커졌다. 아리아드네는 엷게 웃었다.

"뤼르 이나민에게 좀 너그럽게 대해 주세요, 뤼르."

"……예."

뤼르는 무언가 생각에 잠긴 채로 느릿하게 대답했다.

베로니카가 몸을 좀 추스르고 나자, 일행은 바로 다음 낙인으로 이동했다. 다음 제물은 황혼. 젊은 남성의 시체가 보랏빛 낙인을 달고 있었다.

이번에는 에리히가 나섰다. 그는 의외로 금방 환각에서 빠져나와 무영창 마법으로 제물을 처리했다. 정령 기사가 아니면 체내에 파고든 낙인을 원하는 위치로 몰기 어렵다. 에리히는 이마에서 번쩍거리는 보라색 낙인을 짜증스레 앞머리로 가렸다.

뭘 봤냐는 질문에 벌컥 화를 내는 걸 보니 환각에 대해선 죽을 때까지 입을 다물 기세였다.

'소설 속에서는 니카가 죽는 장면을 반복하면서 못 빠져나왔었는데.'

베로니카가 죽지 않은 이 세계에서, 에리히 위버에게 구현된 환각은 아마 어린 시절 눈보라에게 거부당하고 정령 기사로서의 재능이 형편없다는 소리를 들었을 때일 것이다.

이미 대마법사의 수제자로 명성을 날리고 있는 에리히에게는 크게 심각하지 않은 어린 시절의 트라우마일 터다. 좀 창피할 수는 있겠지만.

'그래도 트라우마는 트라우마야. 그만큼 오라버니한테는 싫은 기억이라는 거지.'

다른 사람의 상처 깊이를 재고 비교할 자격은 누구에게도 없다. 아리아드네는 에리히를 들쑤시지 않고 그저 베로니카와 같은 주의사항만 되새겨 주었다.

엘릭서로 토한 입을 헹구는 사치스러운 짓을 하던 에리히가 그녀의 말을 듣다가 문득 물었다.

"정신을 헤집는 거나 속이 이상해지는 거, 모두 제물을 숙성시키려는 낙인의 효과라는 거지? 보다 강하고 훌륭한 먹이를 만들기 위해서 제물의 잠재력을 깨우는 거라며."

"네, 맞아요."

"그럼, 이 낙인을 잘 이용하면 우리도 더 강해질 수 있는 거 아니야?"

"……이론적으로는 그렇죠."

"네 도서관에 혹시 이걸 써먹은 사례는 없어?"

"제가 알기론 없어요."

"사례가 있긴 하다."

아리아드네와 악셀의 대답이 동시에 나왔다. 에리히의 눈썹이 치켜 올라갔다.

"뭐야, 너 뭐 아는 거 있어?"

아리아드네가 놀란 얼굴로 악셀을 돌아보았다. 파이도 모르는 사례를 악셀이 알고 있다고?

'……디메토르에게 들은 거겠지? 그자는 소설에 포함되지 않은 경험이 많을 테니까. '아리아드네'와 함께한 공략 사례는 원작에 하나도 없으니…….'

그녀는 악셀을 향해 입 모양으로 물었다.

'디메토르?'

그가 작게 고개를 끄덕이고 말을 이었다.

"낙인을 제압해서 자신의 아이템이나 무기처럼 쓸 수도 있다. 하지만 일부러 노리고 시도할 만한 일은 아니니, 그냥 잊어라."

"노리고 시도할 만한 일이 아니라고? 왜지?"

에리히가 탐구심이 차오른 눈으로 되물었다. 악셀은 미간에 주름을 잡은 채 대꾸했다.

"낙인은 오염수를 원료로 움직이는 일종의 기생 마물이다. 그런 걸 오염수에 닿기만 해도 죽는 인간이 제대로 길들일 수 있을 것 같나? 저것에게는 제물이 완성되면 늪지기에게 바치고자 하는 본능도 있지. 만에 하나 어떻게 길들인다 해도 오래가지 못할 거다."

"아하, 문제가 그거란 말이지."

에리히는 흥미롭다는 얼굴로 제 이마의 낙인을 더듬었다. 아리아드네가 급히 끼어들었다.

"낙인 분석하겠답시고 자기 몸에 이상한 실험 같은 건 하지 마세요, 오라버니."

"그래, 그래."

"내일 당장 늪지기랑 싸울 거라고요. 되도록 최상의 몸 상태를 유지해야 해요. 알겠죠?"

"어, 알아."

귓등으로 듣는 것 같다. 아리아드네는 묘하게 들뜬 에리히를 불안하게 바라보았다.

'……그래도 오라버니가 분별이 없진 않으니까.'

미친 짓은 안 하겠지.

아리아드네는 에리히의 이성을 믿기로 하고 다음 장소로 이동했다.

새벽의 낙인은 푸른빛이었고, 고작해야 열 살 남짓한 어린 여자아이의 이마에 찍혀 있었다. 아무리 움직이는 시체라지만 어린애를 베는 건 껄끄럽다. 다들 낯빛이 좋지 않았다. 제물이 아이인 것을 본 뤼르가 앞으로 나섰다.

"이번에는 제가 받겠습니다."

신성 마법은 기본적으로 사람에게 해를 끼칠 수 없으나, 상대가 오염되어 움직이는 시체라면 이야기가 달라진다. 수호성인이 된 뤼르의 신성력이라면 제대로 퍼붓기만 해도 시체가 멈추고 재로 바뀔 것이다. 칼에 토막 나는 것보다 훨씬 덜 고통스러운 죽음일 터.

제물과 눈이 마주친 뤼르 이나민은 한참을 멍하니 서 있었다.

"……오래 걸리는군요. 공격해야 할까요?"

멀찍이서 활을 겨누고 기다리던 루드빅이 불안한 듯 물었다. 아리아드네 역시 불안하긴 마찬가지였으나 고개를 저었다.

"아직 제물이 뤼르를 공격하지 않고 있으니까 조금만 더 기다려 보자."

뤼르 이나민의 트라우마는 보지 않아도 뻔했다. 이나민 마을에서 그가 겪은 일들은 하나같이 제정신으로 있기 힘든 것들이었다.

'뤼르라서 버틴 거지.'

아무리 사도가 되었다지만, 어린 동생의 목을 베어 버린 악셀을 원망 한 점 없이 태연히 대하는 것만 봐도 뤼르는 보통 사람이 아니었다.

아리아드네의 추측대로 뤼르는 이나민 마을의 악몽을 꾸고 있었다. 그는 가라앉은 금빛 눈동자로 사도가 되어 버린 막냇동생을 응시했다. 열 살도 안 된 소년이 제가 불러낸 마물에게 사람을 먹이며 환하게 웃고 있었다.

〈형, 이거 봐. 잘 먹지. 맛있나 봐.〉

강아지에게 좋은 간식을 먹이는 듯한 태도로 막내가 뿌듯해했다. 그 마물이 씹어 삼키고 있는 아이는 뤼르가 사도의 발치를 기고 자신의 신을 모욕하면서까지 살리려던 여동생이었다.

〈얘 멋지지 않아?〉

소년은 마물의 뿔을 쓰다듬으며 감탄했다. 황홀해하는 눈. 같은 사람을, 심지어 친누이를 먹고 있는 마물에게 보낼 눈빛은 절대 아니었다.

사람이라면.

뤼르는 저 아이가 이제 사람이 아니라 마계의 족속임을 깨달았다. 깨달을 수밖에 없었다. 저 애가 원해서 그리된 게 아니라 해도 다시는 인간으로 되돌아올 수 없다. 그건 명백한 사실이었다.

게일 피카로가 그의 귓가에 속삭였다.

〈그러게 잘 좀 하지 그랬나. 벌써 몇 년째인데 아직도 신앙이 안 생겨나다니.〉

사도는 짐짓 온화한 미소를 지으며 마물을 안고 있는 소년의 머리를 쓰다듬었다.

〈보게, 이 애는 샤이탄에게 완벽히 마음을 바치고 행복해졌다네. 자네의 고향 사람들도 행복하게 만들어 주어야 하지 않겠나.〉

그가 마물의 우물거리는 입속을 가리켰다.

〈저렇게 되지 않도록 말이야.〉

뤼르 이나민은 자신이 이 장면을 보게 되리라는 것을 알고 있었다.

알고 있었음에도.

뤼르는 눈을 감았다. 다음 장면은 보고 싶지 않았다. 사도들에게 웃어 주며 마물에게 잡아먹힌 여동생을 외면하고, 샤이탄 신앙을 위한 경전을 만드는 자신의 모습 같은 건.

자기 자신까지 불사르길 원하는 증오가 속에서 기어올랐다. 엘의 교리를 속으로 외워 본다.

증오는 악에게 문을 열어 준다. 증오는 스스로마저 좀먹는다.

적이라도 증오하지 말고, 자기 자신 또한 증오하지 말아라.

옳은 가르침이었다.

'하지만, 신이시여.'

저는 사도도, 저 자신도, 그리고 사실은 당신마저 증오스럽습니다. 당신께 죄송합니다. 당신을 사랑합니다. 당신을 믿습니다. 하지만 엘이시여, 그럼에도 당신을 증오합니다. 그렇기에 당신께서 저를 용서하라 하신다 해도, 저 자신을 용서하지 못하겠습니다.

그러니 제가 더 살아가길 바라지 마십시오.

저는 당신이 아니라 저를 구원하신, 세상을 구원하실, 그리고 마왕을 죽이실 그분께 제 목숨을 바칠 겁니다. 당신의 가르침보다 그분의 뜻을 우선할 겁니다.

하지만 오만한 저는 언젠가 그분의 뜻보다도 제 증오를 우선하게 되겠지요.

자비로운 엘이시여. 당신께서 제게 날개를 허락하셨다는 건, 제 이런 마음도 용납하시겠다는 뜻입니까?

뤼르는 웃고 있는 동생의 머리 위에 신성력을 쏟아부었다. 발버둥치는 소녀의 몸 위로 황금빛이 타올랐다. 눈을 감았다 뜨자, 제물이

재가 되어 흩어지고 있었다. 푸른 새벽의 낙인이 그것에서 뤼르의 이마로 옮겨 붙었다.

뤼르는 걱정스럽게 바라보고 있는 자신의 성녀에게 웃어 보였다.

"괜찮습니다, 성녀님."

이런 환각에 새삼 무너질 리가 없었다. 뤼르 이나민은 이미 무너져 있는 인간이므로.

새벽의 낙인은 제가 파고든 인간이 제물에 아주 적합하다는 것을 알아차렸다.

하늘의 범위 내에 남은 낙인은 정오뿐이었다. 아리아드네는 정오를 찾아가기 전에 영토를 다시 펼치고 나머지 낙인을 찾아보았다.

자정과 오후는 약간 먼 곳에 있었다. 임시 지도에 제물의 위치를 표시한 뒤, 그들은 가까운 정오의 제물부터 찾아갔다.

건장한 중년 남성의 시체가 붉은 낙인을 달고 있었다. 이번에는 악셀이 나섰다. 제물과 시선이 마주친 그는 한참 그 자리에 서 있었다. 어느 순간 깊게 숨을 토해 낸 그가 눈을 깜박이더니 제물을 단칼에 베어 냈다.

정오의 붉은 낙인이 그에게 옮겨붙었다. 악셀은 그것을 베로니카처럼 한쪽 팔에 몰아넣고는 곧바로 아리아드네에게 다가왔다.

"아리아."

"괜찮아? 어지럽진 않고?"

악셀은 대답 대신 그녀를 그러안았다. 그녀는 그의 품에 완전히 파묻혔다. 그의 심장이 겁에 질린 것처럼 요란하게 박동하고 있었다. 그가 그녀의 귓가에 작게 속삭였다.

"비가 그친 걸 봤습니다."

"응?"

"당신이 또 제 손에……."

"……환각이야. 알지?"

아리아드네는 제 덩치를 잊은 것처럼 절박하게 매달려 오는 남자를 열심히 다독였다.

"봐 봐, 나 멀쩡하잖아. 응?"

악셀은 그녀의 손목을 감싸 쥐면서 맥박을 느끼더니 긴 한숨과 함께 그녀의 목덜미에 이마를 비볐다. 그 꼴을 지켜보던 에리히가 버럭 고함을 질렀다.

"이 새끼가 지금 감히 누굴 함부로 만지는 거야! 죽고 싶냐?"

루드빅이 에리히를 의아하게 쳐다보자, 베로니카가 어깨를 으쓱이며 중얼거렸다.

"쟤는, 몰라."

"……아직도?"

"아직도."

루드빅이 짧게 신음을 흘렸다. 에리히는 시퍼렇게 눈을 치뜬 채 길길이 날뛰었다.

"내 여동생한테서 당장 떨어져, 개자식아! 개, 개 하니까 자기가 진짜 갠 줄 아냐!"

"오라버니, 잠깐……."

아리아드네가 그에게 설명하려 입을 떼었다. 그 와중에 악셀은 에리

히를 쳐다보지도 않고 아리아드네만을 바라보며 고개를 움직였다. 자
연스럽게 입가로 다가오는 그의 입을 아리아드네가 한 손으로 막았다.

"뭐, 뭘 하려고?"

"당신께 입 맞추고 싶습니다."

손바닥 아래에서 움직이는 입술의 감촉이 묘하게 민망했다. 적나라
한 요구는 더 민망했다. 그녀 말고는 아무것도 안 보인다는 듯 맹목적
인 눈빛은 더더욱 민망했다. 아리아드네의 얼굴이 붉어졌다.

"여기서는 안 돼. 다들 보고 있잖아."

"그게 무슨 상관입니까? 브란테와 위버는 그런 거 신경 안 쓰고 이
미 했잖습니까."

악셀이 억울한 듯 속삭였다. 아리아드네는 말문이 막혔다.

'오라버니랑 니카가 애한테 나쁜 물을 들였어······.'

그녀는 악셀이 자신보다 연상이라는 건 여전히 잊고 있었다.

"이유가 그것뿐이시라면."

악셀이 힘이 빠진 그녀의 손을 떼어내며 가까워졌다.

아리아드네는 그가 무슨 환각을 보았는지 거의 완벽히 짐작했고,
왜 이러는지 이해했다. 어쩔 수 없는 연민이 솟구쳤다. 위로해 주고 싶
었다. 그녀는 결국 그의 뺨을 감싸 쥐며 입술을 허락했다.

짧게 입술이 맞닿았다가 떨어졌다. 붉은 눈이 휘어지며 그에게서
달콤한 숨이 새어 나왔다. 세상 행복한 듯이 웃는 악셀을 보자 아리
아드네는 마음 한구석이 아렸다.

'고작 이걸로 저렇게 좋아하다니.'

입술 한 번 닿았다고 이렇게 예쁘고 순하고 사랑스럽게 웃다니. 앞
으로 자주 해 줘야겠다.

그녀는 애틋하게 그의 눈가를 어루만졌다. 그러자 악셀이 한껏 몸을 수그리며 어리광을 부리듯 그녀의 손에 뺨을 기대고 눈을 감았다. 연약하게 느껴지는 그 몸짓에 아리아드네는 더 안타까운 표정이 되어 발돋움했다. 악셀이 그녀의 뒷머리를 감싸 쥐고 제게로 바싹 당겼다.

그녀는 주위에 있는 일행들을 순간적으로 잊었고, 그는 자각하고 있으면서도 의도적으로 무시했다.

루드빅은 속이 쓰려 먼 하늘에 시선을 두었다. 뤼르는 신전의 성화에 나올 법한 자애로운 미소를 지었다. 에리히는 거품을 물었다.

"저 미친 개새끼……!"

베로니카가 건틀릿을 낀 손으로 날뛰는 마법사의 입을 턱 막았다.

"시끄러워."

"읍, 야! 넌 안 막고 뭐 해? 저 개새끼가 지금!"

"난 아가씨 뜻, 거스를 생각 없어."

"뭐?"

"아가씨 뜻이라고."

"……뭐라고?"

"보면서도 몰라?"

"……."

눈앞에 보이는 둘만의 세계를 인정하고 싶지 않은 에리히의 눈동자가 격렬하게 흔들렸다. 그가 떨리는 목소리를 냈다.

"쟤, 쟤들, 언, 언제부터."

베로니카는 어깨를 으쓱일 뿐 그의 의문에 답해 주지 않았다. 에리히는 충격에 빠져 핏기가 가신 얼굴로 한참을 굳어 있었다.

뒤늦게 사태를 파악한 아리아드네가 민망한 낯으로 설명했지만, 에리히의 충격은 한동안 가시지 않았다. 그는 청결한 방에 기어들어 온 지저분한 들개를 보는 듯한 눈으로 악셀을 노려보기 시작했다.

물론 악셀은 마법사가 자신을 어떻게 보든 신경도 쓰지 않았다. 정확히는 신경 쓸 시간이 없었다. 그가 맞이할 결말이 바뀌지 않는다면, 아리아드네에게 바칠 시간도 부족했으니까.

오후와 자정의 낙인이 있는 곳으로 가기 위해 일행은 늪지대의 중앙에 있는 제단을 지나쳐야 했다.

그들은 낮은 높이로 조용하게 날아 제단을 지나쳤다. 날갯짓하는 정령수들 아래로 아리아드네가 펼쳐 둔 신록의 영토가 그림자처럼 따라왔다. 연둣빛 잔디가 새카만 제단을 잠시 뒤덮었다가 사라졌다.

아주 짧은 그 순간에 이상한 감각이 느껴졌다. 매끄러운 것을 계속 쓰다듬다가 갑자기 까칠까칠한 부분이 손끝에 걸린 듯한 감각.

"응?"

"왜 그러십니까?"

아리아드네가 갸웃거리자, 그녀를 안고 벼락을 몰던 악셀이 걱정스레 물었다.

"아무것도 아냐."

아리아드네는 고개를 저으며 파이에게 물었다.

'파이, 방금 혹시 뭔가 채널에 침범했어?'

[……제단에 늪지기의 영향력이 강했습니다. 영토로 그 부분을

점령하면서 잠깐 지체가 생겼습니다.]

[예전의 당신이라면 집중하셔야만 점령 가능한 수준의 공간이었는데, 당신의 영토 지배력이 강해져서 자연스럽게 덮어 버렸거든요. 아마 그 찰나의 저항감 때문에 거슬림을 느끼신 거겠지요.]

[혹시 모르니 채널을 전체적으로 점검해 보겠습니다.]

'응, 고마워.'

차분한 파이의 응답에 마음이 놓였다.

오후의 제물은 노란색 낙인을 달고 있는 노인이었다. 아리아드네가 가장 마지막 낙인을 받기로 했으므로, 이번에는 루드빅이 나섰다.

그는 노인의 희멀건 눈과 마주친 순간 어린아이가 되어 주방 한구석에 서 있었다. 식사 시간의 주방은 전쟁터였다.

〈냄비! 냄비 넘친다!〉

〈내가 볼게!〉

〈저기, 저기요.〉

여섯 살의 어린 루드빅은 냄비를 들여다보는 요리사를 조심스럽게 불렀다.

〈저…….〉

〈누가 에드 경 수프에 토마토를 넣었어? 기사님 토마토 싫어하시잖아! 당장 다시 만들어!〉

〈저 배가 고픈데…….〉

〈아니, 지금 당장 수프 나가야 하는데 어느 세월에 다시 끓여? 토마토 형체도 안 남았는데 그냥 갖다 주면 안 돼?〉

〈너 에드 경이 얼마나 예민한지 모르냐? 정령수한테 잡아먹히고 싶어? 차라리 좀 늦는 게 나으니까 빨리 다시 만들라고!〉

소년의 조그만 목소리는 화난 요리사의 고함에 파묻혀 들리지도 않았다. 루드빅은 허망하게 손을 늘어뜨렸다.

〈마법사님들이 안주 언제 나오냐는데?〉

〈아직 멀었어! 급한 대로 우선 치즈라도 썰어 가!〉

〈메인 다 됐어! 가져가!〉

바빠 죽겠는데 여섯 살짜리 버려진 왕자에게 신경을 쓸 사람은 없었다. 배가 고픈 소년은 근처 조리대에 놓여 있는 삶은 완두콩 그릇에 손을 뻗었다. 정신없이 뛰어다니던 요리사 하나가 그 팔에 걸려 비틀거렸다. 그는 버럭 화를 냈다.

〈이 꼬맹이 뭐야, 비켜! 걸리적거리잖아!〉

루드빅은 허둥지둥 구석에 웅크렸다.

식사 시간이 끝나자 요리사들은 남은 음식을 대충 차려 먹었다. 구석에 웅크려 있다가 잠들어 버린 루드빅에게는 아무도 시선을 주지 않았다.

요새의 고위 전투원들을 위한 커다란 주방. 요리사들 사이에서는 병사들을 위한 급식소보다 더 악명이 높은 곳이었다.

정령사, 마법사, 정령 기사, 신관 같은 고위직들은 귀족처럼 대우받지만 계속해서 전투를 치르고 다치는 이들이다. 그들은 까다롭고 예민했으며, 급하게 식사할 때도 많았고, 환자식이나 특별한 보양식이 필요한 경우도 있었다. 식습관도 다 달랐다.

요리사들은 그들의 개인적인 상황과 취향을 전부 맞추면서도 귀족들 수준의 고급 요리를 빠르게 만들어야 했다.

상주하는 요리사만 스물이 넘었고, 보조 직원까지 합하면 오십 명 이상이었다. 오며 가며 손을 보태거나 잔소리를 해 대는 고위직들의 개인 시종까지 합치면 주방에 백 명 가까운 인간이 득실거리는 일도 흔했다.

그 탓에 대부분은 여기에 붉은 눈의 어린애가 버려졌다는 사실조차 몰랐다. 사령관으로부터 왕자로 추정되는 고아를 강제로 떠맡게 된 주방장만이 루드빅을 명확히 인식하고 있었다.

주방장은 여섯 살짜리 어린애를 붉은 눈이라는 이유로 쫓아내거나 학대할 정도로 모진 사람은 아니었다. 하지만 사령관의 저택에 불을 낸 붉은 눈의 아이를 바쁜 와중에 어르고 돌봐 줄 만큼 호인도 아니었다.

〈밥은 알아서 챙겨 먹어라. 먹을 건 널렸으니. 잠은 여기서 자고.〉

주방장은 루드빅을 식료품 창고에 데려다 주며 경고했다.

〈참, 불내지 마라. 그럼 여기서도 쫓아낼 수밖에 없으니까. 불날 것 같으면 저거 가져다가 알아서 수습해. 그래도 여긴 화재 대비 마법이 잘 걸려 있으니 큰불은 안 날 거다.〉

루드빅은 흙투성이 감자 포대들 사이에서 낡은 이불을 뒤집어쓰고 잠을 잤다. 쥐새끼처럼 떨어진 음식이나 그릇에 남은 음식을 먹으며 배를 채웠다.

누구와도 한마디 대화조차 나누지 못하고, 사람의 온기를 느끼지 못하고, 시선을 받는 일조차 없었던, 유령 같았던 시기. 그나마 그를 가엾게 여기던 사령관의 부인이 화상을 입고 나서 지었던 두려움과 배신감에 찬 표정이 아직 선명했던 시기.

사람들의 눈치를 보고, 조리 도구와 식재료의 위치를 기억하고, 감자를 깎거나 그릇을 나르며 애교를 떨어서 주방의 귀염둥이가 되기 전.

가장 외롭고 비참하고 고통스러웠던 시절. 다시는 떠올리고 싶지 않은 기억. 지금의 루드빅 블레이르라는 사람을 만들어 낸 밑바닥.

한 줌의 온기와 한 번의 눈길이 간절했던 시기.

밤에도 마물이 쳐들어오기에 한밤중에도 주방엔 늘 사람이 있었다. 물론 그들은 아무도 루드빅을 신경 쓰지 않았다. 어쩌다 그를 발견하면 붉은 눈에 기겁하거나 눈살을 찌푸릴 뿐.

어린 루드빅은 방해되지 않게 쓰레기통 근처에 구겨져 있다가 문득 창밖을 보았다. 밤인데 하늘이 푸르다. 기이했다. 멍하니 하늘을 보던 소년의 입이 벌어졌다.

"아."

그는 짜증스레 제 금발을 헝클며 일어섰다. 일어선 그의 아래에 어린 자기 자신이 여전히 멍한 얼굴로 쪼그려 있었다.

극복한 지 오래된 과거의 파편이다. 그럼에도 보고 싶지 않은 몰골에 속이 뒤틀렸다.

"……베로니카 경이 왜 토했는지 알 것 같군."

앞서서 네 명이나 환각에 빠지는 걸 보고, 환각 함정에 걸릴 걸 알면서 들어왔는데도 이 지경이라니. 저 하늘마저 오염된 하늘이었다면 정신 오염 때문에 환각에서 빠져나오기가 더 힘들었을 것이다. 아예 정신을 못 차리고 환각에 잠식되었을 수도 있다.

루드빅 블레이르는 천천히 검을 뽑았다.

'하늘의 영토라니. 정령사의 역사가 새로 쓰이는 걸 실시간으로 옆에서 지켜보는 느낌이군. 새삼…… 공작님은 굉장하신 분이다.'

아리아드네에 대한 욕심과 마음을 어느 정도 가라앉히고 나니 남은 것은 경탄과 경외였다.

'그래, 과한 욕심이었던 거야. 내가 품기에는 너무 대단한 분이시니까.'

잠깐만. 근데 악셀 발렌타인 그놈한테도 공작님은 지나치게 과분하지 않나. 그놈한테 뭐 재산이 있나, 가문이 있나, 그럴듯한 뒷배가 있길 하나, 그렇다고 인성이 괜찮길 하나. 숨겨진 혈통 같은 것도 없어 보이는데.

'그 자식은 뭐가 잘나서 공작님을⋯⋯.'

루드빅은 진정하다 말고 울컥 치솟는 감정에 미간을 찌푸렸다.

진짜 그놈은 대체 뭐로 공작님을 홀렸지?

'얼굴? 몸매? 그건 나도 되는데.'

그놈도 잘생기긴 했지만, 너무 거칠고 우락부락한 느낌 아닌가? 사람보다는 좀 짐승 같지 않나. 몸뚱이도 성질머리도.

'⋯⋯혹시 공작님 취향이 그 자식처럼 투박한 쪽이신가? 내 근육이 부족한가?'

아니면 능력? 무력? 정령 기술?

'그건 그 자식이 좀 규격 외이긴 한데⋯⋯ 솔직히 능력은 공작님께서 더 대단하시잖아. 그런 분이 그놈 능력에 반하셨다는 건 말이 안 돼.'

아까 공작님께서 그놈을 안쓰럽게 보시던데, 혹시 인생이 불쌍해서 가여워하다가 정이 드셨나?

'내 인생도 제법 불쌍한데. 공작님께 이런 과거사를 부각하면서 어필할 걸 그랬군.'

루드빅은 뒤늦은 후회를 하며 검을 뽑았다.

'어쨌든 망할 놈, 내가 지켜본다.'

공작님께서 예뻐하시는 것 같아서 일단은 포기했지만, 악셀 발렌타인에게서 트집거리 하나라도 걸리면 가만두지 않을 것이다.

그는 부득부득 이를 갈며 어린 자신에게 검을 휘둘렀다. 환각이 사라지며 제물이 쓰러졌다. 그는 구역질도 없이 태연한 얼굴로 낙인을 받아들여 한쪽 팔에 몰아넣었다.

기다리던 베로니카가 검을 내려놓으며 어깨를 으쓱였다.

"……되게 멀쩡하네."

"난 건강한 몸에 건전한 정신의 소유자라서."

루드빅이 장난스럽게 윙크를 했다.

마지막 제물은 젊은 여성이었다. 검은빛으로 반짝이는 자정의 낙인이 제물의 이마에서 반짝였다. 아리아드네가 그 제물에게로 다가 갔다.

"조심하세요, 아가씨."

베로니카가 걱정스레 말했다. 악셀은 제자리에서 검을 꽉 쥔 채 뚫어져라 아리아드네를 보고 있었다.

"어차피 뭐가 나올지 알아."

아리아드네는 빙긋 웃고 걸음을 내디뎠다. 다음 순간, 그녀는 거대한 철문 앞에 서 있었다.

'그래, 이거겠지.'

엘디어 공작성의 북쪽 탑에 있는 공부방의 철문. 예상한 그대로의 광경이었다. 전신이 얼어붙을 듯이 차가워지며 부들부들 떨렸다. 그러나 어린 아리아드네는 당황하지 않고 복도 창밖의 하늘을 보았다.

'내가 구현한 것.'

열려 있는 채널로 상쾌한 하늘의 정령력이 흐르는 게 느껴졌다. 그 덕에 정신이 맑았다.

〈들어오지 않고 뭘 하는 거냐?〉

프란츠 엘디어의 목소리가 철문 안에서 들려왔다. 아리아드네는 들은 척도 하지 않고 창가로 다가갔다.

걸으면서 허리춤을 더듬어 단검을 뽑았다. 천성적으로 부족한 체력과 약한 근력 탓에 제대로 된 검술이나 체술은 배우지 못했지만, 레다 피카로 사건 때 느낀 바가 있어 간단한 단검 호신술 정도는 익혀 뒀었다.

단검을 들고 돌아서니 어린 자기 자신이 그 자리에 그대로 남아 있었다. 작은 손이 덜덜 떨며 철문을 열었다.

아리아드네는 서서히 열리는 문틈을 무표정하게 바라보았다. 화사한 백금발의 아름다운 남자가 그린 듯한 미소를 지으며 팔을 벌렸다.

〈어서 아빠에게 오렴, 아리아.〉

어린 자신이 비틀비틀 프란츠 엘디어에게 다가갔다. 아리아드네는 짧게 한숨을 내쉬고 단검을 던졌다. 단검은 프란츠 엘디어의 눈가에 박혔다.

〈크아악!〉

그가 비명을 지르며 눈을 감싸 쥐는 것과 동시에 환각이 신기루처럼 사라졌다. 아리아드네는 혀를 찼다.

'이마를 노렸는데.'

역시 자신은 몸을 쓰는 일에는 젬병이었다.

환각이 사라진 곳에는 휘청거리는 제물이 있었다. 아리아드네가 제대로 급소를 찌르지 못한 탓에 그것은 여전히 살아 움직였다. 피를 흩뿌리는 시체가 아리아드네에게 달려들었다. 울부짖는 머리를 뒤에서 날아온 화살이 꿰뚫었다.

아리아드네는 뒤를 돌아보며 인사를 건넸다.

"고마워, 루드빅."

"영광입니다."

루드빅이 과장된 자세로 허리를 굽혀 보였다. 아리아드네는 피식 웃고는 제물 쪽으로 시선을 주었다. 쓰러진 제물로부터 검은빛이 날아올라 그녀의 이마에 달라붙었다. 마지막 낙인이었다.

"괜찮으십니까?"

어느새 다가온 악셀이 그녀를 부축하려 했다. 아리아드네는 이마를 만지작거리며 손을 내저었다.

"괜찮아, 깊게 빠지지 않아서. 영토가 느껴졌거든."

그녀는 낙인을 하나씩 달고 있는 일행을 돌아보았다.

"이제 준비가 끝났으니 조금 쉬죠. 굶주린 늪지기가 튀어나올 때까지."

토벌대는 미리 봐 둔 장소로 자리를 옮겼다. 제단이 내려다보이는 야트막한 분지 같은 곳이었다. 아마 그들이 튀어나온 곳처럼 순도 높은 오염수를 모아 두는 그릇인 듯했다.

일행이 오염수 관들을 정리하고 캠프를 세우는 동안 아리아드네는 환상 도서관에 들어갔다.

토벌대 전원에게 인벤토리 아이템을 지급했지만, 그 정도 용량으로는 장기간의 여정을 감당할 수 없다. 원작에서 괜히 보급품 문제가 불거진 게 아니다. 그래서 아리아드네는 기본적인 보급품은 각자에게 상비시켜 놓고, 소모품이 떨어질 때쯤 환상 도서관에서 꺼내어 나눠 주곤 했다.

'루드빅이 채소와 과일이 다 떨어져 간다고 했었지. 그리고 다들 정령등 연료랑 엘릭서도 보충해 줘야 하고.'

파이가 보급품들을 들기 쉽도록 포장해서 미리 아리아드네의 전생 서재에 가져다 놓았다. 과일과 채소들은 그의 보존 마법 덕분에 갓 따온 것처럼 신선했다.

"늘 고마워, 파이."

서재에 나타난 아리아드네가 웃으며 보급품을 양손 가득 들었다. 아리아드네는 자신의 전생 서재에서 벗어날 수 없으니, 이렇게 풍족하게 환상 도서관의 공간을 쓸 수 있는 건 모두 파이 덕분이었다.

"파이는 당신께 도움이 되는 게 기쁩니다."

파이가 연하게 웃으며 그녀를 배웅했다. 아리아드네는 짐을 든 채 눈을 감았다. 다섯 명 분량의 보급품이라 두어 번은 더 드나들어야 할 터다.

"……어?"

다음 보급품을 들기 쉽게 묶던 파이가 의아하게 그녀를 돌아보았다.

"왜 그러십니까?"

"어, 어, 잠깐만. 뭔가 이상한데."

아리아드네가 다시 눈을 감았다. 그녀는 그대로 한참 인상을 쓰다가 당황스러운 표정으로 눈을 떴다.

"파이."

"예, 아리아."

"……갑자기 환상 도서관 밖으로 나가지지가 않아."

"예?"

파이가 눈을 치떴다. 아리아드네는 허둥지둥 짐을 내려놓고 다시 눈을 감았다. 잠시 후 아리아드네의 낯빛이 창백해졌다.

"안 나가져. 왜 이러지? 설마……?"

예전에도 이런 적이 있었다. 딱 한 번. 레다 피카로에게 납치되어서 약에 취해 강제로 잠들었을 때.

아리아드네가 무엇을 떠올렸는지 알아차린 파이가 고개를 내저었다.

"그때와는 반응이 다릅니다. 몸에 이상이 있으신 것 같지는 않아요."

"그럼 뭐지? 갑자기 왜……."

아리아드네는 다시 현실로 돌아가려 했다. 하지만 아무런 반응도 없었다. 슬쩍 밀기만 해도 열리던 문이 돌연 잠긴 듯한 감각이었다.

"역시 안 돼. 파이, 바깥 상황은 어때?"

멀거니 있던 파이가 그녀의 부름에 정신을 차렸다. 그는 허공에 시선을 둔 채 손을 까닥거렸다. 손끝에 어린 빛무리가 허공에 마법진을 수놓았다.

"잠시만 기다려 주십…… 어?"

그가 흠칫 놀라더니 자동으로 돌아가고 있는 가이드 마법진들 쪽으로 달려갔다. 파이는 마법진에 어지럽게 떠오르는 수식을 살펴보더니 창백해진 얼굴로 고개를 들었다.

"아리아."

"응. 혹시 가이드에 문제가 있어?"

"지금 채널이 느껴지십니까?"

"……뭐? 그게 무슨."

아리아드네의 말이 뚝 끊겼다. 그녀는 제 몸을 더듬어 보더니 떨리는 목소리로 말했다.

"……안 느껴져. 채널을…… 닫아 놓은 것처럼."

채널이 열려 있을 때 느껴지는 개방감. 몸속으로 정령력이 흐르는 감각. 그런 것들이 하나도 느껴지지 않았다.

아리아드네가 당황하는 사이 파이는 가이드 마법진을 다시 훑어보았다. 곧 그는 심각한 어조로 말했다.

"아리아. 예전에 이런 일이 생겼을 때, 당신이 세웠던 가설을 기억하십니까?"

"어떤 가설?"

"환상 도서관에 당신이 드나드는 방식에 관한 가설 말입니다."

거의 7년 전의 일이었으나 워낙 큰 사건이었기에 그때 나눴던 대화도 잘 떠올랐다.

"어쨌든 특이한 점들을 제외하고, 정령술에 억지로 끼워 맞춰 해석해 보면……."

"……파이는 환상 도서관의 대정령, 환상 도서관은 어딘가에 존재하는 파이의 영토. 나는 영혼에 환상 도서관과 연결된 채널을 가진 정령사라고 볼 수 있겠지."

"이걸 아주 특이한 채널이라고 치면, 여기에 있는 나는, 음, 일종의 유체 이탈 상태겠지?"

아리아드네는 기억을 더듬으며 그때 세웠던 가설을 그대로 읊었다.

"환상 도서관이 파이 너의 영토 같은 거라면, 내겐 환상 도서관과 연결된 특별한 채널 같은 게 있어서…… 나는 일종의 유체 이탈 같은 개념으로 그 채널을 통해 환상 도서관에 드나드는 게 아닌가 했었지."

"예. 제가 대정령이라기엔 이상한 존재고, 환상 도서관도 제 영토가 아니라는 점만 제외하면 그때 아리아의 가설은 어느 정도 맞았습니다."

"어떤 점이?"

"당신의 영혼에 일반적인 채널과 다른, 환상 도서관과 연결된 특별한 통로가 있다는 점 말입니다. 당신은 그 독점적인 연결을 통해 이곳에 드나듭니다. 대정령들이 접속하는 채널과는 완전히 별개의 채널이지요. 오직 환상 도서관과만 연결된."

파이가 깊게 숨을 들이켜더니 말을 이었다.

"파이가 여기서 당신의 정령술 채널에 가이드처럼 간섭할 수 있는 것 역시, 당신과 환상 도서관 사이에 이어진 그 '환상 도서관 독점 통로' 덕분입니다. 파이는 그 연결을 이용해 당신의 채널에 접근합니다. 파이가 대정령들처럼 직접적으로 아리아의 채널에 접속하는 건 불가능하니까요."

"……."

"환상 도서관과 아리아 사이의 채널은 정령술의 채널과 조금 다릅니다. 아리아는 그 길을 통해 직접 여기로 의식을 보낼 수 있지요. 환상 도서관에 있는 당신은 비유하자면…… 그래요, 아리아드네의 전생에 있던 '아바타' 같은 개념입니다."

"아바타라니……. 가상 현실에 접속하는 플레이어의 분신 캐릭터? 그 아바타 말이야?"

"예, 그와 비슷합니다. 그리고 엘리시움식으로 설명하자면, 당신은 그 채널을 통해 환상 도서관이라는 새로운 세상에 소환된 대정령 같은 겁니다. 진짜 당신의 몸은 다른 곳에 있고, 이곳에 있는 것은 일종의 분신에 불과하며…… 여기서 죽거나 사라져도 통로를 통해 본체로 돌아갈 뿐이라는 점에서."

"……!"

약에 취해 있을 때, 환상 도서관 내에서 나이프로 스스로 배를 찔러 깨어날 수 있었던 게 떠올랐다.

아리아드네의 표정을 살핀 파이가 이어 말했다.

"예전에 당신이 여기서 나가지 못했던 건 몸이 약에 취해 있어 의식이 돌아가지 못하고 튕겨 나왔기 때문입니다. 그때도 통로 자체는 계속 열려 있었어요. 그래서 강한 충격을 주는 방식으로 깨어날 수 있었던 거고요."

" ……그럼, 지금은?"

"그 통로가 막혔습니다."

파이가 그녀 쪽으로 가이드 마법진을 띄워 주었다. 번역된 대정령들의 메시지가 떠올라야 할 부분과 채널로 흐르고 있는 정령력을 측정해야 하는 마법진이 텅 비어 있었다.

"이건 당신의 채널이 닫힌 게 아닙니다. 환상 도서관에서 당신의 채널을 감지할 수 없게 된 겁니다. 외부 상황도, 당신의 현재 상태도 감지가 되지 않습니다. 환상 도서관과 아리아 사이의 연결이 막혀 버려서……."

파이가 머뭇거리며 잠시 말을 고르더니 몹시 복잡한 표정으로 선언했다.

"아리아, 당신은 지금 환상 도서관 안에 완전히 갇혔습니다."

늪지대를 배회하는 시체들은 그릇까지 올라오지 못했다.

아리아드네가 펼쳐 놓은 하늘에 뉘엿뉘엿 노을이 졌다. 신록의 숲 속 공터에 세워진 캠프에서 모닥불이 따뜻하게 타올랐다. 대미궁 내부라곤 믿기지 않는 평화로운 풍경.

악셀은 루드빅을 도와 저녁 식사를 차렸다. 모닥불 앞에서 졸고 있던 베로니카가 식사 준비가 끝나 가는 것을 보고 자리에서 일어났다.

"아가씨, 모셔 올게."

아리아드네는 개인 막사에서 나오지 않고 있었다. 다들 그녀가 피곤해서 좀 쉬는 거라 여겼다.

막사에 들어갔던 베로니카가 잠시 후 새파랗게 질린 얼굴로 뛰쳐나왔다.

"왜 그래?"

루드빅이 의아하게 물었다. 베로니카는 대답하지 않고 정신없이 주위를 둘러보았다. 숲, 하늘, 다시 숲. 테이블에 그릇을 놓고 있는 뤼르를 발견한 뒤에야 그녀의 눈에 겨우 초점이 돌아왔다.

"신관님."

"예?"

"신관님은, 아가씨의 수호성인이시죠? 생사를…… 공유하는."

"그렇지요. 무슨 일이십니까, 베로니카 기사님? 혹시 성녀님께 문제라도……."

"아가씨가, 아가씨가……."

베로니카는 식은땀을 흘리며 입술을 달싹였다. 그녀의 뒷말은 말이라기보다 신음에 가까운 형태로 새어 나왔다.

"아가씨가, 숨을, 안 쉬세요."

신관이 눈을 부릅떴다. 루드빅이 얼어붙었다. 막 막사에서 나오던 에리히가 제 귀를 의심했다. 악셀은 들고 있던 국자를 내팽개치고 아리아드네의 막사 안으로 뛰쳐 들어갔다.

아리아드네는 막사 안 침대에 반듯하게 누워 있었다. 겉으로 보기에는 그저 잠든 것처럼 고요했다. 악셀은 다급히 그녀의 코끝에 손을 대 보았다. 호흡이 느껴지지 않는다. 손목을 쥐어 보았다. 맥박이 느껴지지 않는다.

일순 머리가 텅 비었다. 왜지? 왜? 왜 갑자기? 아무런 전조도 없었는데?

아리아. 아리아드네. 당신이 이렇게 멋대로 죽어 버린다면, 저는 어떻게 해야…….

어떻게.

당신을 되살리려면.

그는 멍하니 검을 뽑아 들었다. 근원과의 연결이 막혀 있다는 것조차 잊은 채 습관적으로, 반사적으로, 혹은 본능적으로, 제 목에 검을 겨누었다.

"뭐 하냐?"

그대로 그어 버리려던 그의 팔을 붙잡아 세운 건 뒤따라 들어온 루드빅이었다. 그가 어이가 없다는 얼굴로 악셀을 바라보았다.

"방금 대체 뭔 짓을 하려 한 거지? 네놈이 죽는다고 뭐가 해결되는데?"

"······해결할 수 있을지도 모르지."

악셀이 가라앉은 음성으로 대답했다. 루드빅은 진짜 제대로 미친 새끼를 본다는 듯한 얼굴로 그를 보다가, 붙잡고 있던 그의 팔을 팽개 쳤다.

"마음대로 해라, 미친놈아."

그사이 뛰어 들어온 뤼르가 정신없이 아리아드네를 살폈다. 악셀은 눈앞에서 펄럭이는 흰 날개를 빤히 바라보았다.

'수호성인이 사라지지 않았다는 건······.'

아리아드네가 아직 살아 있다는 뜻이다.

간신히 이성이 돌아왔다. 그는 어느새 흐른 식은땀을 닦아 내며 멈추고 있던 호흡을 재개했다. 그리고 간절한 심정으로 뤼르를 바라보았다.

악셀은 평생 처음으로 신에게 기도를 하고 싶어졌다.

곧 베로니카와 에리히도 막사 안으로 들어왔다. 아리아드네의 좁은 막사가 사람으로 꽉 찼다. 그들은 뤼르를 방해하지 않기 위해 모두 천막 벽에 바짝 붙어 섰다. 마법사만이 물러나는 대신 신관 옆에 끼어들어 아리아드네를 살폈다.

뤼르가 초조하게 말했다.

"호흡도 멈추고 심장박동도 멈췄습니다. 하지만 아직 살아 계십니다. 제가 살아 있는 게 명백한 증거지요."

"그럼 뭡니까, 가사 상태라는 건가요?"

루드빅의 다급한 반문에 신관이 짧게 고개를 끄덕였다. 그러곤 곧바로 침대 머리맡으로 자리를 옮기더니 아리아드네의 머리 양옆에 손을 내려놓았다.

"호흡과 혈액순환이 멈춘 상태로 오래 계시면 무슨 부작용이 생길지 모릅니다. 일단 신성력으로 성녀님의 신체를 유지하겠습니다."

뤼르의 양손에서 은은한 황금빛이 흘러나와 아리아드네의 전신을 감쌌다. 빛에 파묻힌 그녀의 안색이 약간 나아졌다.

그사이 에리히는 각종 검사 분석 마법들로 아리아드네를 살펴보았다. 혹시 저주나 흑마법에 걸린 건 아닌지. 덕분에 이변을 가장 먼저 감지한 것도 그였다.

"잠깐, 저거 뭐야!"

에리히가 아리아드네의 이마를 가리켰다. 그녀가 조금 전 받아들였던 자정의 검은 낙인이 점점 연해지고 있었다.

"아가씨의 낙인이, 사라졌어."

베로니카가 멍하니 중얼거렸다. 루드빅은 정신없이 주위를 살폈다. 제물이 죽어서 낙인이 빠져나온 것이라면, 검은 빛무리가 다음 제물을 찾아 이동할 테니까.

베로니카는 덜덜 떨리는 손으로 텅 빈 아리아드네의 이마를 만졌다.

"이거…… 아가씨가, 설마…….."

"……안 죽었어. 낙인은 여전히 애한테 있을 거야."

"그게 대체, 뭔 소리야?"

에리히가 제 머리를 벅벅 긁더니 중얼거렸다.

"떠오르는 가설이 있긴 한데……."

"말해. 알아들을 수 있는, 말로."

베로니카가 물끄러미 그를 바라보았다. 에리히는 끙끙거리더니 전문 용어를 최대한 배제하고 설명했다.

"아리아는 환상 도서관이란 곳에 드나들 수 있다고 했잖아. 그리고 거기에 파이라는 사서 같은 존재가 있다고도 했고."

"응."

"아무래도 아리아는 지금 그 안에 있는 것 같아. 뭔가 문제가 생겨서 못 빠져나오게 된 거고, 그게 낙인 때문인가 싶어서 제거해 본 거겠지. 사서에게 줬거나, 뭐 아이템 같은 걸로 봉인했거나."

"……거기에 갇힌 거랑, 아가씨가 가사 상태가 된 게, 무슨 상관이야? 아가씨는…… 거기 들어가면, 몸이 잠든다고 하셨었는데."

"글쎄. 애초에 환상 도서관에 들어간다는 건 뭘 의미하는 걸까?"

"……?"

"그건 임사체험이야. 드나들 때마다 죽었다 살아나는 거라고. 그 안에 갇히면 몸이 가사 상태가 되는 게 당연하지. 추측만 하고 있었던 걸 이런 식으로 확신하게 될 줄이야. 제기랄."

모든 일행이 그 말에 얼어붙었다. 에리히가 신경질적으로 덧붙였다.

"가설이라지만 거의 확실한데, 일부러 검증을 안 했어. 대미궁 공략 무사히 끝나고 아리아가 통각 치료할 때 확인해 보려 했었거든. 그러고 나서 진짜 임사체험이라면 그만두게 하려고."

"그런, 섬뜩한 추론을 하면서…… 검증을, 일부러 안 했다고? 왜?"

"이미 익숙하게 하고 있는 일을 괜히 자각하게 했다간 위험해질 수도 있잖아. 숨 쉬고 있는 걸 괜히 의식하면 숨이 잘 안 쉬어지는 것처럼."

"……."

"일시적으로 죽는 행위라는 걸 자각시켰다가 잘못해서 아리아가 진짜 죽으면 어떡해? 그게 무서워서 못 건드린 거야."

베로니카에게 대답하던 에리히가 얼어붙은 분위기를 깨닫고 눈살을 찌푸렸다.

"뭐야, 아무도 이런 생각 안 했어? 이렇게 뻔한걸?"

악셀이 잘 움직여지지 않는 혀를 억지로 움직여 물었다.

"임사체험…… 이라고? 뻔한 일이라고? 그게 무슨 뜻인가?"

"아리아가 직접 다 가르쳐 줬잖아. 아니, 그거 다 듣고도 진짜 짐작 못 했어? 얘가 환상 도서관 들어가면 어떻게 되는지 제대로 본 사람 없어? 신관님도 몰랐어요?"

에리히가 당황스러운 듯 일행을 둘러보다가 신관에게 시선을 주었다. 뤼르가 넋이 나간 얼굴로 고개를 저었다. 마법사는 미치겠네, 하고 작게 욕설을 내뱉고는 빠른 어조로 설명했다.

"환상 도서관이란 곳에 서재가 생기는 방식을 아리아가 말해 줬었지. 사람이 죽으면 생겨난다고. 그거 결국 거기가 사후세계의 일종이란 소리잖아?"

"……!"

"아리아는 일곱 살 때 거기에 처음 들어갔다고 했었어. 그런데 사실 이미 그전에도 들어가 본 것 같은 기분이 들었다고 했고. 그 시절에 걔가 무슨 일을 당하고 있었는지 다들 알잖아."

엘릭서 실험.

에리히는 까드득 이를 갈며 말을 이었다.

"걔 치료 과정 정리해 둔 거 다 봤어. 몸에 남은 흔적은 거짓말을 하지 않지. 아리아는 어린 나이에 적어도 십수 번은 죽다 살아나는 경험을 했어."

"……."

"환상 도서관이란 곳에 서재가 생성되는 법칙이 정말 '죽은 후에 망자의 서재가 생겨 난다'라면, 그 애는 계속해서 거길 드나들면서 서재가 만들어지려다 마는 것을 반복했을 거야. 아마 그러다가 우연히, 혹은 뭔가 특별한 일이 일어나서, 마침내는."

"……죽어야만 갈 수 있는 곳에, 스스로 드나드실 수 있는 능력을…… 얻으셨다는 거야?"

베로니카가 느릿느릿 되물었다. 에리히가 고개를 끄덕였다.

"몸까지 드나들었다면 다른 방식이었겠지. 하지만 몸은 잠들고 영혼만? 영혼이 몸을 떠나는 게 뭐야? 죽는 거잖아. 걔는 결국 죽음의 문턱을 밟고 돌아오는 법을 익힌 거야."

"……."

"환상 도서관에 들어가면 현실에서는 잠든다고? 잠드는 것만큼 죽는 것과 비슷한 일은 없어. 당사자인 아리아로선 구별하기 힘든 것도 당연해. 하지만 외부에서 보면 명확하지."

에리히가 숨을 쉬지 않고 있는 아리아드네를 가리켰다.

"바로 이렇게."

짙은 침묵이 내려앉았다.

인벤토리 아이템을 쓰는 걸 보는 건 예의가 아니다. 누군가 옷을 벗으려 하면 고개를 돌리는 것과 비슷한 자연스러운 습관이었다.

아리아드네가 환상 도서관에 드나드는 건 인벤토리 아이템을 쓰는 것과 흡사한 상황이었기에 당연히 다들 자세히 보지도 않았고, 보여 달라고 할 이유도 없었다.

언뜻 보기엔 그저 잠든 것처럼 느껴지니 의심하지 않으면 알아채기 어려운 일이기도 했다.

"……그, 그러면 곧 스스로, 깨어나실 수 있는 거지? 지금, 환상 도서관 안에 계신 것일, 뿐이니까."

베로니카가 더듬더듬 물었다. 에리히는 여태 뭘 들었냐고 왈칵 짜증을 내려다 상대가 베로니카라는 것을 깨닫고 차분하게 설명했다.

"니카, 아리아는 환상 도서관 안에서도 외부 상황을 알 수 있다고 했었어. 그러니까 우리가 이러고 있는데도 얘가 안 일어나는 건 스스로 나올 수 없게 되었다는 뜻이야. 낙인이 갑자기 사라진 것도 그렇고, 분석 마법 결과도 명백하고."

"뭐가 명백해?"

"이 분석 마법은 가이드 마법의 일종인데…… 아니다, 이건 마법사가 아니면 이해하기 힘든 부분이니까 그냥 넘어가."

"……."

"어쨌든 가설이라 해도 99% 확실해. 아리아는 지금 환상 도서관 안에 갇힌 거야. 낙인을 제거했는데도 못 깨어나는 걸 보면 저 낙인이 원인인 것도 아니고."

에리히가 입술을 잘근잘근 깨물었다. 멀거니 서 있던 악셀이 입을 열었다.

"그럼, 지금 아리아는……."

그는 말을 하다 말고 불현듯 한쪽으로 고개를 돌렸다. 오싹한 예감이 전신을 훑고 지나갔다.

악셀은 하려던 말 대신 다른 말을 내뱉었다.

"준비해라."

"어?"

"늦지기가 일어난다."

"뭐?"

에리히가 다급히 시간을 확인하더니 빽 고함을 질렀다.

"지금 자정도 안 됐어! 어제 먹은 제물들이 아직 배 속에서 소화되고 있을 텐데, 그 새끼가 왜 벌써 움직여?"

"이유야 어쨌든, 온다."

악셀은 검을 뽑아 들었다.

"마왕이 막은 거겠지?"

아리아드네와 파이는 그녀의 전생 서재에 있는 쿠션 더미에 기대 앉아 논의 중이었다.

"마왕이, 내가 악셀의 채널을 막은 것과 비슷한 방식으로 환상 도서관 채널을 막은 걸까?"

"……죄송합니다, 아리아. 이례적인 현상이라 잘 모르겠습니다."

"일단 살펴봐야겠어."

아리아드네는 눈을 감고 내부를 관조하기 시작했다.

파이는 그녀가 눈을 감자마자 간신히 유지하고 있던 무표정을 풀었다. 그러자 설렘과 기대가 아름다운 얼굴을 채웠다. 옅은 홍조, 반짝이는 눈, 기대하지 않았던 선물을 받은 듯한 표정, 행복감.

파이는 황급히 손으로 입가를 가렸다.

'아.'

이러면 안 되는데. 그녀가 이곳에 계속 머물게 된다니. 오직 파이만이 그녀를 만날 수 있게 된다니. 저열한 기쁨이 차올라 머리가 어지러웠다.

아리아드네가 나가지 못하게 된 원인을 분석할 때까지는 비교적 냉정을 유지할 수 있었다. 하지만 그녀가 완전히 이곳에 갇혔음을, 파이의 지식으로는 그녀가 나갈 방법을 찾을 수 없음을 깨닫고 나자 환희로 전신이 다 떨렸다.

이 얼마나 바라 마지않던 상황인가. 사지도 않았던 복권에 당첨된 기분이었다.

'진정하자. 이게 마왕의 수작이라면, 아리아의 신변에 무언가 위험이 미칠 수도 있다.'

파이는 입술을 깨물며 침착해지려 애썼다. 마왕의 목적이 아리아드네를 회귀로도 되살릴 수 없는 방식으로 죽이는 것임을 떠올리자 겨우, 간신히 기쁨을 가라앉힐 수 있었다.

'아리아가 함정에 빠진 것일 뿐, 이건 파이를 위해 일어난 행운이 아니다. 파이는 이 상황을 통제할 수 없다. 잘못하면 아리아를 완전히 잃을 수도 있다.'

파이가 그렇게 감정을 갈무리할 때쯤 고요하던 아리아드네가 눈을 떴다.

"이건…… 길이 막혔다기보다는, 있던 길이 아예 사라진 듯한 감각인데."

그녀는 한숨과 함께 머리칼을 쓸어 올렸다. 정확한 분석은 나중에 에리히한테 맡기든가 하고, 당장 중요한 건 돌아갈 방법이었다.

'원인을 제거하는 게 가장 간단하겠지. 나는 마왕과 접촉한 적이 없어. 그자는 대체 무슨 수단으로 내게 간섭한 거지?'

마왕의 수단.

가장 먼저 떠오른 건 악셀이었다. 하지만 그의 채널은 그녀가 막은 뒤로 마왕이 침입하지 못하고 있다. 다음으로 떠오른 건 이마에 있는 제물의 낙인이었다.

'이건 원래 공략대로면 쓰지 않았을 방법이야. 그런데 이걸 알고 마왕이 낙인에 미리 함정을 심어 두는 게 가능한가?'

가능한지 아닌지 여부는 뒤로 미루더라도 시험해 볼 가치가 있었다.

"파이."

"예, 아리아."

"혹시 이 낙인, 잠시 떼어 낼 방법이 있을까?"

"제물의 낙인이 원인일 수도 있다고 생각하시는 겁니까? 가능성이 낮은 가설입니다."

"알아. 그래도 시도는 해 봐야지."

그녀의 의견에 동의한 파이는 몇 가지 마법과 아이템으로 낙인의 분리를 시도해 보았다.

곧 그는 고개를 내저었다.

"아무래도 불가능할 것 같습니다. 이 낙인은 제물이 될 수 있는 생물에게만 기생하는 방식이라 늦지기를 쓰러뜨리기 전에는……."

문득 파이가 말을 뚝 멈췄다. 무언가 깨달은 표정으로. 아리아드네가 의아하게 갸웃했다.

"왜?"

"……방법이 있을지도 모르겠습니다."

그는 홀린 듯한 음성으로 중얼거리고는 손끝을 움직였다. 마법진이 허공에 연달아 떠올랐다.

"저항하려 하지 말고 가만히 계세요."

낙인은 안착한 제물이 죽기 전에는 이동하지 않는다. 그러니 낙인이 제물의 생사를 판별하는 감각을 속이면 된다. 마법으로 아리아드네가 죽었다고 착각하도록 만드는 것이다.

깃들어 있던 제물이 죽었다고 판단하면, 낙인이 취할 행동은.

마법진이 아리아드네를 뒤덮었다. 그녀의 이마에 있던 검은 글씨들이 요동쳤다. 어느 순간 그것이 떨어져 나왔다. 허공을 잠시 배회하던 검은빛은 곧바로 다음 제물을 찾아 이동했다.

검은 글씨가 파이의 이마에 들러붙었다.

"파이!"

깜짝 놀란 아리아드네가 손을 뻗었다. 파이는 마법진을 거두고 환하게 웃었다.

"성공했네요."

"따로 봉인해야지, 네가 받으면 어쩌자는 거야! 넌 신관의 치료를 받지도 못하고 엘릭서도 효과가⋯⋯!"

"파이도 살아 있는 생물이긴 한 모양입니다."

화를 내던 아리아드네의 말문이 턱 막혔다. 제 이마를 더듬는 파이는 진심으로 안도하는 얼굴을 하고 있었다.

"솔직히 늘 궁금했습니다. 파이가 살아 있긴 한 건가. 당신의 전생세계에 나오는 인공지능 기계처럼, 마법으로 만들어진 기계에 불과한 건 아닌가."

"⋯⋯파이."

"다행히 이게 깃든 걸 보니⋯⋯ 파이는 육신 없는 혼령도, 생명 없는 기계도, 본질 없는 허깨비도 아닌, 독립적인 생명체가 확실한 듯합니다."

파이의 말이 이어질수록 아리아드네의 얼굴이 일그러졌다.

"그런, 그런 생각을 하고 있었어? 대체 언제부터?"

"언제부터라기보다는, 항상 고민하고 있었습니다."

"……항상?"

"파이는 여전히 파이가 무엇인지 모릅니다. 그러니 계속 고민할 수밖에요."

그녀의 얼굴에 번지는 죄책감, 연민, 책임감 등을 보며 파이는 예쁘게 웃었다.

아리아, 파이를 더 가엾게 여겨 주세요. 파이는 당신의 주인공보다 더 가여워지고 싶습니다.

그는 제 이마에 깃든 낙인이 마음에 들었다. 자신에게도 생명이 있음을 증명해 주는 상징이기도 하고, 이 낙인을 보면서 아리아드네가 떠올리게 될 감정들도 만족스러웠으니까.

'늦지기가 죽으면 사라지겠지. 벌써 아쉬운데.'

파이는 낙인을 만지는 척 은근히 앞머리를 매만져 이마가 잘 보이게 만들고는, 심란한 얼굴의 아리아드네에게 물었다.

"아리아, 어떻습니까? 환상 도서관 채널은 복구되었나요?"

"……아. 잠시만."

그녀가 눈을 감고 제 상태를 점검했다. 파이는 그런 그녀를 당겨 제 품에 꼭 안았다. 아리아드네는 귓가에 그의 숨이 닿자 움찔했지만, 그 래도 그를 밀쳐 내진 않았다.

'간지러우실 텐데, 참으시네.'

파이는 그녀의 머리카락에 코를 묻고 향기를 들이켜며 나직하게 웃었다.

'지금이라면 파이가 뭘 하든 거부하지 않으실지도. 파이는 당신의 낙인을 대신 받았고, 아주 가여운 존재이며, 파이에게는 오로지 당신 뿐이니까.'

악셀 발렌타인에게 아리아드네가 입 맞춰 주던 것이 떠올랐다. 질투와 욕망에 순간 눈앞이 까매지는 듯한 기분이 들었다.

'……키스해도 될까. 한 번 정도라면. 불순한 의도가 아닌 걸로 잘 포장해서, 체온을 느끼기 위한 절박한 행위인 양……'

파이는 아리아드네가 여전히 자신을 처음 만났을 때의 어린애와 별다를 바 없이 보고 있다는 걸 잘 알고 있었다.

'당신이 하는 행동을 따라 한 것뿐인 어린애처럼. 그러면 잘 몰라서 한 실수로 여기고, 파이에게 실망하지 않으실 것 같은데. 지금이라면.'

적당한 핑곗거리. 어쩌면 유일할 기회.

입 맞추고 싶다.

한 번만. 단 한 번만이라도.

눈을 감은 그녀를 향해 그가 고개를 숙였다. 집중하느라 꾹 다물려 있는 입술에 제 입술을 살짝 맞대었다.

'아.'

부드러운 감촉. 취할 듯한 기분이 든다. 더 맛보고 싶어진다.

저도 모르게 할짝대는데, 아리아드네가 손으로 가로막으며 그의 얼굴을 밀어냈다. 어느새 뜨인 푸른 눈동자가 선명하고 말간 빛으로 그를 올려다보았다.

"파이, 지금 네가 뭘 한 건지 알고 있어?"

"모르겠습니다."

파이는 무구하고 처연한 표정을 만들어 냈다.

완전히 거짓이었다면 아리아드네도 눈치챘을 것이다. 그러나 그의 '모르겠다'는 말에는 진심이 섞여 있어서, 그의 눈에 떠오른 막막함과 슬픔도 진짜라서, 그리고 그의 이마에 그녀로부터 옮겨 받은 검은 낙인이 보여서.

아리아드네는 그를 용서하기로 했다.

"……파이, 나는 널 가족보다 가깝게 여기지만, 이건 안 돼. 허락한 사람들끼리만 허용되는 일이야. 그러니 다시는 하지 마."

그녀가 그의 품에서 벗어났다. 힘으로 붙잡는 것은 간단한 일이지만 파이는 아리아드네에게 미움받고 싶지 않았다. 얌전히 물러나며 사과했다.

"죄송합니다, 아리아."

입술에 감촉이 남았다. 그는 손끝으로 입술을 더듬었다. 만족스러우면서도 지극히 불만족스러웠다. 파이는 치미는 욕망을 다시금 억눌렀다.

파이에게 깃든 자정의 낙인은 어떤 감정을 자극하면 이 제물이 자제심을 잃고 비약적으로 강해질지 본능적으로 알아차렸다.

아리아드네는 손등으로 입가를 문지르고는 당면한 문제로 돌아왔다.

"……낙인이 없는데도 여전히 길이 안 느껴져. 그럼 생각해 볼 수 있는 다른 가능성은 제단을 영토로 덮을 때 느꼈던 이질감인데."

"그때에는 별다른 이변을 못 느꼈습니다. 현재는 채널을 감지할 수 없는 상황이라 다시 검사할 방법도 없고요."

"어떤 식으로 검사했어?"

"비정상적인 접속의 흔적이 있는지 확인했었습니다."

파이가 가이드 마법진을 끌어와 검사 기록을 보여 주었다. 아리아드네는 대정령들 외에는 아무것도 없는 기록을 골똘히 바라보다가 문득 무언가를 깨달았다.

"재접속 기록이 너무 많지 않아?"

"예?"

"내 채널에 접속한 대정령들은 거의 나가지 않잖아."

아리아드네의 채널에 들어온 대정령들은 그녀가 채널을 닫지 않는 한 어지간해선 접속을 끊지 않는다. 대기표가 있을 정도로 경쟁이 치열한 인기 채널을 일부러 들락날락할 이유가 어디 있겠는가. 잘못하면 다시 접속 못 할 수도 있는데.

"여기 봐, 비슷한 시간에 대정령이 여럿 나갔다가 들어왔어."

파이의 눈이 커졌다.

"이건…… 시간 차를 보면 스스로 나간 게 아니라, 접속이 끊기는 바람에 놀라서 바로 재접속한 듯하군요."

"정령사나 가이드가 뭔가 한 것도 아닌데 갑자기 우르르 접속이 끊기는 경우는……."

"채널 용량이 모자란 경우, 혹은 채널이 불안정해진 경우 둘뿐입니다. 하지만 이 시점에 아리아의 채널은 지극히 안정적이고 용량에도 여유가 많았습니다. 그렇다는 건."

"뭔가 거대한 것이 은밀하게 접속했다가 흔적 없이 빠져나간 거야. 그 바람에 대정령들이 밀려났던 거고."

"……빠져나간 게 아닐지도 모릅니다."

"응? 대정령들이 다시 접속한 걸 보면 그게 나가서 용량이……."

"그 무언가가 당신의 채널을 통해 환상 도서관 연결 통로 쪽으로 들어왔다면요?"

아리아드네는 파이의 말뜻을 즉시 알아들었다. 그녀의 영토와 접촉한 것을 이용해 그녀의 채널로 들어온 무언가가 아무 짓도 하지 않고 그냥 나갈 리가 없다.

바로 접속을 종료한 것처럼 보이는 건 그것이 그녀의 채널을 통해 환상 도서관과 연결된 채널 쪽으로 이동했기 때문.

그녀는 신음을 흘리며 이마를 짚었다.

"……그게 통로를 막은 거구나."

토벌대가 제물의 낙인을 빼앗기 시작한 건 정오 무렵이었다. 늪지기는 오전의 제물까지 섭취하고 정오부터는 제물을 먹지 못했다.

현재는 자정에 가까운 시각. 그러므로 정오, 오후, 황혼의 능력은 봉인되었고, 늪지기가 아직 유지하고 있는 능력은 자정, 새벽, 오전.

"각각 혼란, 약화, 재생이지."

에리히가 아리아드네에게 들었던 정보를 빠르게 되새기며 한숨을 내쉬었다.

"개 같은 능력들이네. 특히 재생. 때려 봤자 계속 재생될 거 아냐."

"반사랑 흡수라도…… 막은 걸, 감사히 여겨."

베로니카가 무뚝뚝하게 대꾸했다. 에리히는 재차 한숨을 내쉬었다.

"망할, 지금 아리아 상태도 위험한데. 영토 변형은커녕 지금 영토가 계속 유지될지도 장담할 수 없으니."

"그래서, 손 놓자고?"

"그럴 순 없지."

아리아드네가 없을 때는 에리히가 지휘를 맡아야 한다. 그는 귓가의 통신 아이템에 손을 대고 말했다.

"신관님, 그 방어막 어지간한 공격은 다 버틸 테니까 그 안에서 움직이지 마세요. 아리아를 잘 부탁합니다."

[최선을 다하겠습니다.]

"이변 있으면 바로 알려 주시고요."

통신을 끊는 순간, 쿠웅, 하고 늪지대 전체가 흔들렸다. 휘청거리는 에리히를 베로니카가 붙들어 주었다. 그는 고개를 돌려 진원지를 바라보았다. 정면을 보던 그의 시선이 점점 위로 올라가더니 하늘 근처에서 멈췄다.

"……빌어먹을, 상상했던 것보다 더 크네."

늪이 일어선다.

빽빽한 오염수 관다발이 하늘로 치솟았다. 그것은 언뜻 보기에 날개를 이루는 뼈처럼 보였다. 관의 끝에서 쏟아지는 오염수의 물줄기가 날개깃처럼 늘어졌다. 그 날개 아닌 날개를 달고 일어서는 것은 머리가 여섯 달린 뱀이었다.

젤리처럼 뭉클뭉클한 그것의 몸뚱이는 오염수 늪 그 자체로 이루어져 있었다. 반투명한 여섯 머리통 안에 여섯 낙인과 같은 문양이 떠 있는 게 보였다.

아리아드네가 펼쳐 둔 하늘이 치솟은 날개와 여섯 머리에 가려졌다. 지상의 대부분이 그것의 그림자에 파묻혔다.

마물을 먹이고 키우는 군주. 오염수의 수원지. 세계를 삼키는 늪.

오염의 늪지기.

여섯 개의 머리가, 열두 개의 눈동자가 그릇 위에 있는 제물의 낙인이 찍힌 인간들을 내려다보았다. 까마득한 높이에서 먹잇감을 응시하는 시선. 등줄기에 소름이 돋았다. 에리히가 신경질적으로 중얼거렸다.

"머리숱 적은 거대 히드라 같은 게 되다 만 날개까지 쳐 달고 있네."

히드라는 머리가 아홉 개 달린 뱀 괴물이다. 그것도 상당히 컸지만, 저 정도로 압도적인 크기는 아니었다. 베로니카가 검을 들고 앞으로 나서며 툭 내뱉었다.

"아가씨께, 이미 다 들었었잖아."

"들은 거랑 직접 보는 게 같냐."

에리히가 투덜거렸다. 그 옆에서 악셀이 벼락을 꺼내며 나섰다.

"내가 저놈을 혼자 맡고 있겠다."

"뭐? 혼자서도 충분하다 이거냐, 괴물 새끼야?"

"그게 아니라, 보스 격리다."

악셀이 아래를 턱짓으로 가리켰다.

"내가 어떻게든 막고 있을 테니 그사이에 저것들부터 어떻게 처리해 봐라."

그가 턱짓한 쪽을 본 에리히의 안색이 창백해졌다. 늪지대를 배회하던 수많은 시체가 그릇 가장자리로 꾸역꾸역 기어오르고 있었다. 서로의 어깨를 타고 시체의 산을 이루면서.

"……그러네, 저것들이 있었지."

늪지기가 일어서면 시체들도 늪을 지키기 위해 움직인다. 원래 저 시체들은 아리아드네가 지형을 이용해 막기로 했었다. 하지만 지금 그녀는 깨어나지 못하고 있다.

'악셀 저놈이 혼자 늪지기를 어떻게 막는다 쳐도…… 니카와 루드빅 경, 나까지 고작 셋이서 저것들을 처리해야 한단 소린데.'

지형을 바꿀 수 있다면 시체들이 몰려오는 길을 하나로 제한할 수 있다. 그러지 못하는 지금, 그들은 사방이 뚫린 곳에서 어마어마한 숫자의 시체들을 상대해야 한다.

그나마 약간 솟아 있는 곳이라 저것들이 바로 뛰어오지 못한다는 게 유일한 위안거리였다.

'저걸 다 죽이는 건 무리야. 너무 많아. 제기랄, 어떻게 하지?'

에리히가 고민하는 사이 늪지기가 먼저 움직였다.

늪지기의 머리 중 하나의 내부에 있던 낙인이 빛나기 시작했다. 그 빛을 머금은 뱀의 눈이 그들을 향하려는 순간, 어느새 뛰어오른 악셀이 불타오르는 검으로 뱀의 머리를 베어 냈다.

늪지기는 괴성을 지르지 않았다. 떨어진 머리는 액체로 돌아가 철 퍽 하며 늪으로 떨어졌다. 그 안에 있던 낙인이 빛으로 변해 늪지기의 몸으로 되돌아갔다. 그리고 베였던 머리가 재생되며 낙인도 제자리를 찾았다.

불과 몇 초 사이에 벌어진 일이었다. 재생의 능력.

벼락 위에 올라선 악셀은 이를 악물었다.

그에게 있는 디메토르의 기억 중에는 늪지기의 재생을 막는 방법도 있었다. 다만 그것은 근원의 불꽃을 활용하는 방식이었다. 근원을 봉인한 지금의 악셀이 흉내 내기는 어려웠다.

유용하고 강력한 힘을 일부러 안 쓸 이유가 없어서 디메토르는 대체로 근원의 힘으로 늪지기를 상대했다.

'근원이 없으니…… 여러모로 힘들겠군.'

아리아드네가 세운 계획대로라면 근원이 없어도 상관없지만, 그건 그녀 본인의 정령술을 전제로 한 계획이었다.

'기존의 계획들은 전부 실행 불가능. 그렇다면.'

베였던 머리가 약간의 분노를 담고 악셀을 바라보았다. 다른 머리들은 여전히 일행을 바라보려 했다.

'원칙대로, 할 수 있는 일을, 각자의 역할에 충실히.'

각자의 역할. 디메토르라면 하기 어려운 발상이었다.

'현재 상황에서 내가 가장 잘 해낼 수 있는 일은…… 늪지기를 내게 묶어 두는 것.'

악셀은 덤벼드는 뱀의 머리를 피해 다른 머리를 공격했다. 금빛 용이 방전되는 전류처럼 튀어 오르며 검붉은 머리들 사이를 누볐다. 나무줄기가 그물처럼 뻗어 나가며 벌어진 뱀의 입을 틀어막았다.

악셀은 또 다른 머리 하나를 검으로 갈랐다. 화난 머리의 방해 탓에 완전히 베어 내진 못했고 재생 능력 탓에 상처 역시 물을 벤 것처럼 순식간에 메꿔져 버렸지만, 시선을 끄는 것 하나는 확실히 성공했다.

여섯 개의 머리가 분노에 찬 눈으로 그에게 집중했다. 악셀은 사납게 웃으며 중얼거렸다.

"그래, 네놈들은 내게 집중해야지."

황금빛 번개에 휘감긴 그와 뱀의 머리들이 충돌했다. 하늘이 번개가 치듯 번쩍였다. 그 빛에 지상에 펼쳐진 지옥도가 언뜻 드러났다 묻혔다.

자정에 가까운 시각. 아리아드네가 펼쳐 둔, 그릇 바로 위의 하늘은 한밤중이었다. 그릇 외의 하늘은 애매하게 밝아서 꾸역꾸역 몰려드는 시체의 물결이 훤히 보였다. 그릇부터는 밤의 어둠이 내려앉아 제대로 보이지 않았다. 어둠 속에서 다가오는 시체들은 꿈틀거리며 살아 움직이는 숲의 그림자처럼 보였다.

저것들을 막아야 하는 토벌대의 입장에서는 불리한 전장이었다. 아리아드네가 깨어 있었다면 하늘 자체를 바꾸어 대낮처럼 만들었겠으나, 그녀는 여전히 돌아오지 못하고 있었다. 그래서 에리히는 어둠을 밝히기 위해 마법을 하나 소모해야만 했다.

"……그리하여 무지와 미혹을 밝히는 진리가 새벽 별처럼 창공을 수놓을지어다!"

은발의 마법사가 치켜든 손에서 솟아오른 빛이 휘황하게 터졌다. 부풀어 오른 빛들이 허공에 박혀 사위를 훤하게 밝혔다. 밝아진 아래에서 두 정령 기사가 정령수들과 함께 쉼 없이 검을 휘둘렀다. 아름다운 신록의 숲이 시체의 악취로 뒤덮여 갔다.

시체 하나하나는 강하지 않았다. 그러나 수가 너무 많은 것이 문제였다. 고작 둘이서 사방에서 몰려드는 시체를 모두 막을 수는 없었다.

마법사는 캠프 전체를 감싸 놓은 제 방어막에 시체들이 몸으로 부딪히는 것을 감지했다. 충돌이 지속되고 있었다. 방어막이 흔들릴 때마다 마력이 깎여 나갔다. 루드빅과 베로니카가 방어막에 달라붙는 시체들을 우선적으로 처리했지만 역부족이었다.

에리히는 밝아진 주변을 둘러보며 상황을 분석하다가 이대로는 안 되겠다 싶어 결정을 내렸다.

"신관님, 아리아 안고 날아오르실 수 있죠?"

[예? 저는 아직 비행에 자신이…….]

"자신 없어도 하세요. 안 그러면 우린 모두 시체에 파묻혀 죽을 테니까."

신관에게 통보한 마법사는 기사들에게도 재빨리 지시를 내렸다.

"이대로는 못 버텨. 캠프를 버리고, 날아서 내 주위로 모여. 저것들이 하늘을 날진 못하니 공중에서 쓸어 버리자."

전체 통신이었기에 악셀도 그 지시를 들었다. 에리히의 판단은 옳았다. 지상에서는 버티다가 무너지기만 할 뿐이다. 공중에서 공격을 퍼붓는 게 낫다. 악셀이 늪지기를 격리해 준다는 전제하에서는.

아이러니하게도 에리히 위버는 악셀 발렌타인을 너무 믿고 있었다. 근원도, 지형의 도움도 없는 상태로는 악셀이라 해도 늪지기를 일행과 완벽히 떼어 놓을 수 없었다. 차라리 숲이 가려 주는 지상이 낫지, 지탱할 것도 없고 훤히 드러나는 공중은 지나치게 위험했다.

'안 돼!'

그는 급히 통신 아이템에 손을 올렸다.

"공중은 위험……!"

여섯 머리를 동시에 상대하는 아슬아슬한 줄타기 중이었다. 통신을 위해 멈칫거린 틈에 치명적인 공격이 들어왔다. 즉시 하던 말을 멈추고 피한 덕에 물어뜯기진 않았으나 '시선'은 피하지 못했다. 뱀의 눈이 푸르게 타올랐다. 푸른빛이 그의 전신을 훑었다.

"제기랄!"

새벽의 푸른 낙인은 약화 능력. 대번에 몸이 무거워졌다. 정령수의 빛이 약해지며 속도가 느려졌다. 그 틈을 놓치지 않고 이번에는 검게 타오르는 눈알이 그를 주시했다. 자정의 낙인.

'혼란!'

시야가 홱 돌아가며 상하좌우가 제멋대로 바뀌었다. 눈앞을 가득 채우던 늪지기의 모습이 사라지더니 깃털이 휘날렸다. 수호성인의 깃털. 날개 달린 신관이 아리아드네를 안고 허공에 떠 있었다.

악셀은 내지르던 검을 반사적으로 회수했다. 그러자 둔중한 충격이 그를 후려갈겼다.

"⋯⋯!"

줄 끊어진 연처럼 빙글빙글 도는 시야에 신관이 비쳤다가, 늪지기의 머리가 비쳤다가, 아무것도 없는 허공이 비치길 반복했다.

혼란의 능력에 당한 탓에 어느 것이 진짜인지 구별이 되질 않았다. 얻어맞아 날아가는 통에 시야가 돌아 어느 쪽이 하늘이고, 어느 쪽이 땅인지조차 헷갈렸다.

디메토르는 늪지기의 몸에 근원을 박아 놓고, 근원과의 연결을 감지하는 방식으로 혼란을 피했었다. 아리아드네가 세운 배부른 늪지기를 정면으로 상대하는 계획은 안개가 자욱한 전장을 구현해 낙인의 능력을 원천 봉쇄하는 방식이었다.

그러면 근원도, 아리아드네의 전장도 없는 현재 상황에선 어떻게?

불현듯 거인의 레이스를 강림시킨 뒤에 아리아드네가 지나가듯 했던 이야기가 떠올랐다. 대정령의 시야를 통해 세상을 보니 거인의 어깨에 올라탄 기분이었다던 말이.

악셀은 속에서 솟구치는 핏물을 삼키며 제 안에 깃든 대정령을 불렀다.

"어둠 살해자!"

늪에 추락하기 직전에 간신히 멈춰 선 그의 머리 위로 작은 태양이 솟구쳤다. 작아도 태양은 태양. 그 빛은 어둠을 모조리 짓밟으며 사방을 밝혔다.

악셀은 벼락의 갈기를 쥔 채 아예 눈을 감았다. 정신없이 뒤바뀌던 시야가 차단되며 평온한 암흑이 찾아왔다.

[아하, 어깨에 태워 달라고?]

그의 안에서 어둠 살해자가 흥미롭다는 듯 낄낄거렸다. 그리고 눈꺼풀 안쪽으로 어둠 대신 태양이 바라보는 세상이 비쳤다. 진짜 전장이.

"젠장!"

혼란에서 벗어날 방법을 찾은 것에 기뻐할 틈이 없었다. 악셀은 욕설을 내뱉으며 벼락을 몰았다. 그를 날려 버린 뱀의 머리들이 공중에 떠 있는 일행을 불타오르는 눈으로 바라보고 있었다.

새벽의 푸른빛.

신관의 이마에서 새벽의 낙인이 새파랗게 타올랐다. 그가 속에 담고 있던 말들이 독백처럼 뇌리에 울려 퍼졌다.

─더는 살아가고 싶지 않습니다.

─마왕을 증오합니다.

─저는, 제 목숨으로 마왕을 죽일 수만 있다면, 그러면, 성녀님, 당신이 반대하신다 해도, 당신께 바친 목숨이라 해도, 제 생명을 증오를 위해 써 버릴 것입니다.

환각 함정에 걸렸을 때 그의 내부에서 꺼내어졌던 진심들.

푸른빛이 신관의 이마에서 거미줄처럼 퍼져 나갔다. 금색 눈동자 위에 푸른빛이 필터처럼 덧씌워졌다. 낙인은 트라우마를 재현할 때처럼 제물의 가장 깊은 속마음에 파고들어 한 가지 착각을 심었다.

─늪지기의 배 속에 들어가면 마왕에게 치명적인 타격을 줄 수 있다.

—늪지기에게 먹히면 증오에 내 목숨을 쓸 수 있다.

말도 안 되는 논리였다. 하지만 무의식에 심어진 착각은 반사적으로 그를 움직이게 했다. 낙인의 의도대로 제물은 스스로 자신을 바치기 위해 움직였다. 보통 사람이라면 생존 본능의 저항이라도 있었겠지만 뤼르에겐 그마저도 없었다.

그에게 있는 본능은 다른 방식으로 작동했다.

자신의 목숨은 바쳐도 제가 지키고자 했던 성녀의 목숨은 바칠 수 없다.

그로 인해 나온 결과. 뤼르 이나민은 마침 근처에 있던 에리히의 품에 안고 있던 아리아드네를 넘긴 뒤 날갯짓하여 늪지기의 입속으로 돌진했다.

"어?"

"신관님!"

"막아!"

토벌대에서 갖가지 비명이 터져 나왔다.

루드빅이 급하게 용오름을 몰아 뒤따랐다. 그는 용의 목을 한 손으로 붙잡고, 평소답지 않게 엄청난 속도로 비행하는 신관을 향해 다른 손을 뻗었다.

'뭐지? 이상하게 몸이 느려. 정령수도……'

루드빅은 뒤늦게 깨달았다. 방금 그들이 약화의 푸른빛에 닿았다는 것을.

"큭!"

아슬아슬한 차이로 검은 신관복이 손아귀에서 빠져나갔다. 악셀은 벼락을 몰면서 눈을 감은 채로 어둠 살해자의 시야를 통해 그 광경을 보았다. 뱀이 쩌억 입을 벌렸다. 그 안으로 신관이 날아든다. 늪지기가 저 제물을 먹으면 더 강해질 것이다.

붙잡기엔 늦었다. 너무 멀다. 디메토르다운 사고방식이 한발 빠르게 움직였다.

어차피 죽을 거라면, 제물로 먹히는 것보다는.

벼락을 휘감은 검이 신관을 노리고 들어 올려졌다.

그러나 검을 던지기 직전에 악셀은 겨냥을 바꾸었다.

먹히기 전에 죽이는 게 낫다. 판단은 변하지 않았다. 하지만 저자는 뤼르 이나민이다. 아리아드네의 수호성인. 토벌대의 신관. 낙오를 막는 자.

요람과 싸울 때 그의 상처들을 걱정스럽게 바라보던 금빛 눈동자가 떠올랐다. 그가 아리아드네에게 입혔던 화상을 치료하며 잔소리를 하던 것도, 그녀의 통각 마비에 대해 설명해 주던 모습도, 그의 부상을 치료하며 한숨을 내쉬거나 감탄하던 것도 떠올랐다.

아리아드네가 죽었을 때 한 줌의 깃털만 남기고 타올라 사라져 버리던 모습도. 그리고 은거울 미궁에서 둘만 남아 침묵이 오갔던 짧은 순간도.

*"내가 이런 상황에서 사람을 버리고 갈 인간으로 보이나?"*

*"솔직히 그렇게 보였습니다."*

그 기억들이, 논리적으로는 설명할 수 없는 마음이 그의 손목을 비틀었다.

벼락을 휘감고 날아간 검이 신관의 심장 대신 날개를 꿰뚫었다.

제물은 늪지기의 입으로 뛰어들지 못했다. 한쪽 날개가 사라진 신관이 균형을 잃고 추락했다. 잘린 날개가 깃털로 화해 흩날렸다.

"······!"

루드빅이 추락하는 신관을 뒤따라 수직으로 낙하했다. 아래에서 득실거리는 시체들이 떨어지는 인간을 잡으려 팔을 뻗었다. 수천 개의 팔이 허공을 향해 허우적거렸다.

하늘에서는 코앞에서 제물을 놓친 늪지기의 머리가 뒤쫓아 왔다. 낙하하는 뤼르와 루드빅은 완전히 무방비한 상태였다. 악셀은 아직 거리가 멀었다.

에리히가 다급하게 만들어 낸 방어막이 늪지기의 머리를 가로막았으나, 그것은 1초도 버티지 못하고 종잇장처럼 찢겼다.

그러나 그 1초도 못 되는 시간이 그들을 살렸다. 그림자나비에 올라탄 베로니카가 그 틈에 늪지기의 머리와 루드빅 사이로 끼어들었다. 강철의 가호를 휘감은 검이 아래에서부터 위로 올려 쳐졌다.

내리꽂히던 늪지기의 머리가 반으로 갈라졌다. 갈라진 부분은 액체로 되돌아가 폭포처럼 쏟아져 내렸다. 양쪽에서 쏟아지는 오염수 폭포 사이에서 루드빅이 간신히 신관의 뒷덜미를 낚아챘다.

늪지기의 머리는 곧바로 재생되었다. 베로니카가 그것을 막아서는 동안, 루드빅은 뤼르와 함께 에리히 쪽으로 피했다.

오전의 낙인이 박힌 늪지기의 머리가 베로니카를 지그시 내려다보았다. 그녀는 낙인이 새겨진 팔뚝이 뜨거워지는 것을 느꼈다.

아래에서 늪지기의 머리를 베는 바람에 덮어쓴 오염수가 전신을 타고 흘러내렸다. 늪지기로부터 비롯된 오염수는 기사를 지키는 정령수의 가호마저 뚫고 오염을 퍼뜨렸다.

"아."

피부가 보라색과 검붉은 색으로 썩기 시작했다. 그녀는 울컥 핏물을 토해 냈다. 어느새 날아온 악셀이 그녀를 밀쳐 냈다.

"뒤로 빠져라."

악셀은 눈을 감은 채로 늦지기에게 검을 휘둘렀다. 어둠 살해자의 일부가 그의 머리 위에서 후광처럼 그를 가호하고 있었다. 그것을 본 베로니카는 군말 없이 에리히 쪽으로 빠졌다. 비틀비틀 날아오는 베로니카를 본 에리히가 새파랗게 질렸다.

"엘릭서! 엘릭서 부어! 빨리!"

아리아드네를 안고 있어서 팔을 쓸 수 없는 그는 고함만 질러 댔다. 뤼르의 상태를 살피고 있던 루드빅이 뒤를 돌아보고 기겁했다.

"베로니카 경!"

그는 허둥지둥 엘릭서를 꺼내 베로니카의 머리 위에 쏟아부었다. 황금빛 액체가 흘러내리며 오염되고 있던 몸을 회복시켰다. 그녀의 피부가 정상으로 되돌아온 것을 본 에리히가 안도의 한숨을 내쉬었다.

루드빅은 빈 엘릭서 병을 던져 버리며 침중하게 중얼거렸다.

"공작님 말씀대로, 늦지기의 오염은 정말 가호로도 제대로 막을 수가 없군요."

베로니카는 머리카락을 타고 뚝뚝 떨어지는 엘릭서를 대충 닦으며 루드빅에게 물었다.

"신관님은?"

"기절했어."

"낙인이었지? 그게 또…… 신관님을, 끌고 가려 할까?"

그녀의 질문에 에리히가 끼어들어 답했다.

"그러진 않을 거야. 불완전해졌으니까."

마법사는 용오름 위에 쓰러져 있는 신관의 등을 턱짓으로 가리켰다. 날개가 잘린 부위에서 피가 흐르고 있었다. 루드빅이 물약을 꺼내 신관의 상처에 붓고 대충 지혈을 했다.

베로니카가 고개를 기울였다.

"불완전?"

"낙인은 훌륭한 제물을 늪지기에게 바치기 위해 숙성까지 시키잖아. 신체 일부를 잃은 불완전한 제물은 바치려 하지 않아."

"아……."

"오히려 회복을 도와줄걸? 자신이 깃든 몸을 강하게 만들려는 본능이 있으니까. 악셀 자식 말대로 잘 다루면 유용한 아이템이 될 수도 있는 놈이야. 리스크가 커서 그렇지."

"벌써, 분석해 봤어?"

"저녁까지 할 일이 없었잖아. 기본적인 분석은 다 했지."

에리히의 말을 증명하듯, 뤼르의 이마에 있던 낙인이 꿈틀꿈틀 움직였다. 그것은 숙주의 등에 난 상처로 이동하더니 푸르스름한 빛으로 그 부분을 감쌌다. 그러자 눈에 띄게 빠른 속도로 상처가 아물기 시작했다.

베로니카는 멍한 얼굴로 그 광경을 지켜보다가 물었다.

"이 낙인…… 어떻게, 무기 같은 걸로…… 바꾸는 거야?"

"아, 이거 숙주의 정신을 헤집는 게 기본 생태거든. 숙주가 무엇에 약하고 무엇을 원하는지 알아낸 다음 부족한 점을 메꿔 줘. 즉, 숙주의 의식에 따라 변형되는 생물이기에 이론적으로는 조절 가능하다는 결론이…… 야, 설마 해 보려는 건 아니지?"

반사적으로 설명하던 에리히는 제 말에 집중하는 베로니카의 모습을 보고 눈살을 찌푸렸다. 의심스러운 표정을 지은 그가 덧붙였다.

"써먹으려 해 봤자, 그렇게 숙주의 부족한 점을 채워 주고 나면 늪지기의 제물이 되도록 조종하니까 쓸모가 없어."

베로니카는 에리히의 말을 들으며 늪지기 쪽을 살폈다. 악셀이 고전하고 있었다. 약화와 혼란에 모두 당한 데다가, 토벌대에게 향하는 늪지기의 시선까지 혼자서 모두 막아야 하니 아무리 그라도 지나치게 불리한 상황이었다.

'우리랑 싸울 때 썼던, 그 신기한 하얀 불꽃도…… 지금은 못 쓴다고 했지.'

도와야 했다. 그러나 지금은 악셀 외엔 늪지기를 제대로 상대할 수 있는 자가 없었다.

베로니카는 조금 전 자신의 가호를 뚫었던 오염수를 떠올렸다. 늪지기를 벨 때마다 그런 식으로 오염된다면 거의 전투가 불가능하다고 봐야 했다.

"니카, 신관님이 방금 스스로 먹히려던 거 너도 봤잖아. 악셀 놈 말대로 의미 없는 짓……."

"어떻게 해야 해?"

"어?"

"지금, 이 전투. 어떻게 해야 이겨?"

베로니카의 질문에 에리히의 입이 다물렸다. 그는 어두워진 낯으로 주변을 둘러보았다. 아래에서 시체들이 스스로 산을 쌓으며 공중에 있는 그들에게 닿으려 애쓰고 있었다. 늪이 보이지 않을 정도로 시체들이 득실득실했다.

정신을 잃은 사람이 둘이나 있는데 저 꼴이 난 지상에 착륙할 수
는 없다. 그렇다고 공중에서 전투를 속행하자니 늦지기가 문제다. 늦
지기를 먼저 처리하는 건 낙인 탓에 위험하다.

용오름 위에 실려 있는 신관은 창백한 얼굴로 기절해 있었다. 품속
에 있는 아리아드네의 몸은 시체처럼 차가웠다. 그녀의 영토는 언제
까지 유지될까. 그것도 장담할 수 없었다.

때마침 늦지기와 상대하고 있던 악셀에게서 피가 튀었다.

"……!"

개인적인 감정이야 어떻든 내심 무적의 전력으로 여기고 있던 악셀
발렌타인까지 다쳤다. 그 광경을 본 에리히가 내릴 수 있는 결론은 하
나뿐이었다.

"도망쳐야 해."

"이길 방법이…… 없는 거구나."

"어, 무리야. 빠져서 정비하자."

에리히는 통신을 켜고 말을 이었다.

"퇴각한다. 들어왔던 구멍으로 도로 나가서 요람의 영역까지."

통신할 틈이 없는 악셀의 대답은 돌아오지 않았다. 에리히는 어쩔
수 없이 통보했다.

"야, 먼저 빠져나갈 테니까 알아서 잘 따라와."

그들은 날아서 요람의 영역과 통하는 그릇 쪽으로 향했다. 아래에
서 시체들이 우르르 몰려왔으나 비행하는 그들의 속도를 따라잡진 못
했다.

다행히 그릇에 도로 오염수가 차 있지는 않았다. 에리히는 베로니카
에게 아리아드네를 맡긴 다음, 문을 뚫기 위한 공격 마법을 영창했다.

베로니카는 아리아드네를 안은 채 생각했다.

'아가씨가…… 차가워.'

환각 속에서 안고 있었던 어린 아리아드네처럼 차갑고 숨을 쉬지 않는 몸이었다. 그녀는 두려운 기분으로 아리아드네를 감싸 안다가 오싹한 감각에 고개를 들었다. 그릇에 기어오르려는 시체들을 경계하던 루드빅도 같은 감각을 느끼고 홱 고개를 들었다.

어느새 그들의 머리 위에 오염수 관다발이 드리워져 있었다. 늦지기의 몸통에 날개처럼 달려 있던 관다발이 길게 뻗어져 그들 위에 도달했다. 머리들을 상대하느라 정신없던 악셀의 경고가 뒤늦게 모두의 귓가를 때렸다.

[날개가 그리로 간다! 피해라!]

베로니카는 생각했다.

'늦었어.'

에리히는 대마법사의 로브를 입고 있다. 로브가 오염수를 어느 정도 막을 수 있고, 자동으로 발동되는 방어막도 있으니 바로 엘릭서를 쓰면 괜찮을 거다. 뤼르 역시 한쪽만 남았다지만, 신성한 날개가 몸을 덮고 있으니 오염수가 쏟아져도 즉사하진 않을 터였다.

루드빅과 베로니카는 어쨌건 정령 기사라서, 가호가 뚫리더라도 잠시는 버틸 수 있다.

하지만 아리아드네는.

관다발에서 쏟아지는 검붉은 물줄기가 느리게 보였다. 베로니카는 자연스럽게 팔을 들었다. 낙인이 새겨진 쪽의 팔이었다.

숙주에게 부족한 점을 메꾸는 방식으로 변형되는 것. 숙주를 강하게 만들기 위해 잠재력을 일깨우는 것.

낙인이 보여 주었던 트라우마를 되살렸다. 천장에 달라붙어 있던 전갈 마물. 아래에 있는 여동생에게 내리꽂혔을 마물의 꼬리. 그 자리에, 여동생과 마물 사이에 자신이 있어서, 그 꼬리를 막아 낼 수 있었다면.

들어 올린 팔에서 초록색 낙인이 반짝였다. 베로니카는 절실한 마음으로 그것을 응시했다.

자, 내게 무엇이 부족한지 알겠지? 나를 더 훌륭한 제물로 만들고 싶다면 내게 필요한 걸 내놔.

'나는 방패가 필요해. 아주 튼튼한…… 방패가.'

지키기 위해서.

숙주의 강력한 의지에 오전의 낙인이 반응했다. 팔뚝에서 초록빛이 터져 나왔다. 그것은 넓게 퍼지며 커다란 방패의 형상을 이루었다. 그 위로 오염수가 폭우처럼 쏟아져 내렸다.

일반적인 방패라면 삽시간에 녹여 버렸을 오염수가 초록빛 방패는 뚫지 못했다. 마계에서 비롯된 것이기에 오염수의 영향을 아예 받지 않는 것이다.

베로니카는 물끄러미 견고한 방패를 올려다보다가 아리아드네에게 오염수가 떨어지지 않은 것을 확인하고 혼자 고개를 주억거렸다.

'다행이야, 쓸 만하네…….'

그녀는 방패를 치켜든 채 나머지 일행의 상황을 살폈다.

루드빅은 시체를 경계하느라 외곽에 있었던 덕분에 재빨리 오염수 범위 밖으로 빠져나갔다. 그가 제 머리 위와 축 늘어진 신관의 위에 엘릭서를 마구 퍼붓는 게 보였다. 에리히는 로브 모자를 눌러쓰며 비명을 지르고 있었다.

"아악! 더럽게 아프네!"

베로니카는 아리아드네를 안고 달려가 그런 그의 위를 방패로 가려 주었다. 에리히가 얼떨떨하게 방패를 올려다보았다.

"……너 이거 뭐야? 설마?"

"치료나, 해."

단호한 말에 그가 일단 엘릭서를 꺼내 물었다. 그사이 물어뜯기는 것까지 감수하며 날아온 악셀이 늪지기의 날개를 베어 냈다. 잘린 관 다발이 우수수 떨어져 내리며 쏟아지던 오염수가 멈췄다.

악셀이 날개를 베기 위해 물러난 틈에, 오전의 낙인이 담긴 머리가 베로니카를 내려다보았다. 베로니카는 강렬한 충동을 느꼈다. 방패와 연결된 팔이 저절로 늪지기를 향해 움직이려 했다. 뇌리에 이상한 목소리가 들려왔다.

─소중한 사람들을 지키기 위한 힘을 얻으려면 늪지기에게 먹히면 된다.

말도 안 되는 소리가 합리적으로 들렸다. 예상한 일이었다. 뤼르가 어떻게 되는지 보았고, 에리히가 경고했으니까.

그렇기에 베로니카는 이상한 느낌이 들자마자 곧바로 행동했다. 검을 들어 방패를 든 왼손의 새끼손가락을 잘라 냈다. 군더더기 없는 움직임으로.

벌건 피가 흩뿌려졌다. 얼굴이 새파래진 에리히가 소리를 질렀다.

"뭐 해! 미쳤어?"

베로니카는 고통 탓에 살짝 찡그린 얼굴로 지혈을 하며 대꾸했다.

"불완전."

"뭐?"

"신체가 불완전하면, 낙인이 포기한다며."

"……."

"진짜 그러네. 얌전해졌어."

"……하."

"이 방법이라면…… 낙인을 유리하게, 쓸 수 있어."

그녀는 붕대를 이로 물어 끊어낸 다음 물었다.

"이제 혹시, 이길 방법이 보여?"

에리히는 멀거니 베로니카를 보다가 이를 악물었다.

"잠시…… 잠시만. 생각해 볼게."

에리히는 베로니카가 잘라 낸 손가락을 들어 천으로 감싸면서 생각에 잠겼다. 그사이 그릇 바깥으로 빠져나갔던 루드빅이 그들에게로 돌아왔다. 그는 베로니카의 손과 방패를 보고 기겁했다가, 그녀가 무엇을 했는지 설명을 들었다.

"난…… 쟤 좀 도와주러 갈게."

설명을 끝낸 베로니카는 아리아드네를 내려놓고 그림자나비를 꺼내 날아올랐다. 그러고는 피를 뿌리며 고전하고 있는 악셀 쪽으로 향했다.

방해되니 빠지라고 화를 내려던 악셀은 베로니카가 처음 보는 방패로 오염수를 막아 내는 것을 보고 분노를 멈췄다.

서로 많은 대련을 했던 터라 그들은 의외로 손발이 잘 맞았다. 베로니카와 악셀은 기묘한 협조를 이루며 늪지기를 일행이 있는 그릇에서 최대한 먼 곳으로 유도하려 했다.

오염수가 상처에서 솟구치는 피처럼 허공으로 튀어 오르고, 거대한 머리들이 마구잡이로 날뛰었다. 그런 늪지기를 상대로 날아다니는 두

정령 기사는 코끼리 앞의 반딧불처럼 작았다.

그 광경을 올려다보던 루드빅이 에리히에게 물었다.

"소백작, 지금 우리가 이기려면 뭐가 필요합니까?"

"아리아지."

에리히가 망설임 없이 답하더니 덧붙였다.

"우리가 안전하게 늪지기를 상대하려면, 그리고 늪지기의 재생을 막으려면, 우선 저 시체들을 어떻게든 해야 해. 늪지기는 저것들이 다 사라지기 전까지는 무한히 재생할 테니까."

"크레타 제국 인구수만큼 있을 시체를요?"

"제국 인구수보단 적겠지. 애초에 제국민 전원을 잡진 못했을 거고, 지난 20여 년 동안 마물이나 늪지기가 잡아먹은 수도 있을 거 아냐."

"어쨌든 만 단위가 넘을 것 아닙니까."

"그래서 아리아가 필요한 거지. 지형을 이용해 시체들을 늪지기로부터 떼어 놓거나, 자연재해를 구현해 쓸어 버리려면 말이야."

루드빅이 어깨를 으쓱였다.

"공작님을 깨울 방법이 있긴 합니까, 소백작?"

"없어, 지금은. 생각 중이야. 그런데 생각할 여유도 더는 없어 보이네."

에리히가 주변을 휙 둘러보았다. 시체들이 또 새로운 산을 이루어 그릇 위로 기어오르고 있었다. 하늘에서는 기사들이 늪지기를 상대로 여전히 고전 중이었다.

베로니카가 합류함으로써 좀 나아지긴 했지만, 아무리 베어도 즉시 회복되는 늪지기와 이미 부상을 입은 기사들의 전투는 늪지기에게 압도적으로 유리할 수밖에 없었다.

"역시 당장은 퇴각해야 해."

주위에 일단 방어막을 친 에리히가 영창을 시작했다. 문을 다시 뚫기 위해서였다.

물끄러미 그를 보던 루드빅이 물었다.

"퇴각은 안전하게 할 수 있습니까? 방금 솔직히 몰살될 뻔했잖아요."

"몰라. 해 봐야지."

"우리가 요람의 영역에서 여기까지 온 길은 오염수가 흐르는 통로잖습니까. 그리로 도망치면, 늪지기가 순도 높은 오염수를 거기다 퍼붓지 않겠습니까? 아예 관을 따라 우리를 쫓아올 수도 있고요."

"그건 나도 알아, 루드빅 경."

"그런데도 퇴각하겠다는 건, 다른 방법을 시도해 볼 여유가 없어서입니까?"

"쟤들이 얼마나 버틸 수 있을 것 같아? 니카가 방패를 만든 덕에 시간을 좀 더 벌긴 했지만, 저러다 둘 중 하나가 크게 다치면 우린 다 끝장이야. 재생 능력을 못 막으면 저놈은 무한히 회복한다고."

"결국 시간이 문제군요."

금발의 기사는 비스듬히 고개를 기울이더니, 에리히가 챙겨 놓은 베로니카의 손가락을 가리키며 물었다.

"신관님 깨어나시면 이 정도는 붙여 주시겠죠?"

"그렇겠지. 아니, 그래야지."

에리히가 핏기 없는 얼굴로 대꾸했다. 루드빅이 픽 웃고는 말을 이었다.

"그럼 저도 해야겠습니다."

"뭐?"

"죽는 것보단 낫잖아요."

빙긋 웃은 루드빅이 인벤토리에서 약초를 꺼내 입에 넣었다. 상처를 치료할 때 통증을 줄이기 위해 쓰는 약초였다. 그는 그것을 질겅질겅 씹으며 검을 들었다. 그러곤 오만상을 찌푸리며 새끼손가락을 잘라 내 베로니카의 손가락 옆에 올려놓았다.

에리히의 표정이 기괴해졌다.

"미쳤네, 다들."

"소백작한테 그 말을 들으니 신선하군요."

루드빅은 아르테미스를 꺼내 들면서 조금 전 들었던 베로니카가 방패를 만든 방법을 떠올렸다.

'나는 베로니카 경보다 튼튼해질 수 없고, 악셀 저놈만큼 압도적인 위력을 발휘할 수도 없다. 하지만 내게는 공작님께서 찾아 주신 나만의 무기가 있지. 그러니 굳이 새로운 도구가 필요하지 않다. 내게, 그리고 우리에게 지금 필요한 건……'

이 활이 좀 더 강렬하고, 좀 더 은밀해지는 것. 그래서 정면에서 기사들이 싸우는 동안 은밀하게 적의 급소를 꿰뚫거나, 강렬하게 시선을 끌 수 있게 되는 것.

'화려한 건 그렇다 치고, 잘 숨는 건 성격에 별로 안 맞는 짓이긴 한데.'

그러나 그건 환각 속 어린 시절의 자신, 존재하지 않는 유령이나 다름없었던 스스로에게는 아주 잘 어울리는 능력이었다.

팔뚝의 낙인이 노랗게 빛났다. 환각이 되살아났다. 쓰레기통 근처에서 시궁쥐처럼 숨어 있던 어린 자신이 그를 올려다보았다.

'여전히 꼴 보기 싫은 과거군. 그래도……'

루드빅은 소년에게 들고 있던 아르테미스를 주었다. 어린 그가 붉은 눈을 치떴다.

"들어, 인마."

어린 루드빅이 얼결에 활을 받아 들었다. 소년은 양손으로 활을 든 채 어리둥절한 표정을 지었다. 루드빅은 낙인이 구현해 낸 어린 자신에게 말했다.

"제물의 잠재력을 일깨운다며? 그럼 이 시절의 내게 있던 잠재력을 깨워. 지금 내 잠재력도 깨우고. 둘 다 당장 필요하니까."

"……."

"안 그러면 네가 키우는 제물, 허무하게 죽을 거다."

협박에 가까운 어조에 소년이 움츠러들었다. 겁에 질린 얼굴. 보기 싫다고 여기면서도 조금 안쓰러워졌다.

'이 시절의 경험이 내게 정말 도움이 된다면…… 굳이 잊으려 애쓸 이유가 사라지겠군.'

그는 무심코 어린 자신의 머리를 쓰다듬었다. 그러자 갑자기 소년이 배시시 웃었다. 활을 들고 있던 어린 루드빅의 전신에 노란빛이 어렸다. 소년의 모습이 빛으로 화해 아르테미스에 스며들었다.

눈을 깜박이자 환각이 사라졌다. 루드빅은 제 팔뚝에 있는 오후의 낙인으로부터 흘러나온 노란빛이 아르테미스를 완전히 뒤덮고 있는 것을 보았다.

아리아드네가 주었던 붉은 활. 그 활에 새겨져 있는 은빛 선들 위로 노란빛이 새로운 선을 새겼다. 붉은 금속 재질 위에 정교한 무늬가 덧대어졌다.

루드빅은 그 화려한 외관이 마음에 들었다. 에리히가 그의 기술을 분류하려 들며 뭐든 명명하는 게 중요하다고 강조하던 것이 문득 떠올랐다.

"그럼 이건 오후의 아르테미스라고 부를까."

그는 혼잣말을 중얼거리며 시위를 당겼다. 비어 있던 시위에 두 개의 화살이 생겨났다. 은빛 화살과 금빛 화살.

루드빅은 늪지기의 머리들 중 하나를 겨냥하고 시위를 놓았다. 은빛 화살이 모래바람을 일으키며 허공을 가로질렀다. 화살을 휘감은 바람은 날아가며 점점 커져서 끝내는 거대한 회오리가 되었다. 바람이 찢어지는 소리가 허공을 갈랐다.

늪지기는 그 회오리를 막기 위해 머리 하나를 그냥 내주었다. 화살에 꿰뚫린 머리가 터지며 오염수를 비처럼 흩뿌렸다. 베로니카가 앞으로 튀어 나가 방패로 그것을 대부분 막았다.

그리고 엉뚱한 곳에 있던, 악셀을 상대하던 다른 머리 하나도 펑, 하고 터졌다. 은빛 화살에 은밀하게 숨어 뒤따르던 금빛 화살의 효과였다.

악셀은 어떻게 된 일인지 판단하기 전에 상대하던 머리가 사라졌다는 유리함부터 활용했다. 그는 곧바로 옆에 있던 다른 머리를 토막 냈다. 짧은 순간 머리 세 개를 동시에 잃자, 늪지기의 재생이 조금 느려졌다. 그 틈에 방패를 앞세운 베로니카가 늪지기의 몸통을 향해 돌진했다.

'더 크게. 훨씬 더, 큰 게 필요해.'

초록색 방패에 검은 가호가 덧씌워졌다. 방패는 베로니카의 의지에 따라 거대하게 부풀었다. 그녀의 몸보다 몇십 배는 될 정도로 커다랗게.

남은 머리들이 방패를 물어뜯으려 덤벼들었다. 악셀이 머리들 사이를 곡예비행으로 넘나들며 그것들을 전부 베어 냈다. 오염수가 소나기처럼 흩뿌려졌다. 늪지기는 순간적으로 모든 머리를 잃었다. 머리들을 재생하기 위해 멈춰 선 늪지기의 거대한 몸과 방패가 충돌했다.

늪지기는 여전히 아무 소리도 내지 않았다. 하지만 반쯤 액체인 그 몸뚱이는 뒤로 미끄러지며 격렬하게 꿀렁거렸다. 늪지기가 일행이 있는 그릇에서 확실히 멀어졌다. 시선이 닿지 않을 정도로.

루드빅은 활을 늘어뜨리며 짧게 휘파람을 불고는, 에리히를 돌아보았다.

"시간, 더 벌어드리겠습니다."

용오름에 올라탄 그가 날아올랐다. 어느새 재생된 늪지기의 머리 하나가 화살이 날아온 쪽을, 루드빅을 노려보았다. 노란 낙인이 반짝였지만 손가락을 자른 루드빅은 태연했다. 그는 일행이 공격에 휘말리지 않도록 늪지기 가까이로 날아갔다.

멍하니 그 광경을 보던 에리히는 제 머리를 마구잡이로 헤집으며 푸념했다.

"……망할, 다들 마법사가 시간만 주면 뭐든 뚝딱 튀어나오는 만능 상자인 줄 아나 본데…….."

그는 공격 마법을 취소하고 비행 마법과 부유 마법을 시전했다. 방어막에 감싸인 채로 그와 뤼르, 아리아드네가 허공에 떠올랐다.

그릇 위로 기어오른 시체들이 팔을 허우적대더니 다시 저들끼리 목말을 타기 시작했으나 그들에게 닿기엔 높이가 한참 모자랐다.

늪지기는 세 명의 정령 기사가 확실히 붙들어 놓고 있었다.

에리히는 허공에 마구잡이로 정령석을 내던지며 중얼거렸다.

"……만능 상자, 뭐, 그래. 아주 틀린 말은 아니지."

아직 아리아드네의 하늘 아래였다. 마법사는 오염 지역에선 마력까지 오염되어 마법을 쓰기 어렵지만 정령사의 영토 내에서는 얼마든지 마법을 쓸 수 있었다.

마력을 담아 던져진 정령석들이 일정한 위치에 저절로 멈춰 서서 부유했다. 정령석을 꼭짓점 삼아 마력이 흐르더니 공중에 마법진이 그려졌다.

에리히는 주머니에서 꺼낸 이카로스를 마법진 중앙으로 날려 보내며, 늦지기 쪽 상황을 흘긋 확인했다.

베로니카가 방패로 막고, 방패 뒤에서 루드빅이 화살을 쏘며 틈을 만들고, 그렇게 만들어진 틈에 악셀이 머리들을 베어 낸다. 미리 짠 것처럼 움직이는 기사들의 모습에 마법사는 헛웃음을 흘렸다.

실력 있는 인간들끼리 모이니까 즉석에서 저런 짓까지 가능하네.

"……그래, 원하는 대로 뚝딱 만들어 낼 테니 시간 잘 벌어 봐."

검은 앵무새가 마법진의 중앙에 멈춰 서서 날갯짓을 했다. 에리히는 제 이마에 손을 얹었다. 그는 마력을 움직이며 제 뒤쪽에 부유하고 있는 아리아드네를 잠깐 돌아보았다.

"솔직히 이거 보자마자 시도해 보고 싶긴 했는데, 아리아 네가 전투 전날에 이상한 실험 같은 거 하지 말래서 못 해 봤거든."

그가 쓴웃음을 지었다.

"네가 쓰러진 탓이니까 나중에 화내지 마라."

에리히는 제 몸에 마법을 걸었다. 그는 몰랐지만, 그가 쓴 것은 환상 도서관 내에서 파이가 아리아드네에게 걸었던 마법과 비슷한 마법이었다. 마법사는 죽음을 가장하고 낙인을 속였다. 그러자 그에게 박혀 있던 황혼의 낙인이 보랏빛 덩어리로 떨어져 나왔다.

에리히가 허공에 띄워 둔 마법진이 빛을 내뿜었다. 그것은 생생한 생명력을 흉내 냈다. 낙인은 홀린 듯이 그리로 끌려갔다. 마법진 중앙에 있던 이카로스가 다가오는 보랏빛 덩어리를 널름 집어삼켰다. 에리히는 마른침을 삼켰다.

"옮기는 건 성공했네. 이제 문제는……."

말갛던 앵무새의 눈이 보랏빛으로 물들었다. 검은 몸체에 보랏빛이 그물처럼 퍼져 나가며 기괴하게 비틀리기 시작했다. 앵무새가 부리를 벌렸다.

"꽤애액!"

"……낙인이 아니라 이카로스가 주도권을 잡아야 하는데. 좀 잘해 봐라, 새 새끼야."

"꽤애애애액!"

에리히는 불안한 표정으로 이카로스를 보다가, 부유 마법으로 띄워 놓은 뤼르 쪽으로 다가갔다. 잠깐 사이에 등의 상처가 많이 나았다. 새벽의 낙인은 아직 그 상처 부위에 들러붙어 있었다.

그것을 확인한 에리히는 창백한 신관의 멱살을 잡고 심호흡을 한 다음, 거칠게 뺨을 후려쳤다.

뻑 소리가 났다. 신관은 여전히 축 늘어져 있었다. 에리히는 그의 심장 박동을 한 번 확인하고, 마법진에서 변형되고 있는 이카로스를 살핀 다음, 다시 뺨을 쳤다.

가차 없는 손길이 몇 번 가해진 뒤에야 신관이 비몽사몽한 낯으로 눈을 떴다.

"아……."

"일어나시죠, 신관님. 쉬고 있을 여유가 없어요."

뤼르는 정신이 혼미한 듯 고개를 내젓다가 뺨을 움켜쥐고 신음을 흘렸다. 벌써 아물고 있는 등보다 얻어맞은 뺨이 더 아픈 듯했다. 에리히는 시뻘겋게 달아오른 신관의 뺨을 모른 척하며 물었다.

"정신이 좀 듭니까?"

"예. 죄송합니다, 제가 조금 전에……."

"사과는 나중에 하고, 지금은 저랑 같이 미친 짓 하나만 해 보죠."

"……예?"

"흑마법 중에 강령술이라는 게 있습니다. 아세요?"

"압니다. 죽은 자의 영혼을 불러와 시체를 일으켜 세우는 사특하고 모독적인 마법 아닙니까."

"네, 저랑 한번 시도해 보죠."

"뭐를요?"

"강령술 말입니다."

"예? 저 아래 분들한테요?"

"아뇨, 아리아한테."

"예에?"

신관은 그게 무슨 미친 짓이냐는 표정으로 마법사를 바라보았다. 마법사는 자기도 이게 미친 소리라는 거 아주 잘 아는데 그래도 할 거라는 표정을 지어 보였다. 신관의 안색이 창백해졌다.

"진심이시군요."

"이거 말고 아리아를 깨울 수 있을 만한 방법이 안 떠올라서요."

"흑마법 강령술과…… 성녀님을 깨우는 게…… 무, 무슨 상관입니까?"

당황한 뤼르가 더듬더듬 되물었다. 에리히는 마법으로 공중에 떠 있는 아리아드네를 가리켰다.

"쟤 몸이 지금 시체나 다름없는 상태잖아요. 맞죠?"

"……그렇긴 하지요."

"쟤 영혼은 지금 사후 세계나 다름없는 곳에 있을 거고요. 이것도 맞지요?"

어쩐지 저 다음에 무슨 말이 나올지 알 것 같다. 신관이 삐걱삐걱 고개를 끄덕였다.

"그것도…… 맞긴 하지요."

"그럼 사후 세계나 다름없는 곳에서 시체나 다름없는 몸으로 내 여동생의 영혼을 불러들이려면 강령술을 써야 하지 않겠습니까?"

"……."

예상한 말이 나왔다. 정신 나간 마법사들이나 할 법한 논리적인 미친 소리가.

에리히는 진지하게 말을 이었다.

"흑마법을 연구할 때 구동 원리를 분석해 봤었습니다. 오염된 몸이 아니니 완벽하게 따라 할 순 없어도 비슷하게 흉내는 낼 수 있죠."

신관은 목뒤를 잡으며 말했다.

"그래서 지금 성녀님께 흑마법을 쓰겠다는 겁니까? 그것도 강령술을?"

"신관님이 도와주셔야 합니다."

"제가 흑마법을 도울 수 있다고요?"

"아리아의 수호성인이잖아요. 아리아의 영혼과 신관님 사이엔 무언가 끈이 있을 겁니다. 저는 그 끈을 강령술로 잡아당겨서 아리아의 영혼을 불러오고 싶은 거고요."

듣기에는 그럴싸했다. 뤼르는 부어오른 뺨보다 머리가 더 아파 오는 것을 느끼며 대꾸했다.

"그거 정말 괜찮은 겁니까? 설마 성녀님께서 저 아래에 돌아다니는 분들처럼 되시는 건 아니겠지요?"

에리히가 이맛살을 찌푸렸다.

"거 정말…… 역사학부 신입생이 마법 전공 교양 들으러 와서 이거 공부하다가 마법사 되면 어떡하냐고 걱정하는 소리 같군요. 그 새끼 진짜 어이없었는데."

"예?"

"일부러 그러려고 노력해도 힘든 일이니까 걱정하지 마시란 뜻입니다. 애초에 강령술을 진짜 성공시키려고 쓰는 것도 아니거든요."

뤼르의 표정을 본 에리히가 한숨을 내쉬고 다시 설명했다.

"흑마법사도 아닌 제가 강령술을 진짜로 성공시키는 건 석 달 열흘을 틀어박혀서 그것만 시도해도 힘든 일입니다. 성공하려야 성공할 수가 없으니 그런 걱정은 마세요."

"……"

"지금 우리가 하려는 건, 음, 비유하자면…… 저번에 루드빅 경이 만든 카나페 기억나시죠? 그것처럼 다 만들어진 카나페 위에 우리가 체리만 얹는 겁니다. 정확히는 체리를 올리는 흉내를 내는 거지만."

뤼르는 더 모르겠다는 얼굴이 되었다. 에리히가 헝클어진 은발을 벅벅 긁더니 덧붙였다.

"어, 음, 아리아는 진짜 죽은 게 아니잖아요? 아직 살아 있다고요. 이미 만들어져 있는 카나페니까, 우리가 진짜 요리를 하는 게 아니라 요리하는 척만 해도 완성되는 거죠."

"……죄송합니다. 흑마법 분야는 문외한이라 잘 이해가 안 되는 군요."

"아, 괜찮아요. 굳이 이해 안 해도 되니까. 그냥 와서 시키는 대로만 하세요."

마법사는 설명을 포기하고 신관을 잡아끌었다. 뤼르가 멍한 목소리로 물었다.

"어쨌든 마법사님 말씀은 그 흑마법이 실패해도 안전한 방법이라는 거고…… 그걸로 성녀님을 깨울 수 있는 건 확실합니까?"

"반반이죠."

"성공률이요?"

"아뇨, 안전성이."

"……."

"성공률은 한 20%쯤? 솔직히 모르겠어요. 전례 없는 일이잖아요."

"……."

"아, 망해도 아리아는 괜찮을걸요. 안전하지 않다는 건 흑마법을 시도하는 제 쪽 얘기라."

"궤에에엑!"

아리아드네의 곁으로 날아가는 그들에게 평소의 이카로스 울음소리보다 훨씬 굵은 울음소리가 들려왔다. 깜짝 놀라 마법진 쪽을 본 에리히는 거대하게 부풀어 오른 앵무새를 발견했다.

원래 이카로스는 검은 돌 같은 재질에, 날개에는 황금 테가, 전신에는 마법진이 둘러져 있는 주먹만 한 앵무새였다. 하지만 낙인을 먹은 이카로스는 모습이 예전과 상당히 달라져 있었다.

사람 서넛은 태우고도 남을 만큼 커진 앵무새의 몸체에 보라색이 섞였다. 위로 갈수록 보라색이 진해져서 머리는 완전히 보랏빛이었다.

검은 부분은 여전히 돌 같은 재질이었으나, 보라색 부분은 진짜 생물처럼 부드러워 기묘하게 느껴졌다. 새겨져 있던 마법진도 보라색 부위에는 없었다. 머리 위에는 검은색이 섞인 보라색 깃털이 솟아 있어 왕관앵무처럼 보였다.

금테가 둘러진 까만 돌 같은 눈동자가 에리히를 향했다. 에리히가 약간 불안한 듯 물었다.

"……너 이카로스 맞지?"

"꿰에엑!"

거대 앵무새는 큼지막한 부리를 쩍 벌리며 바람이 일 정도로 큰 괴성을 내질렀다. 신관이 기겁했다.

"마, 마물!"

"마물이 아니라 제 사역마…… 아니다, 마물 맞아요. 저 정도 섞였으면 마물이라 분류해도 할 말이 없지."

고개를 내저은 에리히가 이카로스에게 피식거리며 말을 걸었다.

"낙인은 무사히 소화시켰나 보네. 맛있었냐?"

"꿰에에엑!"

에리히의 일부나 다름없는 마법 아이템인 이카로스는 낙인이 파헤칠 영혼 같은 게 아예 존재하지 않았다. 원래대로라면 낙인이 박히지도 않을 텐데, 에리히가 만든 생물의 기운을 흉내 내는 마법진이 낙인을 끌어들여서 이카로스가 잡아먹게 유도한 것이다.

만에 하나 낙인이 주도권을 잡으면 기생 마물이 쓸만한 몸까지 얻는 결과가 되었겠지만, 에리히는 제 창조물을 믿었다. 그 믿음대로 이카로스는 낙인을 소화시켜 제 몸의 일부로 만들었다.

'이카로스는 정령석을 원료로 움직이는 기계다. 그리고 낙인은 숙주의 영혼을 건드릴 수는 있어도 신체를 직접 조종할 순 없는 기생 마물이지. 따라서 영혼 없는 기계를 상대로는 낙인이 무력할 거라 판단하긴 했지만, 어디까지나 가설에 불과했는데.'

얼핏 봐도 기대보다 더 완벽한 성공이었다. 에리히는 뿌듯하게 웃으며 이카로스에게 손짓했다.

"잘했다, 새 새끼야. 이리 와."

"궤에에에에엑!"

거대 앵무새가 퍼덕퍼덕 날갯짓을 하면서 불만스럽게 소리를 질렀다. 저게 왜 저러나 하고 보던 에리히가 아, 하며 정령석 몇 개를 던져주었다. 이카로스는 정령석을 받아 삼킨 후에야 순순히 주인에게 날아왔다.

에리히는 아리아드네를 안고 신관과 함께 거대 앵무새 위에 올라탔다.

'비행에 마법을 쓸 필요가 없으니 좋네. 이런 건 기대 안 했었는데.'

이카로스는 서로의 무등을 타며 기어오르는 시체의 산을 피해 날갯짓하며 고도를 높였다. 거대해진 이카로스의 등 위는 어지간한 마차보다 넓었다.

에리히는 아리아드네를 조심스럽게 눕히고 정령석 주머니를 꺼냈다.

"그럼 이제 아리아를 불러보죠."

환상 도서관 속, 파이가 잊어버린 어느 서재 안.

연한 갈색의 머리카락을 늘어뜨린 여자가 하얀 천으로 덮인 황금 관 앞에 무릎을 꿇었다. 그녀가 관 위에 손을 올리며 속삭였다.

"일어나세요."

황금관 속에서는 대답이 돌아오지 않았다. 그녀는 실망하지 않고 계속해서 속삭였다.

"마왕이 여기까지 손을 뻗었어요."

"이대로면 저와 했던 약속이 깨져요. 내버려 두실 건가요?"

"당신께 지금 힘이 거의 없다는 것은 저도 알아요."

"그래도…… 마신의 권능에서 가장 강한 것이 시간의 권능이듯, 당신의 권능에서 중심이 되는 건 약속의 권능이잖아요."

"엘, 약속을 지켜주세요. 저와 약속하셨잖아요."

"일어나실 수 없다면 응답이라도 주세요. 그러면 제가……."

끊임없이 속삭이던 여자의 눈이 문득 황금빛으로 빛났다. 여자는 미소 지었다.

"감사합니다, 엘."

"소용없다고 하지 않았습니까."

파이는 분노한 어조로 말하며 물약을 퍼부었다. 신성력처럼 완벽한 치유는 불가능하지만, 물약에는 상처가 덧나는 것이나 실혈을 막고 회복을 돕는 효과가 있다.

아리아드네는 상처를 막고 있던 손을 떼며 사과했다.

"미안해."

"무의미한 일이라고, 전과는 상황이 다르다고 그렇게 말씀드렸는데도 결국⋯⋯."

"불안해서."

그녀가 힘없이 웃고는 덧붙였다.

"마왕이 이 함정을 판 거라면 지금 밖에선 습격이 한창일 거잖아. 늦지기 구역은 안 그래도 오염이 심한데, 정령사까지 없으면⋯⋯."

이대로는 토벌대가 위험하다. 악셀이, 니카가, 에리히 오라버니가, 뤼르가, 루드빅이 위험에 처해 있을지도 모른다. 바깥 상황을 전혀 알 수가 없으니 불안만 가중되었다. 채널을 느낄 수가 없어서 영토가 유지되고 있는지 아닌지조차 감이 오지 않아 더욱 불안했다.

온갖 방법을 궁리하던 아리아드네는 결국 레다에게 납치당했을 때 썼던 최후의 수단을 시도했다. 나이프로 배를 찌르는 것. 역시 별다른 효과가 없었다.

"어차피 나가면 상처도 없어지잖아. 여기서만 조금 참으면 돼."

아리아드네가 배에 붕대를 감는 걸 도와주던 파이의 손놀림이 약간 느려졌다.

'그렇군요. 아리아에게 여기는 진짜 현실이 아닌⋯⋯ 꿈 같은 곳일 테니.'

그러니 이런 무모한 짓도 아무렇지 않게 저지를 수 있는 거겠지요.

파이는 입술을 깨물며 치료를 마무리했다.

"끝났습니다."

"고마워."

아리아드네는 쓰러지듯 쿠션 더미에 기대더니 팔로 눈 위를 가렸다.

잠시 그러고 있던 그녀가 천천히 입을 열었다.

"……확실히 이건 의미 없는 짓이었어. 내가 지금 제정신이 아닌 것 같아. 미안해, 파이."

"괜찮습니다. 파이에겐 얼마든지 그런 모습을 보이셔도 돼요. 파이는 언제나 당신의 편이라는 걸 잊지 마세요."

파이가 다정하게 말했다. 아리아드네는 길게 숨을 내쉬며 팔을 내렸다. 살짝 젖은 푸른 눈동자. 긴 속눈썹이 연약하게 떨렸다.

"무서워……."

그녀가 꺼질 듯이 약한 목소리로 중얼거렸다. 양팔로 몸을 감싸며 울음을 참는 것처럼 입술을 깨문다.

"이미 누가 다치거나…… 죽었다면……. 그러면 나는……."

오랜만에 보는 아리아드네의 약한 모습이었다. 파이는 상처를 건드리지 않게 조심하며 그녀를 당겨 안았다.

"괜찮아요, 아리아. 괜찮을 겁니다."

"파이."

"당신이 키운 사람들이잖아요. 잘하고 있을 겁니다."

아리아드네는 그를 밀어내지 못했다. 그녀는 작게 헐떡이며 그의 옷깃을 잡았다. 파이는 그녀의 부드러운 머리칼을 쓰다듬으며 속삭였다.

"파이가 방법을 반드시 찾아낼 테니, 쉬고 계……."

갑자기 틈이 생겨났다. 막고 있던 것이 약간 밀려나면서 통로가 아주 조금 열렸다. 그리고 그 틈으로 부름이 들려왔다.

아리아드네.

돌아와.

이곳으로. 네가 있어야 할 장소로.

파이가 무어라 반응하기도 전에 아리아드네가 즉시 반응했다.

'오라버니?'

그녀는 그 부름을 받아들였고, 살짝 열린 문틈으로 빠져나가려
했다.

돌아가고자 하는 강렬한 의지. 강대한 채널. 영혼을 부르는 목소리.
마왕의 권능을 비집고 들어가 쐐기처럼 박힌 약속의 권능. 누군가
의 보이지 않는 인도.

무형의 것들이 충돌했다. 소리 없는 폭발. 통로를 막고 있던 것이
그 여파로 부서졌다. 그러곤 파이의 품 안에 있던 아리아드네가 허상
처럼 사라졌다.

아리아드네는 불현듯 눈을 떴다.

"흐윽……!"

오랜 시간 막혀 있었던 숨이 트였다. 그녀는 사례가 들린 것처럼 콜
록거리며 몸을 일으켰다.

"미친, 됐다! 됐어! 아리아!"

"엘이시여, 감사합니다……."

좌우에서 요란한 소리와 감격하는 소리가 들려왔다.

몇 번 눈을 깜박이자 흐리던 시야의 초점이 서서히 돌아왔다. 그사
이 누군가가 와락 그녀를 끌어안았다.

"망할, 야, 해골, 너 사람 좀 그만 걱정시켜. 진짜 내가 정말……."

에리히였다. 많이 놀랐었는지 심장이 쿵쿵 뛰고 있었다. 아리아드네는 그를 마주 안아 주며 물었다.

"오라버니가 절 불렀죠?"

"그래."

"어떻게요?"

"네 수호성인님 덕분에."

지금 괜히 강령술 얘기를 꺼낼 필요는 없었다. 에리히는 시침을 뚝 떼고 공을 뤼르에게 돌렸다. 아리아드네는 에리히의 품에서 빠져나와 뤼르를 돌아보았다. 그녀가 고개를 돌리자 에리히는 엘릭서를 꺼내 한 병을 통째로 들이켰다.

뤼르를 보자마자 아리아드네는 눈을 치떴다.

"뤼르, 날개가……?"

"별일 아닙니다. 성녀님, 무사히 깨어나셔서 다행입니다."

"별일 아니기는요! 한쪽이 완전히 사라졌는데!"

그녀는 대체 무슨 일이 있었는지 묻기 위해 다시 에리히를 돌아보았다.

"뤼르 날개가……."

나오던 말이 저절로 멈췄다. 은발의 마법사는 빈 엘릭서 병을 든 채로 검붉은 피를 주르륵 토해 내고 있었다.

"오라버니!"

아리아드네가 휘둥그레진 눈으로 쳐다보자 그는 새 엘릭서를 꺼내며 손을 내저었다.

"괜찮아, 괜찮아."

"갑자기 왜 그래요? 내상? 게다가 그 피 오염된 거잖아요! 대체……."

"어쩌다 보니, 뭐. 엘릭서 마시면서 잠깐 쉬면 나아."

흑마법은 검은 잔을 받은 자들이 오염된 마력으로 쓰는 마계의 마법이다. 에리히는 그것을 흉내 내기 위해 오염수를 이용해 스스로의 마력을 잠시 오염시켰다. 검붉은 피를 토하는 건 그 탓이었다.

강령술과 마찬가지로 지금 아리아드네에게 알려줄 필요는 없는 이야기다. 그는 말없이 엘릭서 뚜껑을 열었다. 아리아드네는 엘릭서를 벌컥벌컥 마시는 마법사와 한쪽 날개밖에 남지 않은 수호성인을 번갈아 보다가, 아래로 시선을 돌렸다.

돌바닥인 줄 알았던 건 거대화된 이카로스의 등이었다. 이카로스에겐 이상한 보랏빛이 섞여 있었다.

'그러고 보니 에리히 오라버니 낙인이 사라졌네. 설마 그걸 이카로스에게?'

그녀는 이어 주변을 둘러보았다. 아래에서 시체들이 무등을 타며 기어오르는 게 보였다. 머리 위는 밤하늘. 영토가 아직 유지되고 있었다.

[채널 상태 양호.]

[대정령들이 당신을 지켜보고 있습니다.]

[대정령들이 당신이 깨어나지 않아 무척 걱정했다고 합니다.]

아리아드네가 채널을 감지하는 것을 알아차렸는지 파이가 담담한 어조로 보고했다.

'고마워, 파이.'

속으로 작게 감사 인사를 한 뒤, 그녀는 까마득하게 치솟은 늪지기 쪽을 바라보았다.

'악셀……!'

피를 뒤집어쓴 악셀의 모습이 가장 먼저 눈에 띄었다. 새빨간 피. 이곳에서 붉은 피를 흘리는 건 인간뿐이니 저건 대부분 그가 흘린 피일 것이다.

'근원이 있었다면 저렇게는 안 되었을 텐데.'

빌어먹을 마왕. 아리아드네는 입술을 깨물며 다른 사람들을 살폈다. 베로니카가 기묘한 초록빛 방패를 들고 있었다. 루드빅의 아르테미스는 모양이 좀 달라졌다.

'저건 뭐지? 아, 설마……'

이카로스의 변화를 본 덕에 금방 눈치챘다. 낙인과 관계가 있겠구나.

'대체 무슨 일이 있었길래.'

그들도 피투성이였다. 지친 건지, 아니면 늪지기의 약화 탓인지, 평소보다 움직임이 느렸다. 거리가 멀고 시력이 좋지 않은 탓에 아리아드네는 베로니카와 루드빅의 새끼손가락이 없다는 것까지는 알아채지 못했다.

'……그래도 일단 다들 무사해. 상태는 별로 안 좋지만.'

상황도 별로 안 좋고.

그녀는 전황이 위태롭다는 것을 금세 깨달았다. 지금 토벌대는 늪지기를 상대로 싸우고 있는 게 아니라 아슬아슬하게 버티고 있는 것에 불과했다.

'어떻게 내가 깨어난 건지, 무슨 일이 있었는지는 나중에 따지자. 지금은……'

전황을 뒤집는 게 우선.

푸른 눈이 시체가 가득한 지상과 늪지기를 훑었다. 그녀는 당장 무엇부터 해야 하는지 빠르게 판단한 후 실행에 옮겼다.

"오라버니, 이카로스 움직일 수 있어요?"

"어, 응."

"그럼 늪지기 쪽으로 가 주세요."

"정령술 쓰려고? 막 깨어났는데 괜찮겠어?"

"오라버니보단 괜찮은 거 같은데요. 입가에 피나 닦아요."

"야, 나는 그냥!"

"시끄러워요. 집중해야 하니까 조용히 해요."

그녀는 말하면서 하늘을 향해 손짓했다. 밤하늘이 간단하게 구름 한 점 없는 새파란 하늘로 바뀌었다. 눈 깜박할 사이 사방이 대낮처럼 환해졌다. 에리히는 내심 혀를 내둘렀다.

'이쯤 되면 이런 능력을 그냥 정령술이라고 부르는 게 다른 정령사들한테 너무한 느낌인데.'

늪지기를 상대로 싸우던 정령 기사들도 하늘이 밝아진 것을 바로 알아차렸다. 그것이 무엇을 의미하는지도.

악셀은 검을 늘어뜨린 채 이카로스 쪽을 돌아보았다. 날개를 펴고 활공하는 거대한 새 위에서 환한 백금발이 깃발처럼 나부꼈다. 그녀가 오려낸 것처럼 선명히 보였다. 푸른 눈동자가 그를 보더니 설핏 휘어졌다.

'아리아.'

아리아드네가 깨어났다. 그녀가 무사하다.

안도감이 치솟았다. 이미 승리한 듯한 기분.

그때, 동굴같이 벌어진 늪지기의 입이 등 뒤에서 덤벼들며 멍하니 있는 그를 삼키려 했다.

"뒤!"

루드빅이 깜짝 놀라 경고하듯 외쳤다.

악셀은 놀라지도 않고 돌아서면서 그 회전력을 실어 검을 휘둘렀다. 매끄러운 궤적을 그리는 칼날을 따라 불길이 일고 번개가 튀었다. 짓쳐 들던 늪지기의 입이 그대로 반토막 났다.

뒤늦게 날아온 베로니카가 액체가 되어 쏟아지는 오염수를 방패로 막아 냈다.

그녀는 뒤를 돌아볼 여유가 없었기에 앞만 보며 물었다.

"아가씨, 깨어나신 거지?"

"그렇다."

"무사하셔?"

악셀이 짧게 고개를 끄덕였다. 베로니카는 입가에 미소를 머금었다.

"그럼, 이제 이겼네."

때마침 통신이 들려왔다. 에리히였다.

[아리아가 일어났어. 영토 변해도 당황하지 말고 기존 작전대로 대응해.]

에리히가 대신 통신하는 동안, 아리아드네는 앉은 채로 눈을 감았다. 이카로스가 부드럽게 방향을 트는 것이 몸의 진동으로 느껴졌다.

'파이, 부탁해.'

[대정령, 아름다운 공포의 현재 상태를 분석 중입니다.]

[분석 완료. 대정령, 아름다운 공포 : 설렘 40%, 기쁨 30%, 걱정 20%, 그 외 감정 통합 10%.]

[아름다운 공포가 자신이 선택받았다는 사실에 기뻐하고 있습니다.]

[대정령이 적극적으로 협력합니다.]

[채널 용량 확인…… 확인 완료. 용량에 여유가 있습니다. 대정령

들의 연결과 '하늘'의 영토를 계속 유지합니다.]

[준비 완료.]

[대정령, 아름다운 공포를 소환하시겠습니까?]

아리아드네는 짧게 심호흡을 한 후 영혼의 수문을 열었다. 기다렸다는 듯이 정령력이 쏟아져 들어왔다. 그녀는 급류처럼 몰아치는 것을 능숙하게 유도하여 몸 밖으로 끌어냈다.

아리아드네의 영토가 크게 확장되었다. 옥을 깎아 뿌린 듯한 푸른빛이 늪지대를 돌아다니는 시체들의 발치에 찰랑찰랑 고였다. 지상이 맑은 푸른빛으로 차올랐다. 그리고 그중 일부가 물기둥처럼 부드럽게 솟아올랐다. 하늘까지 닿을 정도로 솟은 물기둥은 조각되듯이 우아한 여인의 형상으로 변했다.

물거품과 진주가 얽혀 레이스처럼 발치에 매달렸다. 발치로 갈수록 투명한 옥색으로 바뀌는 짙푸른 치맛자락 속에서 색색의 열대어 수백 수천 마리가 헤엄쳤다. 그 옷자락 위로 해초가 리본처럼 늘어지고, 산호가 보석처럼 곳곳에 장식되었으며, 빛이 어룽지는 물결이 프릴처럼 드리워졌다.

바다로 만들어진 드레스. 드레스를 걸친 여인의 피부는 새하얀 모래로 이루어져 있었다. 머리카락은 하늘거리는 뭉게구름이었다.

그것이 천천히 눈을 떴다. 블루홀처럼 깊고 검푸른 눈동자가 곱게 휘어지며 이카로스 위에 있는 제 정령사를 굽어보았다.

아리아드네는 약간의 현기증을 느끼며 눈을 떴다.

아름다운 공포.

그녀는 북쪽 바다의 대정령인 창백한 푸름의 자매이자, 적도 부근의 열대 바다를 지배하는 강대한 대정령이었다. 또한 모든 태풍의 어머니이기도 했다.

열대 바다 근처 지방의 사람들은 태풍을 '공포의 자녀들'이라 불렀다. 그들은 바다 너머에 아주 무섭고 강력한 '공포'가 살고 있으며, 그 것이 때때로 제 자식들을 보내 인간을 공포에 질리게 만들고, 그 공포로써 자신을 증명한다고 생각했다.

그래서 그들은 태풍 하나하나에 이름을 붙이고, 그 이름을 공포의 딸 또는 아들이라 섬기며 피해가 덜하기를 기원했다.

한편으로 인간들은 태풍이 태어나는 바다가 평소에는 몹시 아름답고 풍요롭다는 것을 알고 있었다. 사람들은 에메랄드같이 반짝이는 그 따스한 바다를 '아름다운 어머니'라고 부르며 경배했다. 그들을 먹여 살리는 바다의 부산물들은 모두 그 어머니의 선물이라 여겨졌다.

열대 바다를 지배하던 정령은 그 기원과 경배를 모두 받아들였다. 그렇게 그것은 '아름다운 공포'라 불리는 대정령이 되었다.

아름다운 공포는 화려한 미소를 지으며 제 정령사에게 속삭였다. 파도 소리와 비슷한 음성이 들렸다.

파이가 그것을 해석해 주었다.

[아름다운 공포가 '예쁜 아이야, 내 자식들 중 누구를 불러내 줄까?' 라고 묻습니다.]

아리아드네는 아름다운 공포를 소환하기로 결심했을 때부터 이미 어떤 태풍을 재현할지 정해 두었다. 공포의 자녀들 중 가장 난폭한 아들. 인류 역사상 가장 큰 피해를 낸 태풍.

그녀는 심해 같은 대정령의 눈동자를 올려다보며 그 이름을 불렀다.

"줄루트. 줄루트를 불러 주세요."

아름다운 공포가 바다에 빗방울이 떨어지는 듯한 소리를 냈다. 웃는 것 같았다.

대정령은 머리에 있는 구름을 조금 떼어 내 손 위에 올리고는 훅 숨을 불어넣었다. 바람을 먹은 구름이 대정령에게서 떨어져 나와 바다 위에 착륙했다. 그리고 아주 빠른 속도로 태풍이 태어나는 과정이 재현되었다.

수온이 높은 열대 해상에서 공기가 솟구치며 생겨난 소용돌이가 수증기의 열을 먹고 커지면 태풍이 된다. 갓 태어난 '줄루트'는 아름다운 공포가 주는 열기를 게걸스럽게 삼키며 급속도로 성장했다. 거센 바람은 금세 회오리가 되었다.

"다들 이쪽으로 빠져."

아리아드네가 통신 아이템에 손을 대고 말했다. 그 말에 정령 기사들이 일제히 퇴각했다. 그들은 각자의 정령수를 타고 늪지기의 공격을 피해 이카로스 근처로 왔다.

아름다운 공포가 거대한 양손으로 이카로스와 정령수들을 감싸 쥐었다.

그 순간 줄루트가 대정령이 있는 곳을 중심으로 몸집을 확 부풀렸다. 대정령 근처가 태풍의 눈이 되었다. 심상찮은 분위기를 감지한 늪지기의 여섯 머리가 동시에 움직였다. 셋은 대정령을, 나머지는 위를 올려다보았다.

하늘에서 구름이 무섭게 휘몰아쳤다. 장성한 공포의 아들은 어머니를 제외한 모든 것을 공평하게 파괴하기 시작했다.

나무를 뿌리째 뽑을 수 있는 광풍이 늪지대를 휩쓸었다. 시체로 쌓인 탑이 허무하게 무너져 내렸다. 수가 아무리 많아도 태풍이라는 재해 앞에서 인간은 흩날리는 모래알과 다를 바가 없었다. 시체들이 태풍의 진격로를 따라 낙엽처럼 휩쓸려 날아갔다.

크기만큼 무게도 어마어마한 늪지기만이 태풍을 견뎌 냈다. 그것은 반사적으로 몸을 웅크리며 늪에 뿌리를 내리고 몰아치는 바람을 버텼다.

태풍이 지나간 뒤에도 늪지기는 멀쩡하게 남아 있었다. 그러나 늪지기의 재생을 도와주던 시체들은 모조리 사라졌다.

어머니의 영토 위에 있기에 줄루트는 커지기만 할 뿐 약해지지 않았다. 구름과 바람으로 이루어진 원형의 벽이 홀로 남은 늪지기를 가뒀다.

분노한 늪지기가 대정령을 노려보았다. 여섯 개의 낙인이 동시에 빛났다. 아리아드네는 기다렸다는 듯이 영토를 구현했다.

[뒤로 걷는 물의 정령력을 사용합니다.]

[뒤로 걷는 물이 소란하여 전언을 잠시 차단하겠습니다. 해당 대정령은 극도로 우호적인 상태이므로 정령술에는 문제가 없을 겁니다.]

그녀는 파이의 보고에 고개를 끄덕이며 눈을 감았다.

뒤로 걷는 물의 영토인, 대륙에서 가장 거대한 폭포가 장막처럼 솟아났다. 우레 같은 소리가 사방을 메우고 사시사철 끼는 물안개가 자욱하게 주위에 깔렸다.

하지만 그 폭포는 아름다운 공포의 가슴팍에 닿을까 말까 한 높이였다. 따라서 물안개가 낀 구간도 그보다 낮았다. 아름다운 공포보다 더 커다란 늪지기에게는 한참 못 미치는 높이였다.

뱀과 닮은 머리들이 비웃는 것처럼 입꼬리를 올린 채 안개 너머로 그들을 바라보았다.

다음 순간, 늪지기의 몸이 아래로 쑥 꺼졌다.

[지저의 부름의 정령력을 사용합니다.]

[아리아, 슬슬 한계에 가깝습니다. 무리하지 마십시오.]

'응.'

늪지기 바로 아래의 땅이 푹 꺼지며 그것을 집어삼킨 것이다. 지저의 부름이 다스리는 영토였다.

지저의 부름은 요새 하나를 통째로 집어삼킨 역대급 크기의 싱크홀에서 태어난 대정령이다. 갑자기 생겨난 바닥이 보이지 않는 거대한 구멍을 목격한 사람들은 그것이 지하 깊은 곳에서 무언가가 지상의 존재들을 불러들인 결과라고 여겼다. 그리하여 붙은 이름이 '지저의 부름'이었다.

아리아드네의 채널에 접속하는 대정령치고는 비교적 어린 축에 속하고 그렇게 강대한 편도 아니었으나, 지금 이 전장에서는 지저의 부름이 가장 적절했다.

산처럼 거대한 늪지기의 몸은 싱크홀을 가득 채우다 못해 꽉 끼었다. 낮아진 늪지기의 머리들이 폭포가 일으킨 물안개에 완전히 파묻혔다. 재생에 쓰일 시체들은 줄루트에 휩쓸려 멀리 사라졌다.

완벽하고 결정적인 기회가 정령사에 의해 인위적으로 만들어졌다. 이것이 원래 요람의 영역에서 아리아드네가 계획했던 전장이었다.

그녀는 귓가에 손을 대고 명령했다.

"이제 공격해, 마음껏."

아름다운 공포의 손아귀 안에서 맴돌던 정령수들이 신호를 받은 사냥개처럼 안개 속으로 튀어 나갔다.

마법적인 것이 아닌 안개는 정령 기사들의 시야에 별다른 방해가 되지 않았다. 그에 비해 늪지기는 엘리시움의 자연에서 비롯된 안개에 취약했다. 안개를 오염시켜야만 시야가 회복될 터였다.

안개에 파고든 기사들은 지저의 부름 속에 갇힌 마계의 군주에게 일방적으로 공격을 퍼부었다.

바람과 물이 휘감긴 화살이 연달아 내리꽂혔다. 거대한 방패가 그림자와 강철로 뒤덮여 내리 찍혔다. 불과 번개가 휘감긴 광선이 검붉은 괴물의 몸통을 관통했다.

늪지기는 허둥지둥 등에 돋은 관다발을 뻗어 오염수 비를 뿌리며 싱크홀에서 빠져나오려 애를 썼다. 그 발악에 지진처럼 땅이 울렸다.

'윽.'

영토에 타격이 오자 아리아드네는 입을 틀어막고 허리를 숙였다. 급변한 풍경을 넋 놓고 보던 뤼르가 흠칫 놀라더니 다급히 그녀에게 다가왔다.

"성녀님!"

희게 빛나는 신성력이 아리아드네의 전신을 뒤덮었다. 그러자 그녀의 속에서 울컥 솟던 핏물이 가라앉았다. 아리아드네는 허리를 펴고 엷게 웃었다.

"고마워요, 뤼르."

"날개가 불완전해서 신성력이 부족합니다. 오래 못 버틸 거예요. 정령술을 빨리 멈추셔야 합니다."

뤼르가 초조하게 말했다. 아리아드네는 속으로 한숨을 내쉬었다.

'원래 계획대로라면 여유가 있었을 텐데…….'

다들 지쳤고, 다쳤다. 빠르게 전투를 끝내야 한다.

'그러기 어렵다는 게 문제지.'

지금 공격으로 저 늪지기는 쓰러질 터였다.

문제는 그들에게 깃든 낙인처럼 늪지기 속에 있는 저 문양들도 늪지기와 별개의 기생 마물이라는 점이다. 늪지기를 쓰러뜨려도 문양을 놓치면 그 문양이 늪을 이용해 새로운 늪지기를 부활시킬 수도 있다.

'여섯 문양을 모두 잡으면 괜찮아. 하지만 놓쳤을 경우, 늪지기가 부활해 버리면……'

현재 토벌대의 상태로는 늪지기와 2차전을 치르기 어렵다. 미친 듯이 달아날, 형체 없는 빛 덩어리인 문양들을 전부 쫓아 붙잡는 것도 지금은 힘들 것이다.

'게다가 기사들은 각 문양에 대응되는 낙인을 가지고 있잖아. 홀리기라도 하면 큰일이야.'

정령 기사들이 제물이 되는 것을 방지하기 위해 뭘 했는지 모르는 아리아드네로서는 그 점도 걱정될 수밖에 없었다.

그녀와 같은 판단을 내린 파이가 속삭였다.

[아리아, 전에 말씀드렸던 것 기억나십니까? 안전장치 말입니다.]

'……그걸 정말 하자고?'

[그게 가장 안전합니다. 제단을 환상 도서관으로 가져와 주세요. 파이가 수습하겠습니다.]

늪지기가 제물을 받을 때 쓰는 제단. 저 제단이 없으면 문양이 늪지기를 부활시킬 방법 자체가 사라진다. 그러면 문양을 놓치더라도 늪지기의 부활은 막을 수 있다.

하지만 제단은 검은 잔과 같은 재질이었다. 마계의 성물이라 파괴하는 것이 매우 힘들다는 소리다.

그래서 파이는 제단을 환상 도서관으로 가져와서 봉인하는 방법을 제시했었다. 늪지기와의 전투가 불리한 장기전으로 이어지지 않도록 하는 안전장치로써.

'위험해. 마왕이 제단에 함정을 파 놨었잖아.'

[이미 그 함정은 극복했잖습니까. 이대로 2차전에 돌입하는 게 더 위험합니다. 그에 비해 파이에게는 제단을 봉인하는 것과 유사한 경험이 있습니다. 어지간하면 실패하지 않을 겁니다.]

'……'

[아리아, 왜 망설이시는 겁니까? 혹시……]

파이의 목소리가 낮아졌다.

[다시 이곳으로 오시는 것이 두려워서 그러십니까?]

'뭐?'

[환상 도서관에 오셨다가, 또 갇힐까 봐 두려우신가요? 지금 망설이시는 건 여기에 다시 들어오고 싶지 않기 때문인가요?]

감미로울 정도로 나긋하게 그가 물었다.

[아리아, 이제 당신은 영원히 파이를 보러 오지 않으실 건가요?]

아리아드네는 당황해서 고개를 저었다.

'그럴 리가 없잖아. 그냥 나는 너를 위험하게 만들고 싶지 않은 거야.'

[검은 잔을 봉인한 상자를 만든 게 파이라는 걸 자꾸 잊으시네요, 아리아. 파이는 괜찮습니다. 제단을 봉인할 준비도 미리 해 두었습니다.]

[이 규모의 정령술을 지속하면 아리아가 위험해집니다. 그건 모두가 위험해지는 선택이에요.]

[아리아, 파이를 믿지 못하시나요? 파이는 할 수 있습니다. 파이는 당신에게 도움이 되고 싶습니다.]

합리적인 설득이었다. 결국 아리아드네는 파이의 제안을 수락했다.

'……응, 문양을 놓치면 네게 부탁할게.'

[예. 아리아. 준비하고 있겠습니다.]

살짝 들뜬 파이의 목소리는 어쩐지 기사들이 문양을 놓치기를 바라는 것처럼 들렸다.

아냐, 파이잖아. 단순히 도움이 될 일이 생겼다는 게 기뻐서 그런 거겠지.

아리아드네는 바로 의심을 털어 버렸다.

그사이 정령 기사들이 늪지기를 완전히 처리했다. 늪지기는 죽으면서 처음으로 괴성을 냈다. 마물의 고통스러운 단말마가 태풍과 폭포의 소리마저 뚫고 사방을 울렸다. 그리고 여섯 줄기의 빛이 사방으로 튀어 나갔다.

아리아드네에게 미리 정보를 들었던 기사들은 알아서 방향을 나눠 빛무리를 뒤쫓았다. 기생한 제물까지 다치기에 함부로 손을 댈 수 없는 낙인과 달리 문양은 늪지기에게만 기생할 수 있어서 안전하게 소멸시키는 게 가능했다.

악셀 쪽으로 도망친 문양 둘은 그의 불꽃에 타올라 재가 되었다. 그는 그러고도 여유가 남아 상대적으로 속도가 느린 베로니카 쪽의 문양까지 하나 처리해 주었다.

베로니카도 남은 하나를 방패로 치고 검으로 베어 죽였다. 루드빅의 화살도 문양 하나를 꿰뚫었다.

문제는 에리히가 맡기로 한 방향으로 달아난 마지막 문양이었다. 익숙하게 무영창 마법을 시전하던 에리히가 검붉은 피를 토해 내며 휘청거렸다.

"오라버니!"

아리아드네가 다급히 그를 부축했다. 그 틈에 문양이 태풍 속으로 순식간에 사라졌다.

"안 돼! 뤼르, 오라버니를 부탁해!"

아리아드네는 뤼르에게 에리히를 맡기고 악셀을 향해 외쳤다.

"악셀, 이리 와!"

이미 그녀를 향해 오고 있었던 악셀이 더욱 속도를 높였다. 벼락이 빠르게 이카로스를 따라잡았다. 아리아드네는 다가오는 그의 위치를 확인한 뒤 이카로스에서 뛰어내렸다.

"아리아!"

악셀이 기겁하며 떨어지는 그녀를 받아 안았다. 그가 새파랗게 질린 얼굴로 소리를 질렀다.

"위험하게 무슨 짓이십니까!"

"네가 받아 줄 건데 뭐가 위험해? 그보다, 빨리!"

아리아드네는 다급하게 태풍 속을 가리켰다. 문양을 붙잡거나 문양보다 빠르게 제단에 도달해야 한다.

악셀은 할 말이 많은 얼굴이 되었지만, 이를 악물고 일단 그녀의 명령을 따랐다. 벼락이 망설임 없이 휘몰아치는 태풍 속으로 뛰어들었다.

아름다운 공포가 벼락에 탄 그들을 내려다보고 있었다. 어머니의 의지에 따라 줄루트가 그들의 앞에서 비켜서며 길을 내주었다.

흩날리는 오염수 관의 파편과 시체들 사이로 검은 문양이 번개처럼 빛나는 궤적을 그리며 달아나는 게 보였다.

아리아드네가 외쳤다.

"저거 놓치면 안 돼! 혹시 못 잡을 것 같으면……!"

악셀은 상체를 낮추며 한쪽 팔로 벼락의 갈기를 잡고, 다른 팔로는 아리아드네의 허리를 휘감더니 제 품으로 홱 당겨 안았다.

"제가 놓칠 리가 없잖습니까. 꽉 잡기나 하십시오."

〈주인공의 구원자가 될 운명입니다〉 5권에서 계속